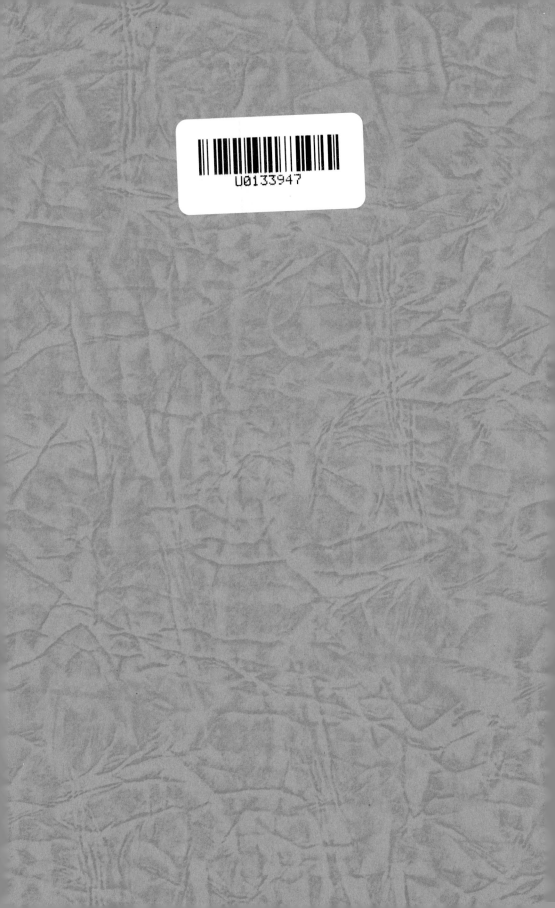

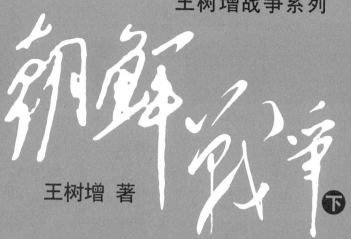

王树增战争系列

朝鲜战争

王树增 著

下

人民文学出版社

目 录（下）

第五章

李奇微：
向中国军队总司令官致意

炒面煮肉会议

彭德怀的意见是:第二次战役后,中国军队需要休整三个月以上。

彭德怀的意见是根据朝鲜战场上的中国军队所面临的现实问题提出的。

中国军队最重要的现实问题是后勤补给。

第二次战役后期,由于联合国军队的大规模撤退以及中国军队的急速追击,使得中国军队本已薄弱的后勤补给线越来越长。缺乏现代战争经验的中国军队在朝鲜战争初期,后勤补给的布局十分分散,后勤兵力的投入严重不足。在美军的后勤补给已经达到十三个后勤人员供应一个美军士兵的水平时,中国军队的后勤补给却是一个后勤人员至少要供应几百名中国士兵的作战需要。中国军队还没有系统的后勤供应机构,甚至还没有专门的后勤部,各部队的后勤科都设在司令部里。而负责整个志愿军后勤补给的,是远在国内的东北军区后勤部,这个后勤部派往战区前方指挥所的不过就是十几个人,他们仓促成立的几个后勤分部,既没有健全的组织也没有充实的力量,在美军轰炸机不分昼夜的封锁下几乎没有办法有效地开展工作。在朝鲜,沿用国内解放战争时就地向百姓筹粮、部队各自解决吃饭问题的老办法根本行不通。向三八线追击的中国军队,常常行进在上百里的"无人区"内,即使有异国的百姓,负责筹粮的干部们跑断腿也无法满足大兵团的作战需要。

只要打起仗来,在饥饿中冲锋的现象在志愿军各部队中极为普遍。冬天来了,官兵们很多人还没有御寒的棉衣。第四十二军曾发生过这样一件事:在零下二十摄氏度的气温中士兵们还穿着草鞋。上级给一个班的士兵发下一双棉鞋,全班的人都舍不得穿,于是规定谁站岗谁就来享受这份奢侈。结果,整整一个冬天,经过无数次在严寒中的残酷战斗,这双棉鞋居然没有丢失也没有损坏。当这个班从前线撤下来休整的时候,棉鞋被完整地移交给了接防的兄弟部队。弹药和武器装备的补充不足,更是一直令彭德怀头疼的事。中国士兵手中的武器,大部分是在抗日战争、解放战争中缴获来的,枪支口径不一给弹药的供应带来极大的困难。由于没有现代化的运输工具,前线士兵缺乏弹药的现象普遍存在,为此基层部队指挥员焦灼万分。最后,中国军队的官兵们已经是极度疲惫。中国军队几乎全部的作战行动都是靠步行,残酷的战斗之后往往就是长途的奔袭。可是,很少有部队能够冒着敌机的轰炸扫射而沿着平坦的公路前进。前进的路上山峦越险峻中国士兵就越感到安全,于是中国士兵付出的是极限状态的体力。

第二次战役后,在彭德怀固执的坚持下,志愿军指挥部移动到了距离前线很近的君子里。

在君子里,彭德怀打电报给毛泽东,提出了部队休整的建议,并且明确提出志愿军"不越过三八线"的考虑。

十二月十三日,毛泽东在给彭德怀的回电中,通报了有关朝鲜战争的国际形势,并明确指出志愿军"要越过三八线"。

毛泽东的电文大意如下:

(一)目前美英各国正要求我军停止于三八线以北,以利其整军再战。因此,我军必须越过三八线。如到三八线以北即停止,将给政治上带来很大的不利。

(二)此次南进,希望在开城南北地区,即离汉城不远的一带地区,寻歼几部分敌人。然后看情形,如果敌人以很大力量固守汉城,则我军主力可退至开城一线及其以北地区休整,准备攻击汉城的条件,而以几个师迫近汉江中流北岸活动,支援人民军越过汉江歼灭伪军。如果敌人放弃汉城,则我西线六个军在平壤、汉城间休整一时期。

这就意味着,在很短的时间内,志愿军将要投入新的战役了。

面对毛泽东的电报,彭德怀陷入极大的矛盾中。

彭德怀认为,从军事上讲,是不应该再立即进行战斗的。志愿军入朝才一个多月,已经连续打了两次大战役,把战线推进到了三八线附近,而战争的发展之快出乎任何人的预料。西线的六个军已经非常疲劳,东线的第九兵团面临的困难更大。要求补充有作战经验的老兵还没有消息,粮食和弹药又得不到及时的补充,在这种情况下仗是很难打的。况且,第二次战役后期,敌人虽然撤得很快,但实际上有生力量的损失并不大,其主力大都较完整地保存了下来。敌人大踏步的撤退,并不完全意味着最后的失败。从战争常识上看,美军的撤退是有其道理的:一是他们在三八线以北的平原无险可守;二是需要迅速脱离接触,需要重新补充战力,依托三八线以南的阵地进行整顿。所以,敌人之所以撤退得很快,其中有抢占既设阵地的目的。在这种情况下,志愿军去进攻,会有诸多的不利。

彭德怀想到了周恩来针对"十三国提案"所说的话："美军既已过了三八线，因此三八线已被麦克阿瑟破坏而不复存在。"——周恩来的意思很明确，即中国军队绝不会宣布不越过三八线。

从国际政治斗争的角度看，当时，中国军队必须越过三八线，哪怕是越过一步。

军事上不允许打，政治上必须要打。

军事必须服从政治的需要。

彭德怀准备把一切军事上的困难抛在脑后。

但是，他在给毛泽东发去电报报告越线进攻准备在即时，还是再次说明了自己的观点：

据我看，朝鲜战争仍是相当长期的、艰苦的。敌人由进攻转入防御，战线缩短，兵力集中，正面狭小，自然加强了纵深，对联合兵种作战有利。美、伪军士气较前低落，现还有二十六万左右兵力。政治上，敌人马上放弃朝鲜，对于帝国主义阵营来讲是很不利的，英、法也不要求美国这样做。如再吃一两个败仗，再被消灭两三个师，可能退守几个桥头阵地（釜山、仁川、群山），也不会马上全部撤出朝鲜。我军目前仍应采取稳进，对现在十三兵团使用上，不要太伤元气，目前虽未到顶点，但从疲劳上（两个月不能安全休息），物资不能及时补给，气候寒冷，是值得严重注意的。现已开始战役接敌运动。此役，除运输困难、气候寒冷、相当疲劳外，特别是由山地运动战转为对阵地攻坚战（三八线原有相当永久工事），没有进行很好的普遍的教育。因为上述种种原因，我八日给你的报告中，提出暂不越三八线作战，充分准备，来年开春再战。得你十三日复电后，现已遵示越三八线作战，如无意外变故，打败仗是不会有的，攻击受阻或胜利不大的可能性是存在的。为避免意外过失，拟集中四个军（五十军、六十六军在两翼牵制敌人），首先歼灭伪第一师后，相机打伪六师。如果战役发展顺利时，再打春川之伪三军团；如不顺畅即适时收兵。能否控制三八线，亦须看当时具体情况再行决定。上述各项妥否盼示。

毛泽东的回电口气平缓，但越线作战的决心依旧坚定：

> 九兵团即在咸兴地区休整，只将重伤病员运回东北……你对敌情的估计是正确的。必须作长期打算……美、英正在利用三八线在人们中存在的旧印象，进行其政治宣传，并企图诱我停战，故我军此时越过三八线再打一仗，然后进行休整是必要的……打法完全同意你的意见，即目前美、英集中于汉城地区，不利攻击，我应专找伪军打。就总的方面说，只要能歼灭伪军大部或全部，美军即陷于孤立，不可能长期留在朝鲜。如能再歼灭几个美军师，朝鲜问题更好解决……在战役发起前，只要有可能，即应休息几天，恢复疲劳，然后投入战斗……总之，主动权在我手里，可以从容不迫地作战，不使部队过于疲劳……如不顺利则适时收兵，到适当地点休整再战，这个意见也是对的……

毛泽东虽然说到"在战役发起前，只要有可能，即应休息几天"，但是在朝鲜前线这已是不可能的事了。

就在彭德怀致电毛泽东的同时，中国军队的六个军正冒着漫天大雪向三八线急促行进。在没有机械化运输的情况下，中国士兵只有靠两条腿赶在战役发起的指定时间前到达战场。

第三次战役就要打响了。

彭德怀仍想着志愿军官兵的肚子问题。

在朝鲜战场上，中国士兵中流传着这样一个笑话：毛泽东知道在朝鲜打仗的士兵们生活很苦，就给负责前线供应的高岗下了

"让志愿军吃好面"的命令。结果,高岗把毛泽东用湖南话下达的命令听成了"让志愿军吃炒面",于是志愿军就整天吃炒面了。炒面维系着中国士兵生命的最低需求;但同时,因为它缺乏人体必需的多种维生素而导致士兵们患上了维生素缺乏症,最普遍的症状是嘴角溃烂。所以官兵们又说,把这东西挂在树上"美国的飞机都不炸"。

由于中国军队后勤装备的限制,由于美军战机的不间断轰炸,中国军队白天不敢生火做饭,而炒熟的面经过长时间运输却不会变质,士兵携带方面,食用简单,同时又能够大批量供应,因此,炒面无意中成为中国军队在规模巨大的战争中所发明的一种野战口粮。

炒面的成分百分之七十是小麦粉,混合百分之三十的玉米粉或大豆粉、高粱粉,炒熟后加入百分之零点五的食盐。

在第一次战役刚结束的时候,东北军区后勤部根据前线的要求,提出"以炒面为主,制备熟食,酌量提高供给标准"的建议,并且将炒面的样品送到了志愿军前线指挥部。彭德怀尝了炒面的样品后说:"送来的干粮样子,磨成面放盐好。炒时要先洗一下,要大量前送。"

如果让前线的每一个志愿军都吃上炒面,所需要的炒面量是惊人的。即使按照每人每月规定数量的三分之一供应,其数字也已经达到一千四百八十二万斤!而中国整个东北地区尽最大的努力,也只能供应出一千万斤。东北人民政府为此专门下发了《关于执行炒面任务的几项规定》,把制作炒面的任务向党、政、军、民各阶层层层分配,规定各单位每天制作炒面不得低于十三万八千斤。

时值第二次战役即将开始,十一月十八日,中共东北局又召开了一个专门的会议,与会人员包括东北地区的党、政、军各方面负责人。周恩来总理特地从北京赶来,会议的名称定为:炒面煮肉会议。

"炒面煮肉会议"部署了在一个月之内制作六百五十万斤炒

面和五十二万斤熟肉的任务。

在一九五〇年初冬的瑞雪中,中国出现了一个奇特的大规模的群众运动:男女老少齐动手,家家户户做炒面,从白天到夜晚,炒面特有的香味飘散在中国广袤的土地上。新闻媒体特别喜欢这种热闹,特地刊出了中国总理等中央领导人和北京市的机关干部、人民群众一起炒面的消息。这个消息的意义已经远远超出了为在朝鲜作战的志愿军官兵解决后勤供应的范畴。相信地球另一端的美国人看到这个消息后,应该知道这件事中没有任何幽默的成分。新中国无论如何是一个崭新的国家,新中国的领导人只要愿意,可以让任何一件事成为惊天动地的群众运动,并且在这个运动中体现出鲜明的意识形态的宣传色彩。

于是,在向三八线进军的路途上,中国士兵的衣服虽然单薄,肚子里也不是那么踏实,但中国官兵知道在他们的背后有全中国的人民,因此在最朴实的政治认识中他们昂扬而乐观。

在朝鲜半岛自北向南的路上,中国军队的六个军和北朝鲜的三个军团组成了浩浩荡荡的大军,步兵、炮兵、运输队和担架队挤满了大路和小路,挤满了一个又一个的江河渡口。

夜晚,大地在月光下一片银白,中国士兵缴获的一种他们从没见过的黑糊糊的东西成了累赘。有人说这是美国兵的宝贝,没有这东西美国兵什么也吃不下去。中国士兵已经尝过了,觉得这东西恐怕是世界上能吃的东西中最奇怪的,味道苦得像中药不说,重要的是它根本不解决肚子里的问题。于是,第三十八军的先头部队把缴获来的美国咖啡统统撒在了雪地上作为前进的路标。中国士兵就是沿着这样一条飘着咖啡香气的道路奔向三八线的。

各军的文工团员现在是最忙的。在中国军队这个特有的兵种中有不少正值青春年华的女孩子。她们有见到什么就歌唱什么的本领,乐器除了中国的锣和鼓外,居然还有西洋的长号和黑管。当美军飞机在夜空中几乎擦着中国军队的头顶飞过的时候,她们却站在路边的山冈上毫无惧色。"抓住敌人！不让他们跑掉呀！"她们的声音在满脸雪花的官兵听来是世界上最美妙的声音：

> 你在天上团团转
>
> 我在地上一样干
>
> 你扰乱得越厉害
>
> 咱们走得越喜欢

路面上的积雪经过人流的践踏，玻璃一样滑。拉炮车的骡马不断地滑倒，炮车翻在路边的沟里。驭手们不断地请求路过的步兵帮忙。步兵中也不断地有人掉在沟里，因为他们实在是太困了。队伍后面有汽车赶上来，士兵们惊奇地问："这是咱们的汽车吗？"在得到肯定的答复后，士兵们一下子觉得不困了。

中国军队向三八线急速赶去的时候，正是一九五一年的新年即将到来的时候。彭德怀向北京发去这样一封电报：

毛主席、朱总司令：

在您英明领导之下，取得了两次战役的伟大胜利，现正继续努力，争取再打一个胜仗，作为新年献礼。谨祝健康！

中国人民志愿军全体指战员

汪洋师长是中国第三十九军的所有师长中唯一一位在抗战时期参加革命的知识分子，他因为年轻英俊而又文武双全所以特别引人注目。此刻，他的一一六师是第三十九军突破临津江的先头部队。

临津江，发源于太白山脉，是汉江的主要支流，全长二百五十四公里，江面宽达百余米，两岸是起伏的高山。临津江的中游一段正好位于三八线上，因此这段江面成了第三十九军要突破的地段。

汪洋师长在临津江边的炮队镜里久久地向江对岸看去。

这里距离南朝鲜首都汉城仅仅七十五公里。

一切在炮队镜里清清楚楚。对岸的敌人为防止中国军队过江,阵地前沿架设了多道铁丝网,埋设了大量的地雷。岸边的悬崖上修筑着密密麻麻的大小碉堡。就在汪洋师长观察的时候,江面上空飞着敌人的战机,照明弹此起彼落。

侦察参谋报告:"三四七团的侦察员昨晚渡江侦察,被敌人发现,被火力压制在江水中,严重冻伤,牺牲了四个人,但是侦察结果回来了。"

"江面上什么情况?"

"新堡渡江点左面两百米的江面已经封冻,但是正面水流湍急,没有封冻,水深一点二米。"

"土井呢?"

"土井渡江点已经封冻,但是冰层很薄,恐怕炮兵不能通过。"

汪洋的心情格外沉重。

这几天,汪洋一直带着担任尖刀的三四七团团长李刚和三四六团团长吴宝光在前沿察看地形。他要亲自为这两个团选择最佳的突破口。有一天在察看地形时,十几个朝鲜老百姓模样的人向他们走来,这是对岸南朝鲜军派出的化装侦察员。中国方面的警戒分队立即与他们交上了火,这些南朝鲜军侦察员掉头就往江对岸跑,但是对岸的南朝鲜士兵以为他们是中国军队的侦察人员,立即向他们开枪射击,结果这些南朝鲜军的侦察员一个也没能活下来。就是在他们的身上,汪洋发现了一份侦察计划图,这份侦察图标明了江面冰层冻结的情况。

汪洋来到三四六团。

一一六师的张峰副师长已经下到这个团,正在参加团党委会,会议讨论的是如何拿下江对岸的一九二高地。

张峰说:"我们在朝鲜战场上每前进一步,距离世界和平就近了一步。无论多么艰难困苦,我都要把部队带过临津江!"

在第一次战役中大闹云山城的那个四连,有个名叫张财书的扫雷组长,他在决心书中这样写道:"为突破临津江,我保证完成党交给我们的排雷任务。钩子断了用手拉,手断了用脚踩,脚断了用身子滚,一定要为突击部队开辟一条前进的道路,让他们冲上一九二高地!"四连连长朱子玉表示:"如果我没过临津江就牺牲了,把我埋在江南岸的阵地上!"

在三四七团,汪洋找到了团长李刚。李刚因发表过小说而闻名,人称"小说团长"。李刚精干而勇敢,他向汪洋汇报了这些天他奔走在前沿所掌握的情况。在三四七团的正面,李刚用铅笔在地图上画出了许多密密麻麻的记号,这些记号代表着敌人的铁丝网、地雷区、火力点、纵深防线以及很多存在疑点的地方。接着,汪洋看到了一份六连写给担任尖刀任务的钢铁连的挑战信:

亲爱的钢铁连全体同志们!

突破临津江的任务到来了!我们万分高兴!

你们对祖国和人民已经有了很大的贡献,我们非常钦佩你们并随时在向你们学习!为了共同完成上级交给我们的光荣任务,特向你们来一个革命友谊竞赛,提出以下几个条件:

一、打开突破口,看谁先占领。

二、看谁先占领敌人的主阵地。

三、看谁抓的俘虏多。

致敬

六连全体同志敬上

汪洋师长的眼睛离开挑战书,向江对岸看了一眼,然后他说:"战前侦察工作要细致再细致,最大限度地减少战士的伤亡!"

士兵张国汉奉命前去探冰。他身上插着短枪,无声息地在冰面上爬,寒冷的风从冰面上卷起雪粉灌进领口,他觉得浑身都冻透了。但是他很高兴,因为天越冷,冰就冻得越结实,这样部队才好突破呢。爬到江心位置的时候,他突然觉得冰面动了起来并且还有开裂的声音,这下他有点儿紧张了。他一动不动好一会儿,才明白这是冰面自然的开裂。对,家乡的那条河不是在隆冬里也吱嘎作响么?在江心,他站起来,松鼠般地乱跳,冰冻得真结实!首长不定多高兴呢!张国汉还不放心,向江心左右各三十米又爬了个来回。在要往回爬的时候,他向江对岸看了看,黑漆漆的江南岸闪着断断续续的灯光,敌人夜晚值班的机枪打出的曳光弹一串串地飞到江中。张国汉突然产生了一个怪念头:这么多天大伙一直嘀咕的那个叫三八线的东西到底是什么样?能不能看看,甚至用手摸摸?张国汉真的爬上了南岸。他爬过江岸边的雷区,一直爬到一座山崖下。头顶上不断有敌人在打枪,他还听到了敌人使用对讲机联络的声音。他一动不动地想象着三八线的模样,最终实在想象不出名堂来,但他还是很自豪:不管怎么说,第一个突破临津江的是张国汉!

一九五〇年十二月三十日,第三十九军一一六师做好了进击临津江的一切准备。

在宽两公里、纵深二点五公里的正面,在距敌一百五十至两千五百米的攻击出发阵地上,利用丘陵山包、灌木丛、小河沟渠和自然雨裂,一一六师构筑了可容纳七个步兵营的三百一十六个简易隐蔽部,可容纳十八个团以及营指挥所三百多名指挥人员的上千米的堑壕和交通沟(壕的侧壁每一米挖一个防炮洞),还有五十多个弹药器材储备室,三十多个掘开式炮兵发射阵地,五十多个带有掩盖的炮兵发射阵地,其中的任何一个都有可容纳五百名伤员的隐蔽部。

一一六师准备了大量的渡江器材。第一梯队的士兵们准备了攀登陡壁用的梯子二十四个。徒涉部队每人用雨布缝制了防水袜子一双,打制了草鞋两双(防止在冰上打滑),还准备了大批门板和稻糠,用以填补敌人炮火破坏冰面和防滑。

一一六师的渡江准备比别的部队还多一个高招:谁也不知道

他们用什么途径从国内运来了一批猪油。这些猪油被分发给士兵，让士兵们抹在腿和脚上，说这样可以防止冻伤。士兵们闻着猪油的味道很是嘴馋，自从出国作战以来几乎都不知道豆油和猪油的味道了，士兵们说："要能吃上一顿猪油炒白菜该多美！"

师后勤部门筹集了二十万斤粮食，保证每个战士带三天的干粮和一天的粮食。同时，还为炮兵准备了一个半基数的炮弹，其中步兵炮和迫击炮为两个基数。机枪和冲锋枪子弹均准备了两个基数以上，手榴弹每人五枚。

野战医院补充了大批急救药品。

担架队准备了大量的担架。

支援三四七团的火炮由野战炮、山地炮、步兵炮和化学迫击炮组成，共二十七门。支援三四六团的火炮组成相同，共二十三门。同时，师的二线炮兵将全力支援正面攻击部队。

汪洋师长下达的命令包括这样的内容："进入攻击阵地后，任何暴露目标的人员都将受到战场纪律的制裁！"

第三十八军突破的正面是敌人坚固防御的地区，需要强攻。

将从永平首先突破的部队是一一四师，一一四师把先遣团的任务交给了三四二团，三四二团把首先突破的任务交给了一营。

选择突破地点的时候，二营营长姚玉荣腿上中了一弹被抬下去了，他对他的好朋友曹玉海说："伙计，又轮到你打头阵啦。"

一营营长是曹玉海。

在上百万参加了朝鲜战争的中国士兵的姓名中，"曹玉海"这三个字总是能在意想不到的时候突然出现。

曹玉海说："我倒要看看敌人的这个防线是钢铁的还是豆腐的。"

曹玉海是个极其细心的人。为了选择更好的突破点，他数次爬到江面上亲自侦察。他爬上的那条江叫汉滩川，是礼成江的一条支流，蜿蜒在三八线北面。最后，曹玉海把一座陡峭的山崖选做了突破目标,他的理论是,越是敌人想不到的地方,越是薄弱的地方,对我们来讲就越是安全。

第四十军一一九师三五五团团长李冠智是个严肃的人,他从不允许他的部下嘴里出现"大概"、"也许"这类的字眼儿。在他的要求下,一个叫石绍清的士兵前去探冰。石绍清天黑出发,不到二十点就回来了,报告说江心有大约五米的江面没有封冻。他声明自己是下了水的:"脚一沾上水,我的天!凉得我倒吸了好几口气!坐在冰上往水里一出溜,水一下子就没到了肚脐眼儿。那个冷!激得我简直喘不过气来!江底的石头很滑,水流很急,我差点没栽到水里。冰块像刀子一样割大腿,一会儿就不知道疼了!"石绍清说着挽起棉裤,他的腿已经发青,被冰块割出的口子流着血。听他诉说的士兵们全都瞪大了眼睛,七嘴八舌地议论起来。有的说必须用雨衣改制成水裤才行,有的说干脆架浮桥吧。

第二天,李冠智发现江心原来发黑的一条线没有了。

也许是冻上了?

他命令再派人去侦察。

派的又是那个把士兵们吓得瞪大了眼睛的石绍清。

出发前,石绍清找来一根很结实的木棍,在木棍的一头绑上了棉花。天一黑,他披着一条看上去如一片雪似的白布出发了。接近江边的时候,石绍清匍匐着往前爬,一直爬到江心。果然是冻上了!他用裹了棉花的木棍敲击冰面,仔细听着有没有裂缝的声音,企图判断出冰层有多厚。但是,木棍敲击发出的声音总是不能令他放心,他知道如果他这次再探得不准,就会关系到很多战友的生命,关系到三五五团是否能够打胜仗。想到这儿,石绍清索性站起来,使劲儿用脚踩冰面,这样反复地踩,结果把对岸的炮火引来了。一颗炮弹在距离他十米的冰面上爆炸,激起的冰块飞起来,砸在他的身上,他疼痛得几乎叫了起来。他没有往回跑,却向被炮弹炸出的那个大窟窿爬过去。在那个大窟窿边沿,他把手伸进冰冷的江水中,真实地测得了冰面的厚度。他很高兴,因为根据冰面的厚度,别说是步兵,就是大炮也能过去。他带着胜利的喜悦往回爬,爬着爬着,突然想到一个严肃的问题:这回用什么证明自己不是瞎白话,是进行了真实的侦察了呢? 他在黑暗中想了一会儿,掉头又往江对岸爬,一直爬到敌人戒备森严的江南岸。他知道岸边首先是一片地雷区,在地雷区的那一头,他看见了敌人哨兵游动的影子。他在黑暗中摸索着花费了不少的时间,然后才又爬了回来。在向连长汇报侦察结果的时候,石绍清从怀里掏出三颗美式地雷,他说:"我侦察的情况是真实的,有鬼子的地雷为证!"

第三次战役的作战计划经过了反复斟酌,彭德怀最后的决心是:集中志愿军的六个军,在北朝鲜人民军三个军团的配合下实施进攻,粉碎敌人在三八线上的防御阵地,歼灭在临津江及其北汉江地区第一线布防的南朝鲜第一、第二、第五、第六师,如果发展顺利,相机占领汉城。

第三次战役作战计划的具体部署为:

由志愿军第三十八、第三十九、第四十、第五十军并加强六个炮兵团组成右翼纵队,由韩先楚副司令员指挥,于高浪浦里至永平地段突破,首先集中力量歼灭南朝鲜第六师,再歼灭南朝鲜第一师,得手后向议政府方向发展。各军的任务是:第三十九军由新垈、土井地段突破临津江,其主力向上声洞、梧岘里、法院里方向突击,准备打援与抓住汶山地区的南朝鲜第一师;另以一个师向湘水里、仙岩里实施迂回,并占领该阵地,阻击北援和南逃之敌。第四十军由峨嵋里至高滩地段突破临津江、汉滩川,而后向东豆川方向攻击,协同第三十八、第三十九军围歼南朝鲜第六师。第三十八军自楼垈至板巨里地段突破汉滩川,首先歼灭永平之敌,再向东豆川里、纸杏里方向攻击,并以一个师占领七峰山阵地阻敌北援,同时监视抱川之敌。第五十军由茅石洞至高浪浦里地段突破,向皆木洞方向攻击,配合第三十九军歼灭出援之敌或打南朝鲜第一师。

由志愿军第四十二、第六十六军并加强炮兵四十四团组成左翼纵队，由第四十二军首长指挥，在永平至马坪里地段突破，首先集中主力于永平至龙沼洞地段歼灭南朝鲜第二师一至两个团，得手后向加平、清平川方向扩大战果，切断汉城、春川之间的交通；另以一个师由华川渡北汉江，向春川以北之敌积极佯攻，抓住南朝鲜第五师。各军任务是：第四十二军由观音山至拜仙洞地区突破，主力向中板里、贵木洞方向攻击，歼灭南朝鲜第二师十七团，切断清平川至加平的公路；另以一个师向济宁里迂回，协同第六十六军歼灭南朝鲜第二师三十二团、第五师三十六团。第六十六军主力分别于龙沼洞、马坪里、圆坪里地段突破，向济宁里方向攻击，会同第四十二军歼灭南朝鲜第二师。

　　为保证战役的胜利，八万多有作战经验的老兵被补充到前线。

　　志愿军后勤部门加强了力量，并且增调铁道、桥梁部队参战。前线各军积极就地筹粮，共向当地老百姓借粮三万多斤。

　　中朝两军成立了联合指挥部，彭德怀任指挥部司令员兼政委。

　　临津江两岸格外寂静，在江北岸的黑暗中，十万中国官兵蜷曲在雪地的战壕中一声不响。没有人知道在这个特殊的时刻他们是否想到了他们很小的时候在家过新年的情景。尽管元旦在中国人心目中不如春节那般的热火，但是新年毕竟要过年，家家大门上挂着烛光摇曳的红灯笼，全家人坐在一起吃一顿好饭，如果年景好就会有肉和酒。然后年轻人聚集在一起，在暖和的炭火前议论一些平时不大议论的事，比如关于来年的生活。老人们很早就睡下了——在中国，元旦是年轻人的节日，因为新的一年就要来了，"将来"这个词在年轻人看来永远是朦胧而又美妙的。

　　一九五一年新年到来的前夜，在朝鲜半岛上的十多万年轻的中国士兵迎来的是一场残酷的战斗。

　　中国人民志愿军在抗美援朝战争中发起第三次战役的时间是：一九五〇年十二月三十一日十七时。

胜利一次太重要了

十二月二十三日晚,美国陆军副参谋长马修·李奇微正在和他的陆军老朋友们一起共进晚餐。这些天,因为不断地开会讨论该死的朝鲜问题,所有的人都感到精神疲惫,轻松一下甚至好好地喝上几杯,在圣诞节前夕这是个说得过去的理由。但是,就在酒喝到已经快把亚洲东北角上的那个国家忘了的时候,陆军参谋长柯林斯打来电话,这个电话把喝酒的气氛完全破坏了:"马修,沃克死了!"

李奇微被通知立即到五角大楼开会。

在五角大楼,李奇微听取了一些零零碎碎的情况后被告知:今晚飞往远东,接替沃克的第八集团军司令官的职务。

李奇微首先想到的是:该怎样跟自己的夫人说这件事呢?

李奇微,时年五十六岁,一位美国陆军炮兵上校的儿子。和父亲一样,他的大半生都是在美国陆军中度过的。他一九一七年毕业于西点军校,他的同班同学中包括现任陆军参谋长柯林斯将军和在日后在朝鲜战争中接替他的克拉克将军。在西点军校上学的时候，他被评价为"相貌堂堂，简朴严峻"，他当过学校中最引人注目的橄榄球队队长，同时还是学校冰球队的主力。学校年鉴里有一句话可以说明他那时的风光："毫无疑问，马修·李奇微是此地头号大忙人。"

作为一名军人，李奇微渴望在战争中赢得荣誉。但是，当他被任命为少尉的时候，第一次世界大战已经接近尾声。在两次世界大战中的和平年代，他在中国、尼加拉瓜和菲律宾服役，除了认识了一位后来成为他夫人的姑娘外，他没干过什么令他喜欢的事，他认为自己虽然有耐心，但那依然是一段"令人生厌"的生活。第二次世界大战爆发，军人的机会来了，李奇微被任命为美国陆军第八十二师师长，这个师很快就被改编为空降师，成为美国陆军的精锐部队。从西西里岛作战开始，他率领他的士兵转战于欧洲战场，从西西里空降直至著名的诺曼底登陆。到了一九四五年，李奇微已经指挥一个军了。他于一九四九年出任美国陆军副参谋长，并被陆军中的所有同仁"公认为未来的参谋长"。

李奇微以治军严谨、战术机敏而享誉美国陆军。

可他还是不愿意把自己要上战场的消息告诉夫人。但是由于当晚就要出发，于是他托一位好友先把这个消息婉转地透露给夫人。

李奇微回到家，开始列出要携带物品的清单。出乎他的预料，夫人对他将去遥远的地方接替一个充满危险的职务并没有激烈的反应。"她像一切勇敢的、受过良好教育的人那样，以军人妻子特有的坚毅精神接受了这一现实"。

李奇微写了遗嘱，遗嘱中涉及了他万一死亡家中遗产的分配方案。然后，他和他的夫人以及一个孩子照了一张合影，这张照片后来成为在严酷的朝鲜战场上唯一能够令他感受到温情的东西。

接他到机场的汽车已经停在门口。吻别了妻子和孩子后，他又接到柯林斯的电话,电话询问他是否需要参谋人员的陪同,李奇微说:"不,我一个人走。这是圣诞节,就连光棍汉也会有他的安排。"

飞机在黑暗中飞行。这个参加过无数次残酷战斗的老兵想起很多事,包括一些纷乱无序的回忆,这些回忆多年以后仍留存在他的记忆中:

> 我在军校学习的时候,常被叫到地图前回答问题。教官说一个营长阵亡了,你现在接替这个指挥位置,赶快决定怎么办。那时,我会迅速地思考敌我双方的兵力部署和作战能力,并且根据自己的知识作出决定,接着就考虑下达命令的程序和内容。

> 但是,我将面临的问题,和我在军校学过的、和我所经历的战争不大一样。这不是程度上的差别,而是性质的基本不同。

> 面前的情况是,在清川江会战中遭到失败的第八集团军撤退下来,正据守在三八线一带。第十军好容易才从长津撤出来,现在部队疲劳,士气低落。

> 敌人在战斗力上占优势,而且擅长朝鲜的山地作战和夜晚作战,战局是险恶的。如果,教官现在问我该怎么办,我该怎么回答?

李奇微作为美国陆军负责作战的副参谋长,曾在华盛顿的五角大楼里每天对着朝鲜地图办公,他已经像熟悉自己家的后院一样熟悉朝鲜半岛的地理环境。另外,此刻在朝鲜半岛上作战的所有美军高级军官中,除了陆战一师的史密斯师长因归海军管辖他不大熟悉外,其余的都是他的老朋友。

李奇微开始在笔记本上写下给夫人以及陆军部发出的电报,起草就职演说的讲话稿,同时写下了自己的行动步骤:

一、向麦克阿瑟将军报到，并了解其情况判断和作战方针；

二、行使指挥权，向第八集团军的官兵表明自己的信心，即敢于对抗神出鬼没的中国军队；

三、掌握第八集团军的参谋人员，了解他们对战场情况的判断；

四、访问各级指挥部，视察前线，掌握部队的实际情况，特别是其作战能力和弱点，了解各级指挥员都在想些什么；

五、以上各项完成后，综合判断，定下是防御还是进攻的决心。

在阿留申群岛飞机加油并等待天气好转的时候，李奇微在那里跟基地司令官夫妇谈了一通有关考古的问题。

然后，飞机飞越太平洋，目标是东京。

李奇微和麦克阿瑟之间的个人关系很奇妙。当李奇微在西点军校读书的时候，麦克阿瑟已是西点军校的校长。从那个时候起，李奇微就对这个傲慢的大人物一直敬而远之，因为他了解麦克阿瑟"夸大其词和自吹自擂的恶习"和"把子虚乌有之事归功于己的癖好"。李奇微在他后来的回忆录中这样形容麦克阿瑟：

> 这就驱使他在每次有他的地面部队参加的登陆行动和发起主要攻势时，都愿意在大庭广众之前摆出一副真正的现场指挥官的架势。他有意培养清高孤傲之情，仿佛这是天才的特征，直至它变成一种格格不入的东西……这使他失去了一名司令官从他的部属那里得到批判意见和中肯评价。他刚愎自用的性格有时使他不顾逻辑而一意孤行；他对自己的判断坚信不疑，这使他产生一种一贯正确的预感……

圣诞节的第二天，李奇微到达东京。

当晚，麦克阿瑟没有接见他，他在麦克阿瑟夫人的精心关照下度过了一个舒适的夜晚。

第二天,即十二月二十六日,他见到了他的直接上级麦克阿瑟将军。

奇怪的是,当时的麦克阿瑟给李奇微留下了难得的好印象:

> 麦克阿瑟将军造诣很深,言谈简洁,我想问询的几点,毫无遗漏地谈到了。他好像很懂得谈心术。他具有领导才能,思路敏捷,能巧妙抓住任何事物的本质并进行通顺畅晓的解释,即使头脑最迟钝的人也能得到要领。尽管他可能暴露出一些弱点,但他仍不愧是一位伟大的军人、一位伟大的政治家和一位胸怀广阔的领袖。我对有机会同我有幸认识的少数天才之一再次共事感到高兴。

这次会见,除了谈到目前的战场局势外,两个人实际上没有谈到"怎么办"的问题。麦克阿瑟抱怨美国空军在朝鲜表现得很一般,他告诉李奇微"别指望他们这些狗东西",并且表示他强烈地希望能让蒋介石的部队参战。至于汉城,"有可能守就守"。最后,麦克阿瑟很诚恳地告诫李奇微,不要低估中国人,"那是一个危险的力量"。

当李奇微问道,如果他要制订一个进攻计划,不知道将军是否有反对意见时,麦克阿瑟说:"如果判断后认为采取进攻最符合情况,就进攻。"说完,麦克阿瑟好像很得意地笑起来,他拍了拍李奇微的肩膀说:"你认为怎么好就怎么干吧,第八集团军是你的了。"

麦克阿瑟说这番话的时候,没有一点儿开玩笑的意思。

从麦克阿瑟官邸出来,李奇微的心情不是很好了,他知道"在这困难局面中的全部责任已经沉重地、严肃地、刻不容缓地压在自己的双肩上了"。

他必须立即飞到朝鲜去。

临上飞机时,李奇微在他的上衣上别上了第八集团军的徽章。

飞机起飞了,一路风雨交加,李奇微在剧烈的颠簸中完成了演讲稿的修改。同时,舷窗外翻滚的乌云始终令他预感着自己前程暗淡。

朝鲜大丘机场笼罩在湿漉漉的雨云下。

飞机滑行停止,机舱门打开,李奇微走下来了,欢迎的人们看见的是另一个活脱脱的麦克阿瑟:李奇微头戴一顶引人注目的毛边帽子,腰间挎着一支手枪。空降战斗服翻起的衣领上佩戴着三颗星和伞兵徽章。上衣外面套了一件马甲,脖子上吊着的两个黑糊糊的东西来回摇晃,走近了才看清楚,那是两颗美式甜瓜形手雷!

"这副打扮,是李奇微在朝鲜的注册商标!"记者们在向全世界发出的电讯中这样写道。

曾经有人对李奇微脖子上始终挂着两颗手雷提出尖锐的批评,说他这是在"哗众取宠"。

李奇微的反驳是:"他妈的,这是战场!"

在朝鲜战争以后的岁月里,这两颗手雷就一直挂在这位司令官的脖子上。

美军战史所记载的李奇微的就职演说是:

> 我坚信,最后的胜利属于我们。这种信念的基础是诸位在以往的联合作战中所发挥出来的业绩和坚忍不拔的精神。
>
> 我们正在面临着严峻的考验。我们在进攻中必须有坚强的决心,在防御中必须有高度的持久精神。
>
> 我们必须足智多谋。即使一个排或者一个班的战斗,实际上也影响着全军的作战。纵然指挥官和参谋不在了,也要果敢地继续战斗。不能失去发挥伟大的美国精神的机会。
>
> 上帝将同诸位在一起。

在李奇微发表他的充满"美国味道"的演讲的时候,彭德怀正在接近前线的一个山洞里看地图。这位同样年龄已过五十的中国军队的指挥官,由于长期在阴暗潮湿的山洞里工作,面容已与洞壁一样灰暗。各军战役前的开进还算顺利,就是炮兵总是拖后腿,行进的速度太慢!暴露目标被敌机轰炸!每个军都在抱怨炮兵没有全部到达预定位置!炮弹的运输成问题!有的部队还是缺粮!

秘书说,祖国慰问团送来了糖果之类的东西,专门给彭老总留了一些。

彭德怀说:"我不要!全部送到部队去!"

秘书又说,慰问团还专门给彭总带来了毛皮缝制的护膝,说是彭总的夫人亲自做的。

彭德怀把皮护膝拿在手里,它摸上去很柔软。

参谋前来报告:李奇微今天到达朝鲜。这个美军司令官的作战原则是:一旦实力允许,立即恢复进攻。

彭德怀不由得心里一惊。

这时的联合国军刚刚结束全面撤退。从纯军事的角度上讲,联合国军撤退后最迫切的问题,是寻求一条能够防御的战线,以防御中国军队可能发动的大规模进攻。而事实是,中国军队的这个进攻马上就要开始了。新上任的美军第八集团军司令李奇微在这样的局势下居然说出了"进攻"二字。而如果此时联合国军具备了进攻的条件,中国军队必定会全线陷入被动。

朝鲜人民军指挥部第三次打来电话,邀请彭德怀去吃新年年夜饭。

彭德怀说:"现在哪有心思吃饭!"

副司令员洪学智走过来说:"彭总,别老看地图了,咱们杀一盘棋!"

彭德怀说:"不杀!"

目前,联合国军在三八线上的态势是:于横贯朝鲜半岛二百五十公里的正面和六十余公里的纵深地带已形成两道防线。第一道防线为西起临津江口,东经汶山,沿着三八线到东海岸的襄阳;第二道防线西起高阳,东经议政府、加平、自隐里,到东海岸的冬德里。在这两道防线的后面还有三道机动防线。此时,美军第十军已经在釜山登陆,加入到西线战场,使一线联合国军的兵力达到五个军十三个师三个旅。中国人民志愿军此时在朝鲜战场所面对的敌总兵力为三十六万五千人,其中作战兵力二十五万人。

联合国军的部署是:南朝鲜第三军团指挥三个师,即南朝鲜第二、第五、第八师,成梯队形在榻豆郁、背后岭、庆云山段依次展开。南朝鲜第二军团指挥南朝鲜第三师,在揪田里、甲屯里防守。南朝鲜第一军团指挥两个师,即南朝鲜第九师和首都师,于甲屯里至东海岸防守。南朝鲜第七师位于春川、横城地区,是南朝鲜军的预备队。美军第一军指挥两个师三个旅:其第一梯队是防守盐河口至金浦的土耳其旅和防守临津江口至舟月里的南朝鲜第一师;第二梯队是美军第二十五师,英军第二十七、第二十九旅,分别位于汉城西北的高阳和水原地区。美军第九军指挥三个师:其第一梯队是防守舟月里至梁文里的南朝鲜第六师;第二梯队是美军第二十四师、骑兵第一师,分别防守议政府及汉城以东的金谷里、道谷里地区。美军第二师主力位于堤川和洪川,空降第一八七团位于金浦机场,是第八集团军的预备队。隶属第十军指挥的陆战一师、第七步兵师和第三师位于大丘、釜山整顿,随时准备投入战斗。

联合国军军事部署的特点是:南朝鲜军队普遍在一线,而美军在二线;所有的军队都重兵集中在汉城周围和汉江南北的交通要道上。这样的地理防线决定着联合国军能守就守、不能守则退的战略。

于是,对于中国军队来说,第三次战役的关键是:能不能抓住已经摆开要跑架势的敌人。

而其中最不能忽略的是:美军能以十分迅捷的速度大举撤退,

一旦它掉过头来由防御转入进攻,其速度同样是惊人的。李奇微声明他要进攻,这不仅仅是一种心理上的威胁。美军即使在撤退中也具有转为进攻的军事能力。

李奇微不是狂妄的麦克阿瑟,也不是谨慎的沃克。

十二月二十七日,李奇微乘坐 B-17 轰炸机前往汉城的前线指挥所。他之所以选择这种老式飞机,是因为这种飞机射击员前面的窗户很大,便于开阔地观察地面。飞机遵照李奇微的命令沿着交战两军的对峙线飞行,高度仅为一千米。机翼下高耸的山峰给李奇微留下了极其深刻的印象:"群山像刀刃一样耸立着,峡谷像蛇一样弯弯曲曲。""这样的战场,对以徒步机动为主的共产党军队来讲,是最好的游击战活动场所和最理想的战场。而对以车辆机动的我军来讲,这将是一个悲惨的地方。"

李奇微在美国驻南朝鲜大使穆乔的带领下,在汉城见到了李承晚。这个老头儿的情绪悲观而失望。"要给中国人治罪!"李承晚激动地说,"中国是凶恶的侵略者!"李承晚已经下令在全国征召壮丁,扩大军队,在与中国军队接触的前沿,几万劳工正在修筑工事。最近,他还亲自在汉城为南朝鲜第一师全体官兵举行了出征壮行的表彰大会,鼓励他们为大韩民国而顽强战斗。可就是这个南朝鲜第一师,在中国军队即将打响的第三次战役中,以最快的速度溃败了。

李奇微说:"阁下,我是为在贵国逗留而来。"

这句话很有作用,因为已有传言,联合国军要撤出朝鲜。既然司令官说他要"逗留",就说明美国人决心把战争打下去。

李奇微来到汉城前线指挥所,一进门就火了,因为这个重要的指挥所里只有几名参谋还在工作,大部分参谋人员已撤往三百多公里外的后方。"这是什么指挥所?让那些参谋立即给我上来!"

而此刻防御线上的部队的情况更加糟糕。

在一个师指挥部,李奇微要求军官们向他汇报敌我双方的情况,但是,从师长到参谋人员都尽可能躲避着他们这位新任司令官的目光,而且根本说不出一线部队指挥人员应该掌握的任何情况,包括正面的敌方的基本部署。参谋人员给李奇微看的是仅仅在中国军队集结的地域上画出一个又一个巨大红圈的军用地图。

在一个阵地前沿,李奇微问一位营长现在他的右翼是什么情况。营长说,电台坏了,没办法与右翼取得联系。李奇微命令这个营的炮兵现在就开炮,向中国军队的阵地射击。然而营长说,手上没有关于中国军队阵地的分布图,他就连自己手下连队的布防图都没有。结果,炮弹胡乱地射击,有一发炮弹竟在美军的一个阵地上爆炸了。

在一条公路上,李奇微让跟随他的宪兵把子弹上膛,截住了六辆正在撤退的南朝鲜军的卡车。"向后转!上前线去!"李奇微这样命令。南朝鲜军士兵不认识这个气势汹汹的人,但认识美国的宪兵,于是卡车掉头往回开。"一会儿他们就会以更快的速度开回来的。"身边的人对李奇微说。

在一个美军团级指挥部的门口,李奇微内心的所有不满开始向吉普车的车篷发泄了:"把所有的车篷都给我拆下来!在战场上乘坐有篷的汽车,是在封闭的车厢里骗取一种自欺欺人的安全感和没有根据的舒适感。篷布挡不住子弹,这你们知道,这是一种如同走投无路的鸵鸟把脑袋钻进沙子里一样的心态!"

李奇微终于认识到,第八集团军在中国军队的打击下"肉体上和心理上受到了多么深痛的损害"。夜晚,在接近前线的帐篷里,他开始给陆军参谋长柯林斯写信:

> 这里确定无疑地有一种紧张不安、大难临头、动荡不定的气氛,一种惊恐不定的精神状态。我很清楚,我们的部队已失去信心。从他们的眼神、步态都可以看出这一点。从他们的长官的脸色——从军士到最上层军官,都可以看出这一点。他们反应迟钝,不愿意交谈,我必须从

他们那里了解情况，可他们完全缺乏那种在士气高昂的部队身上可以发现的警觉性和进取精神。

第八集团军很快就了解到他们新任司令官的严厉作风。李奇微给所有的军官下达了一道严厉的命令："我不希望看到接到行动的电话还坐在那里发呆，甚至还抽上支烟的军官。应该放下电话，拿起帽子，去执行需要完成的任务。所有的军官，必须和先头营在一起，文字工作可以晚上做。白天，枪炮声大作的地方才是你们必须去的地方！"

"即使你在战斗中立了大功，也不可以军装上的铜扣子没有擦亮。"李奇微知道战争容不得一丝差错，他要求当部队向某一地域前进时，指挥官必须知道那里"是否需要步兵背负武器、弹药和食品爬上两千英尺的山脊，以及他们是否能将重型武器装备运上去，一路是否需要涉水过河，是否有轮式车辆能够通过的道路"。

李奇微告诉柯林斯，他准备"毫不留情"地撤掉那些"不称职的"指挥官。果然，在到达朝鲜前线的三天内，被他撤职的中高级军官中不乏第二步兵师师长罗伯特·麦克卢尔将军、第七步兵师师长戴维·巴尔将军、第二十四师师长约翰·丘奇将军、第一骑兵师师长霍巴特·盖伊将军。

李奇微开始向第八集团军阐述他将要采取的新的战术：

> 诸位和诸位部属们的祖辈如果知道某些指挥官的所作所为，一定会在坟墓里羞愧得翻身把脸转过去的。

> 军事入门书告诉我们，遵照的第一原则是"尽快地与敌人接触"，我和诸位都要学习这一点。下达命令！立即派出侦察部队！而且，一旦同敌人接触，就要像狗一样咬住，决不能放过。在敌人暴露其位置和兵力之前，必须捅一捅和刺激他们一下。每天都要捕捉和消灭敌人潜入的侦察员。我不允许你们告诉我"不知道这条小路通

向什么地方"。

指挥官的任务是走到最危险的战斗场所。任何想象都不能代替实地观察。战斗一开始,希望师长和进行战斗的第一线营长们在一起,军长和第一线的团长们在一起。指挥官的位置必须是敌我双方互相开枪的地方!

第八集团军的问题在于过分地依赖公路,当中国人控制了山头后,他们就可以随意给我们的车队以沉重的打击。如果想赢得这场战争,美军就必须从吉普车、卡车、炮车上走下来,以徒步的方式发动进攻。任何一个不身先士卒、不敢战斗的指挥官都将被撤职并遣送回国。

美国的国威和信用,关系到朝鲜的命运。避免失败的唯一的方法就是拿出勇气来!把赤色中国洗成白色!占领几平方英里的土地无关紧要,你们的目标不是占领阵地,而应该是尽可能多地杀死敌人,阵地的得失并不意味着将会赢得或失去这场战争。最重要的是把敌人杀死!要寻找伏击他们的机会,并把强大的部队埋伏在侧翼,突然发动猛烈攻击将其歼灭!

李奇微不是一个惯用激烈言辞的指挥官,"不断进攻"的确是他脑海中根深蒂固的战术思想。

为了提高部队的士气,李奇微让他的座机飞临距离前沿很近的地方,然后随便找个什么地方就降落下来。李奇微的座机驾驶员迈克·林奇是个胆大包天的人物,他总能满足李奇微对整个战场了如指掌的渴望,经常让飞机在简易的土路上降落,甚至降落在小镇的街道上。一次,飞机飞到一个荒凉的小镇上空,李奇微想知道小镇里有没有中国士兵,于是问林奇是否能降落? 林奇说:"我能飞进去,并且降落,但这他妈的肯定很麻烦。"林奇驾驶飞机从电线底下钻进小镇,掠过一座小桥,然后降落下去。李奇微走下飞机时手里提着一支卡宾枪,然后他步行穿过小镇,并在那座小桥上检查是否有中国军队的影子和他们埋下的地雷。当一小队美国士兵闻讯快速跑来时,看见他们的司令官被一群赶来看热闹的朝鲜孩子团团围住,而司令官正把带来的几面美国小国旗一一发给朝鲜孩子。

在以后的战争中,李奇微每每飞临战场前沿。有一次他的飞机在前线降落,几乎降落在中国军队的阵地上,中国士兵发现后击毁了他的飞机,李奇微和林奇在冲向他们的中国士兵射出的密集子弹中钻入山林逃生。从那个时候起一直到朝鲜战争结束,再也没有记者对李奇微将军脖子上的两颗手雷发表调侃的言论了。

尽管李奇微费尽心思地整顿着萎靡不振的部队,但在中国军队策划的第三次战役即将发起的时候,位于前线的所有美军官兵依旧情绪低落。

在华盛顿,对战争局势的悲观预测,使杜鲁门总统连同五角大楼的官员们都感到战争似乎应该停下来了。于是,美国参谋长联席会议主席布莱德雷将军在参众两院的听证会上说出了那句极其著名的话:“如果把战争扩大到中国大陆,同中国全面大打,那就是在错误的时间,错误的地点,同错误的敌人打一场错误的战争。”

这句话很快传到朝鲜前线的美军官兵中。

但是,无论怎样,美国人最终的心态依旧是:除非把联合国军打进大海,否则绝不能这么不体面地撤出朝鲜半岛。

杜鲁门宣布了全国进入紧急状态的法令,加强了总统在战争状态下的权力,加速了军队的扩大和军事工业的生产。

杜鲁门发表了公告:

现在,我,哈里·S.杜鲁门,美利坚合众国总统正式宣布国家进入紧急状态。这就要求以尽可能快的速度增强我国的陆军、海军、空军和民防力量,使我们能够粉碎对我们国家安全的任何威胁。

参议院提出加快陆军扩编的建议,落实这个建议的第一个步骤是,把第三十一、第三十七两个国民警卫师立即转为正式的联邦服役师。国家紧急设立了国防动员局,准备把美国军队现有的二百五十万兵力迅速增加到三百五十万。在军事工业上,一年之内要把飞机和坦克的生产能力提高四至五倍。

由于在第二次战役中美军损失了大量的军用物资,因此,美国再一次开始了向朝鲜半岛运输军用物资的行动。从美国本土、从日本,几十艘运输舰船昼夜不停地运送一切美军需要的东西,其规模之大前所未有。美国人喜欢给任何一次行动都取一个名字,向朝鲜半岛的运输行动被命名为:石竹花。

一九五〇年十二月三十一日,李奇微一直心情不安。这是他上任的第五天,也是这一年的最后一天,他莫名其妙地感到一种巨大的威胁正在向他逼近。他驱车前往防御汉城的前沿阵地,看见成千上万的民工正在加固战壕。在英军第二十七旅的防御地段,他看见一位高大英俊的英军中尉正和士兵们一起整修他们的掩体,李奇微很满意地向这个年轻的英国人打招呼,英军中尉笑着迎接了他。在了解到中尉在家乡为他父亲的牧场养马后,两个人在战壕的边上就马匹亲热地聊了几句。但是,当李奇微对中尉表示"有什么需要我做的,尽管告诉我"时,年轻的英军中尉脸色突然冷淡起来,"没什么。"中尉说。李奇微再问:"一切都很好吗?"中尉说:"是的,将军,都很好。"中尉停顿了一下,接着补充道:"但是,这是个两面透风的防线。"李奇微一下就明白这位英军中尉的意思了。对于长达三百公里的防线来讲,真正布防在防御第一线的部队太少了。就以这里为例,一个英军营正面防御的宽度已达到十公里,仅这位中尉率领的一个排的防御阵地就宽达九百米。

李奇微举起望远镜向北看去。

他在望远镜里什么也没看见。

其实,就是此刻,大批的中国士兵正在他的面前悄悄地进入冲击阵地。

离开英军第二十七旅的时候,李奇微特地看了一下表,十五时整。他还不知道,距离中国军队全线发动攻击的时间,仅仅剩下两个小时了。

从前沿阵地回到汉城,李奇微询问情报消息,参谋报告说:"这些天,几乎每天都有新番号的中国军队出现。可以肯定地说,中国军队正在准备一场大规模的进攻行动。只是不知道中国军队的进攻什么时候开始,从什么地方下手。至于前线,我刚给前方指挥所打过电话,他们说一切都是老样子,一片寂静。"

当第八集团军的美军士兵钻进睡袋准备再做一次圣诞老人降临战壕送来圣诞礼物的美梦时,在距离他们并不遥远的一个巨大的矿洞里,中国军队的最高指挥官彭德怀把他的目光从地图上移开,并且摘下了老花眼镜,有关第三次战役的一切他已经想明白了。此刻,参谋人员手里已经抓起电话,正盯着手腕上的表,准备下达全线攻击的指令。彭德怀大口地喝着冒着热气的开水,对洪学智说:"大个子! 既然人家请,哪有不去之理! 去吃饭! 吃完饭下一盘!"

被繁重的后勤工作折磨得十分消瘦的洪学智说:"如果你总是拴绳子(悔棋)就不跟你下。"

"错了,应该给人改正的机会嘛。"彭德怀说。

彭德怀乘车前去朝鲜人民军指挥部。

新年之夜,风雪迷漫。

在汉城的李奇微不知为什么突然想起陆军参谋长柯林斯反复慨叹的一句话:"伙计,对于现在的战争局势来讲,胜利一次太重要了。"

大冰河

一九五〇年十二月三十一日晚十七时整。

汉江北岸突然飞起的一串耀眼的信号弹划过除夕的雪夜,中国军队的炮兵接着开始了炮火射击,猛烈迸发的火光红透了夜空,天崩地裂的巨响瞬间撕破了战场上的寂静,临津江南岸的联合国军阵地顿时陷入一片烟火之中。

尽管中国军队的炮火准备仅为二十分钟,但这已是朝鲜战争开始以来中国军队规模最大、火力最强的一次炮击。在联合国军防线最前沿的南朝鲜军阵地上,白天还在加固的工事在爆炸中一个个地坍塌。炮弹同时引发了阵地前地雷的爆炸,连续不断的爆炸声令整个大地颤抖起来。在冲天火光中,惊慌失措的南朝鲜军士兵到处乱跑。在战壕中等待冲击信号的中国士兵们站起来,活动着由于长时间隐蔽而麻木的身体,他们看着自己的炮火打红了半边天,都兴奋地大叫起来。这是临战时刻已经忘却生死的人才能体会到的一种血脉贲张的兴奋。

"同志们！冲过江就是胜利！"

中国军队发动的新一轮的进攻开始了。

美军和南朝鲜军战史称这次进攻为"新年攻势"。

中国战史则称为"第三次战役"。

中国第三十九军是右翼突击纵队的第一梯队。他们突击的方向是正前方的汉城。

写了决死决心书的三四六团扫雷组长张财书，比冲击部队早二十分钟出发。他只有二十分钟的时间，这个时间是炮火准备和步兵冲击之间的短暂的一瞬，他要在这个瞬间尽可能多地扫除冲击部队将要经过的道路上的地雷。张财书和三个组员每人手持一根一丈多长的木杆，大声地向冲击线上等待冲击信号的密密麻麻的士兵群喊着："让开！快让开！"士兵们立刻闪出一条通道，他们都看着张财书的脸，想在他的眼神中发现点儿什么。

"伙计，打扫得干净点儿！"有人冲他喊。

张财书没有回答，昂着头向前跑。

由张财书、赵振海、金玉山组成的三人扫雷小组冲下了山坡，立即受到对岸射来的密集的机枪子弹的拦截。三个人不顾一切地冲过六十米长的开阔地，一头扑倒在一个沙丘上。

没有伤亡。

张财书在沙丘上端探头看，江边一片平展的沙滩就是敌人的雷区。这里是突破口，部队马上就要从这片沙滩上冲过去。正因为是突破口，所以没有事先在这里扫雷，怕的是暴露突破的位置。

对岸敌人的子弹暴雨一样射来。

张财书说："我先上去，如果我挂花了，你们接着干，你们可要隐蔽好！"

说完，张财书向沙滩爬去。

子弹打在身边的沙滩上，发出很闷的声音。

一个小洼地是白天侦察好的。张财书滚到洼地里，把长长的扫雷杆伸出去。这根扫雷杆的顶端有个钩子,钩子钩住前面连接地雷的钢丝,一扭,几颗地雷一起爆炸了,沙石飞迸,浓烈的硝烟味呛得他喘不过气来。硝烟和沙土落下后,张财书刚要接着往前爬,发现扫雷杆被炸断了。

他急促地爬回来,看见赵振海正趴在金玉山的身上大声地喊着什么。

金玉山被机枪子弹击中,死了。

张财书抓起金玉山留下的扫雷杆再次冲上去。在第二个扫雷点,他又钩响了几颗地雷。这次引起的是连续爆炸。没等爆炸停止,他又冲向第三个扫雷点,但是,他发现手中的扫雷杆又被炸断了。

他又一次返回,拿起最后一根扫雷杆。临走还是那句话:"赵振海!隐蔽好!如果我不行了,你上!"

张财书已经根本不在乎自己是否会被子弹击中,他几乎是跑向了第三个扫雷点。他连续钩响了两串地雷,被钩响的地雷距离他太近了,几乎就在他的身边爆炸了,烟雾包裹了他,他觉得身下的大地一下子陷进去,然后他又被弹向天空。他的左腿和右手已经没有知觉,脑袋发胀,嘴里咸咸的,他知道自己负伤了。他仰天躺着,看见了被炮火和曳光弹装饰得五颜六色的夜空,他觉得自己也许就要死了。他下意识地伸出左手寻找扫雷杆,举起来的却是被炸断的半截木棍。

"赵振海!赵振海!"他声音嘶哑地喊,"上!上呀!"

没人回答。

赵振海卧在沙丘上已经牺牲。

不是赵振海不懂得隐蔽自己,他是为了吸引敌人的火力以掩护张财书扫雷,故意明显地暴露了自己。

这时,中国军队更猛烈的炮击开始了。

张财书知道,这就预示着部队要冲击了。因为连长说过,冲击前有三分钟最猛烈的炮火准备。

张财书也知道,现在,他身后的那些准备冲击的战士们正看着他呢。如果不能把地雷扫干净,将要有无数的战友倒在这片沙滩上。他往前看,又看见了卧在冲击道路上的那一串串地雷,细细的钢丝在炮火刺眼的光亮中一闪一闪的。

张财书把手上的木棍向那些钢丝扔过去,地雷没有爆炸。

这时,一串信号弹升起来了。

战友们冲击的呐喊响起来了。

张财书突然坐了起来。他在坐起来的那个瞬间,扭头向他的战友们看了一眼,然后,他把身体横过来,向前,向着那些地雷滚过去。

张财书血肉模糊的身体在翻滚,地雷的爆炸声连续地响着……

中国士兵潮水般地沿着张财书滚动的路冲过去。

都说,张财书肯定死了。

在临津江北岸那片曾布满地雷的沙滩上没有找到张财书的尸体。过了很长时间,三四六团的官兵突然听说,在祖国的一家医院里,有个志愿军伤员名叫张财书,赶快打听,就是他们的那个张财书。

三四七团五连的士兵在冲击的信号弹升起来时,就已经踏入江水中了。

这个连的突破口叫新垈,是临津江的一个转弯处,由于水流太急江面没有封冻。他们问过朝鲜向导江水的深度,向导只是反复说一句话:我在江边生活了四十多年,还没有听说过谁敢在这样滴水成冰的时候涉水过江。

五连的士兵晚饭吃的是专门为他们准备的辣椒炖牛肉。一大锅的牛肉每块都馒头那么大,但炖得很烂。全连在吃牛肉的时候,二排副排长张殿学听见团政治处主任对营教导员说:

"把首先渡过江的前三名士兵的名字给我记下来！"

张殿学一下水，立即感到一阵彻骨的冷。他浑身一紧差点跌倒，溅到头发上的江水瞬间结成了冰珠。他听见指导员在喊："五连的！立功的时候到了！"士兵们把枪举过头顶，向大冰河中走去，江水顷刻没到了胸口。对岸射来的子弹在耳边尖厉地呼啸，炮弹的爆炸在身边掀起巨大的水柱。江面上游冰封的冰层被炮弹炸裂，大块的浮冰互相撞击着冲下来，有的士兵被冰块撞倒在江水中。张殿学身边有个来自中国南方的士兵，转眼间就在江面上消失了。"小范！小范！"张殿学喊，齐胸的冰水令他的声音尖厉而颤抖。小范又从江面上露出了头。"怎么回事？负伤了？"张殿学问。"副排长！我的机枪！机枪管掉在水里了！"小范哆嗦的声音中带着哭腔，说着又钻进水中。在那边，又一个声音呼唤张殿学，原来是一名战士被卡在两块冰块中间了。张殿学替他把冰块推开，解脱出来的这个机枪手一爬上冰块，就向对岸开了火。"下来！快下来！你要被冲走的！"但是，机枪手下不来了，他被冰水浸透的身体已经和冰块冻在了一起。张殿学听见左边响起小喇叭的声音，那是说七连已经登岸了。他声嘶力竭地喊了一声："快到啦！冲呀！"

登上临津江南岸的中国士兵被冰水浸透的棉衣裤立即冻得石头般坚硬，这令他们在敌人地堡中射出的密集的子弹面前显得笨拙而僵硬。中弹的士兵如一块石碑重重地倒在地上。士兵枪管里灌进的江水冻了冰，一时无法射击。尿！往枪上尿尿！可没有人能尿出来。张殿学指挥一挺机枪暂时压制了当面敌人的一个火力点，但是他身边的六班长踩上了地雷。张殿学掏出身上的已经冻成冰坨的急救包扔给他，然后向另一个火力点冲过去。当他终于占领了敌人的一个地堡时，突然觉得后面有人跟上来了，一回头，是拖着伤腿的六班长。张殿学呜呜地吹响了小喇叭，告诉自己的连队，他已经占领了连队冲击正面的滩头。

三四七团的另一个连队——钢铁连,率领先头排的是著名战斗英雄王凤江。他们突破地段的江面冰层很厚,士兵们在冰面上不断地滑倒,爬起来再向前冲击。但是,没过多久,全连都掉进冰水中了,因为江心的冰层已被猛烈的炮火炸开。掉进江水中的士兵挣扎着,纷纷往浮冰上爬,一些浮冰承受不住很多人的重量再次破碎,士兵们重新掉进水中。大多数士兵抱稳一块浮冰,半截身体泡在水中前进,他们露出水面的部分很快就和冰块冻在了一起。在敌人的炮火封锁下,中国士兵一个又一个地倒在冰水中,但是没有人向后跑。最前面的王凤江一只手举着缴获来的那支美国制造的卡宾枪,一只手腾出来帮助身边的战友,他嘴里不停地喊:"同志们! 争取前三名,上岸立大功!"接近岸边的时候,又是厚厚的冰层。从水中重新爬上冰层不是件容易的事,冻得全身麻木的士兵已经没了力气。江对岸封锁的炮火和机枪的射击更加猛烈,不断有负伤的士兵被江水冲走。王凤江冒着随时中弹的危险站在齐腰深的冰水中,把士兵们一个个推上冰面,重新上了冰面的士兵迎着死亡,向江岸上跌撞而去。

　　王凤江是第五个冲上江岸的。

　　后续部队从撕开的突破口拥向临津江南岸纵深。

　　当第三十九军冲击正面的江南岸升起突破成功的信号弹时,军指挥所里所有的人都如释重负地长出了一口气:"行了! 突过去了!"

　　第四十军右翼一一九师的突破口是峨嵋里至高滩地段。江南岸的南朝鲜军的防御阵地虽然坚固,但是在步兵发动冲击前,配属一一九师的炮兵发射了猛烈而准确的火力。在美军战机破例夜间轰炸的情况下,炮手们在寒冷的气温中扒掉上衣,扛着炮弹飞似的在阵地上来回奔跑,在炮长和瞄准手连续不断的呐喊声里,火炮进行了不间断的射击。隐蔽在冲击前沿的步兵被炮兵出色的表现惊呆了。对岸敌人的阵地几乎完全被炮火覆盖,滩头被轰击成一片

三四七团的另一个连队——钢铁连,率领先头排的是著名战斗英雄王凤江。他们突破地段的江面冰层很厚,士兵们在冰面上不断地滑倒,爬起来再向前冲击。但是,没过多久,全连都掉进冰水中了,因为江心的冰层已被猛烈的炮火炸开。掉进江水中的士兵挣扎着,纷纷往浮冰上爬,一些浮冰承受不住很多人的重量再次破碎,士兵们重新掉进水中。大多数士兵抱稳一块浮冰,半截身体泡在水中前进,他们露出水面的部分很快就和冰块冻在了一起。在敌人的炮火封锁下,中国士兵一个又一个地倒在冰水中,但是没有人向后跑。最前面的王凤江一只手举着缴获来的那支美国制造的卡宾枪,一只手腾出来帮助身边的战友,他嘴里不停地喊:"同志们! 争取前三名,上岸立大功!"接近岸边的时候,又是厚厚的冰层。从水中重新爬上冰层不是件容易的事,冻得全身麻木的士兵已经没了力气。江对岸封锁的炮火和机枪的射击更加猛烈,不断有负伤的士兵被江水冲走。王凤江冒着随时中弹的危险站在齐腰深的冰水中,把士兵们一个个推上冰面,重新上了冰面的士兵迎着死亡,向江岸上跌撞而去。

441

火海,炮弹引爆了地雷,爆炸声此起彼伏,敌人的地堡被一个个削平。当冲击信号升空的时候,步兵们高喊着口号前仆后继,仅仅用了十三分钟,作为先头突击营的一一九师三五五团三营就全部冲上了临津江南岸。营长张庆昌带领士兵冲进南朝鲜军的前沿掩蔽部时,看到正准备吃饭的南朝鲜军士兵除了被击毙的外,什么都来不及携带便跑得没了踪影,掩蔽部里一只炭火正旺的火炉上,炖着牛肉的锅还在冒着热气,桌上的酒瓶已经开盖酒香四溢。一个半小时之后,突击营占领了突破口上一个位置重要的高地,为后续部队打开了向纵深发展的道路。

一一九师三五六团突破临津江滩头阵地的先头部队是两个营。其中一营的突击连是三连,这个连的士兵从江北岸一个陡峭的山崖上直接滑到江面的冰层上,然后不顾一切地向对岸发动进攻。冲击在前面的士兵用斧头砍开屋脊形的铁丝网,然后不惜生命冲过三百米宽的雷区,很快就冲到了敌人的阻击高地下。但是,由于冲击的速度太快,班长毛凤回头一看,跟上来的士兵算上他才九个人。牺牲是大了些,但更为严重的是,冲击大部队已被敌人的火力阻击在后面了。毛凤是名老战士,在中国国内解放战争中参加过海南岛战役,立过战功。在入朝后的第一次战役中,是他率领士兵在曲波院抢占要地,掩护了主力的展开。在今天这个你死我活的紧急时刻,他决心就用这九个人攻击压制大部队前进的地堡。毛凤把九个人分成两个小组,分头往高地上摸。摸上去之后,发现在地堡的后面还有一个大暗堡。他果断地命令一个小组负责地堡,他和另几个士兵向大暗堡摸去。暗堡中传出敌人杂乱的说话声,在毛凤的口令下,孤注一掷的中国士兵把身上所有的手榴弹一齐塞入暗堡的射击口里。这边响起剧烈的爆炸声的同时,另一个小组也对那边的地堡下手了。压制冲击部队的射击立即减弱,中国军队的喇叭声顿时震耳欲聋地响起来,被压制的中国士兵一拥而上,三五六团冲击的通道也被打开了。

　　与一一九师相比，第四十军一一八师的突破极不顺利。年轻的师长邓岳事先把一切困难全想到了，而且对自己这支以打硬仗闻名的部队很有信心，但是在即将发起冲击的前夕，他听到了一个令他极端恼火的消息：配属给他的炮兵在向前沿开进的途中不慎暴露目标，遭到美军战机的猛烈袭击，损失巨大，真正到达前沿的炮兵仅有一个连。再申请重新配属炮兵已经来不及了，冲击的步兵失去炮兵的支援后果可想而知。邓岳意识到问题的严重性，他严肃地通知参加冲击的第一梯队的两个团：别指望炮兵了，要靠自己的努力发起进攻。

　　由于没有炮兵的炮火准备，一一八师正面敌人的滩头防御阵地几乎是在严阵以待的情况下等着中国士兵的到来。师右翼的三五二团和左翼的三五四团的突击都遇到极大的困难，士兵们依靠手中的轻武器，用炸药包、爆破筒与敌人在每个坚固工事的火力点前进行着艰难的拉锯战，突击行动进展得残酷而缓慢。尤其是三五二团，渡江的时候才知道，突破地段的江面并没有完全封冻。经过艰难而损失巨大的徒涉冰河后，他们刚刚登上南岸，又不幸进入了敌人设置的假阵地，这个假阵地却是一个真雷场——雷场没有受到中国炮兵的轰击破坏，地雷密集，难以插足，部队因伤亡巨大而进攻受挫。

　　从三五二团侧面辅助进攻的警卫连却意外地冲击成功。部队发动冲击前，为不使主要的战斗骨干损失得太多，邓岳特地把一个名叫金克智的"反坦克英雄"从战斗连队调到警卫连"保存"了起来，谁知这一调动在冲击中倒为金克智创造了发挥能力的机会。金克智带领警卫连的士兵涉过大冰河，破坏了阻挡前进的铁丝网，很快就消灭了一个向中国冲击部队疯狂发射火箭弹的地堡。金克智让机枪架在这个地堡上进行掩护射击，自己带领士兵沿着敌人挖的弯弯曲曲的交通壕边打边前进，连续拿下三个堡垒，缴获了一门无后坐力炮,极大地减轻了向三五二团冲击部队侧射的阻击火力。

由于种种困难,当一一八师终于突破临津江防线的时候,其右翼的一一九师已经向防线纵深突入了十二公里,插到了南朝鲜第六师的侧后。

中国第三十八军的指挥员最担心的并不是冰河,因为他们对面的汉滩川不是一条大河。他们最担心的是横在大冰河之后部队冲击道路上的一座座险峻的山峰。

第三十八军一一四师三四〇团的突击队,在炮火准备的十分钟内,在汉滩川上架起了一座浮桥,部队通过这座浮桥,仅十分钟就突破了敌人的前沿阵地。而三四二团没有那么好的运气,攻击的时间到了,浮桥还没有架好,突击连连长傅长山等不及,干脆率领士兵下了水。在攻击对岸敌人阵地的时候,部队行动极其迅速,连续占领了三个高地,每个高地解决战斗的时间都没超过十分钟。当天空的照明弹把阵地上敌人的尸体照亮的时候,中国士兵大叫起来:"大鼻子! 是美国人!"一直认为前沿全是南朝鲜军,不料这一地段的美军士兵居然这么靠近前沿。

这个在突破汉滩川时与美军相遇的三四二团先头营的营长就是曹玉海。

曹玉海命令二连不管眼前的一切,先插进去把敌人的炮阵地端了。二连没有让曹玉海失望,一直插下去,直到把敌人的炮阵地捣毁为止,但二连由于插进得太深,四面全是敌人,与曹玉海的营部失去了联系。

曹玉海正焦灼时,一连在公路上堵住了十几辆敌人的汽车。他们先打头一辆,把公路封死,然后就围起来猛打,打得南朝鲜军士兵四处逃命。最后清点战场的时候,发现这是个炮兵分队。

一营三连在连长张同书的带领下占领了一个山头,却发现山头上工事虽完整但没有敌人。往山腰一看,全是帐篷。张同书端起冲锋枪冲着这些帐篷打了一梭子,帐篷中传来一阵惨叫:又是美国人!这些美军士兵认为自己是防守第二道防线的,还在帐篷里睡觉,没想到前面的南朝鲜军士兵跑得那么快。

等一营的三个连队再次会合的时候,曹玉海发现三连连长张同书不在了,有人告诉他,张同书在率领连队攻打一个山包的时候牺牲了。

第三十八军由于突破顺利,前进的速度很快,很多部队与敌人交战在一起。在到处是火光的暗夜里,在弯曲的山间土路上,拥挤着混杂交战的士兵。一名疲劳之极的中国士兵肩上的九二步兵炮的炮筒冷不防被一名南朝鲜军士兵夺走了,中国士兵追上去给了那个南朝鲜兵一枪托,把炮筒夺回来后继续往前走。三四二团的机关人员趁混乱抓了不少俘虏。在一个南朝鲜军的团级指挥所里,一架留声机还在播放音乐,几个南朝鲜军官没出被窝就被打死了。在第二次战役中插入敌后的那个著名侦察科长张魁印率领一

队人马向敌后插,结果在路上发现他们与敌人的队伍交织在一起了。中国军队中会英语的侦察员居然和美国兵聊上了天。中国士兵问美国兵为什么不乘车,美国兵说汽车早就跑掉了。美国兵还拿出一张纸在中国士兵的眼前乱晃,说这是中国人发的"优待证",是被俘后又被释放的朋友送给他的,说有了这东西被俘后能吃热菜,还能洗热水澡。一一四师后卫部队三四一团突破后又奉命追击,官兵们疲惫不堪,在休息的时候,团政委张镇铭靠上一个草垛就躺下了,躺下才发现身边有个人已经在打盹,这个人蒙着一件美军的大衣,张镇铭知道团里只有郭参谋长有件美军大衣,就说:"老郭,你找了个好地方!"然后倒下就睡。部队继续前进的时候,张镇铭起来,又推了推身边还睡着的"老郭":"老郭,走了!"结果还是侦察参谋多了个心眼儿,因为他发现"老郭"脚上的鞋是一双美军的皮鞋,郭参谋长虽有美军大衣却还没有美军皮鞋,于是一把将那个人按在地上,掀开大衣一问,是个由于恐惧已经神情恍惚

的南朝鲜军炮兵营长!

在中国军队右翼纵队突破临津江和汉滩川前沿的同时,左翼第四十二军的突击部队以猛烈的攻击迅速地占领了当面洋蛾岩和道城岘两个险要的高地。第六十六军主力在发起攻击的一个半小时后,也突破了当面敌人的防线。

午夜时分,联合国军在三八线上的第一道防线全面崩溃。

从战役企图的隐蔽上讲,这是一次空前的成功。

中国士兵在零下二十摄氏度的气温中,冒着密集的封锁火力徒涉冰河,一举全线突破敌人坚固的防御阵地,这无疑是战争史上的一次壮举。

为此,很多中国官兵付出了生命。

在一九五一年新年前夜的进攻中,中国士兵面对的不仅仅是一条大冰河,而且还要面对地雷、鹿砦、蛇形铁丝网以及从地堡中射出的密集的子弹。每一秒钟都有士兵牺牲。冰河的后面是连绵的深山雪谷,坡陡路滑,不少士兵滑入深深的雪沟中,衣服上的江水和里面的汗水很快冻结,在接下来的激烈的厮杀时,热血与热汗又把身上的"冰甲"融化。

这是世界战争史上罕见的艰苦战斗。

成千上万从中国本土跟随部队而来的担架队员在这个夜晚拼死抢救负伤倒下的中国士兵。这些担架队员大多是中国东北地区的青年农民,他们对自己的士兵有一种血肉的感情联系。本应该在温暖的家中过新年的时候,他们却冒着炮火奔跑在战斗最激烈的地方。他们在冰冷的大地上把奄奄一息的同胞抱起来,然后以最快的速度把伤员抬到包扎所。为了让伤员能够活下来,他们把自己身上御寒的衣服脱下来盖在伤员身上。伤员很多,担架队员身上的衣服几乎脱光了,于是他们想出了一种把石头在火上烧热,塞在担架上的棉被里以保持伤员体温的古老但很有效的办法。这个办法在以后的朝鲜战场上一直为中国军队所采用。

一九五一年一月一日，黎明快要到来的时候，由志愿军总部派出指挥中国军队右翼纵队的"韩指"和第四十军军指挥部一起越过了朝鲜半岛上的三八线。

所谓"韩指"，实际上只是由志愿军副司令员韩先楚、志愿军司令部作战处副处长杨迪和一名参谋组成。刚过了临津江，前面开路的卡车就被地雷炸毁了。第四十军军长温玉成说地雷太多，停下来，等天大亮再走吧。韩先楚坚持前进。韩先楚是第四十军的老军长，他的固执是有名的："和部队失去联系，是什么指挥部？要指挥部队坚决把逃跑的敌人堵住！"恢复前进没多久，后面的一辆车也被地雷炸毁了。这一回损失严重，第四十军指挥部的工作人员几乎全部负伤，一些人伤势严重。

韩先楚亲自指挥抢救伤员。这时候，前方传来报告，说第四十军的部队进展神速，已经突破了敌人的第二道防线，在这道防线上防御的是美军。并且说至少在十几处地方围住了美军，每一处少说也有一个营。

这个消息缓和了车辆被炸毁的沉闷气氛。

韩先楚望着夜空，脸上没有什么笑容。

"韩指"一直前进到东豆川北面的一个叫逍遥洞的地方才宿营。与这个地名不相符的是，连同韩先楚本人在内，所有人的干粮袋全空了，指挥着四个军数万人马的中国军队右翼指挥所里一粒粮食也没有了。为了解决饥饿问题，警卫员们四处寻找可以充饥的东西。不久，有士兵兴奋异常地前来报告说，在路上捡到了一点儿敌人逃跑时丢下的小米，除去沙石，至少有好几斤。

喝完了热乎乎的小米粥，韩先楚仰望着黎明前薄明的天色说："我们也许只能高兴一会儿，天一亮，还不知道怎么样呢。"

不赶走美帝不回国

元旦的早晨，天刚蒙蒙亮，美军第八集团军司令李奇微就乘坐一辆吉普车出了汉城，向前线方向急驶。他的双眼布满血丝，脸上的肌肉绷得很紧，随着吉普车的颠簸，脖子上挂着的那两颗手雷剧烈地来回摇摆。他腰间的手枪套已经打开，露出精致的枪柄。

昨晚从防御前沿回到汉城城内不到两个小时，中国军队突然发动的规模巨大的攻势开始了。

整整一夜，李奇微指挥部里的电话不断，电报雪片一样：从东到西的几百公里防线上，中国军队竟然很快就实现了全线突破！第一线的南朝鲜师个个都处在危急中，尤其是第一师和第六师，已经遭到毁灭性的打击。李承晚总统不是说在他的亲自调遣下，至少十万的民工已经把前沿修筑得钢铁一般坚固了吗？自己亲自审查过防御方案，防线上的火力配备不是相当严密了吗？仅仅阻击中国军队前进的火力网不是至少布设了数层之多吗？

寒风呼啸，凌乱的雪粉沙子一样扑打在脸上。

正前方,炮声隆隆,爆炸声连续不断。

吉普车没走出几公里,李奇微就看见公路上迎面乱哄哄地跑来一群士兵,这是他看见的从前沿跑回来的第一批败兵。吉普车再往前走,溃逃下来的士兵越来越多,拥塞了整个道路。李奇微后来一直对此记忆犹新,他说这是在他所经历的战争中看见过的最令人沮丧的溃逃部队:

> 蓬头垢面的南朝鲜士兵乘着一辆接一辆的卡车,川流不息地向南拥去。没有卡车可坐的,利用了他们认为可以利用的一切交通工具,包括牛车、驴车和骑着不知从哪里弄来的各种牲畜。他们没有秩序,没有武器,没有指挥官。他们只有一个念头,就是逃离中国军队越远越好。他们扔掉了自己的步枪和手枪,丢弃了所有的火炮、迫击炮、机枪以及那些数人操作的武器。

李奇微终于暴怒了。

他掏出手枪,站在公路的中央,向天空连续射出好几发子弹,然后高声喊道:"给我停下来!"

没有人理会他。

李奇微的喊声和枪声,在溃兵的咒骂声中和越来越近的爆炸声中显得那么微不足道。失魂落魄的士兵们根本没空儿注意这位司令官的存在,车辆纷纷绕开他的吉普车照样往南跑。最后,也许是李奇微吉普车上的三颗白星让一个南朝鲜军官认出了这个美国人是个不小的官,一支溃逃的车队停在了李奇微的面前。那个南朝鲜军官听不懂英语,或者他装作听不懂,他拼命跟李奇微打着混乱的手势,然后根本不管李奇微给他下达的是什么命令,爬上车带领车队一阵风似的跑了。

在这些溃败的士兵中间,混有不少西方的战地记者,他们在记录当时的情景时使用了很多形容词:

法新社："盟军军队被弄得头昏眼花"，"美第八军部队成群结队地退却"，"从前沿逃来的长列士兵狼狈南行，面色憔悴发黑，精疲力竭"，"在向汉城的路上，沿途都是燃烧着的军用物资"。

美联社："在战线后面，撤退的部队总是匆忙地诅咒，乱得一塌糊涂"，"撤退的长长的车队不断地陷入泥泞之中"。

而第八集团军新闻发布官发布的战况的措辞是："中国军队发动有力攻势，已经在美军防线上撕开巨大的战役缺口，使以顽强著称的联合国军完全崩溃，并严重地威胁了通往美第八集团军全部战线的重要补给线。"

李奇微把手枪收起来，他明白部队已经完全失控了。

他返回汉城，命令立即在南朝鲜军南逃的路上出动宪兵，设置检查线，审查所有从前线逃下来的士兵，并且执行战场纪律。同时，他给南朝鲜总统府打了个电话，"邀请李总统视察前线"。

于是，年龄很大的李承晚总统在李奇微将军的陪同下，乘坐一架机身是帆布的联络飞机，向前线的方向飞去。李奇微穿着很厚的防寒服依旧在机舱中冻得要命，他看见身边的这个老头儿穿的是根本不御寒的白色的朝鲜服装，那张满是皱纹的脸在极度的寒冷中更加苍白而干瘪。

飞机在议政府附近降落，在那里他们看见了收容队收容的南朝鲜军士兵正在乱哄哄地抢领食品。

李承晚向士兵们发表演讲，要求士兵们重上战场。

演讲完，李承晚用英语对李奇微说："不要灰心！不要灰心！"

而李奇微脑海中闪现的却是一个最可怕的念头：汉城恐怕保不住了。

中国第四十二军一二四师是打穿插的部队，部队中有一个后来很出名的士兵——十九岁的冷树国。这个出生于辽宁的青年，在家乡时是个心灵手巧的小木匠，有一手不错的手艺，特别是能雕刻龙凤图案。家乡开展土地改革的那年，他参了军，加入了解放全中国的战斗。在部队，他接到弟弟写来的一封信，信上说："你参军好几年了，也没见你立过什么功，村子里参军的人都有功了。老说为人民服务，可总得有点儿什么功呀。"

冷树国说这封信对他的刺激挺大。

一二四师穿插的目的地是济宁里。师长苏克之命令擅长攻击的三七二团为先头团，并主张将最硬的四连放在全团的最前面。四连连长名叫王清秀，打起仗来却没有一点儿清秀的样子，脾气十分火暴，在重机枪还没跟上来的情况下就要出发。王清秀的焦急是有道理的。天还没亮，可是前面的枪声逐渐稀疏，可见敌人越跑越远了，而且还是乘汽车跑的，要凭两条腿追上敌人，那就得赶快再赶快！

王清秀对一排长说："你就只管往前冲！我带三排沿着公路两侧攻击掩护！"

已经极度疲惫的士兵在王清秀的带领下开始了不顾一切的追击。

联合国军在三八线上已经没有抵抗了，因此四连穿过三八线的时候，很多士兵并不知道他们的脚下就是那条朝鲜半岛上最重要的地界。

早上六时，也就是李奇微驱车在汉城外的公路上阻挡溃兵的时候，四连一排的一班到达一个名叫巨林川的地方，这是他们在三八线以南遇到的第一个大村庄。侦察员报告，村庄里至少有一个营的南朝鲜军。一班长赵恒文想，要是等后面的部队上来，这些敌人也许就跑了，不如先冲进去打一家伙再说，敌人已是惊弓之鸟一打准乱！

一个班的中国士兵向几百名南朝鲜军士兵悄悄地接近着。

袭击敌人哨兵的时候，一个南朝鲜军士兵逃脱，狂喊着往村子里跑。赵恒文喊了声"打"，中国士兵手中的轻武器开始射击了，手榴弹同时在村中爆炸，村庄里立即大乱。南朝鲜军官指挥士兵冲向村口,仓促组织起阻击火力,向黎明中山崖下黑暗的地方没有目标地胡乱扫射。赵恒文估计枪声一响,连长就会带领部队很快上来,于是扔下面前的敌人,喊:"抄他们的后路去!"

到了村后,赵恒文吓了一跳,至少有一百多名南朝鲜军士兵正沿着村后的公路逃跑,中国士兵一没留神撞进敌人堆儿里了。只顾逃跑的南朝鲜军士兵没有注意到进入他们中间的中国士兵,中国士兵被夹在逃跑的敌人的人流中。一个为了跑得更快的南朝鲜军官把皮鞋脱了,光着脚和赵恒文并肩走着。满地都是敌人丢下的卡宾枪,赵恒文捡起几支,但很快就觉得这样不行,因为这样跑下去也许抓不到几个活的。于是,他猛地停下来,冲着天空打了一梭子子弹,大喊:"站住!"

南朝鲜军士兵愣了,向公路边的沟渠轰然四散。

"我是中国人民志愿军!"话一出口赵恒文知道自己说了中国话,就又喊了一句朝鲜语的"缴枪"。

被中国军队打昏了头的南朝鲜军士兵一时不知该做什么好。

一个反穿着大衣的南朝鲜军士兵站起来,在黑暗处小声地用中国话说:"你是中国人?"

赵恒文说:"没错!对他们说,倒背着枪走过来,志愿军不杀俘虏!"

那个南朝鲜军士兵对着黑压压的队伍说了一串朝鲜话,立即有二十多人过来投降。

赵恒文把他们带到公路边的一个农家院里,命令这些俘虏放下枪,然后把他们全部关在一间屋子里。完了事,赵恒文嫌抓到的人少,又让那个会说中国话的南朝鲜军士兵再去公路上搜集人,又搜集了二十多个。

这时,天大亮了。院子里的南朝鲜军俘虏看清了这里并没有多少中国士兵,那个咋咋呼呼的中国士兵也是个其貌不扬的人物,于是挤眉弄眼地看着赵恒文,看得赵恒文心里不免有些发毛。幸亏连长带着队伍赶来了。

赵恒文开始清点俘虏,整整五十人。赵恒文得意地想:这下子肯定当上英雄了。

冷树国对赵恒文羡慕得不得了。

连长王清秀急着要赶路,他要按时穿插到济宁里。

冷树国这回无论如何要当尖兵。

二排副排长白文林带队,冷树国的五班跑在最前面。

山谷中的路是沙石路面的小公路,弯弯曲曲地向南延伸,两侧的山崖上长满杂乱的树木。五班在这条路上往前奔跑的时候,树林中不断地有溃逃走散的南朝鲜军士兵探出头来看,还不时地打上几枪。冷树国知道这一带已经被中国军队围住,就想,搜山的事让后续部队干吧,现在要紧的是按时赶到预定地点,自己一定要抓上他一大堆俘虏!于是,除了干掉了一辆往前沿运送电话线的南朝鲜军的卡车外,五班什么也不顾地往前跑!饥饿和疲劳令冷树国的双腿有些软,他跑着跑着就觉得身体轻飘飘的像是随风在飞。一声爆炸响过后,冷树国才停下来,他看见溃败的南朝鲜军士兵用炸药炸毁了一座民房,民房边躺着一老一少两个老百姓,年少的那个大腿被炸掉,但人还活着,艰难地喘着气。

冷树国追击的速度之快,令担任三七二团先头连连长的王清秀都感到吃惊。王清秀担心跑在最前面的人人单力薄,遇到重大敌情不好办,于是带领部队拼命地跑,总想追上冷树国,但怎么也追不上。在穿插的路上,四连在追冷树国,二营在追四连,团主力又在追二营,弄得一直催促部队快速前进的一二四师师长苏克之甚至有点埋怨了,因为他看见在巨林川四连一下子解决了那么多敌人,就觉得前面的溃敌数量难以估计,他想让三七二团的主力尽快追上去,加强一下前面的力量。

冷树国的尖刀班一直跑在连队前面至少两公里。

白天,美军的战机来了。但是,在通往南方的公路上,混乱地向同一方向奔跑着交战双方的士兵,美军战机根本分辨不出哪些是溃逃的南朝鲜军队,哪些是追击的中国军队。两国的士兵都是一样的衣衫破烂,因此无法实施空中支援。美军飞行员不得不把飞机飞得很低,在双方士兵的头顶上不停地擦过,使得公路上的气氛更加紧张混乱。

前面的一个村庄叫道大里。

冷树国停下来,这才发现自己这里一共只有五个人:副排长白文林,战士窦国斌、郭银锁、王二,加上他。

白文林让冷树国他们藏起来,自己前去侦察,结果发现道大里村里村外全是敌人,至少有四百多人。

他们追上的是南朝鲜第二师三十二团的二营。

在巨林川,一班长赵恒文不就是这么打的么?

管他有多少敌人,就是要打!

打!

五个中国士兵分成两个组,从村子的两头摸过去。冷树国在一个土坎上抬起头,正好眼前的一辆卡车上坐着四个南朝鲜军官,司机已经发动汽车,看来他们要跑。冷树国跳起来,迎面开了枪,四个军官来不及还击就被打死了。这时,其他几名中国士兵的手榴弹也投了出去。

中国制造的木柄手榴弹爆炸时有种特别的响声,南朝鲜军士兵们对此已十分熟悉。顿时,一个营的南朝鲜军士兵陷入混乱。

冷树国冲进村庄里的小街。从一座小院子疾驶而出的一辆吉普车差点撞在他的身上。车上有部电台,天线很长,还有个身材高大的敌人:美国人!

穿插的这一路,冷树国还没见到美国兵,他扑了上去。

美国人一下子就把冷树国推倒了,然后向腰间去掏手枪。冷树国没等他掏出枪来,再次扑上去,死死地抱住他。美国人浑身颤抖起来,冷树国的手指抠进了他胸前很厚的肉。不知道从哪里来的力气,冷树国居然把这个美国人抱了起来摔在车下。美国人被这个中国士兵的凶猛吓呆了,眼看着冷树国从自己的枪套中把手枪拔出来。

美国人的手举了起来。

木柄手榴弹的爆炸声令四连飞快地赶到道大里。

仅仅几分钟之内,南朝鲜军的一个整营便死伤几十人,被俘几十人,其余的全部溃散到山林中去了。

王清秀还是没看见冷树国的影子。

五班在连队歼灭敌人的时候,又往前追击去了。

接近中午的时候,冷树国五班的五名中国士兵到达一二四师穿插的目的地济宁里。从高处,他们看见小河边的公路上有几十辆汽车,还有牵引火炮的大型牵引车。

等后续部队上来?

不,冲上去!堵住他们!

冷树国已经冲上了那条小河。小河上的冰被他猛烈的动作踩裂,他掉进刺骨的河水中。对面的敌人发现了他,子弹蜂群般地飞过来。

冲!一定要向前冲!

敌人车队最前面的吉普车发动了,冷树国的子弹向吉普车射去。吉普车的轮胎立即被打爆,横在公路上,挡住了整个车队逃跑的路。

冷树国和白文林以及跟在他们身后的三名中国士兵,凶狠地向大群的敌人冲过去。敌人被这几名中国士兵的气势吓坏了,所有的卡车都在倒车,企图寻找逃跑的路,结果混乱地挤成一团。一辆卡车的车厢上落上了一颗中国的木柄手榴弹,立即引起巨大的爆炸。这是一辆装满弹药的卡车,冲天的气浪把几个中国士兵都掀倒了。在连锁的爆炸中,车辆的碎片漫天飞扬。冷树国在沟里抬起头,一种说不出的欢悦占据了他的整个心头。

等王清秀带领连队跟上来的时候，公路上已经布满敌人的尸体。

王清秀问："人都在？"

冷树国说："没有伤亡！就是没抓到一大堆俘虏让你看看！"

王清秀说："你这回要立大功了！一是穿插快，咱们师堵住了至少两个团的南朝鲜军；二是你不抓是不抓，要抓就抓个大个的！"

王清秀指的是与冷树国搏斗的那个美国人。经过俘虏甄别，那个美国人是南朝鲜军第二师的顾问，一个美国陆军上校。

没过多久，志愿军部队里开始流传着一个士兵的故事，说他的"11号"赛过了汽车轮子追得美军顾问没处跑。

团长张景耀看见冷树国的时候，发现这个跋山涉水拼命追击敌人的士兵脚上竟然没有鞋，于是当场许诺一定给冷树国找双好鞋穿。

中国第四十二军一二四师三七二团四连五班班长冷树国被授予的荣誉称号是："追击英雄"。

和第四十二军同属左路纵队的第六十六军打得也很凶猛。其主力部队踏着两尺多厚的积雪，冲破敌人设置的重重火力，突破了国望峰、华岳山、高秀岭等高地，向南朝鲜军队的纵深阵地快速穿插，协同第四十二军歼灭了南朝鲜第二师的三十一、三十二团和第五师的三十六团。第六十六军一九六师五八七团三连连长张续计，在突破国望峰阵地时，一人连续拿下敌人的五座堡垒，为部队开辟出前进的道路。五八六团四连的尖刀班，经过五个小时的殊死战斗，占领了华岳山，他们占领华岳山的时间正好是一九五一年一月一日零时，他们被授予了"首破三八线英雄连"锦旗。

到一月二日，中国军队的整个右翼纵队已经突入联合国军防御阵地纵深达二十至五十公里。

在李奇微最担心的汉城防线的正面，其一线防御部队是南朝鲜军的精锐部队第一师。这个师在除夕之夜陷入全面的混乱,天亮之后,师长白善烨发现自己的部队仍在继续崩溃,根本无法执行他下达的"有组织地撤退"的命令。中国军队强渡临津江的行动开始后不到一个小时,师右翼的十二团就打来"已经无法支撑"的电话,并随即开始撤退。江边的二线阵地刚刚开始收容失散士兵,又传来这个团的预备队被中国军队三面包围的消息。十二团一退再退,电台联系中断。好容易恢复了联系,团指挥所根本无法报告真实情况,只是说"四周都是中国人的锣、鼓、喇叭和军号的声音"。第一师左翼的十一团因其右翼的崩溃,团长文亨泰说他们"必须撤退"。

作为第一师预备队的十五团,在中国军队攻击开始后不久,便看见十二团的士兵大量地拥入自己的防区。十五团团长给师长白善烨打电话,要求炮火支援,阻拦中国军队的攻势,并且说:"不管敌我,马上开炮!"结果,炮还没开,中国第三十九军的士兵就跟在十二团士兵的后面拥了过来。连同十五团在内,所有南朝鲜军第一师的阵地都没有坚持过午夜就垮了。十五团团长赵在美的解释是:"我们虽然得到一一五毫米榴弹炮的支援,但是敌人已经逼近阵地五十米,炮火支援已经失去意义,阵地上很快进入了肉搏战。"

南朝鲜军战史对其第一师于一九五一年元旦那天的战斗有这样的记录:

> 在通宵达旦的激战中迎来了新年。辞旧迎新之际,敌人发动所谓"元旦攻势",矛头指向汉城,而我军却不断撤退。
>
> 第十二团第一营昨夜被打散,在庚申里、碑石巨里附近重新集结,转移到莲谷里一带。第二、三营突围成功,但到东豆川西南又被敌人包围,再次被打散。
>
> 敌人同我军掉队人员混杂在一起,继续冲击过来,迫

使我军继续后退。为支援后退的部队,第十五团副团长指挥的补充队,由龟岩里前出到二九五高地附近,但遭到敌人猛烈的袭击,队伍被打散。第三营的六连要求炮兵的支援,但由于敌我距离太近,又难以观测而未成,结果一八○高地失陷,六连出现大量的伤亡。敌人又攻击五连,该连连长阵亡。最后这个连弹药耗尽,全连彻底被打散。

营长崔炳淳中校集合起约一百名人员,会同搜索连和工兵连,移至一高地,决心阻击敌人。但敌从一八○高地出击,向补充连阵地攻击,用刺刀和手榴弹展开白刃战。敌人夺取了该高地。

第十一团的一营,从昨夜起就一直受到敌人的威胁。当敌人从积城南下,突破第三营的防御阵地攻击到马智里时,营长命令第一、第二连撤退。第三营改变防御方向,同第十五团二营衔接阵地,决心阻击敌人。就在这个时候,师里的撤退命令下达了。因此,从那时起,全团开始分阶段迟滞敌人。

是日,师司令部由新山里移至汉城市碌番洞。

突破汉城正面防御阵地的是中国第三十九军的士兵。

负责汉城正面防御的南朝鲜第一师,在中国军队打响第三次战役的第二天,就把指挥部一下子撤到了汉城市区,由此可以想象到这个南朝鲜军的精锐师溃逃的速度是何等的快。由于南朝鲜军队迅速溃败,在第二线防御的美军暴露在中国军队的攻击下了,美军第二十四、第二十五师和英军第二十九旅因此损失严重。

中国第三十九军突破临津江后,昼夜急促追击当面的南朝鲜第一师,其先头部队于回龙寺与美军第二十四师的二十一团遭遇。在歼灭美军一部后,他们又在议政府以西的釜谷里围住了英军第二十九旅的两个连。

釜谷里,中国第三十九军的军史中一个十分显眼的朝鲜地名。

这是个距离南朝鲜首都汉城仅三十公里的小镇,是通往汉城公路上的一个重要的三岔口。中国第三十九军一一六师三四七团奉命迅速占领这个地方。全团立即分四路以强行军的速度前进,催促其前进速度的传令兵一个接一个地到达。三四七团有的士兵在极度的奔跑中昏倒,实在跑不动的伤员就躺在公路边等待收容队。短暂的"原地休息"的命令一下达,士兵们就躺在雪地上胡乱抓几把雪塞进嘴里。

在接近釜谷里的一个高地上,团长李刚召集营长们开会:"这是一场艰苦激烈的战斗,但我们必须把敌人卡在这里,等待主力的到来!"

此时,包括团长李刚在内,三四七团并不知道,守在釜谷里的军队不是南朝鲜军了。

三日黎明,三四七团到达釜谷里。当地的一个老百姓说,这里的敌人是一个联队。因为三四七团一直认为这里只有南朝鲜部队,所以把"一个联队"听成了"一个连队"。在经过初步的研究后,一营副营长傅学君带领三连冲了上去。激烈战斗的时候,傅学君觉得仗打得有点不对劲儿,没过多久他就明白了:这里并非仅有"一个连队",而是整整的一个团;与中国军队交战的不是南朝鲜军,而是英国人!

三四七团遭遇的是英军第二十九旅的皇家来复枪团。第二十九旅是英军中的精锐部队,是著名将领蒙哥马利的部队,二战中参加过诺曼底登陆战役。皇家来复枪团以擅打阵地战闻名,其官兵的军服上都佩戴着这个团的标记:一只绿色的老虎。

傅学君立即从阵地上撤下来向团指挥部跑。

天色已亮。英国人发现了他,并向他射击,他的胳膊中弹。他跑进一间空屋子里简单地包扎了一下,继续向团指挥所跑。英国人的火力继续追着他,他的腿也中弹了。等他坚持跑进团指挥所的时候,已浑身是血。他向团长李刚报告了真实的敌情。

这时,二连已经占领一个小学校,歼灭了一个连的敌人,并且抓了三百多名英军士兵,这些俘虏被关在小学校里。现在二连正与英军对峙着。

又有消息传到团指挥所:在前边的七连副连长王凤江牺牲!

就是那个在渡大冰河的时候,站在齐胸深的冰水中把他的士兵一个个托上冰层的王凤江。

在与英军交战的前沿,王凤江看见团副参谋长上来了,大喊一声:"五号!你下去!这里太危险!"话音还没落,一发炮弹几乎是在他的身边爆炸了,一块弹片削进了他的头部。

王凤江,中国东北地区的农民,参军后在第三十九军所历经的多次残酷的战斗中,他成为立战功最多的人。

王凤江牺牲后,他的战友在这个中国军队著名的英雄身上只找到两件东西:别在上衣兜上的一支用旧零件凑起来的自来水笔和口袋里几粒充饥的板栗。

三四七团面临的局面十分严峻。

釜谷里是个洼地,三面是山,控制着由议政府通往汉城的公路和一条铁路。英军第二十九旅的这个"绿老虎团"已经占据着这里的有利地形,准备一旦战局有变掩护其主力向南撤退。

天上的战机来了,地上的坦克出动了,英军开始向三四七团的阵地反击。

三四七团的几个连队伤亡巨大,眼看着就要顶不住了。

一一六师全师公认的又年轻又有文化的参谋长,二十八岁的薛剑强,一直跟随着三四七团打到釜谷里。他在前沿与师长汪洋通电话的时候,声音很焦急:"抓了三百多俘虏,是英军二十九旅的!都在小学校里憋着呢!快让三四八团上来!"

就武器装备来讲,英军占绝对的优势,因此与英军对峙战斗空前惨烈。而且,三四七团是夜晚打进釜谷里的,天亮后才发现,几个重要的制高点没有及时占领,它们对中国士兵构成了巨大威胁。战斗进行到中午,三四七团与师指挥部的电话和电台联系断了。下午,军电台转来一封电报,说三四七团伤亡很大。师长汪洋急了,带着参谋上了前沿,他们直接上到三四七团的阵地,汪洋师长刚上阵地,就看见担架抬着薛剑强下来了,薛剑强的警卫员仍在哭。

一一六师年轻的参谋长已经牺牲。

必须把英军阻击在这里,不管付出多大的代价!

团长李刚决定把七连派上去,把卡在公路上的一个制高点拿下来并且守住它。控制了这个制高点,英军就等于被关在了釜谷里的这块洼地里。

七连连长厉凤堂和指导员张鼎先带领部队首先控制了公路边上的那个小学校。他俩爬上学校的墙头往公路上一看,黑压压的一大片汽车。厉凤堂知道,汽车是敌人的命,逃跑全靠这玩意儿,守住公路和守住汽车,敌人就绝对跑不了。于是,他带领战士迅速抢占公路边的小高地,刚刚把这个高地占领还没喘口气,英军就攻上来了。

七连,这支由中国工农红军发展至今的连队,它生死攸关的时刻到了。

对于英军来讲,这个高地关系着他们的生死。

英军的炮火极其猛烈,高地上一尺多厚的雪立即变成了发烫的泥水。没有办法修筑工事和掩体,中国士兵们就在泥水中抗击着英军士兵的一次次进攻。弹药很快打完了,指挥所派出的送弹药的士兵全部死在了路上,英军密集的火力把高地通往团指挥所的路严密封锁了。

很快,指导员张鼎先牺牲。接着,排长们也全部牺牲。当重机枪被打坏时,连长厉凤堂负重伤倒下。阵地上没有干部了,厉凤堂在血泊中看着给他包扎的司号员郑起已经说不出话来,但郑起明白连长的眼神,连长在对他说:去指挥战斗!

郑起对奄奄一息的连长说:"放心,阵地由我负责,坚决守住!"

郑起最崇拜的人就是副连长王凤江,突破临津江的前一天,在隐蔽洞里他和他崇拜的人聊了很长时间。从他知道王凤江牺牲的时候起,他便觉得自己永远地失去了什么,心口一直在疼。

郑起集合起阵地上的人,一共还有十三人能坚持战斗,其中有六名共产党员。

郑起把十三个人分成几个战斗小组。有的人建议指挥员的位置要靠后,郑起不同意,他知道连长就是靠前指挥战斗的,他也要在最前面。并且指定了一旦他牺牲就接替他指挥的人。

英军在数门迫击炮的轰击后又开始了进攻。公路上的坦克把炮口对准这个高地进行瞄准射击,英军士兵成散兵队形一排排地向高地上爬来。

郑起在阵地上奔跑着:"打!打!打胜了明天进汉城!"

在打退英军的几次进攻后,郑起发现阵地上没有子弹了,他决定去敌人的尸体中搜集子弹。

郑起在英军士兵的尸体中爬来爬去。英军的机枪几乎是跟着他的身影来回射击。他不断地跳进弹坑躲避,最后他用树枝把自己的军帽挑起来乱晃,帽子被子弹打得碎片横飞。

郑起从敌人的尸体中背回来十几条子弹袋和一堆手榴弹。

在他分这些弹药的时候,发现又有六个人牺牲了。

高地出现了令人不安的寂静。

公路上,汽车还在,汽车上坐满了英军士兵。

由于这个高地还在中国军队手里,英军仍然无法逃走。

郑起把干粮袋中的最后一点儿干粮给大家分了,然后等待着最后时刻的到来。

英军发起了最后一次进攻,六辆坦克参加了向高地的冲击,而步兵人数是前面数次进攻的几倍。

等到已经能把英国人的钢盔看得很清楚的时候,郑起发出了开火的命令。

阵地上仅剩的七名中国士兵几乎是同时站起来开枪了。

郑起一边扔手榴弹一边喊:"阵地是同志们用血换来的!不能让敌人夺去!"

英军士兵已经拥上阵地,所有的中国士兵都端起了刺刀。

突然,郑起跑向阵地上最高的地方,站在那里,举起了自己的小铜号。他用尽力气,把这把军号的最大音量吹了出来。

突然出现的号声令英国士兵疑惑了一下,然后他们立即转身向后跑。

正准备迎接死亡的中国士兵感到奇怪:就快占领高地的敌人听见号声,突然停止了射击,大祸临头似的向下狂奔!

在三四七团指挥所一直紧张地观察这个高地动向的人也迷惑不解:这军号声是什么意思?到底发生什么事了?

郑起一遍一遍地吹着军号,一直吹到嘴唇出血,一直把敌人吹到公路上。

公路上已经起了大火,英军的汽车在三四七团主力的打击下开始燃烧。

七连,以几乎全部伤亡的代价,在这个高地上坚守一天一夜,终于等到了主力部队,把英军第二十九旅皇家来复枪团的一个营歼灭在这里。

今天,英军皇家"绿老虎团"的团旗,陈列在中国革命军事博物馆里。同时陈列的,还有郑起在阵地上吹响的那支小铜号。

釜谷里的战斗结束一年以后,郑起应邀回到北京参加国庆观礼。在北京参观了几天之后,九月三十日,郑起接到一个红色请柬,上面写着:敬请光临——中央人民政府主席毛泽东。

在中南海的怀仁堂,毛泽东宴请两千多名各界来宾,共庆新中国诞生三周年。

毛泽东所坐的桌子是一百号,郑起坐的桌子是六十六号,由于排列的原因,郑起与毛泽东仅仅相隔一张桌子。

十九岁的郑起,出生于一个苦命人家,两岁时父亲去世,三岁时母亲改嫁。他要过饭,放过猪,要不是参了军,他根本不知道人吃饱饭是什么滋味。

郑起端着一杯酒,走向毛泽东。

他说:"敬毛主席一杯酒。"

毛泽东问:"是志愿军的代表?"

郑起说:"是,从前线来。"

毛泽东放下酒杯,拉起了这个年轻士兵的手。郑起回到朝鲜的战壕后,对他的战友们说,毛主席的手热热的又厚又软。

一九五一年一月三日,中国军队全线逼近汉城。

这时,中国志愿军部队中开始流行这样一支歌:

> 志愿军不怕困难多,
> 经得起寒冷经得起饿。
> 两条腿撵上四个轱辘,
> 翻了高山过大河。
> 不怕美国反击凶,
> 隐蔽好了它炸不着。
> 不管飞机满天飞,
> 照样开会照样唱歌。
> 朝鲜人民军一起干,
> 朝鲜游击队来配合。
> 美军的防线 ABC,
> 一攻就是全线突破。
> 志愿军不怕困难多,
> 经得起考验经得起磨。
> 不到胜利不停休,
> 不赶走美帝不回国。

"到汉城去！汉城有姑娘！"

一九五一年一月三日上午,志愿军司令部情报参谋跑进彭德怀的指挥部,报告说他们在美军的无线电报中截听到了美军准备从汉城撤退的对话。

彭德怀立即电令右翼纵队的第三十九、第五十军以及北朝鲜人民军第一军团,迅速向汉城攻击。

战役开始以来一直困扰着彭德怀的悬念消失了:联合国军并不准备在汉城以北地区组织防御以死守汉城。

彭德怀知道,中国军队对汉城的占领,将是一个震惊世界的事件,因为那里是南朝鲜的首都。对于中朝军队来讲,这是取得抗美援朝战争重大胜利的一个标志。

但是,与此同时,彭德怀的心中还是有一丝说不清楚的不安。

在高阳以北大约两公里的一个名叫碧蹄里的小村,中国军队第五十军遭遇了美军第二十五师三十四团一个营的阻击。第五十军的两个连对美军阵地发动了凶猛的进攻,战斗仅仅进行了二十分钟,美军便被俘二十八人,其余的全部丢下阵地向汉城方向退去。由于美军撤退的速度很快,与美军协同作战的英军很快就发现自己被暴露在中国军队的包围和攻击中了。一个营的英军在高阳东南的仙游里高地受到中国军队的围攻,三十分钟后,英军士兵也丢下阵地跑了。由于这个高地对于迟滞中国军队对汉城的占领至关重要,且英军第二十九旅的一个重坦克营会因为这个高地的丢失而被切断退路,所以,三日整整一天,从议政府方向调来的英军达一千多人,他们配合从高地上退下来的士兵,在两百多门大炮的支援下,对中国军队占领的阵地进行反复的攻击。中国军队的阵地前布满了英军士兵的尸体,中国士兵以视死如归的血战坚持在阵地上。进攻的英军士兵看见在这个几乎被炸平的高地上,打不死杀不绝的中国士兵戴着从死亡的英军士兵头上摘下来的钢盔,在烈火硝烟中时隐时现地呐喊拼杀,这种亦真亦幻的情景实在令他们心惊肉跳。

英军士兵在整个朝鲜战争中,神差鬼使地始终走着厄运。他们或是在美军的指挥下被派往进攻的第一线,迎接中国军队猛烈的第一波进击;或是在撤退中被美军甩在身后,与追击的中国军队进行残酷的胶着战。这次,当英军意识到美军已经溜之大吉,不会返回来接应他们,再不跑很可能来不及了时,他们便开始了快速的撤退。他们认为凭着自己机械化的运输装备,中国士兵的两条腿是绝对追不上的。况且,他们那支装备着曾在二战中让德国人吃尽苦头的"百人队长式"坦克的坦克营,一定会给仅仅只有轻武器的中国军队一点颜色看看。

但是,他们不曾想到,这恰恰决定了英军第二十九旅著名的"皇家重坦克营"悲惨的命运。

四川籍士兵李光禄是中国第五十军的一名爆破手,他白天跟着连队在荒凉的小路上急行军,小路上不见一个人影儿,他心里嘀咕:不是在追击敌人吗,是不是走错了路? 这条道哪像是有人走过

的？正想着,前边传下一串命令:

"准备好爆破筒!"

"准备好炸药!"

"爆破手上来!"

李光禄跑到前边,排长说:"闻到汽油味了没有？现在我们正在小道上和公路上的敌人并排着比速度,要超到敌人的前边去!要准备打铁家伙!"

不停地翻山越岭之后,连队进入一条山谷,山谷里铺满白雪,一条公路黑漆漆地卧在白雪中间。

连长说,这个地方叫佛殊地。

在公路边埋伏好,中国士兵一律反穿棉衣,棉衣的白里子使他们趴在雪地上不容易被发现。向南急行军时出的汗把棉衣湿透了,现在掉头向北趴着,西北风一吹,棉衣立即冻得铁板一样硬。李光禄觉得很冷还很饿,肚子咕咕地响个不停。他抓起一把雪塞到嘴里,并把腰带系得更紧一些。一个念头总是缠着他:我们在这里等什么？我们是不是已经在敌人的前面了？好像是有股什么味儿,是汽油味?

正想着,北面公路拐弯处闪出一道灯光,然后是一长串的灯光。大地一下子颤抖起来,传出轰隆隆的声音。

敌人的坦克! 而且很多!

突然,坦克队伍前边的一辆吉普车起火了。

埋伏在雪地里的中国士兵开火了。

接着就是猛烈的枪声和手榴弹的爆炸声。

山谷被火光照得通红。

坦克向中国士兵冲了过来。

李光禄不由得万分紧张。当炸坦克和汽车的爆破手,是他自己要求的,而且还表了"把敌人的坦克炸成死乌龟"的决心。说是那么说,可真的要炸坦克,李光禄从来没干过。听说坦克刀枪不入,专门往人身上压,一压人就成了一块肉饼。没有胆量的人看见那东西稀里哗啦地开过来,吓也能吓得半死了。这时,身后二排的机枪响了,打在最前面的那辆坦克上,像敲小锣似的叮叮当当乱响,而坦克不在乎地呼啦啦开过去了。

李光禄手心出汗了,正骂自己这个爆破手怎么能让敌人的坦克从眼前就这么开过去的时候,一声巨大的爆炸声响起来,接着就是指导员的声音:

"同志们!三班长周士杰已经炸坏了一辆坦克,向三班长学习呀!"

李光禄一个鲤鱼打挺,抱着炸药包和爆破小组的人一起冲了上去。

敌人的第二辆坦克停下来,转动着炮塔四面射击。

小组中的杨厚昭首先拿着爆破筒向坦克扑上去。他想从稻田斜着接近公路,稻田离公路的路面有两米高,全是雪,他爬了几次都滑了下来,最后跟着坦克跑了几步,才上了公路,并且把爆破筒塞进坦克的履带里。但是,还没等杨厚昭卧倒,坦克履带就把爆破筒甩到稻田里爆炸了。接着,小组的刘凤岐又上去了,这次他拿的是一个大炸药包足有十斤,他上了公路,把炸药包放在坦克前面的路面上,点燃了导火索。但是,炸药包还没爆炸坦克就碾了上去。

李光禄知道要看自己的了。

他抱起一个更大的炸药包爬上公路,他把身体尽可能低地贴在地面上,眼睛盯着前面的坦克。坦克走几步,停下来射击,然后再走几步,钢铁的履带压在冻得坚硬的地面上,吱吱咯咯地冒出火星。浓重的汽油味扑过来,让人喘不过气来。坦克机枪射击时迸出的弹壳下雨似的四处乱溅。李光禄第一次在这么近的距离看这钢铁的东西,他感到这东西是那么的巨大。他在地上滚动,避免这钢铁的家伙压到自己身上,他在脑海中不停地算计着导火索燃烧的时间和坦克的速度,以盘算出炸药包放置的位置。最后,李光禄把导火索一拉,将炸药包向他算计好的位置一推,翻身滚到稻田中。就在他的滚动还没有停止的时候,只听得一声天崩地裂的巨响,李光禄觉得自己被抛起来又摔下去,顿时昏了过去。

李光禄不知道自己昏迷了多久。醒来的时候,他觉得胸口剧烈地疼痛,浑身像散了架一样,嘴里很咸很苦。吐出几口鲜血后,他趴在地上啃了两口雪,这才清醒了一些。他倒在稻田中的碎冰上,身上还压着一大块冻土。他向公路上看去,一团巨大的火焰还在熊熊燃烧,呛人的浓烟贴着地面滚动。他爬起来,看见这辆坦克冒着火斜在路边上,后面不远的地方,还有一辆坦克在燃烧,不知是被谁炸毁的。

佛殊地山谷在短时间里就变成了一片火海。爆破筒、炸药包和手榴弹爆炸发出的闪光连成一片。公路上和稻田里,几辆坦克已经着火,其他的坦克乱哄哄地到处乱开,它们互相碰撞发出很大的撞击声。爆炸声和喊杀声在山谷里回荡,到处是奔跑的人影。

李光禄又抱起一个炸药包向一辆坦克冲过去。

突然,他听见刘凤岐在喊:"没有炸药了!"

李光禄往指挥所跑。

在指挥所里,营教导员看见李光禄浑身是血。

"你负伤了! 快包扎!"

李光禄说:"我要爆破器材!"

这时传来营长的喊声:"快看,一个大家伙!"

李光禄顺着营长指的方向看去:一辆他们从没有见过的特别巨大的坦克正开过来,速度很慢,看上去像一座山包在移动。坦克停了一下,炮管中突然喷出一道光芒刺眼的火,顿时,公路边的一间茅屋燃烧起来。

这是英军第二十九旅"皇家重坦克营"的巨型喷火坦克。

李光禄抓起一个炸药包和几个手榴弹,朝那个大家伙冲过去。

他一下就跑到了巨型坦克的面前。

李光禄愣住了,这辆坦克实在是太大了,手上五斤的炸药包肯定不管什么用。他围着这个大坦克转了一圈,然后一纵身爬了上去。在喷火坦克的护板上,他立即感到火焰般灼热的烘烤,脸如同被剥了一层皮火辣辣地疼,坦克上每一个地方都滚烫滚烫的。他向上看,坦克炮塔的顶盖开着半边,将身体挪上去看,看见里面有两个英军士兵。坦克边开进边疯狂地转动炮塔,李光禄不顾烫手,紧紧地抓住坦克上的一个铁环,用另一只手安放炸药。从坦克中射出的一串子弹从他的腋下飞出。

突然,一个声音在他耳边响起来,而且说的是中国话,把李光禄吓了一跳。

"中国人!到汉城去!汉城有姑娘!"

这辆巨大的坦克上安装着广播喇叭!

李光禄用嘴拉着导火索,然后纵身跳下来。

"投降吧,中国人……"

闪电过后便是一声霹雳。

巨大的火球包裹了巨型坦克。

当李光禄再次苏醒后,他艰难地爬向一辆小得多的坦克,并把它炸毁。这是一辆装载着燃油的坦克,坦克爆炸的时候汽油溅了李光禄一身,他成了一个火人,身上的棉衣被烧透。他扑打着,越扑打火燃烧得越猛烈。在窒息和疼痛中,他在雪地上滚来滚去。其他的士兵都跑来帮他,火被扑灭了。

在担架上,李光禄想着他的棉衣,心直疼。天这么冷,棉衣没有了怎么再去炸坦克?

这天晚上,英军引以为自豪的"皇家重坦克营"的三十一辆坦克被中国士兵用最原始的爆破手段击毁了。

中国军队对汉城的弧形包围在一九五一年一月三日上午基本形成。

李奇微要么坐着吉普车,要么换乘联络飞机,他在各个前线师的阻击战场间跑来跑去,与所有的军长、师长就战局交换着意见。这时,有情报说,汉江的南岸也出现了中国军队渗透的迹象。于是军长和师长们异口同声地说,一线部队的抵抗能力已经到达相当的限度,在汉城以北重新组织防御几乎是不可能了,现在唯一应该做的是继续撤退。而且从整个战略上考虑,必须放弃汉城,在汉城以南预定的防御线上再组织有效的抵抗。

麦克阿瑟下达了放弃汉城的命令。

各部队撤退的目标和任务是:

一、美军第二十五师,并配属英军第二十九旅撤退下来的部队,在汉城外围占领收容阵地,担任第一线部队的收容和渡江掩护任务;

二、美军第一军和第九军平行撤退,占领水原至杨平一线的阵地;

三、美军第十军并指挥南朝鲜第二、第五、第八师,确保杨平至洪川一线的阵地,解散南朝鲜第二军团,其所属各师归美军第十军指挥;

四、南朝鲜第一军和第三军确保洪川至注文津一线阵地;

五、美军第三师转移到平泽附近,骑兵第一师转移到安城附近。

从这个命令中可以看出,联合国军的撤退不仅仅是放弃汉城,而且是大踏步地撤退,一直撤退到三七线附近。

李奇微在日记中对朝鲜战争中的这次撤退有这样的说明:"我本来就知道,在中国军队竭力发动进攻的时候,汉城是不能长期保持住的。第八集团军的方针是尽可能给敌人以更多的损失,接着就迅速脱离,后退到新的方向上去。"

但是,李奇微知道,从汉城撤退是一次极其危险的军事行动:把汉江以北的大量部队和各种坦克、火炮和车辆撤过乱冰堵塞的汉江时,一旦受到中国军队的拦截,甚至被迫在汉江边上进行决战,联合国军的损失将是巨大的,其后果绝对是灾难性的。

为此,李奇微把放弃汉城的决定向美国驻南朝鲜大使穆乔通告,并且请他立即通知李承晚,要求南朝鲜政府目前仍然留在汉城的机构必须在下午十五时以前撤离汉城。自下午十五时之后,汉江桥和所有的交通要道仅供军队使用,民间的一切行人和车辆一律禁止通行。

没过多久,穆乔在电话中传达了李承晚对李奇微的质问:"李奇微将军讲过,他是准备长期留在朝鲜的,可他到朝鲜上任才一个星期就要从汉城撤退,难道他的部队只会撤退吗?"

李承晚的后一句话刺痛了李奇微:"告诉那个老头儿,我现在是从汉城撤退,而不是离开朝鲜!"接着李奇微又说,"让他看看他的军队是怎样在中共军队的进攻面前像羊群一样溃逃的吧!"

放下电话,李奇微任命骑兵第一师副师长帕尔默准将为交通协调组组长,特许他以第八集团军司令的名义行使交通管制权,特别是对汉江大桥的管制。李奇微知道,如果汉城几十万的难民与他的军队同时争抢撤退的道路,那情景将是他的战场对手最希望看到的。

汉城,这座有一百五十万人口的城市,在五个月之内,第三次变换了它的主人。

而且,在麦克阿瑟下令放弃汉城约七十天后,联合国军又重新占领了这座城市。

短短的时间内,反反复复地在战争双方间易手,作为一个首都城市,汉城的遭遇在世界上恐怕是绝无仅有的。

普通的百姓再一次成为战争最深重的受害者。

在北朝鲜军队第一次攻进汉城时,汉城五十万人逃离了这座城市。虽然随着战局的变化,不久前已有十几万汉城市民逃离,但仍然有一百万市民估计联合国军绝不会放弃汉城——世界上没有人愿意抛弃自己的家而逃亡。因此,当李承晚宣布"迁都"的时候,汉城又一次陷入巨大的混乱中。至少有一半的市民——大约五十万人决定再次逃亡,因为他们相信李承晚政府这样的宣传:共产党军队烧杀抢掠无恶不作。南朝鲜政府的官员、军队的将军和普通军官的家属们,更是不顾一切地把家产丢下,乘坐一切可以乘坐的交通工具向汉江南岸逃去。

一九五〇年六月汉城大逃亡的情景,在一九五一年一月又一次出现了。

十五时之前,允许难民通过美军在汉江上临时搭建的两座浮桥。

汉城几十万难民背着包袱,扶老携幼,争先恐后地向汉江边拥去。狭窄的浮桥由于挤满了车辆和人流而摇摇晃晃,其通过的速度极其缓慢,不断有人被挤下浮桥掉在布满浮冰的江水里,凄凉的叫喊声在寒冷的风雪中令人毛骨悚然。尽管一部分难民从仁川被美国、加拿大、澳大利亚和荷兰的船只接走,同时联合国救援机构尽全力向难民分发食品、衣服,并提供医疗和收容服务,但有幸得到帮助的仅仅是难民中的极少人,大部分难民在没有任何帮助的情况下在越来越近的炮火声中惊恐地走向未知的前方。

李奇微亲自在汉江桥头指挥部队撤退。

十五时已过,帕尔默准将坚决地执行李奇微的命令,难民已经不允许在桥上通过。为执行这个命令,宪兵甚至向难民开了枪。

李奇微是这样记录自己看见的情景的:

在军用桥的上游和下游,演出了一场人类的大悲剧。在刺骨的寒风中,难民们纷纷从冰上渡江。由于冰上很滑,他们连滚带爬地向南逃命。紧抱着婴儿的母亲,背着老人、病人、残疾人的男人,扛着大包袱的和推着小型两轮车的人们,从江北岸的堤坝上突然跑下来,从冰上横穿过去。其中,有的赶着高高地堆着行李和载着孩子的牛车走去,公牛几乎将四条腿悬空,沉入薄冰里。于是,人流发生了极大的混乱。没有人去扶助那些跌倒的人。在这悲惨的逃难中,谁也没有时间去帮助邻居。没有人流泪哭泣,只能听见在冰上走路的痛苦的喘息声。

作为一个美国人,李奇微本能地想到了一个问题,这个问题居然在那一瞬间如此清晰地浮现,为此,他对自己想到的问题不寒而栗:

> 如果美国有两百万市民受到严寒和原子弹攻击的威胁,将会出现什么样的情况? 如果两百万市民被禁止从道路上通过,武装宪兵命令他们"必须下车往山冈上逃命",他们将怎样保全生命呢? 韩国的国民比较顺从,习惯于听从命令,而且有克服困难、自求生存的坚忍性。可是,美国人体力弱、任性、主张权利、缺乏克服困难的魄力,这样的人,遇到这种悲惨情况的时候,将会以什么方式保护自己呢?

在联合国军向汉江南岸撤退时,汉城市区内则进行着规模巨大的破坏活动。

在南朝鲜最大的国际机场金浦机场上,来不及运走的大约五十万加仑航空燃料和三万加仑凝固汽油弹被点燃,巨大的火焰和浓烟笼罩在汉城的上空。刚刚在"石竹花"行动中运到南朝鲜的各种军用物资堆积如山,本来的转运计划被中国军队迅速的推进所破坏,此刻只有就地销毁。"没想到前沿阵地就维持了一支烟的工夫!"美第八集团军的后勤军官们抱怨说,"五十万加仑的燃油烧起来是个什么情景? 地狱一般!"

向汉江南岸撤退的南朝鲜军士兵的心中同样是一片茫然。

南朝鲜第一师师长白善烨在撤退途中遇到美军第一军军长米尔本,他问:"您认为,这场战争的未来究竟会怎么样?"

"我不清楚。"米尔本说,"我们只是按命令办事。我们不知道对方的情况,所以不知道情况会怎样变化。我认为,在最坏的情况下,联合国军很可能撤退到日本去。"

"美国人要跑回日本去!"

这句话传到南朝鲜军队和百姓中,所引起的复杂情绪难以言表。

夜晚来临了。

美国记者这样描述了那天夜晚的汉城:"警察已经撤走,汉城成了掠夺之城。巨大的黑烟在寒风中飘动,喧闹的机枪声响彻夜空。"

在汉江桥上,联合国军还在撤退。

汉江冰面上难民涌动的时候,中国军队正在向汉城的正面攻击,汉城市郊已经出现了中国士兵的身影。在中国军队攻势的左翼,一支部队已经到达汉城以东的横城。

深入横城的中国部队是由第四十二军一二四师副师长萧剑飞率领的三七二团。这个团在横城附近一个名叫静冰厅的小村遇到了停在公路上的两辆敌人警戒车,短促的战斗后,从俘虏的口中得知,这是美军第二师三十八团派出的一个侦察营。

两军遭遇,三七二团没有迟疑,立即扑了上去。

正在居民家睡觉的美军士兵对突然的袭击没有防备,中国士兵逐屋扔进手榴弹,再用步枪和机枪扫射,美军士兵顿时血肉横飞。负责攻击美军炮兵的中国士兵动作迅速,美军士兵不知道到底来了多少志愿军,逃窜中大部分被打死。占领村庄四周高地的中国士兵立即与美军的警戒部队交了火,由于中国士兵冲得猛烈,两国士兵随即进入到面对面肉搏战的状态。

这场遭遇战惊动了李奇微,因为横城出现了中国军队的主力,说明美军左翼溃败的速度比他预料的要快得多。

一月四日,最先进入汉城市区的是中国第三十九军军侦察队的侦察兵,他们看见在到处冒着烟和火的街道上有一些市民正往墙上贴写有"欢迎中国志愿军"汉字的标语。这些标语覆盖在那些写有"欢迎联合国军"的英文标语之上。

他们立即向指挥部报告了情况。

指挥部命令第三十九、第五十军和北朝鲜人民军第一军团立即占领汉城。

第三十九军的先遣部队之一，是由副团长周问樵率领的一一六师的三四八团。还在第二次战役的时候，一一六师师长汪洋提出一个问题：白天小部队能不能运动？当时周问樵就表示"个把连队还是可以的"。第三次战役开始后，由周问樵率领的先遣队一直走在主攻部队的前面，死死地跟在联合国军撤退部队的后面。他们走小路，躲敌机，在没有出现一个士兵伤亡的情况下，几乎是跟着敌人的后脚跟进入了汉城。

这支进入汉城的中国部队，立即被一群说中国话的市民包围起来。汉城的中国华侨大多数是山东人，熟悉的胶东口音让中国士兵们感到亲切而激动。这些中国华侨向中国士兵诉说美军是怎样逃跑的，并且表示愿意提供中国士兵所需要的一切。

周问樵带着警卫员直接走进李承晚的公馆。他对南朝鲜总统的家表示出极大的兴趣。在李公馆里，他看见了世间最富丽堂皇的房子：客厅、卧室、餐厅、书房、钢琴、落地的绸缎窗帘，还有衣柜中上百件华丽的衣服、上百双皮鞋。公馆里的落地收音机居然还开着。

他命令报务员给师长发报，说他"进来了"。

他走进李总统的盥洗室，火盆中的火还在燃烧，四处的墙壁光滑闪亮。

他脱下衣服，一抖，大个小个的虱子掉在火盆里，噼啪乱响。

这个满脸泥垢，头发粘连在一起，皮肤粗糙而僵硬，浑身散发出一种刺鼻子的汗酸味和浓重的火药味的中国军人，在越过了无数的荒山野岭和历经了无数惨烈的激战之后，终于躺在了南朝鲜总统热水荡漾的浴盆里。

收音机里传来"美国之音"播音员描述南朝鲜军队战绩的声音："国军给予共军重大杀伤后安全转移。"

报务员走进来，说师长要和他讲话。

汪洋问："你现在哪里？"

周问樵说："李总统公馆！"

志愿军总部立即颁布了《入汉城纪律守则》，它以电报的形式向志愿军入汉城部队颁布。其主要内容为：

一、迅速肃清残敌，镇压反抗的反革命分子；

二、维护城市治安，恢复革命秩序，严禁乱捕乱杀；

三、保护工厂、商店、仓库等一切公共建筑；

四、保护学校、医院、文化机关、名胜古迹等一切公共场所；

五、对守法的教堂、寺院、宗教团体一律不加干涉；

六、不干涉守法的外侨，不侵入外国使馆，为防止意外，外国使馆可以派军队进行保卫；

七、向市民宣传胜利，宣传防空、防特、防火，严格遵守群众纪律，不得随便进入民房；

八、凡入城部队必须自带三至五天的粮食、蔬菜，严禁抢购物资，乱买东西；

九、切实执行"三大纪律八项注意"，注意军容风纪和清洁卫生。

五日，在朝鲜半岛上的两个重要的城市——平壤和汉城，各有二百四十门大炮同时鸣放二十四响礼炮，以庆祝对汉城的占领。

对于中国士兵来讲，这是一个非常的时刻。

在这之前的漫长的中国战争史中，从没有任何一名中国士兵武装进入到任何一个异国的首都中。

在这之后，一直到今天，也没有。

李奇微撤离汉城的时候，并不是很匆忙。直到担任后卫的美军撤退后，他才离开他的指挥部。他收拾起桌上的那张全家福照片，把他平时穿的那件睡衣钉在了墙上，然后在旁边写下一句话：

"第八集团军司令官谨向中国军队总司令官致意！"

一瓶牙膏主义

中朝军队三十多万官兵,冒着狂风暴雪,在零下二十多摄氏度的严寒中,流血牺牲,忍饥受冻,克服各种难以想象的困难,连续八昼夜不间断地攻击,把战线向南推进达八十至一百公里,其前锋已经到达三七线。

一九五一年一月五日,中国共产党的机关报,也是新中国发行量最大的报纸《人民日报》第一版显著位置的大字标题是:《朝中军队发动新攻势,光复汉城向南疾进!》。同时,《人民日报》发表了题为《祝汉城光复》的社论:

> 汉城的光复,又一次证明中国人民志愿军和朝鲜人民军的强大。美国绝对优势的空军、海军、坦克和大炮,在伟大的中朝人民军前面,无论在进攻和防御中,都已证明无能为力。中朝人民军今天已经向全世界表明了自己是强大的和平力量。他们完全有力量消灭与赶走美国在朝鲜的侵略军,恢复朝鲜的和平。

社论最后用前线指挥官的口气这样号召：

> 向大田前进！向大丘前进！向釜山前进！把不肯撤出朝鲜的美国侵略军赶下海去！

胜利的消息令中国百姓欢喜若狂，奔走相告。如果说在朝鲜战争开始的时候，中国的普通百姓还对自己的军队是否应该到异国去打仗、是否是强大的美国军队的对手持有一些怀疑，两个月之内三次战役的连续胜利，特别是第三次战役对南朝鲜首都汉城的占领，令在历史上饱受列强欺辱的中国人民第一次感到自己的国家和军队是如此强大，特别是中国军队的交战方是有十五国之多的外国联军。于是，对民族实力骄傲的热情骤然席卷了全国。

中国的首都北京组织了声势浩大的庆祝游行。在新年瑞雪飘飞的北京街头，工人、农民、学生和妇女们的游行队伍川流不息。庆祝游行的热浪立即蔓延到全中国的城镇和乡村。中国人民纷纷自发捐献出钱物慰问志愿军，各界团体以及青少年写的慰问信更是雪片一样飞向千里之外的朝鲜。

当国内的报纸到达朝鲜前线彭德怀手中的时候，他由于长时间的缺少睡眠和紧张不安正处在极度的疲劳和焦躁中。他看了报纸后，紧张与焦躁更加严重："大游行，庆祝汉城解放，还喊口号，要把美国侵略者赶下海去……有些人只知道我们打了胜仗，不知道我们取胜的代价和困难。速胜论的观点是有害的。我们的报纸怎么能这么宣传？解放个汉城就这样搞，要是丢了汉城，怎么交代？"

彭德怀所说的"胜利的代价和困难"，是指自中国出兵朝鲜后三次战役打下来的损失。部队伤亡是巨大的，主力部队，尤其是中国人民解放军中的精锐部队第三十八、第三十九、第四十、第四十二军等战斗伤亡尤其大。很多连队中的战斗骨干损失大半，基层干部的牺牲比例令人痛心，不少部队目前的兵员数量减少了三分之一。在与武器装备现代化的联合国军作战中,中国军队赢得胜利的唯一优势只有一次又一次地前仆后继,不怕牺牲。正如美军战史中所描述的:"在地面密集的炮火和各种火器编织的密不透风的封锁下,在天空上铺天盖地的飞机的航空炸弹、凝固汽油弹和机关炮所构成的死亡的大网下,中国士兵一波一波地进攻潮水般涌来。在照明弹惨白的光亮中,联合国军士兵惊恐地看着这些后面的士兵踏着前面士兵的尸体毫无畏惧地向他们冲击而来。这些中国士兵义无反顾,毫不退缩。"彭德怀和其他志愿军将领都是经历过抗日战争和国内解放战争的军人,战争中的伤亡似乎已经不会再令他们过分地伤情;但是,朝鲜战争中,中国士兵和基层指挥员伤亡的速度和数量,已经超出了他们感情的承受能力。朝鲜战场上每一次战斗的胜利,都是用中国年轻士兵的鲜血和生命换来的。作为这些士兵的指挥官彭德怀对此刻骨铭心。

当中国军队的前锋越过汉江,继续向南突进的时候,彭德怀下达了一道顿时引起各方激烈争论和迷惑不解的命令:"全军立即停止追击!"

联合国军在朝鲜战场上的长距离的撤退,再次引发了西方阵营中政治态势的混乱。包括英国在内的几乎所有的西方大国,均因朝鲜战局的再次恶化,尤其是汉城的丢失,感到了一种不可名状的惊慌。盟国几乎异口同声地质问杜鲁门:联合国军是不是打不下去了?还不撤出那个该死的远东半岛?东京那个傲慢的美国老头儿到底是个什么人?麦克阿瑟是反共的老英雄还是通敌的老间谍?

就在中国军队发动第三次战役、联合国军的前沿迅即崩溃的时候,麦克阿瑟给华盛顿发去一封电报,要求美国参谋长联席会议重新考虑他被否决了的针对中国的行动,扬言不然联合国军就要付出被迫撤退的惨痛代价。麦克阿瑟所说的"针对中国的行动",是他在朝鲜战争一开始就提出的一系列扩大战争的主张:封锁中国的海岸,袭击中国东北的机场,蒋介石参战和骚扰中国东南大陆等等。对于美国参谋长联席会议来讲,麦克阿瑟电报的内容是预料之中的:面临战场上的失利,这个老家伙肯定会打来这样的电报,继续表达一个威胁性的信号:要么将战争扩大,要么只有被迫撤退。

战后,美国军方有人重新读了战争时期麦克阿瑟打给参谋长联席会议的数十封电报,得出的结论是:麦克阿瑟是一个脱离现实的指挥官;一个希望把战场上的每一个胜利都归功于自己而不承担任何失败责任的指挥官。他的每一封电报都附加着这样的条件:要么给我所需要的东西,否则后果由你们承担。

一月九日,美国参谋长联席会议经杜鲁门总统批准,给在东京的麦克阿瑟回电,电报措辞极为含糊:"不大有可能发生政策转变或其他外来不测事件以致有理由要加强我们在朝鲜的努力","封锁中国也要等到美国在朝鲜的地位稳定之后,同时还需要和英国等盟国商谈","因为要考虑英国经过香港同中国进行的贸易以及联合国的同意"。"至于对中国本土的攻击,恐怕只有待中国在朝鲜之外攻击美国部队时,才能授权进行"。电报明确拒绝了麦克阿瑟邀请蒋介石部队参战的要求。最后,关于朝鲜战局的发展,电报是这样说的:

> 在保障你部安全和保卫日本的根本使命这一首要考虑之下,逐步坚守阵地,尽可能给敌人以重大的打击。
>
> 如果根据你的明确的判断,为避免人员和物资的严重损失而必须撤退的话,那时可以将你的部队从朝鲜撤至日本。

麦克阿瑟接到电报后"愤怒之极",他认为这是给他布下的一个"陷阱",是要求他做出"完全矛盾的选择"——什么叫"逐步坚守阵地"否则就"从朝鲜撤至日本"?

第二天,麦克阿瑟回电说:既要守住朝鲜又要保卫日本,我们没有这么强大的力量。如果华盛顿不能确定美国在远东的利益,以美军现有的兵力,在朝鲜的军事地位难以支撑下去。

麦克阿瑟说:

> 联合国军在长期艰苦的征战中已经精疲力竭,并因为那些无端指责他们在被曲解的后退行动中的勇气和战斗素质的可耻宣传而感到苦恼。士气在急剧下降,作战效率受到严重威胁,除非要求他们以生命换取时间这一政治基础,得到了明确的说明、充分的理解以及紧迫到了作战的危险可以欣然接受的程度。

他再次向华盛顿发出质问:

> 根据你们电报的合理解释,敌人的优势实际上倒是一个决定性的尺度。因此,我的疑问在于:目前美国的政策目标究竟是什么?是在于目前的有限时间内尽可能保持在朝鲜的军事地位,还是在能够实施撤退时就立即撤退以尽量减少损失?

最后,麦克阿瑟把前途描述得一片黑暗:

> 在受到非同寻常的限制和被迫面临种种困难的情况下,本军在朝鲜的军事地位是难以保证的,但是它能坚持一定的时间,直至全军覆灭,如果压倒一切的政治考虑这样要求的话。

麦克阿瑟咄咄逼人的要挟和气势汹汹的质问,是给予杜鲁门的一系列难题。公平地说,作为战场司令官,受制于本国政府的远程控制而不能随心所欲,是一件令一名担负着战争胜负责任的职业军人很痛苦的事情。麦克阿瑟所提出的问题,连杜鲁门本人也无法果断地给予答复,原因很简单,整个美国政府都处在混乱的境地里。面对朝鲜战争的重大失败,美国究竟应该怎么办?没有人能对此下个结论。矛盾的本质是清楚的:与中国人在朝鲜的战争肯定是一场不会有什么好结果的战争。如果继续打下去,又怎样才能不动用美国和盟国更多的力量而胜利?有没有为避免盟国对欧洲安全的担心和对朝鲜问题的指责,而迅速在朝鲜战争中赢得胜利的可能性?如果没有这种可能,朝鲜战争最好现在就停下来。但是,怎么才能停下来?用什么方式停下来才既符合美国在远东的利益,又令美国政府和美国军队不丢面子?

美国参谋长联席会议中的高官们对麦克阿瑟的电报表示出极大的不满,认为这是在公开指责"国家安全委员会和参谋长联席会议决定的并经总统批准的行动方针是不可行的"。华盛顿敏感地意识到:麦克阿瑟的这封电报是"留给后人看的,目的是一旦事情到了一团糟的时候,他能就此推卸一切责任"。

国防部长马歇尔看到电报中关于士气的说明时说:"一个将军埋怨他部队的士气之日,便是应当检查他自己的士气之时。"

国务卿艾奇逊的反应更加激烈:"无需任何证明,我完全相信这位将军的桀骜不驯到了不可救药的地步,而且对其总统的意图基本上不尊重!"

国务卿以官场的清醒说出了问题的实质。

麦克阿瑟这个美军海外指挥官和美国总统的矛盾已经超出了军事范畴。

不管怎么说,杜鲁门总统在召集了一系列会议后,还是准备安抚一下麦克阿瑟,目的是再静观一下战场形势的变化。

从战后披露的史料分析,杜鲁门和他的同僚们当时已经收到美军在朝鲜战场的指挥官——第八集团军司令李奇微将军传来的某种信息,这种信息的核心观点是:最后的胜利且不可妄说,但是美军在朝鲜半岛坚持下去,并且在军事上给予中国军队某种打击,是完全可能的。

艾奇逊在华盛顿的政治圈内到处听取各种意见,因为他实在不知道"怎样才能一劳永逸地让麦克阿瑟明白,美国正在进行一番特殊的事业,他那没完没了的节外生枝已经让政府忍无可忍"。

杜鲁门总统决定通过三条不同的渠道使麦克阿瑟安静下来:

一、由参谋长联席会议发出电报,第三次重申华盛顿的意见,即:美国在朝鲜的长期坚守虽然不可取,但为进行外交努力而争取时间将符合美国的利益。要给中国人"尽可能重大的"惩罚,不轻易撤出朝鲜,除非确实迫于军事上的需要。

二、派陆军参谋长柯林斯去远东,就华盛顿的决定与麦克阿瑟当面商量。"没有电报往来这一套繁文缛节",更便于阐述华盛顿的理由。同时,柯林斯将赴朝鲜调查战场的实际情况。

三、以总统私人的名义给麦克阿瑟将军发一封电报,以便让这位将军"理解美国对外政策的原委",从而使他跟上"自己国家的对外政策"。

为什么总统给一个下属发去私人电报?杜鲁门的考虑是:麦克阿瑟多次说,他的电报被参谋长联席会议截留,总统根本不知道。杜鲁门发去私人电报,为的是传达这样一个信息:总统是知道一切的,一切是总统决定的。

杜鲁门的电报十分冗长,除了对以往说过的观点进行重复之外,基本上没有新的内容。但是电报至少起到了这样一个作用:彻底地、再次地说明美国政府在朝鲜问题上的基本立场:既不能扩大战争,冒引发世界大战的危险;又要在战场上有作为。同时,总统的私人电报还多少满足了麦克阿瑟将军的虚荣心。

陆军参谋长柯林斯到达东京。麦克阿瑟又一次问起华盛顿"已经屡次答复"过他的那个问题:有无增兵的可能?柯林斯的回答依然是:没有。之后柯林斯到达朝鲜战场,亲自巡视了第十军和第八集团军,特别听取了战场指挥官对战局前途的预测和具体的战术计划。

当柯林斯回到华盛顿后,一系列政府决策开始果断地实施,显示出美国政府对朝鲜战争的前途有了重新估价:

签署增拨两百亿美元作为国防费用的法案,使本年度军事预算增加百分之八十,达到四百五十亿美元;

将征兵年龄从十九岁扩大到十八岁,并且延长服役期限;

将国民警备师编入现役;

加强军火生产,每年生产新型作战飞机五万架,坦克三万五千辆;

策划单独对日本签订和约问题,加速武装日本。

美国不是要撤出朝鲜,而是要全面强化战争机制。

彭德怀的焦灼是有道理的:局势并不像许多人想象的那样——"我们取得了朝鲜战争的决定性胜利"。

事实证明,真正残酷的战争还在后面。

然而,"我们无比强大"和"我们已经胜利"的情绪已经从国内蔓延到了朝鲜前线的志愿军官兵中。

"过了三八线,凉水拌炒面。"对极度艰苦的生活的埋怨,随着胜利的情绪产生了。打过三八线的官兵们有了一种设想:快打,快胜,快回国。"速胜"的思想让官兵们对战争急躁起来:"从北到南,一推就完,消灭敌人,回家过年。"于是,"一瓶牙膏主义"一时流行于正处在战争前线的中国军队中。

牙膏是奢侈的东西,中国士兵中很少有人使用,使用这种很文明的东西的是干部,而且是团以上干部。

"一瓶牙膏主义"的意思很难明确地解释。一种解释是,预测或者盼望战争很快结束,最好是在一瓶牙膏没有用完的时间内;另一种解释是,朝鲜国土是狭长的,其形状像一瓶牙膏,打仗就像挤牙膏一样,一鼓作气把美国兵挤出去算了。

第四十军开了一个会,想统一官兵的思想。这是这个军的师、团主官入朝后的第一次相聚,见面彼此开着战场上的玩笑:

"你还没到马克思那儿去报到?"

"彼此彼此,你也是王八活千年嘛。"

接着就交换礼物,都是缴获的一些新奇玩意儿:咖啡牌或者大象牌的美国香烟,各种式样的打火机,精致得像玩具般的小手枪,金笔尖的派克水笔,能够聚光的手电筒。

说到部队目前存在的思想问题时,大家就严肃了起来。第四十军在战场上可以说是完成了任务,仗打得还可以,但是这些师、团长们心中还是有一种说不出来的感觉,就是觉得在朝鲜打仗很"憋气"。伤亡不小,而且牺牲的都是能打仗的老战士,让人想起来就难过;歼敌不多,三次战役加起来才万把人,和国内战争中一场战斗下来的歼敌数量没法比;敌人的机械化难以对付,一个山头付出那么大的伤亡打下来,冲上去的时候,敌人坐着坦克和汽车跑了;夜间围住的敌人如果天亮前不解决,天一亮,飞机和坦克来了,就不能说解决敌人了,顶得住顶不住还是个问题;既然敌人怕死跑得快,那么就让他再快点,只要有炒面和弹药,干脆追着他的屁股打,赶羊一样一追到底,他下他的海,我回我的家。

与第四十军一样,志愿军各军都开过类似的会。

会议记录被送到彭德怀那里,更加重了他深藏于内心的不祥的预感。

没有人比彭德怀更了解在朝鲜前线的中国军队所面临的巨大困难。

第四十军打给志愿军司令部的电报中说:"部队极端疲劳,困难很多。三八线以南的群众跑光,敌人把房子烧了,粮食抢光,使部队吃饭、休息都很困难,体力大大减弱。后勤供应不上,部队急需粮食、弹药、鞋子等补充……"

此时,志愿军全部拥挤在三八线以南的狭窄地区,所有的部队都缺少棉衣、药品、粮食、弹药。士兵中疾病蔓延,在渡过临津江时出现的大量冻伤还没有恢复,由于天气寒冷,部队没有御寒的棉衣,新的冻伤又大量出现。有一个师已经因冻伤使上千名士兵失去了战斗力。由于志愿军已推至三八线以南,后勤补给线一下延长了五百至七百公里,美军的飞机日夜封锁,运输工具又极端缺乏,前线的部队几乎处在令人担心的困境中。

在朝鲜战争的后期,彭德怀已回国任职后,在一次作战会议上,他回忆了第三次战役后的情况:"我打了一辈子仗,从来没有害怕过,可当志愿军打过三八线,一直打到三七线的时候,我环顾前后左右,确实非常害怕。当时倒不是考虑我个人的安危,而是眼看着几十万中朝军队处在敌人攻势的情况下,真是害怕得很。我几天几夜睡不好,总想如何摆脱这个困境。我军打到三七线后,已向南推进了几百公里,本来后方的物资供应线就很难维持,这时敌人又派飞机对我军运输线猛烈轰炸,使志愿军的各种物资、粮食、弹药的供应十分困难。空中有敌人飞机炸,地面对着美军的坦克大炮,左右沿海是美军的舰队,敌人不下船就可以把炮弹打过来。加之时值寒冬腊月,到处冰天雪地,战士们吃不饱穿不暖,非战斗减员日益增多。在这种严重的情况下,志愿军随时有遭厄运的可能。我不能把几十万军队的生命当儿戏,所以必须坚决地停下来,不能前进,并做好抗击敌人反攻的各种准备。"

苏联驻北朝鲜大使拉佐瓦耶夫实际上是斯大林在朝鲜的军事观察员。他对彭德怀突然停止第三次战役极为不满。他把自己的意见告诉斯大林,指责彭德怀是"军事上的保守主义",说他从没见过打了胜仗的指挥员命令部队停止追击敌人的,他的主张是"抓住战场主动权,乘胜追击,解放全朝鲜"。

彭德怀对这种指责火冒三丈:"拉佐瓦耶夫?他打过什么仗?第二次战役时我们停止追击,就是他不同意!我难道不想扩大战果追击敌人?可靠两条腿追四个车轮,能有什么结果?我难道不知道乘胜追击的道理?我们中国军队历来主张猛打猛冲,击溃敌人后应该追击,不给敌人喘息的时间。但是,朝鲜有朝鲜的特殊情况,我军战斗减员和疲劳不说,朝鲜是个狭长的半岛,东西海岸敌人到处可以登陆,我们的战略预备队上不来,仁川的教训不能重复!彭德怀不是为打败仗才来朝鲜的!"

金日成对彭德怀停止对敌人的追击更是想不通。作为北朝鲜的领袖,他渴望的就是把联合国军赶出朝鲜,实现统一全朝鲜的理想,但眼看着中朝军队已经打到三七线,却停止了攻势,这令他无论如何睡不着觉。在和彭德怀的讨论中,金日成一再要求彭德怀命令部队全线"继续前进",而彭德怀在分析了敌我双方的兵力和对峙状态后,认为必须休整才有可能发动新的战役。两个人因为意见不同不欢而散。夜半,彭德怀的警卫人员说,金日成屋子里的灯光一直亮着。于是彭德怀就给金日成送去两片安眠药。但是,彭德怀知道,金日成需要的不是安眠药。

一月十一日,彭德怀和金日成就此问题举行正式会谈。

在君子里的巨大的矿洞里,中国军队一方有彭德怀、洪学智等,北朝鲜一方有金日成、朴宪永等。双方就苏联大使的"只要向南进攻,美军就会撤出朝鲜"的观点进行讨论,讨论时分歧极大,以至于各方的话里有了很浓的火药味:

朴宪永:"只要志愿军继续向南进攻,美军一定能退出朝鲜。"

彭德怀:"真的吗?如我军去追,美军一定会退吗?"

朴宪永:"是的。"

彭德怀:"美军既然要退出朝鲜也好,这符合苏联驻联合国代表马立克所提出的要求。"

朴宪永:"如我军不迅速南进,美军就不会退。"

彭德怀:"你们的依据是什么?"

朴宪永:"美国人民反对,资产阶级内部矛盾。"

彭德怀:"这是一个因素,但今天还不能起决定作用。如再消灭美军三至四个师,五至六万人时,这个因素就会变成有利条件。再过两个月后,志愿军和人民军的力量要比现在大得多,到那时再视情况向南进军。"

朴宪永:"到那时候美军就不一定会退了。"

金日成这时插话:"最好半个月内,志愿军有三个军向南进攻,其余休整一个月后再南进。"

这时,彭德怀开始克制不住自己的重重忧虑了,他越说越激动:"你们说美军一定会退出朝鲜,但你们也要考虑一下,如果美军不退出朝鲜怎么办?希望速胜,又不做具体的准备,其结果将会延长战争!你们把战争胜利寄托于侥幸,就可能把战争引向失败!志愿军需要休整两个月,休整前,一个师也不能南进!如果认为我这个中朝联军总司令不称职,可以撤职!你们如果认为只要我们一南进,美军就会退,那么我提议由仁川至襄阳线以北的全部海岸的警备和维护后方交通线,都归中国志愿军担任,人民军五个军团十二万人已经休整两个月了,归你们自己指挥,照你们的愿望向南进攻。美军如果按你们的想象退出朝鲜,我当然庆祝朝鲜解放万岁;如果美军不退走,志愿军按预定的南进计划南进作战!"

彭德怀激动的发言令在场的人息声屏气,陪同会谈的中朝双方其他人员看此情景,都一个个地悄悄溜了出去。

毛泽东在一月十一日致电彭德怀:

> 如金日成同志认为不必补充休整就可以前进,则亦可同意,人民军前进击敌并可由朝鲜政府自己直接指挥。志愿军则担任仁川、汉城及三八线以北之守备。

这封电报,说明了毛泽东对彭德怀停止进攻决定的支持。

当时,毛泽东认真分析了朝鲜战场上中国军队的处境,并认识到敌人实力犹存,正在伺机北进。至少,毛泽东对"美军会退出朝鲜"的判断很不以为然,因为"扫帚不到,灰尘照例不会自己跑掉"是毛泽东对战争对手本质的一种根深蒂固的认识。

彭德怀把这封电报给金日成看了。

现在,彭德怀明确同意北朝鲜军队单独南进,金日成和朴宪永却说:"人民军没有恢复元气,不能单独南进。"

彭德怀:"那么去试验试验,取得点经验教训也是宝贵的嘛。"

金日成:"这不是好玩的,一试验就会付出几万人的代价。"

彭德怀:"不是说我一南进,美军就会退吗?那么这种前后矛盾的说法我很难理解。"

彭德怀的意思很明白:中国士兵的生命同样宝贵!

在朝鲜战争结束很久以后,彭德怀于"文化大革命"中被诬陷关押。为了新中国身经百战的战将在其身陷囹圄的时候,回忆他在朝鲜战争中的这段日子时写道:"我军将敌人驱至三七线后,敌人改变计划,从日本和国内抽调新生兵力四个师,又从欧洲抽调老兵补充部队,集结在洛东江的预备防线。从东线战场方面撤退之兵力亦集结于洛东江。总之,敌人一步一步在诱我南进攻坚,待我军疲劳消耗殆尽,再从正面反击,从侧翼登陆截击,以断我军后路。志愿军入朝后,不到三个月,连续经过三次大的战役,又值冬季,而且全无空军掩护,也未曾休息一天,疲劳之甚可以想见,战斗和非战斗减员已接近部队的半数,急需休整补充,准备再战。"

彭德怀坚持志愿军在休整之后才能南进。

在第三次战役中,中国军队前进了上百公里,战役开始时位于前沿第一线的南朝鲜军队损失也是巨大的。但是,连彭德怀都承认这个事实:美军几乎是不战而退的。志愿军的官兵都知道,三八线并不是他们打过去的,几乎可以说是走过去的。美军大踏步地撤退,实际上是按计划进行的大规模机动,从军事战略上说他们"溃败"是有些牵强的。凡战场上出现这种大规模的撤退,精明的军事家必会十分警惕,因为这往往是有计划的大规模反击的前兆。

历史证明了李奇微正是这么设想的。

李奇微说,后退并不意味着失利。美军这次大规模后撤的好处是"占有了一条横贯朝鲜腰部的战线——由平泽往东,经原州至东海岸的三陟"，第八集团军终于有了赖以立足和作战的战线。

此时，如果几十万中朝军队继续南进的话，将正好落入李奇微的圈套。因为在三七线上，联合国军以逸待劳，已经修筑起十分坚固的工事，等待中朝军队的到来。饥饿和缺乏弹药的中朝士兵将在补充充足的联合国军的火力网中大量伤亡。而且，联合国军随时会发动猛烈的反击，以其占优势的机动手段把中朝军队切割成数段。同时，善于两栖登陆作战的麦克阿瑟决不会放过从东西两边海岸登陆夹击的战机。那样，中朝军队就要陷入灭顶之灾了——六个月前北朝鲜军队长驱直入而惨败，正是大举盲目南进的结果；一个多月前联合国军贸然北进而遭到失败，也是刚刚发生过的事。

中国传统的节日春节即将来临，志愿军前线部队开始筹备过年的物资，国内运来的慰问品也陆续到达部队。毛泽东向在朝鲜打仗的中国士兵发出"爱护朝鲜的一山一水一草一木"的指示；志愿军总部号召全体志愿军官兵开展"拥护朝鲜劳动党和政府，爱护朝鲜人民"的活动。

第三十八军率先提出"十条纪律规约"：

一、尊重朝鲜人民，要当成自己的父母兄弟姐妹一样看待。严禁调戏、侮辱妇女。

二、遵守民情风俗。进门脱鞋，说话讲礼貌，经常挖厕所，不随便大小便，不在室内乱吐痰，保证室内外清洁卫生。

三、住房子要商量。要给群众留一定住处，不准强住，不得全部占光，不准强占灶头。对群众的东西，不论有无房主，均应爱护，妥加保管。

四、借用家具、木材、铺草要爱护，用后要还，损坏要按价赔偿，走时要道歉。

五、雇请向导民工，要按规定付给工资，态度要和蔼，严禁打人骂人,不得随便抓差。

六、爱护群众利益。不损坏一草一木,不拿一针一线,不随便吃群众的东西,不践踏一棵青苗。

七、借粮食、柴草要分清对象,遵守规定。按数付给柴票、草票,严禁翻箱倒柜浑水摸鱼,一扫而光。

八、买东西要公平,按价给钱,不强买、贱买,不争购、赊账,严禁杀耕牛和六十斤以下的小猪。

九、宣传教育群众。动员群众回家。召开群众会议,宣传我军胜利,揭发美、李军罪恶,提高群众觉悟。利用空闲时间,帮助群众劳作,以实际爱民行动团结群众。

十、关心群众疾苦,告诉防空办法,积极协助群众隐蔽粮食物资。加强管理,做饭、烤火,不得粗心大意,严禁烧毁房屋,不得随意玩枪误伤群众。

志愿军司令部认为既然是休整,不如抓紧时间把军官集训一下,即使是临阵磨枪也有一定效果。于是下达通知,由志愿军参谋长解方主持,邀请苏联军事专家讲课,在中国的沈阳市举办一个由师、团长参加的诸兵种联合作战集训班,参加集训的人必须立即回国。第三十九军军长吴信泉认为,在敌人说不定哪天就会反击的时候,从前线调大批师、团长回国,显然不妥当。况且,志愿军既没空军又没海军,虽有炮兵,但数量不多、口径不大,集训"诸兵种联合作战",现在只能是纸上谈兵。但是,绝大多数指挥官认为,敌情的掌握是上级的事,能回国看看当然是好事。于是,在那些日子里,志愿军前线的师、团指挥员都换上了干净的衣服,乘坐过路的各种车辆开始向国内赶。其中不少人心中都有另外一番激动,因为他们都是在全国解放后才结婚的,结完婚就出国作战了,中国人都说"久别胜新婚",将与自己新娘重逢令这些指挥员一路上有了久已没有的好心情。

然而,就是在这时,一个关系到不久以后朝鲜战场局势的严重问题正悄悄地显露出来。

其时，美军在朝鲜前线的侦察活动十分频繁，美军第三师已开始向战线的防御正面调动，而中国军队的主力因为正在休整，所以于前线的位置目前过于靠北，只有少量的部队突出在前沿，这种态势极容易在敌突然反攻时面临猝不及防的境地。

这一忧虑被从北京转达到了朝鲜战场上的志愿军总部，彭德怀在召集专门的会议研究后认为，"敌人没有进攻我汉江南岸桥头阵地的企图"，而志愿军部队的部署还是按准备春季攻势的态势为好，特别是位于战线后部的主力，如果太靠前将不利于休整。

于是，一个关系着战争命运的提醒被搁置了。

这是彭德怀漫长的军事生涯中少有的判断失误。

失误带来的后果是严重的。

事后的评论总会显得苛刻，更何况当时的战场形势错综复杂。

说彭德怀没有预料到敌人反击是不符合事实的，但是，彭德怀没想到的是灾难会来得这么快。

第六章

血洒汉江

毛泽东:打到三六线去!

上任仅仅几天就面临着不可逆转的大规模撤退的李奇微,将美军撤退的那些天视为他军事生涯中最苦闷的时刻。

如果从战场演变的前因后果上看,也许联合国军阵地的丢失直至汉城的放弃,作为刚到任的司令官他不应该负直接的责任,但作为战场指挥官,军事和政治上的压力以及媒体添油加醋的渲染,却令他度日如年。更重要的是,他必须即刻准确地判断出自己的部队目前到底处在一种什么样的境况里,具体地说,就是联合国军是否已经面临着准备向日本撤退的局面。正如麦克阿瑟对他指示的那样:"无论如何在最后的时刻确保釜山桥头堡,以保证部队在情况最坏的时候撤回日本。"如果是这样的话,他将成为千里迢迢跑到朝鲜率领联合国军的残兵败将撤离战场的一位司令官,这个名声无论对他个人的声誉还是对他职业军人的前途都必会起到悲剧性的影响。李奇微无论如何都不想看到这样的结局。

美军战史记载道:"李奇微开始像一个士兵那样履行他的职

责,把麦克阿瑟同远在七千英里之外的华盛顿之间的政治和军事纷争一概抛在脑后。"

从一开始,李奇微就不认为美国人在朝鲜输定了。当柯林斯视察前线的时候,他把自己的感觉透露给他的西点军校老同学。他在地图面前详细地分析了自中国军队参战以来,三次大的战役中每一点演变的原因和过程。李奇微最后的结论是:美国人完全有理由再试一试。

联合国军撤出汉城,在三七线附近加强了防御力量,准备抗击中国军队随之而来的进攻,可是,战场上却出现了令人迷惑不解的寂静。有消息说,中国军队新的攻势将于二十日开始。为此,联合国军前沿阵地上的官兵整日处在紧张和恐惧中。但是,又有空中侦察报告说,没有发现中国军队大规模进攻的迹象,甚至在接触地段根本没有发现中国士兵的踪影。中国军队销声匿迹了,如同联合国军第一次向鸭绿江进攻受到伏击后,中国军队突然消失了一样。没人能说出中国军队的司令官脑子里正在盘算什么。因为按照一般规律,中国军队如果继续进行大规模的进攻,联合国军只能继续撤退;如果中国军队的进攻持续不断,联合国军最终被赶到大海里不是不可能的。这也许是中国军队司令官的又一次更大的阴谋?或者说,这是又一次更大规模进攻的前兆?

联合国军整个前线弥漫在一种前途未卜的气氛里,人人都心情烦躁地预感着各种可能的不幸。第八集团军司令部的参谋们不是应麦克阿瑟的要求已经作出撤出朝鲜的详细计划了吗?不是连撤退的细节,包括撤退的序列和运输的手段都已经制订完毕了吗?甚至连南朝鲜军的去向,当然还有南朝鲜政府官员和他们的家属的去向也考虑到了吗?听说要把这些人转移到海中的一个岛屿上去,犹如中国的蒋介石跑到海中的一个岛上一样。

在骊州第八集团军指挥部里,李奇微在光线微弱的瓦斯灯下,细心地翻看了中国军队在朝鲜参战后美军方面每一天战斗的机密记录。迄今为止,中国军队与联合国军进行了三次大的战役,前两次是联合国军处在进攻状态后遇到中国军队打响了遭遇战,后一次联合国军是防御状态,中国军队打的是阵地攻坚战。李奇微在这些战斗记录中发现了一组至关重要的数字:

第八集团军第一次向鸭绿江进攻,遭到中国参战部队大规模打击的日期是一九五〇年十月二十五日,真正大规模的战斗从二十六日开始,十一月二日联合国军主力撤到清川江南岸,战斗历时八天;第八集团军第二次向鸭绿江进攻,十一月二十五日遭到中国军队的攻击,激战持续到十二月二日,中国军队停止了对溃败的联合国军的攻击,战斗历时八天;第三次,中国军队于十二月三十一日开始大规模进攻,到一月八日中国军队停止追击,战斗历时也是八天。

八天,三个相同的战时数字!

李奇微知道了,中国军队的任何攻势,无论发起时参战兵力规模多大,战斗延续的最长时间是八天。

"八天"是由中国军队的后勤补给能力决定的。

在联合国军强大的空中封锁下,中国军队的后勤补给线受到严重威胁,甚至不断中断。中国军队物资运输的手段本来就处于肩扛手推的状态,运输在汽车和火车受到空中封锁后,只能依靠人力和畜力。山路崎岖,气候恶劣,支撑数十万大军的粮食和弹药供应就成了难上加难的事。在一个战役开始之前,中国军队后勤准备的最大限度,只能是为一个士兵提供大约维持一个星期的粮食和弹药,而且这些粮食和弹药还得让士兵自己携带着。一旦粮食弹药消耗完,后勤补充如果不及时,战役就只能停止。在这种情况下,中国军队再凌厉的攻势也只能持续一个星期。

李奇微将这种现象称为中国军队的"礼拜攻势"。

其实,这也是中国军队在占领汉城后为什么没有继续扩大战果的最根本的原因:中国军队尚不具备持续攻击的能力。

李奇微终于把朝鲜战场上混乱的进进退退分析出清晰的条理："礼拜攻势"大大限制了中国军队的作战。而且，即使在战役进行当中，中国军队也不敢在白天进行大规模的攻击行动，因为联合国军的空中打击所造成的威胁是他们不可克服的。他们每每在夜间作战，天一亮就立即隐蔽，这又极大地限制了中国军队的攻击速度，限制了中国军队的战役发展。

军事上任何富有成效的作为，在如此至关重要的限制中是不可能实施的。

李奇微总结出了对付中国军队的有效办法：当凶猛的"礼拜攻势"接近尾声的时候，以强大的反击力量立即投入前沿，向弹尽粮绝的中国军队毫不迟疑地发起攻击。

"接近他们！打击他们！"李奇微向他的部下提出这样的要求。"我们需要无限期地留在朝鲜，直至美军由防御转为进攻。"但是，面对危机四伏的战场，面对"被俘往往比死去更加可怕"的命运，李奇微承诺对任何一支被切割包围的部队，他都将"尽一切可能去努力营救"。他说："要让所有的部队知道，我们不会抛弃他们，不会让他们处于绝境。我们会为他们一战，除非援救行动明显要导致同部队人数相等甚至更大的损失。"李奇微给自己要采取的第一步行动定名为："猎犬行动"。意思是像猎狗一样跑上去寻找中国军队到底在哪里，主动创造战机，大胆地接触中国军队的前锋，把正处于物资短缺困扰中的中国军队死死缠住。"不是都在说联合国军到底应该怎么办吗？依我看，联合国军的出路只能是进攻、进攻、再进攻！"

就在彭德怀命令中国军队全线停止追击一个星期后，一九五一年一月十五日，李奇微的"猎犬行动"开始实施了。

为了使美军官兵更加明确自己的战术思想，李奇微将联合国军今后与中国军队作战的总的战术原则定义为："磁性战术"。他催促位于前沿的所有部队立即行动，派出小规模的侦察队，大胆地向北侦察,"一直到发现中国人的真正的防御线为止"。

李奇微特别要求:美军士兵充当侦察队的主力。

十五日,在水原至利川间的两军对峙线上,李奇微派出的侦察队开始了主动向北的试探性侦察进攻。

由汽车搭载步兵,几辆坦克为前导,采取小股多路的方式,沿着接触线上的宽大正面向北进行威力搜索,向中国军队伸向前沿的每一根触角进行小规模的攻击,并且密切观察中国军队的反应。开始是连、排级的兵力规模,后来上升到团级的兵力规模,并配合大量侦察机的空中侦察。同时,情报部门派出大量特工向北渗透。美军地面的侦察队没有寻找到中国部队的痕迹,他们看见的只有在被战火摧毁的村庄废墟中生火取暖的朝鲜农民——"只有这些零星的农民还证明着这片不毛之地尚存有生命的迹象。"偶尔,有少量中国军队的侦察兵出现,发生了数次小规模的遭遇战,战斗短暂,基本上以中国侦察兵消失在雪野中为结束。

"猎犬行动"持续了八天,根据数支美军侦察队的侦察报告,李奇微虽然并没有彻底弄清中国军队的意图和防御阵地的具体位置,但至少可以证明,中国军队暂时没有发动新的战役的能力和企图。

可是,在美军第八集团军的正北方,十七万中国军队的存在是明确的事实。这些军队究竟布防在哪里?他们现在正干些什么?下一步的作战意图又是什么?

二十二日,麦克阿瑟亲自飞临朝鲜。

在第八集团军司令部,他审查了李奇微制订的向北进攻的计划。

接着,像往常一样,麦克阿瑟向记者们发表了讲话:

> 由于补给线拉长造成的敌人战略上的弱点正在逐步发展,疾病也在敌军士兵中蔓延,中国人不知道怎么去控制广泛传播的流行病,以致他们的战斗力遭到破坏。现

在有不少关于中国人要把我们赶下海去的流言飞语,正如早些时候北朝鲜人说要把我们赶下海一样是无稽之谈,没有人能把我们赶下海去。本司令部决心要在朝鲜保持一个阵地,只要华盛顿决定让我们这样做。

在联合国军决定再次北进的时候,麦克阿瑟接受了以前的教训。这一次,他对北进的目标说得含糊而保守:"要在朝鲜保持一个阵地。"

李奇微的目标却不是这样,他有一个野心勃勃的计划:"向北进攻! 直至碰到敌人的主抵抗线为止!"

第八集团军的参谋们把这次北进行动称为"霹雳作战"。

一九五一年一月二十五日,"霹雳作战"开始。

联合国军方面集中了五个军共十六个师,外加三个旅、一个空降团及其全部的炮兵、坦克和空军力量,其地面部队兵力达到二十三万人。西线是进攻的主攻方向,东线辅助进攻。其态势为:

西线,美军第一军以土耳其旅、第二十五、第三师、英军第二十九旅为第一梯队,在野牧里、水原、金良场里一线三十公里的地段上展开,向汉城方向实施进攻,南朝鲜第一师为预备队;美军第九军以骑兵第一师、英军第二十七旅、第二十四师为第一梯队,在金良场里以东至骊州一线三十八公里的地段上展开,向礼峰山方向实施进攻,南朝鲜第六师为预备队。

东线,美军第十军以第二师,空降一八七团,南朝鲜第八、第五师为第一梯队,在骊州至平昌以东一线七十二公里的地段上展开,向横城、阳德院里、清平里方向实施进攻,美军第七师为预备队;南朝鲜第三军团以第七师为第一梯队,在桧洞里至旌善以东一线三十公里的地段展开,向下珍富里、县里方向实施进攻,第三师为预备队;南朝鲜第一军团以第九师、首都师为第一梯队,在北洞里至玉溪一线三十公里的地段展开,沿东海岸实施进攻。

战役的总预备队是位于大田的美军陆战一师和南朝鲜第十

一师。

南朝鲜第二师担任后方的警戒和交通运输的掩护任务。

联合国军此次北进战役计划、显示出李奇微与沃克在战术思想上的迥然不同,特别表现在对美军与英军的使用上:

一、美军担任战役的主攻,集中在汉城方向的西线,南朝鲜军集中在东线辅助进攻;

二、针对中国军队惯用的分割包围的战术,采取互相靠拢,齐头并进,稳扎稳打,东西呼应的协同作战方式;

三、坚持"磁性战术"的原则,坚决近距离地与中国军队接触,不间断地持续进攻,不给中国军队以补充的时间,与中国军队拼消耗,并且在局部战斗中采取"火海方式":即依靠优势的炮兵、空军和坦克的火力,对中国军队实施密集的高炽烈的火力突击,以杀伤中国军队的有生力量。

中国军队方面没有想到美军的反攻发动得如此之快。

甚至连远在华盛顿的美国政府还在为朝鲜战局忧虑时,联合国军大规模的反击战役已经迅速地开始了。

"霹雳作战"一开始,李奇微就穿上他的伞兵战斗服,把两颗甜瓜形手雷照例挂在脖子上,然后打电话给美国第五航空队司令官帕特里奇:"帕特,有没有兴趣和我一起在共军头上兜兜风,看看他们在干些什么?"

帕特里奇回答:"很乐意奉陪,将军。我正好可以在你面前显示一下我的飞行技术。"

由空军司令官帕特里奇亲自驾驶的一架老式 AT-6 型教练机起飞了。飞机飞行的速度很慢,机身是帆布制作的,但飞起来十分平稳,这很利于李奇微对地面的观察。飞机沿着两军接触线深入到中国战区一边达三十二公里,很低地飞过山峦与河流,在任何怀疑有中国大部队的村庄、小镇和谷地的上空反复盘旋。飞行持续了三个多小时。

大地被白雪覆盖,山谷间的松林呈现出一片很暗很深的绿色,无数条道路蜘蛛网一般裸露在雪中的大地上,寂静得令人感到这个世界仿佛有一点不那么真实。"我们很难发现一个活动的生物。"李奇微在他后来的回忆录中写道,"没有篝火的烟雾,没有轮痕,甚至没有被践踏过的雪地——没有任何迹象表明有大部队的存在。"

李奇微不知道,就在他乘坐的这架低空盘旋的 AT-6 教练机的机翼下,在一座白雪覆盖下的大矿洞里,他的对手,中朝军队的总司令官彭德怀和北朝鲜领袖金日成以及一百多名中朝高级官员,正愉快地观看一出名叫《阿妈尼》的歌剧。

大矿洞里,歌喉婉转动听,舞姿婀娜动人。

由志愿军文工团创作并演出的歌剧《阿妈尼》,是文工团员们在朝鲜战场上领受任务而仓促创作的。尽管如此,它在中朝高级干部会议的开幕式上还是受到了欢迎。金日成专门把剧本要来,说要亲自翻译成朝鲜文演出。同时在开幕式上演出的还有北朝鲜人民军协奏团的演员们。她们身上穿着毛呢军服,腰扎武装带,脚上是高筒皮靴,这样的装束穿在女孩子身上真是好看。而中国人民志愿军文工团的演员们没有演出礼服,上台演出穿的就是平时穿的棉布军装,因为入朝后很长一段时间他们不是在部队当兵就是深入前沿慰问,所以多数人的军装上还打着补丁,女孩子们的手也是黑糊糊的。中国军队的高级将领们为此脸上有点儿挂不住了,他们对志愿军政治部主任杜平说:"我们发起个募捐,凑点儿钱给文工团的同志也做上一套阔一点儿的衣服穿,咱也体面体面!"

这是朝鲜战争中中朝双方高级干部唯一一次"欢聚一堂"的会议。参加会议的有北朝鲜首相金日成和朝鲜劳动党中央政治局的主要负责人、志愿军司令员彭德怀和志愿军其他领导人、东北人民政府主席高岗、志愿军各军的主要负责人、中国第十九兵团来朝鲜参观的领导干部,还有北朝鲜人民军总部和各军团的主要负责人,共计一百二十二人。与会的中朝人员混编成六个大组,在那个巨大的矿洞里围坐在一起。没有那么多桌椅,很多人就地坐在地上,就连吃饭也成了问题。因为美军飞机的骚扰,会议没有张贴彩旗和标语,但无论如何,这对于处于战争时期的中朝双方来讲,会议的规模已经是很豪华了。

会议通过了推举苏联的斯大林和中国的毛泽东为大会主席团名誉主席的决定,然后通过了大会主席团名单和秘书长人选。

彭德怀首先作了题为《三个战役的总结与今后的任务》的报告。这个报告是经由毛泽东亲自审定的,彭德怀手中的报告稿上落满了毛泽东亲手修改的红色铅笔的印迹。毛泽东修改得最多的,是论述中朝两国和两国军队的关系问题的段落,毛泽东在报告稿上写下如下的话:

> 以金日成同志为首的朝鲜劳动党和人民军,在朝鲜五年来的斗争中有了伟大的成绩。他们坚决反对美帝国主义和封建主义,建立了为人民服务的人民政权,建立了英勇的人民军,和苏联、中国及其他人民国家建立了友好关系,现在又正在和美国侵略军及李承晚匪军进行着英勇的斗争。因此,一切在朝鲜的中国志愿军同志必须认真地向朝鲜同志学习,全心全意地拥护朝鲜人民,拥护朝鲜民主主义人民共和国政府,拥护朝鲜人民军,拥护朝鲜劳动党,拥护朝鲜人民领袖金日成同志。中朝两国同志要亲如兄弟般地团结在一起,休戚与共,生死相依,为战胜共同敌人而奋斗到底。中国同志必须将朝鲜的事情看做自己的事情一样,教育指挥员、战斗员爱护朝鲜的一山一水一草一木,不拿朝鲜人民的一针一线,如同我们在国内的看法和做法一样,这就是胜利的政治基础。只要我们能够这样做,最后胜利就一定会得到。

毛泽东十分清楚地知道,中国军队没有在异国作战的经验,而且自战争开始以来,中朝双方已出现意见分歧,这对战争的进程是十分不利的。强调对北朝鲜的尊重,是为战争能够取得胜利提供一个可靠的政治基础。

彭德怀对此深有感触。在他呈给毛泽东的报告稿上,已经将这样的论述说得很多了,他认为该说到的话基本上都说到了,可是,毛泽东依旧添上了这样很长的一段话。当彭德怀在会议上念完这段话的时候,全场响起了掌声。但是,不管掌声如何热烈,在会议讨论的时候,分歧依旧存在,甚至引发了激烈的争论。在第三次战役后是否"乘胜追击"的问题,是一个中朝双方极为敏感的问题。

因此,在报告中,彭德怀就第三次战役胜利的意义、胜利的原因、战术上的几个问题、下一战役的思想准备、加强后勤工作、三八线以南地区应实施的政策、中国人民志愿军向朝鲜劳动党和人民军学习等七个问题作了详细的阐述。之后,彭德怀特别突出地就当前急需统一思想的几个问题阐明了自己的观点:第三次战役后为什么不追击? 对敌人的优势装备应该如何估计和应对? 朝鲜战争的前景是怎样的? 取得最后胜利应该具备的条件是什么? 最后,在这个报告中,作为朝鲜战场上中国军队的最高指挥员,彭德怀说明了两个重要观点:在政治上,美国决不会自动退出朝鲜,除非受到更大的打击;在军事上,中国军队擅长的夜战、分割迂回、敌后渗透等战术,证明是有效的。

这两个观点对未来朝鲜战争的演变起到重要的影响。

会议的第二天,后勤工作问题引起大家的高度关注。

中国士兵普遍存在"三怕"的担忧:一怕没饭吃,二怕没有子弹打,三怕负伤后抬不下来。全面负责后勤工作的洪学智副司令员在发言中指出,志愿军后勤工作存在的主要问题是物资供应不上,伤员抢救不及时,部队往往在挨冻受饿的情况下作战。由于没有制空权,三次战役打下来,损失的汽车达一千二百多辆,平均每天损失三十辆。志愿军后勤工作人员太少,没有充足的物资,没有足够的交通工具和道路条件,没有健全的组织机构,仗没法持续地打下去。

无论发言和争论如何地激烈,在会议开始后的第一天,前线传来的消息使会议蒙上了一层焦灼不安的气氛。

二十五日,前线传来敌人进攻的消息,彭德怀十分惊讶,他命令前线部队密切监视敌人的动向。

第二天,前线传来的报告更加明确:敌人已经开始了全面进攻。

彭德怀最不愿意看到的情况发生了。

联合国军的进攻发生在中国军队最不适于进行战斗的时候。

中国军队目前的状况是:前线的几个军经历三个不间断的战役后,兵力严重减员,士兵疲劳,后勤供应十分短缺,而原准备在下个战役使用的第二批入朝作战部队第三兵团和第十九兵团还没有赶到,连为前线补充的四万名老兵和八万名新兵也没有到达。就兵力而言,现在敌我双方几乎相等,但与装备占绝对优势的联合国军作战,这却是一个危险的兵力对比。更为危险的是,部队没有应战的思想准备,从目前各军的位置上看,如果应对敌人开始的全面进攻,就需立即重新部署调动。

彭德怀站在大矿洞外的山头上,可以听见远方传来的爆炸声,美军的飞机已开始昼夜不停地对平壤和其他重要目标进行轰炸。

身经百战的彭德怀能够预料到局势的发展将会多么危险。应该庆幸的是,部队在三八线上及时停了下来,如果继续南进,在部队更加困难的时候敌人进行反击,后果不堪设想。

二十七日,彭德怀向志愿军各部队发出"停止休整,准备作战"的电报。

深夜,彭德怀向毛泽东发出如下电报:

（一）美军约三个团（后续部队不详），分三路越金良场里、水原线北数里，有相机攻占汉城市、江北岸桥头阵地的模样，企图以此稳定联合国内部目前严重混乱现象。为增加帝国主义阵营矛盾，可否以中朝两军拥护限期停战，人民军与志愿军从乌山太平里、丹邱里（原州南）线，北撤十五至三十公里，消息如同意，请由北京播出。

（二）敌继续北犯，我不全力出击，消灭一个师以上，保持桥头阵地，甚为困难。出击将破坏整训计划，推迟春季攻势，且目前弹、粮全无补充，最快亦须下月初旬才能勉强出动。我暂时放弃仁川及桥头阵地，在国内外政治情况是否许可……如不可能停止敌人北进，政治上又不许可放弃汉城、仁川，即须被迫部署反击，但从各方面考虑，甚为勉强。以何者为是，盼示复。

建议"拥护停战"从彭德怀的嘴里说出来，可以想见战场局势的危险。

停战是联合国根据一些国家的提案提出来的，中国方面已经予以坚决拒绝，因为这个把戏的目的是让联合国军利用停战来获得喘息的时间。连彭德怀自己在两天前的报告中也曾明确指出：联合国军是不会自动退出朝鲜的。现在，在联合国军已经开始大规模进攻的情况下提出停战，并且要主动后退三十公里，政治的天平会倒向哪一方？况且，汉城怎么办？放弃？这么快就放弃汉城怎么向中朝人民交代？对中国军队的作战士气将产生什么样的影响？彭德怀在不眠之夜把这些问题的后果一一想到了。可是，迎敌而上，出击作战，军事上又不允许。按现在中国军队的状况，如果出击，各方面都极其勉强，因此必会凶多吉少。军事上的常识是，部队的出击应该是一切准备完毕之后的行动。战争史上没有哪一次勉强的军事出击是以胜利为结局的。战斗一旦展开，是要流血的，绝不能用士兵的生命去做一次企图侥幸取胜的赌博。如果部队遭到重大损失,军事上的被动不说,政治上会更说不过去……

战争就是政治。

电报发出后,连彭德怀自己都认为,毛泽东肯定不会同意他的意见。

果然。二十八日晚,毛泽东回电。其内容不但没有出乎彭德怀的预料,其要求更令彭德怀大吃一惊:

德怀同志:

(一)一月二十七日二十四时给我的电报及给各军准备作战的命令均已收到。

(二)我军必须立即准备发起第四战役,以歼灭两万至三万美李军,占领大田、安东之线以北区域为目标。

(三)在战役准备期间,必须保持仁川及汉江南岸,为确保汉城并吸引敌人主力于水原、利川地区,战役发起时,中朝两军应取突破原州直向荣州、安东发展的办法。

(四)中朝两军北撤十五至三十公里发表拥护有限期停战的新闻是不适宜的,敌人正希望我军撤退一段地区,封锁汉江,然后停战。

(五)第四次战役后,敌人可能和我们进行解决朝鲜问题的和平谈判,那时谈判将于中朝两国有利。而敌人则想于现时恢复仁川及汉江南岸桥头堡,封锁汉江,使汉城处于敌火威胁之下,即和我们停战议和,使中朝两国处于不利地位,而这是我们决不能允许的。

(六)我军没有补充兵,弹药也不足,确有很大困难,但集中主力向原州、荣州打下去歼灭几部分美军及四五个南朝鲜师的力量还是有的。请你在此高干会议上进行说明。此次会议应即作为动员进行第四次战役的会议。

(七)中朝两军在占领大田、安东以北地域以后,再进行两个月至三个月的准备工作,然后进行带最后性质的第五战役,从各方面说来都比较有利。

（八）宋时轮兵团应即移至平壤、汉城、仁川、水原区域休整,并担任巩固该区域,防止敌人在仁川及镇南浦登陆。在将来的第五次战役中,该兵团即担任西部战线之作战。

（九）执行第四次战役时,请你考虑将中朝两军主力分为两个梯队,各带五天干粮蔬菜,一梯队担任突破及一段追击,第二梯队担任又一段追击,以便能使战役持续十天至二十天,歼灭更多敌人。

（十）你的意见如何,盼告。

毛泽东
一九五一年一月二十八日十九时

毛泽东不但不同意部队后撤,而且指示立即发动第四次战役,其战役目标是位于三六线上的大田和安东!

二十九日,中朝高级干部会议立即改成第四次战役的动员会议。彭德怀心里很清楚,按照毛泽东的要求打到三六线上去,是没有任何可能性的,至于在三六线上休整部队,更是一种绝对的想象。现在,在三七线上的部队想休整,人家已经不让你休整了。第四次战役在勉强发动的状况下,最好的结局根本不是打到大田、安东一线去,就连现有的三七线能否保住也是一个严重的问题。中朝军队所进行的战斗是正义的,但这仅仅是战争胜利的政治保证,而军事上的保证又是什么呢?交战双方装备的极度悬殊决定了军事占领上的极大差距,弥补这个差距所付出的代价目前只能是更多士兵的生命。

撤退,在军事上是合理的,但政治上不允许。

进攻,军事上不现实,但政治上需要。

第四次战役必须打了。

彭德怀给毛泽东回电：

……

（乙）我军情况：鞋子、弹药、粮食均未补充，每人平均共补五斤，须（需）二月六日才能勉强完成。特别是赤脚在雪里行军是不可能的。将各军、师直属队、担架兵抽补步兵团，亦须（需）数日。十三兵团主力由现地出动至洪川、横城集结，约二百公里。我们拟于二月七日晚出动至十二日晚开始攻击。

（丙）攻击部署：以邓华同志率三十九军、四十军、四十二军、六十六军首先消灭美二师，然后进攻堤川美七师或伪八师、二师，得手后看情况。以韩先楚同志往汉城指挥三十八军、五十军及人民军第一军团坚持汉江南岸阵地，相机配合主力出击。以金雄同志往平昌，指挥人民军第二、第五军团首先消灭伪七师，得手后向荣州前进。

（丁）九兵团目前只能出动二十六军共八个团，须（需）二月十八日才能到铁原做预备队，其余因冻伤均走不动（一个师三天只走十五里），四月才能大体恢复健康，影响了我步兵比敌步兵优势，这是严重问题。第四次战役，敌我步兵相等，情绪比敌高，我还存在许多弱点。消灭敌两三万人后，敌利用技术优势，我亦不能取得两三个月的休整。第三战役即带着若干勉强性（疲劳）。此（四）次战役是带着更大的勉强性。如主力出击受阻，朝鲜战局有暂时转入被动的可能。为了避免这种可能性，建议十九兵团迅速开安东补充整训，以便随时调赴前线。

彭德怀军事部署的意图是：以现位于西线的第三十八军和第五十军坚决阻击敌人于汉江南岸，人民军第一军团担任海岸防御和汉城守备任务；而东线则放敌人进来，然后以第三十九、第四十、第四十二、第六十六军分割歼灭之,人民军第三、第五军团担任侧翼掩护。可以说,这样的一个部署,并非是按照毛泽东的要求向三六线进攻的部署,而是企图通过阻击和局部的运动防御,迫使敌人的进攻停下来的权宜之计。

这是彭德怀所能做到的最大限度的进攻了。

就是这个计划,虽然还没有实施,但看上去已经险象环生:西线有联合国军最精锐的、兵力强大的攻击力量,是联合国军的主攻方向,而中朝军队在这个方向上只有三个军(军团),这三个军(军团)将要出现的巨大伤亡且不说,一旦阻击不住,将会导致中朝军队防线的全面崩溃。东线虽然采取的是先放后打的原则,而且有战斗力弱的南朝鲜军可攻击之,但是,将要在东线作战的几个军(军团)目前都在距离攻击地域上百公里之外的地方休整,于是所有的部队将要连续行军、仓促上阵、疲于对敌……

对于几十万中朝士兵来讲,朝鲜战场上的最严峻的第四次战役就这样开始了。

"共军士兵们,你们今天过年了!"

当美军第二十五师师长基恩透过吉普车的前窗看见了那座岩石裸露的山峰时,心里涌起一种说不出的酸溜溜的感觉。

威廉·基恩,一九一九年毕业于西点军校,在美国陆军任职已达三十一年。二战中曾在布莱德雷手下任过参谋长,在北非和欧洲都参加过战斗。现任美国陆军参谋长柯林斯对他的评价是:"忠诚可靠,不屈不挠,具有稳定性格。"

自基恩率领第二十五师进入朝鲜以来,这支部队的作战表现令他一直处在沮丧的情绪中。原本属于这个师的二十四团,也就是那个由黑人士兵组成的团,因为作战消极被上级解散了。四个月前,当北朝鲜军队全力向釜山防御圈施加压力的时候,沃克命令第二十五师沿着晋州公路和海岸公路发动一次进攻,以确保釜山防御圈南端的安全。这次进攻,由于寄托着沃克对第二十五师的极大期望,所以被正式命名为"基恩作战"。进攻中,基恩的部队虽然攻占了晋州,却受到埋伏在山里的北朝鲜人民军的突然袭击,第二十五师损失惨重,撤退下来后,全师很不光彩地被沃克将军调到后方去整顿。"基恩作战"以一次失败的战例被写进美国陆军的战史中。

这次,第二十五师还是要沿着海岸公路攻击,这里的地形和四个月前那次倒霉的"基恩作战"时一样。眼前这座名叫修理山的山峰看上去有种不吉利的样子。基恩知道,现在的对手可能会比北朝鲜军队更有战斗力,而且中国军队的战术更无章法,因此谁知道会发生什么倒霉的事。基恩不希望自己的名字再一次与失利的战例联系在一起,然后进入将他送入军队的西点军校的教材中。

从"霹雳作战"一开始,基恩就给自己定下一条雷打不动的原则:齐头并进,严格按照每天前进的公里数推进,只要到达了计划中本日的调整线,无论如何不再前进一步。

于是,位于西线的美军第二十五师的前锋部队一线平铺,由西向东并列着土耳其旅、三十五团和南朝鲜军十五团。

修理山,汉城南边的一个重要高地,俯瞰着由水原通往仁川和汉城的公路,是北进汉城的必经之地。

目前,在修理山防御的,是中国第五十军的一个师。

自从水原向北进攻以来,美军第二十五师一直和中国的这个军接触,并且一路交战打到这里。中国军队的阻击迄今为止不算猛烈,甚至可以说算不上什么阻击,拿参谋人员写给李奇微的战报讲,"仅仅遇到中国人无关痛痒的抵抗"。

二十六日,"霹雳作战"开始后第二天,第二十五师的部队除了土耳其旅在乌山附近受到猛烈的射击外,三十五团轻易地驱赶了少数抵抗的中国士兵,进入了有城墙的水原城。水原城里的朝鲜老百姓对美国兵说:"中国人说他们很快就会回来的。"

二十七日,当第二十五师接近修理山的时候,中国军队的抵抗逐渐激烈起来。第二十五师这天没有前进到计划中的位置,并且遭到了中国军队"有组织的迫击炮的袭击"。侦察报告很快送到基恩手中：从修理山到光教山一线，中国军队修筑了相当规模的阵地，南麓棱线上有一连串的堑壕，遍布着密集的射击口。

基恩否决了参谋们提出的绕过修理山、利用公路和坦克中队向北进攻的建议。一旦激战来临，基恩反而不断地想起四个月前的那次失败，他决定夺取修理山之后，再利用装甲纵队前进。

向修理山中国阻击阵地进攻的命令下达了。

基恩确定的攻击时间是：一月三十一日。

中国第五十军，由国民党军第六十军改编而成。一九四八年秋，中国人民解放军东北野战军第一兵团围困长春，面对强大的军事压力和政治攻势，国民党军第六十军军长曾泽生率部起义。一九四九年一月二日，此军被改编为中国人民解放军，授予第五十军番号。改编之后，补充了共产党的大批干部和优秀的青年知识分子以及在东北地区招收的大批新兵。六月，第五十军奉命南下，十月参加鄂西战役，俘虏国民党军第七十九军官兵七千多人。十一月，第五十军随第二野战军进入四川，随后参加成都战役，俘虏国民党军八千余人。一九五〇年二月，第五十军归入第四野战军序列，进入湖北参加修筑汉江大堤工程。

作为入朝参战的第一批部队，第五十军参加了第一、第二、第三次战役，一直被部署在西线的主攻方向上，全军作战英勇，战果累累。在第三次战役中，该部队在攻击汉城的主要攻击线上迅猛挺进，以在高阳附近歼灭英军"皇家重坦克营"一战闻名于战史，并且是首先突入汉城的部队之一。第三次战役后，第五十军一直追敌至水原附近，是中国军队在朝鲜半岛上向南打得最远的部队之一。

第五十军现任军长曾泽生，政治委员徐文烈，参谋长舒行。

在一九五一年朝鲜战争第四次战役开始的时候，第五十军最先在美军强大的攻势面前接受了严峻的考验，为此，中国士兵用血肉之躯阻挡着美军的坦克与大炮，热血洒遍汉江南岸绵延陡峭的山峰。

一月三十一日晨,美军第二十五师师属炮兵群经过两天的准备后,开始了长达一个小时的火力准备。从朝鲜半岛西海岸外海的航空母舰上起飞的攻击机也飞临修理山上空进行了猛烈轰炸。美军从中国军队阻击阵地的两翼同时发动了进攻。还在火力准备的时候,参加冲击的美军就已从两翼使用营级炮火协助,仅仅担任左翼主攻的三十五团二营的营级炮火就包括了数十门七十五毫米无后坐力炮、八十一毫米迫击炮、六十毫米迫击炮以及二十一辆坦克上的滑膛炮和数辆 M-16 自行高射机枪。修理山一线中国军队的阵地全部被硝烟和火焰所覆盖。

美军第二十五师三十五团首先冲击。

左翼攻击的第一梯队是二营营长麦特利中校指挥的 F 连。在炮火准备向中国阵地的反斜面延伸的时候,F 连士兵呐喊着开始向修理山中国阵地的前沿冲击。他们在阵地前沿受到中国军队迫击炮火的拦截,同时也受到侧射火力和手榴弹的杀伤,但是他们还是一步步地接近了前沿棱线的顶端。开始时,中国士兵射出的子弹十分密集,F 连出现较大的伤亡后,曾经一度停止了攻击。一直到接近中午的时候,中国士兵的火力逐渐稀疏下来,F 连终于爬上了前沿棱线。中国士兵的阻击突然减弱,令 F 连顺利地占领了阵地棱线,麦特利中校颇感意外。在占领的阵地上清点战斗结果时,麦特利中校发现 F 连伤亡三十人,而中国士兵留在前沿阵地上的尸体是四十三具。

右翼攻击的第一梯队是由格兰德中尉指挥的 E 连。在一〇五毫米榴弹炮和八十一毫米迫击炮的弹幕掩护下,E 连冲过攻击路线上的一片开阔的稻田,接近了前沿棱线。美军士兵沿着枯枝覆盖、乱石累累的陡坡往上爬,立即受到上面射来的步枪子弹的拦截。格兰德中尉命令各排散开,从不同的方向向上跃进,在岩石的掩护下,美军士兵们喊着口令一齐向上投手榴弹,然后一步步地向山顶移动。也是在接近中午的时候，E连以伤亡二十多人的代价占领了前沿棱线。留在这个阵地上的中国士兵的尸体共有二十多具。在格兰德中尉也为今天的攻击如此顺利而感到奇怪的时候，他看见被F连赶下来的大约五十多名中国士兵沿着山沟在向后跑。

中国军队在修理山阵地的前沿修筑了很深的堑壕和很结实的隐蔽工事，但美军仅用了三个小时就打下来了，麦特利营长和格兰德连长面对胜利却相视无言，被打怕了的他们一时不知道这究竟是福还是祸。

包括基恩师长在内，美军第二十五师官兵得出一个结论，那就是必须在战斗前进行猛烈的炮火准备，以把中国军队阵地上的工事全部摧毁，这样对其战斗人员的杀伤也出乎意料的多。在修理山，他们发现那些死在阵地上的中国士兵，绝大部分是因为炮击和轰炸死的。尤其是抵近的榴弹炮和无后坐力炮对其工事射击口的直接瞄准射击，基本上在进攻前就能把中国阵地上的一切炸飞。

对于中国军队来讲，面对美军强大火力的攻击，把阻击阵地设置在正斜面上的传统做法已经成为用生命换来的教训。正斜面一旦承受炮火射击，人员和工事会受到惨重的杀伤和破坏。为此，美军的军事教材上写道："对拥有优势火力的敌人进行防御时，如果把阵地线选在正斜面上，结果就会白白地成为敌人的饵食。"更何况，美军的火力装备是中国军队不可比拟的。

三十一日中午，修理山中国军队一线前沿阵地丢失。

从修理山的前沿阵地，可以看见不远的一处高地上，中国士兵正在紧张地修筑阻击工事。格兰德中尉主张立即攻击。他的主张受到麦特利营长的否决："对方是中国人，没那么便宜的事，等着火力支援吧！"

麦特利在等着空军的火力支援。

没有空中支援的时候是不能攻击的。

美军士兵坐在岩石上吃着南朝鲜民工送上来的食品,其中有很热很浓的咖啡。伤员和死亡士兵的尸体已经全部抬下去了。太阳温暖地照着,除了从中国阵地上传来的修筑工事的声音外,一切都很平静。喝了热咖啡的美国兵有的开始在岩石下打盹,只有格兰德中尉越来越不耐烦,他不时地看看天空,怎么支援的飞机还没有来?

大约一个小时过去了,突然,剧烈的枪声从中国军队的阵地上响起,机枪子弹暴雨般地向美军士兵倾泻下来。美军士兵滚到岩石后面,紧张地端起枪,被射中的士兵因为疼痛尖厉地叫喊起来。

射击还在持续,美军士兵感到中国士兵随时可能冲击过来。

太阳已经西斜,E连接到了开始攻击的命令。

麦特利营长说:"飞机马上就来了!立即占领前面的高地!"

格兰德看了看仍没有飞机的天空狠狠地骂了一句。

中国军队的阵地开始受到炮火的袭击,硝烟和火焰腾空而起。E连的士兵沿着岩石的缝隙向中国军队的阵地接近的时候,居然看见距离他们不远的地方,有两个中国士兵正在有条不紊地操纵着一门迫击炮进行射击,他们根本没把美军士兵的接近当一回事,这让美国兵十分惊讶。——"这是中国士兵顽强抵抗的证据,"格兰德中尉后来说,"他们的镇静令人害怕。"

美军爬到高地腰部的时候,中国士兵的火力加强了。大量的步枪一齐射击,从声音上听,至少有两挺机枪。爬在最前面的阿卜拉哈姆排暴露在中国士兵的火力下,美军士兵像坠落一样从山腰上滚下来,混乱地分散开。负伤的士兵大声地叫着排长,排长自己滚在一块岩石的后面喘个不停,并且通过无线电向格兰德连长报告:"我们陷入困境!我们陷入困境!"格兰德又看了一眼天空说:"坚持一下!飞机马上就来!"

可是,该死的飞机还是没有踪影!

美军士兵最害怕的事情发生了。阿卜拉哈姆排正处在危急中,从他们的侧后,中国士兵猛烈的反冲击开始了。最先受到反击的是二营的一排,一排的美军士兵疯了一样地向后跑,但是中国士兵的刺刀就在他们的屁股后面追。在阿卜拉哈姆排的身后,出现了一队利用背负的 A 字形木架运送弹药的中国人,从这些中国人背上的东西上看,好像不是弹药箱,可能是装在布袋中的食品。阿卜拉哈姆排已处在三面都有中国士兵的境地中,美军士兵们息声屏气等待着自己未知的命运。

也许遭到中国军队反击的一排完蛋了?追击他们的中国士兵掉过头来开始收拾趴在半山腰上的阿卜拉哈姆排。侧射、背射和正面的射击令这个排处在完全挨打的境地,排长立即要求撤退:"如果再这样下去,我们就会被全部消灭!"格兰德向麦特利营长报告撤退的请求时,麦特利一口拒绝了:"再忍耐一下!飞机马上就来!"

格兰德中尉忍无可忍,他们已经等了四个小时:"即使飞机现在来,也来不及了!再说,来了又能怎么样?往山上扔汽油弹?我们的一个排在上边!"

麦特利营长终于同意撤退。

格兰德把连队能够集中的炮火全部调来掩护阿卜拉哈姆排撤退。十八门各式火炮,加上八门一〇八毫米的迫击炮,一齐向中国军队的阵地上射击,短短的几分钟内竟然发射了两百多发炮弹。当幸存的美军士兵在炮火的掩护下跑下来的时候,他们破口大骂空军,然后就清理伤亡情况,结果发现其中两个死亡的士兵是刚补充来的新兵,叫什么名字谁都不知道。

美军的战机来了,是一群 A-7"海盗"式攻击机。盘旋之后俯冲下来,黑压压地向中国军队的阵地狂轰滥炸。冲天的黑烟和火柱遮住了西斜的夕阳,天空顿时暗了下来。麦特利营的美军士兵又开始大骂,因为他们看见这些攻击机并没有轰炸令他们受到严重损伤的中国阵地,轰炸的是修理山的主峰。

正骂着,美军士兵看见中国阵地的前沿上有两个人影在昏暗的天色中晃动,他们认定那必是负伤的美国兵在寻找下山的路。于是他们喊叫着,招呼那两个人快点下来,喊了半天,那两个人根本没理会,再仔细看时,发现是两个中国士兵,正在美军士兵的尸体上搜着什么。

第二天,麦特利营继续攻击,但是,当他们缓慢地爬上高地时,发现阵地上已没有中国士兵,一些被打坏的苏制轻机枪和步枪散落在被炮火熏黑的土地上。

二月二日晚,一夜的风雪。

三日天亮的时候,美军第二十五师开始向修理山主峰攻击。

令从右翼攻击的美军没想到的是,他们居然没费什么力气就爬上了修理山主峰。同时,左翼的土耳其旅也传来好消息,说他们也上了主峰。主峰上雾很大,美军士兵看见他们右前方的棱线上有两路纵队在向他们的背后运动,但在浓厚的雪雾中看不清楚是什么人。美军判断可能是土耳其人,因此他们没有开枪。放心不下的美军军官向土耳其旅司令部打电话,但是电话的那一端没有会说英语的军官,双方说了半天也没弄明白。不久,天黑下来,修理山山顶上的美军士兵个个心中恐慌,军官们也是个个焦虑不安——他们知道,天一黑,中国人说不定就会从什么意想不到的地方钻出来。

依旧打前锋的麦特利营长决定让 G 连连夜向主峰靠拢,以便在紧急时刻支援主峰上的 E 连。可是,G 连的联络兵在黑暗中不断地叫喊,E 连却没有任何回答。正在焦灼不安的时候,黑暗中有一支部队走来,队伍中一个声音传来,是英语:"我们是土耳其连!我们是土耳其连!" G 连还没看清楚就走过去了。这个情况反映到美军指挥所,所有的人都感到奇怪:黑暗中那支部队走过的地方,正是中国军队的狙击手出没的地方,是明令禁止通行和特别戒备的地段。这是一支什么部队?为什么通过阻击线而没有发生任何战斗？

没过多久，土耳其旅派来的联络官到了美军指挥所，说在他们和美军的阵地之间，存在一个四百多米的空隙，要求派部队把这个危险的空隙填补上——美军军官们这才知道，原来一直以为右翼已经被土耳其旅占领，现在看来，在右翼的部队根本不是土耳其人！

上半夜发生的各种奇怪的事把美军弄糊涂了。

午夜到了。

美军第二十五师三十五团二营一排的阵地上空突然飞来了手榴弹，同时步枪和机枪的子弹也密集地飞过来，而这些射击居然是在距离他们不到十五米的地方进行的！美军士兵立即从战壕中爬出来，向可以藏身的岩石后面四处爬散。阵地立即就丢失了。

几乎是同一时刻，土耳其旅的阵地上传来更为激烈的枪声，不一会儿，一群浑身是血的土耳其人跑到美军二排的阵地上，他们用混乱的手势说，他们完了被击溃了。

在中国第五十军阻击部队设下的圈套中，土耳其旅开始交厄运了。白天，他们往修理山上爬的时候，没有受到什么像样的抵抗，因此他们报告说占领了阵地。其实他们哪里知道，就在他们的脚下，中国士兵正息声屏气地监视着他们。在修理山阻击阵地上，中国士兵修筑了极其坚固的工事，那些伪装严密、建筑结实的火力点和隐蔽部，由掩盖着的交通壕连接在一起，里面不但有电话线，而且囤积的物资可以让中国士兵坚持一个星期。宣布占领阵地的土耳其士兵实际上正坐在中国士兵的头顶上！

在麦特利营长的指挥所里，土耳其旅旅长说什么也不相信自己的部队被打了下来。正说着，三十多名土耳其士兵跑进了指挥所，弄得正在强词夺理的旅长十分尴尬。旅长和他的士兵们用土耳其语说了一会儿后，如释重负地对麦特利上校说："我们的士兵说，美国人也把阵地丢了！"

由于土耳其旅的溃败,修理山主峰上只剩下美军的 E 连了。

中国士兵开始向 E 连的阵地进行反复冲击。黑暗中,中国士兵的影子时隐时现,他们好像有投不完的手榴弹。顶峰上的 E 连不断地报告说:"实在坚持不下去了!"但是,得到的回答永远是一句话:"坚持下去!"

格兰德觉得绝望的时刻到了。炮兵的射击由于目标观测不准确而效果不大。一五五毫米榴弹炮发射的照明弹不但对美军没什么帮助,却正好暴露了 E 连的位置。在照明弹的光亮下,格兰德看见中国士兵向山顶蜂拥而来,主峰上的中美士兵立即进入了肉搏战。在肉搏战中,修理山山顶被拉锯式地反复易手,战斗一直持续到天亮。

天一亮,美军的战机来了,中国士兵不得不撤出战斗。

E 连伤亡了一大半士兵,跟随连队行动的炮兵也伤亡了三十多人。

但是,土耳其旅负责攻击的阵地还在中国军队手中。

恼火的基恩师长把土耳其旅的残兵换下来,派师预备队第二十七团的一个营上去。

三营是由奇伊中校指挥的,这个营不但配属有迫击炮和 A-16 自行高机炮,同时还有一个营的野战炮兵归他们使用。他们要攻击的是四四〇高地。

奇伊营长乘直升机察看他要接防的阵地,他看到了四四〇高地上"穿着褐色衣服的中国士兵"。同时,他还看见了在修理山主峰方向战斗正在激烈地进行,那是中国军队再次向修理山主峰进行的包围冲击。

奇伊的三营也很快就尝到了与中国士兵打仗的滋味。

向高地接近的每一步,都要付出极大的代价。打前锋的 F 连刚一出击,"瞬间就出现八名士兵的死亡"。与炮兵的协同也不那么顺利,炮火的支援虽然猛烈,但总好像效果不明显,因为中国士兵的阻击没有丝毫的减弱。为了在火力上达到压制效果，奇伊在一个排的攻击中使用了五门自行高机炮和二十挺重机枪，它们一齐向迎面的中国阵地进行连续不断的射击。但令美国人吃惊的是，为什么在这么强大的火力下，中国士兵依旧还在阻击，好像他们根本死不完似的。在付出极大的代价后，三营攻击到四四〇高地的最后一个阻击阵地。奇伊用上了所有的炮兵，并且引导美军"海盗"式飞机加入战斗。美军炮火的密度足以摧毁高地上的所有生物，但是唯独中国士兵还在射击。"海盗"式飞机的飞行员由于看错了地面的指示，竟把炸弹投到正在射击的 A-16 高机炮头上，奇伊在无线电中大声地咒骂之后说："我们要感谢空军对我们无微不至的关怀！"

美军战史对朝鲜战争中四四〇高地的战事有如下记载：

斯基纳中尉发挥了百折不挠的勇敢精神。士兵们不愿意突击，中尉就跳着吼叫，于是，萨马中士和沃拉中士等人一齐鼓励士兵，并且踢着他们的屁股往山顶上推。大约一分钟后，全体人员都站了起来，中尉一声令下，可是全体人员都跑下了山坡。

斯基纳中尉组织起突击队。在越过山丘后，听到两米距离上子弹的呼啸声。他们边突击边射击，突然，周围陷入了平静，实际上他们陷入了错觉之中。在这一瞬间，好像泄气了，斯基纳中尉知道，实际上他们才前进了不到一半的路程。

二月六日，在给美军以极大的杀伤后，中国军队放弃修理山阵地开始向后撤退。

美军士兵在战壕中开始享受南朝鲜民工运上来的香烟、点心、干燥的袜子以及邮件。战后有人仍记得，那一天，在修理山主峰弥漫的硝烟中萨马中士读信的声音："亲爱的，你现在在干什么？告诉我……"

中国第三十八军在朝鲜战争的第二次战役中获得了"万岁军"的称号,这在中国人民解放军的历史上可以说是绝无仅有的。但是,这之后,这个军的军史上记载的却是一段无比惨烈的战斗经历,这就是一九五一年一月底开始的汉江阻击战。

阻击战是一月二十八日于前沿阵地泰华山开始的。泰华山阵地与西边的第五十军的阻击阵地相连,山下的公路向东可通利原、西北可通汉城,这是联合国军北进的必经之路。在第三十八军的正面,是美军骑兵第一师和第三步兵师的进攻部队。最先迎击联合国军进攻的,是第三十八军一一二师三三六团的五连。五连坚守的阵地是泰华山主阵地的前沿,名叫草下里南山。

五连连长徐恒禄,山东莒县人,时年二十七岁,在国内战争中曾屡立战功。当五连发现美军进攻的时候,他正在阵地最前沿的三三一高地上,在这个高地上坚守的是六班。六班负责观察的士兵报告说:"远处的公路上多了一趟树。"徐恒禄举起望远镜一看,不禁浑身一紧:是敌人,至少有一个营的兵力和十几辆坦克,正分三路向五连阵地草下里南山运动。

徐恒禄知道,最激烈的战斗来了。他立即命令隐蔽在后山的部队上来,并且严令不准暴露目标,以防止美军的炮火杀伤。然后他把兵力布置在公路边的灌木丛中,准备等美军走近了再给予其突然袭击。

徐恒禄的想法实现了。美军在毫无准备的情况下,突然遭到来自公路两侧灌木丛中的猛烈射击。在短暂的混乱之后美军展开队形,集中炮火向灌木丛轰击,一个连的美军士兵同时向灌木丛冲击而来,但是,灌木丛中却没有了中国士兵的影子。美军正不解的时候,密集的子弹又从右翼射来,紧接着,在手榴弹的烟雾中冲出十几名端着刺刀的中国士兵,美军丢下伤员和死亡士兵的尸体,一窝蜂似的向后逃命。

美军军官知道,自从他们开始向北攻击以来,现在才是真正遇到中国军队的阻击线了。

五连的突然袭击确实奏效了。

但是,接下来的战斗使他们开始流血牺牲。

第二天天一亮,美军按照李奇微"火海战术"的原则进行火力准备了:数十门火炮加上三十多辆坦克一起向小小的草下里南山阵地轰击,使整个阵地如同被犁过了一样。蹲在防炮洞里的中国士兵被浓烈的硝烟呛得喘不上气来,士兵们的耳膜被震出了血。炮火整整轰击了一个小时才减弱,八架飞机紧接着来了,轮番扔下大量的凝固汽油弹,草下里南山整个山包都燃烧起来。徐恒禄担心在最前沿的三个警戒战士,于是冒着炮火向前跑,炮弹在他的前面爆炸,但是他不在乎,因为他已在连队的支委会上作了决定:把连队的主要干部分散开,要死别一块死,只要还有一个人,就坚决指挥部队打下去! 到了最前沿,徐恒禄有点转向了:工事没有了,原来的山包也没有了,树木被炸得东倒西歪,没有倒下的树燃烧着如同一支支火炬。怎么不见那三个战士的影子呢? 他估算出大致的位置,用手扒开滚烫的土,结果,扒出来一个活的,一个负伤的,最后的一个已经牺牲。

突然,被徐恒禄从土中扒出来的那个战士说:"连长! 敌人上来了!"

两个营的美军,在坦克的掩护下,向草下里南山阵地开始了进攻。

五连各排坚守的阵地几乎同时开始了殊死的搏斗,双方士兵一直在互相胶着的状态中对阵地进行着反复争夺。

中午的时候,美军退下去了。

草下里南山阵地上还活着的中国士兵,此时反而没有了恐惧和紧张,他们只是感到又渴又饿。战斗前还可以吃阵地上的雪,现在阵地上已经没有雪了。炒面放在嘴里,嘴里一点唾液也没有,呛得剧烈地咳嗽起来。一排三班长牟林向徐恒禄要了块干净的手绢,带上三个战士和三袋炒面,爬出去好远才找到一片雪地。他在手绢上撒上一层雪,再撒上两把炒面,然后包起来,放在自己的胸口上让雪融化,这样"蒸"出来的炒面团软软的,潮湿着,还有点温热。当他把自己制造出来的"食品"带回阵地上时,获得了一片惊讶和赞许之声。

十二时三十分,吃饱了的美军开始了新一轮的进攻,这次兵力增加到一个团。

草下里南山阵地曾一度丢失,但在徐恒禄指挥的反击中又夺了回来。当美军再次进攻的时候,五连一百多人的队伍只剩下了二十多人。团指挥所上来个通信员,带来了给徐恒禄和一排长记功的决定和一个命令,命令他们至少还要坚持五个小时。

美军士兵上来了,他们发现向他们头顶上砸下来的除了手榴弹之外还有石头。

六班长王文兴负伤了,但是他坚决不下去。在反击的时候,他再次负伤,倒在地上不能动了。徐恒禄抱起他准备给他包扎,突然,腿已经断了的王文兴拿着两颗手榴弹跪了起来,脸上似乎还有一种微笑。他说:"连长,反正我活不成了,就是死也要死个够本!"王文兴挣脱开徐恒禄,顺着山坡向正在往上爬的美军滚了下去,一直滚到美军士兵的中间,然后,他怀中的手榴弹爆炸了。

徐恒禄两眼发红,举起枪喊:"为六班长报仇!"

战士们端着刺刀向山下扑去!

五连以几乎全部伤亡的代价,在草下里南山阵地坚守到了上级规定的时间。

在第三十八军一一二师三三四团二营九连的阻击阵地上,有个叫潘天炎的中国士兵。一个团的美军向他所在的阵地进行了猛烈的炮火轰炸和反复的进攻,最后,他所在的九班只剩下他一个人了。潘天炎十八岁,个子很小,所以当美军再次向这个阵地攻击的时候,美军军官举起望远镜一看,认定这个阵地上已经没有活着的中国士兵了。这时的潘天炎正因为肚子疼在蹲着厕屎。敌人上来了,他提起裤子就干开了。潘天炎人小心眼多,他把六颗手榴弹捆在一起放在工事前边,用一根电线连接上所有的拉环,然后自己躲在一边,等敌人上来后,他一拉电线炸倒了一片。美军士兵又摸上来的时候,他突然喊了一声:"同志们!敌人上来了!"美军士兵听见这突然的喊声,全趴在地上不动了,潘天炎跳起来就扔手榴弹。美军弄不明白这个阵地上到底还有多少中国士兵,于是开始炮击,炮击完毕之后加大兵力再进攻。最后,小个子中国士兵潘天炎准备死了,他奔跑在阵地上根本不隐蔽自己,手榴弹和卡宾枪一齐使用,就在他决心与敌人同归于尽的时候,增援阵地的部队上来了。中国士兵很羡慕这个勇敢而命大的小个子兵。后来文工团的演员还专门用他的事迹编了一段单弦,单弦在志愿军各部队广泛传唱:

"有一位青年战士,名叫潘天炎,打退鬼子的九次冲锋,军功章佩戴在胸前。"

二月二日,三三四团三营九连阻击阵地上所有的防炮洞全部被美军的炮火和飞机炸毁。在弹药耗尽、人员严重伤亡的情况下,九连被迫放弃阵地。为掩护战士们撤退,三排副排长王青春主动一个人留在阵地上吸引敌人。当战士们刚刚撤下来的时候,美军包围了阵地。王青春打完最后一颗子弹,安然地拆坏了武器,然后仰面躺了下来,美军士兵向他的头部开了枪。

九连打到最后剩下不到三十人,在侧翼阵地丢失、连队所在阵地处在三面包围的危急情况下,全连没有一个人撤退。激奋的三营营长命令把营指挥所前移,表示阵地上只要还有一个人,就不能丢失阵地。

在三三七团的阵地上,一个被称为"战士的母亲"的班长姜世福的牺牲令士兵们万分悲痛。姜世福是一位面容消瘦、性格稳重的人,平时关心士兵无微不至,战士们都很喜欢他,说他像自己的母亲一样。他所在的三连在阻击战斗中因为伤亡巨大不得不从阵地上撤退。指导员白广兴最后一个离开阵地时，发现了已受重伤的姜世福。姜世福的双腿被炸断，腹部也受了枪伤，血快要流干了。指导员要背他下去，他醒来了，对指导员说："我掩护，你快走！我求你一件事，跟同志们说我姜世福没向敌人低头！"指导员坚持要把姜世福背下去，这时美军又冲上来了。姜世福恳求指导员立即转移。无奈中指导员走了。姜世福坐在阵地上，身下是一片鲜血，直到美军士兵像发现一个奇怪的东西一样把他围住的时候，姜世福从容地拉响了藏在身上的两颗手榴弹。

第三十八军的军、师、团主要指挥员，都是从沈阳昼夜兼程赶回前线的。所有回沈阳参加集训的干部，千里迢迢地回到沈阳，仅仅进行了个开幕式，看了一场为开幕式助兴的京剧，就接到了立即回到前线的命令。因为美军的全线反攻开始了。在往前线赶的时候，副军长江拥辉遇到了从前边送下来的大批伤员。伤员们看见自己的军首长，不免牢骚满腹：

"敌人搞的是火海战术，山头都炸平了，草木都烧光了，守在山上真窝火！"

江拥辉知道，第三十八军的士兵们所遭遇的远不止这些。

第三十八军在汉江南岸的阻击，不但伤亡巨大，而且险象环生。二月二日夜，美军居然模仿中国军队的战法，第二十四师十九团以夜行军渗透到中国军队防线的后方。第三十八军一一三师的侧后发现了美军，炮弹已经打到师指挥所了。军指挥部立即命三三八团连夜奔袭山中里解围。三三八团行动神速，插得坚决勇敢，终于把渗透到中国军队后方的美军的两个营基本上歼灭了。三三八团的官兵为此伤亡巨大，战后中国军队的战地救护队满山遍野地抢救负伤的中国士兵。在狼藉的战场上，一个牺牲的中国士兵的身边，岩石上刻着一道又一道的线条，活着的老战士说，那记录的是打死美国兵的数字。美军的伤亡同样巨大。战斗结束后，中国军队用电台和美军指挥部联系,让他们来运走美军士兵的尸体和伤员,中国军队表明可以保证其安全,结果美军真的派来了直升机,来来回回地运了整整一上午。

二月七日,中国第五十军和第三十八军同时接到彭德怀的命令:第五十军主力撤至汉江北岸组织防御;第三十八军继续留在南岸迟滞敌人。

就是在那一天,没能来得及结婚就从炎热的武汉街头走向寒冷的朝鲜战场的第三十八军一一四师三四二团一营营长曹玉海在战斗中牺牲了。

当日,三四二团二营、三营在岩月山的阵地失守,一营所在的三五〇点三高地因位置突出成为美军猛烈攻击之地。战斗前,军指挥部专门把战斗英雄一营营长曹玉海叫来,当面交代任务。美军的攻击空前强大,很快,二连的阵地失守了。为了夺回阵地,曹玉海带领部队顽强反击,一直坚守到弹药已绝的危急时刻,曹玉海饮弹倒下。教导员方新接替他的指挥,并且向团指挥所报告:"营长在打退敌人第四次进攻时牺牲。"方新说完,停顿了一下,突然,他提高了嗓门喊道:"我向党保证,全营血战到底!"

就在曹玉海倒下的地方,二十七岁的营教导员方新,在美军冲上阵地的时刻抱起一枚迫击炮弹跳进了敌群。

中国士兵以血肉之躯与美军在汉江南岸相搏的时候,正是中国传统节日春节来临之际。

在中国军队阻击阵地的前沿,美军架起了巨型喇叭,向坚守阵地的中国士兵用汉语喊话,声音是个软绵绵的女声:

"共军士兵们,你们今天过年啦!可你们待在山上多苦!吃不上饭,喝不上水,脚也冻肿啦。"

"我们联合国军队,是为解放朝鲜来的,联合国已经宣布你们是侵略者!"

"投降吧!中国人!"

同时,美军飞机撒下不少传单。在一张写有"恭贺新年"四个大字的传单背面写着:"新年在望,可是你老婆在家还不起账,你很可能死在外国的战场上。"

在中国军队的阵地上,士兵们是因为炊事员破天荒地送来了肉,才知道今天是春节。第三十八军虽然战斗残酷,但是这个春节却搞得很热闹。军机关组织干部带上干粮、木炭、糖水,甚至还有肉上阵地慰问,文工团的演员们也不顾危险上前沿为士兵们演出。送上阵地的慰问品,有不少是从中国国内运来的,战士们攥着分到的几块彩色纸上写有"中国制造"的糖果都舍不得吃。后来,直到许多士兵永远倒在朝鲜半岛坚硬的冻土上的时候,那几块糖果依旧揣在他们最贴胸的口袋里。

春节过后的几天里,在阻击美军猛烈进攻的时候,中国军队的阵地上时常听见这样的呐喊:

"同志们! 东线部队打了大胜仗啦! 敌人的猖狂长不了啦!"

彭德怀之所以命令西线的第三十八军和第五十军不惜一切代价迟滞美军北进的速度,是因为在战场的东线,一场惊心动魄的反击作战正在策划着。

这就是著名的横城反击战。

损失最严重的一仗

就在西线的中国第三十八、第五十军用血肉之躯阻击联合国军向北反攻的时候,东线向横城和砥平里地区北进的联合国军以快于西线的速度一路推进,于是他们最终从整个战线上突出了出去。

战场上出现的这种状态,使对战局十分忧虑的彭德怀突然感到扭转被动局面的机会可能来了。

战场上的战机稍纵即逝,必须果断地抓住且利用。

二月五日,彭德怀电令第四十二军和北朝鲜人民军第二、第五军团对东线北进的联合国军进行阻击,以减轻西线中国阻击部队的压力。同时,邓华指挥的第三十九、第四十、第六十六军奉命向东移动,以待寻找战机。

彭德怀已经在脑海中勾画出一个在东线打反击的初步设想,但是他还没有完全的把握。死死地顶住西线,将大兵团快速集中于东线,对战斗力相对较弱的南朝鲜军发动规模较大的反击,如果反击成功,将在很大程度上缓解目前中国军队节节撤退的局面,也许还可能令联合国军的攻势停止。但是,彭德怀心里很明白,在东线组织起反击行动,至少要具备三个条件:一、东线联合国军北进的位置形成前突态势;二、参加反击的部队能够及时到达战斗发起地点;三、这也是最重要的,就是在西线的第三十八军和第五十军必须能够把攻势凶猛的美军阻击在汉江附近,如果在向东线调动大部队的时候西线的阻击防线垮了,那么别说反击,整个战线将面临全面崩溃。

二月九日,联合国军在东线的态势为:美军第二师二十三团和一个法国营被中国第四十二军阻击于砥平里以北;南朝鲜第八、第五师进至横城以北的丰水院、上苍峰里、釜洞里、梅日里一线;再往东,南朝鲜第七、第九师以及首都师则拖后于下珍富里、江陵一线。至此,展开于砥平里和横城一线的联合国军已经从整个战线上突出。而美军第二师的二十八团及荷兰营、美军第二师师部及其九团尚在原州,美军第七师及空降一八七团在他们的后面。于是,东线上突出的联合国军相对孤立了。

在西线阻击的中国第三十八军和第五十军,虽然阻击线在一点点地后退,但还是在很大程度上迟滞了美军的向北推进。

邓华指挥的东线各军已经快速到达预战位置。

战机成熟了。

可是,彭德怀依旧还有一个难以决断的选择。联合国军在砥平里和横城一线有两个突出部,先打哪一个更为有利呢?彭德怀三思之后决定先打砥平里。他在八日打给各军的电报中指出:"根据目前情况,须集中三个军主力首先歼灭砥平里附近之敌为有利。请邓华同志速与四十二军司令部靠拢,以便与各军取得联系。如何部署,请邓速决速告。"电报发出后不久,彭德怀又突然改变了决定,他立即再打电报给各军:

甲、砥平里地区据已知情况为美二师二十三团、法国营、美二十四师一至两个营,另美二师九团似已使用于石谷里方向,合计约八至九个营,如我攻击该敌一昼夜不能解决战斗,则利川地区之英二十七旅、伪六师及原州南北地区美二师二十八团与美七师均可来援,伪五、八师与空降一八七团亦会策应西犯或北犯。假如我两昼夜不能解决战斗,则水原方向之美军之一、九两军团亦可能抽出两至三个师东援。这样如万一吃不下,打成消耗战,甚至洪川至龙头里公路被敌控制,则我将处于极为不利情况,这一着必须充分估计。

乙、横城东西地区据已知为伪八师、五师、空降兵一八七团及美七师一部,敌数量较多,但伪八师、五师较弱,我可集中三十九、四十、四十二、六十六及三、五两军团的兵力,初战把敌人打动打乱的把握较大。如果攻击得手,再向原州及以南扩张战果,可能将敌整个部署打乱,即在万一不利情况,我亦可控制洪川枢纽地区,有利对我尔后作战……前电先打砥平里,此电先打横城附近之敌。如无意见,则请邓金韩依此精神具体部署之。

彭德怀的顾虑是明显的:对于火力强大的美军和法国营,无论中国军队在兵力人数上占何等优势,还是没有打下来的把握,不如先挑战斗力较弱的南朝鲜军队来打。

一九五一年二月十一日晚,横城反击战开始了。

邓华兵团首先的反击目标是横城西北的南朝鲜第八师,他们期望由此打开缺口,向原州的美军防线进击。其具体部署为:第四十二军(配属第三十九军一一七师及炮兵二十五团一营),以一二四、一一七师为先头部队,向横城西北鹤谷里、上下加云防线进攻,切断南朝鲜第八师的退路;以一二五师前出至横城西南介田里、回岩峰地区,阻击原州方向可能出现的援敌,并策应第六十六军作战;以一二六师配置于砥平里以北地区,继续牵制砥平里之敌。第四十军(配属炮兵四十四团两个营、二十九团两个连)由正面向横城西北的南朝鲜第八师突击。第六十六军以一九六、一九七师向横城东南方向突击,切断横城之敌的退路。第三十九军为预备队,配置于龙头里东南地区,逼近砥平里,如果反击作战开始后砥平里之敌南逃,予以坚决追击。

士气可鼓不可泄。

但是,对这次横城反击作战是否能取得胜利并达到预期效果,彭德怀心里依旧不踏实。在各军发出电报后,他又给毛泽东致密电如下:

> 砥平里附近之敌一两天难以解决战斗,改为攻击横城周围之伪五、八两师及美七师之十七团、空降一八七团(此刻尚无捷音),于十一日黄昏开始,首先求得歼灭两三个团,得手后再歼两三个团。如能求得歼灭五、六个团,估计可能暂时稳定(半月)。如反击不得手,敌将疯狂追击(机械化与空军),三八线很难立稳脚。目前只有坚决反击,不惜一切,争取胜利,争取时间,稳定局势。否则将付出更大代价,困难亦更多。

无法知道毛泽东读到这封电报时的心情。

毛泽东要求彭德怀立即发动第四次战役,并把中国军队的战线向南推进到三六线上去,而目前的战场局势是:西线的中国军队不得不向三八线以北后退。

二月十一日黄昏,中国军队的四个军开始了向横城地区的大规模反击作战。

中国第四十军负责正面攻击的目标是南朝鲜第八师。

第四十军军长温玉成和政委袁升平把一一八师和一二〇师放在了第一梯队的位置上,主要的突击力量是年轻的师长邓岳指挥的一一八师。温玉成不但把军主要炮兵力量配给了这个师,还将作为预备队的一一九师的主力团三五五团加强给了邓岳。而一二〇师的任务是:首先打开南朝鲜第八师坚守的圣智峰和八〇〇高地,以保证一一八师攻击路线侧翼的安全。这个部署没出各师指挥员的意外,因为以往的仗就是这么打的。第四十军的士兵中流传着这么一个顺口溜:一一八打,一一九看,一二〇围着团团转。

邓岳的一一八师再次证明中国军队大胆迂回,分割包围的战术是有效的。

邓岳在研究地图的时候发现,在一一八师主攻方向的正面,有一个两条公路会合的"丫"字形路口,这显然是一旦攻击开始,善于逃命的南朝鲜军溃逃的必经之路。要想不打成击溃战,更多地消灭敌人,就要派部队插进去,封堵这个"丫"字形路口。令一一八师其他指挥员惊讶的是,邓岳一反小部队穿插的惯例,这一次他要派一个整团插进去。从攻击开始线至那个"丫"字形路口,足有二十五公里,穿插部队必须在黎明前插到位并且占领路口,才能把正面南朝鲜第八师二十一团的后路真正封死。

多年以后,西方的军史学家仍对中国年轻的师长邓岳的战法称赞不已:两个团从正面并肩突破,一个团从中路穿插到后位。险棋!新奇!

邓岳放在正面的三个团并非一线进击,而是互相配合,互相掩护:三五三团在左,三五四团在右,并肩突破南朝鲜第八师二十一团的防御阵地;负责穿插的三五二团从两个团中间渗透进去,直插敌后。这样做,是为了加强迂回发展的迅速。邓岳不信南朝鲜军的一个团能经得住中国军队三个团的冲击!

三五二团,是邓岳手中的主力团,以敢打敢拼闻名。这个团的团长罗绍福是老红军,曾是邓岳的老班长。

反击战一开始,一一八师就迅猛地向南朝鲜军队的阵地冲击而去。左翼的三五三团一个小时内就突破了南朝鲜军两个连的防御阵地。右翼的三五四团二营仅用了半小时就攻占了当面的阻击阵地,歼灭南朝鲜军的一个加强连。三五二团趁这两个团打得正激烈的时候,迅速向敌后发展。他们在前沿没有受到阻击,但是在经过一个名叫上榆洞的地方时,参谋长冷利华被敌人的阻击炮火击中牺牲。冷利华一九三九年入伍,身经百战,三次当选战斗模范,他的死令战士们悲痛不已。

三五二团七连是穿插的尖刀连,他们在冷利华牺牲的地方,与一个排的南朝鲜军士兵相遇。七连的士兵凶猛地冲上去格斗,整个南朝鲜军搜索排无一人生还。三五二团逐渐脱离大部队的战线,独自深入到了敌后。进入一座大山中后,朝鲜向导迷了路。七连长张洪林依靠指北针在厚厚的积雪和迷宫一般的沟壑中带领士兵顽强前进,他们终于到达了地图上指示出的一座高地。上了高地,看见正前方的小山上有吸烟的星火。小山上的南朝鲜军士兵万万没想到,在距离打得正热闹的前沿还有几十公里的地方,就在他们的眼皮底下,三千名中国士兵正在悄悄地通过。

只要敌人没发现,三五二团就向前奔。在公路上,不时地看见从前沿逃下来的南朝鲜军士兵在路边横躺竖卧,他们看着这支几千人的队伍在黑暗中急行军,由于没想到竟能是中国军队,因此根本不予以理会。有些南朝鲜军士兵觉得跟着大部队逃命安全,于是就跟进了三五二团的队伍。中国士兵也不知不觉,他们这样走了很长一段时间,最后在向后传口令时因为不会说汉语,才被中国士兵发现缴了枪。由于带着俘虏不方便,中国士兵把这些南朝鲜军士兵推到一边继续赶路。

六个小时后,三五二团接近了那个"丫"字形的路口。

突然,前边灯光大作,一队由一百多辆汽车组成的敌人的车队迎面开来。

三五二团没有犹豫就扑了上去。

成束的手榴弹投出去,汽车顿时燃起大火。一阵混乱之后,数辆坦克冲出来开始进行还击。

这时，一个名叫于水林的战士向坦克冲了过去。

于水林，个大身长。战前班里分到两颗反坦克手雷，他抢了过来。这种手雷很大，手榴弹袋装不下，别在腰上跑起来又不对劲儿，于是他就把手雷放在自己的米袋子里，米袋子的一头是炒面，一头就是这两个大家伙。行军时怕把手雷丢了，就把袋子口系得很紧。现在，当他向坦克冲上去的时候，袋子口怎么也解不开了，于水林急得没了主意。班长以为他害怕了，冲他喊："于水林！你到底有没有决心？"情急之下，他一使劲儿，硬把布袋扯开了。于水林拿着反坦克手雷，一直冲到巨大的坦克面前，把手雷往坦克的履带中一塞，巨响之后，坦克被炸毁了。于水林连续炸毁两辆坦克，又端枪追击从坦克中跳出来的美军士兵。战斗中，他的右臂连中数弹，鲜血染红了他的军装，他就用左手举着手榴弹继续追击敌人。就这样，他抓到了八个美军士兵。

三营教导员翟文清当即决定给于水林请功。

战争结束多年之后，三营教导员翟文清已成为一一八师副师长，他没有忘记在战场上倒在他身边的战友，包括举着手雷冲向美军坦克的大个子士兵于水林。于水林被转运到后方养伤，之后，就和部队再也没有联系了。部队的档案中只记载着于水林是热河人。于是，翟文清派人到承德地区去寻找，费尽周折也没有下落。翟文清不甘心，寻找的努力一直持续着，直到朝鲜战争结束十年后的一天，他终于查到于水林是内蒙古昭乌达盟赤峰县美丽乡美丽河村人。

美丽乡，一个多么美丽的名字。

美丽河村极端贫困。

于水林是这个贫困村里最贫困的人。他没有父母，没有兄弟姐妹，孤身一人住在生产队的马棚里。他的右臂已经截肢，失去了劳动能力。

没有人知道这个衣衫褴褛的残废汉子曾经连续炸毁美军的两

辆坦克,并单臂俘虏了八个美军士兵;没有人知道这位孤独的残废汉子是在为保卫新中国而进行的战斗中荣立过一等战功的功臣。

当翟文清副师长千里迢迢地来到美丽河村,终于看见了于水林的时候,他紧紧地抱住他的这个大个子士兵,泪如泉涌。

当地政府得知于水林原来是个大英雄,于是给他盖了间房子,还为他找了个女人。结婚的时候,翟文清专门派人把于水林和他的女人接到部队,还做了一套全新的被褥枕头,并且特制了一块很大的英雄匾。后来,又派士兵把匾专程护送回那个遥远而偏僻的美丽河村。

翟文清是个多情而仗义的中国军人。

于水林从此每年都会被请回老部队做客。后来升为师长的翟文清又多次到美丽河村去看望一条胳膊的老于。于水林病逝时,翟文清师长亲自料理了这个曾出生入死的老战士的一切后事。

当于水林参加的这场战斗结束的时候,三五二团击毁美军汽车一百四十多辆、榴弹炮二十多门、高射机枪十挺。

被三五二团歼灭的美军部队,是美军第二师的一个装甲营。这个营奉命增援正在溃败的南朝鲜第八师,美军根本没想到在距离前线几十里的地方,会遭遇到中国军队大部队的突袭。

美军战史资料对这次战斗的描述是:

> 韩国一个团的溃败又一次导致了一场重大伤亡。当时,美军一个炮兵连在一支护卫队的掩护下,正沿着横城西北三英里的一条狭窄公路北上,显然没有任何侧翼保护。这支部队是去支援北面几英里处的韩国第八师的。夜间,中共部队进行反攻,韩国部队溃败逃跑。接着中国人突然向美军炮兵蜂拥扑来。五百多人中仅三人幸存。横城伏击战是整个战争中美军生命损失最惨重的一仗,大约有五百三十人丧命。这场悲剧是由韩国部队的溃败开始的,再加上美国部队战术运用不当造成的。

三名幸存者中有一位列兵,他战后回忆当时的情景时说:

> 中国人打中了最前面那辆车上的司机,整个一列车队都停了下来。人人手忙脚乱,只要一个人倒下,中国人马上就来抢走他的武器。有人喊叫道:"这里有一个!"我就开了火,但那只是一棵树。有人又喊道:"我们从这里冲出去!"我晕头转向,好像整个世界在我的脚下爆炸了。真是血流遍野。当时我就知道我完蛋了⋯⋯

在横城反击战中,另一个中国师创造了一个得意之作,即在朝鲜战争中一个师在一次战斗中歼敌最多、缴获最多。

这个师是第三十九军的一一七师,师长张竭诚。

在横城反击作战中,第三十九军担负的任务是牵制砥平里地区的联合国军。根据彭德怀的指示,为了加强横城方向的突击力量,决定把第三十九军的一一七师配属给第四十二军。一一七师受领的任务与第四十军的一一八师一样:打穿插。

一一七师出师不利。

师长张竭诚领受任务后,立即率领部队向反击发起线前进。趁着月光,全师安全地渡过汉江,经过连续两个夜晚的行军,终于接近了目的地龙头里。但是,在向龙头里靠近的时候,美军的夜航飞机在距离前沿十公里左右的地方连续轰炸,形成了一道严密的封锁线。在组织部队通过封锁线时,副师长彭金高负伤。张竭诚刚安排人把彭金高抬下去,又传来了更为不幸的消息:政治部主任吴书负重伤。张竭诚立即又组织人把吴书抬过了敌机封锁区。在一间民房里,医生们开始对吴书进行紧张的抢救。吴书的胸部和头部都被弹片击中,鲜血已经把军装浸透,他呼吸微弱,脸色苍白,突然,他颤巍巍地伸出手来握住了张竭诚的手,叫了一声"师长⋯⋯"之后,便闭上了眼睛。

到了龙头里,开师党委会,少了两个常委,气氛异常沉重。张竭诚再次坚决地重申了全师的任务:十一日夜,从上吾安里敌接合部的间隙进入战斗,沿药寺田、仓村里、琴垡里一线,向横城西面的夏日、鹤谷里实施穿插迂回,务必于十二日晨七时前占领夏日、鹤谷里公路西侧的有利地形,彻底切断敌人的退路,配合正面攻击部队歼灭安兴的南朝鲜第八师及美军第二师一部。其部署是:以三五一团为前卫,攻占夏日公路,三四九团负责攻占鹤谷里,三五〇团为师预备队。

十一日,中国士兵们睡了一个白天,提前吃了晚饭,携带五天的干粮并配足弹药,每人左臂上系上白色的毛巾,十六时四十分,一一七师进入了穿插的出发地,一个名叫儿柴里的小村。大雪茫茫,连亲自带作战科长到这里侦察过的张竭诚都分辨不出哪儿是道路了。群工科找来两位朝鲜向导,一个分给了前卫团,一个留在了师指挥部。

十七时,反击的炮声响了,正面攻击的部队已开始行动。根据第四十二军指挥部的指示,一一七师的动作与正面攻击同时开始。于是,张竭诚命令:"前卫团,出发!"

一一七师,七千人的队伍,依照三五一团、师指挥所、三四九团、三〇五团、机关、后勤分队的序列,开始了大规模的敌后穿插。

公路两边的民房在敌机的轰炸中燃烧着,凝固汽油弹的气味令人窒息。一一七师沿着公路前进,如同在火海中穿行。半个小时后,全师进入黑暗的山谷。他们悄悄地穿过南朝鲜第八师十六团的阵地左翼,除了尖刀连不断地与敌人排级规模的搜索队遭遇外,一路上没有大的战斗,全师一直没停地向夏日前进着。

午夜,张竭诚接到报告:三五一团走错路了。核实之后,张竭诚立即调整部署。这时三五一团的电报来了,他们已经知道走错了,决定翻山去夏日。

邓华指挥部来电:正面攻击部队已突入敌人阵地,敌人开始向横城方向溃败,望穿插部队按规定时间到达阻击地点。

师侦察队奉命抓个俘虏查问情况。

师侦察队在崎岖的山路上搜索,根本见不到一个人影儿。正着急,发现在雪地中有一根美式的军用电话线,顺着电话线前进,见到一个小村落,靠近一间房舍,听见说话声,是美国人。排长吴永章一挥手,侦察队员们扑了上去。战斗很快结束,抓到三十多个美军士兵,全是黑人。一问,是美军第二师九团的一个黑人排,他们担任着南朝鲜第八师的后方警戒。

跟上来的三四九团的士兵又带来一些俘虏,是南朝鲜军士兵,他们身上都有一个红布口袋,这是新兵的标志。

所有的俘虏站在雪地上直发呆,他们无论如何想不明白这些中国士兵是从哪里来的,自己怎么会在战线的后方被俘虏。

部队继续前进。翻过一座满是积雪的大山,上到山顶的时候,士兵们已精疲力竭。天开始亮了,往山下一看,一条公路延伸而来,这就是鹤谷里。公路上一片寂静,中国士兵们知道,他们已经跑在敌人汽车轮子的前边了。

本来是前卫的三五一团走错了路。意识到这个错误的时候,一群散兵乱哄哄地插进了他们的队伍,是一群溃退下来的南朝鲜军士兵。短暂的交手后,俘虏说有一条近路可以去夏日,于是就让这个俘虏带路。这可真是一条近路,可以说根本没有路,中国士兵们跟在南朝鲜军俘虏的后面,在雪地上跌跌撞撞地前进,下山的时候几乎是滚下来的。南朝鲜军俘虏真的把三五一团带到了夏日。刚到达那里,就看见公路上的汽车一眼望不到头地排列着。侦察队又抓回来一个俘虏,审问后得知,这是美军第二师九团的部队以及南朝鲜第八师撤退下来的部分人员,并且他们已经知道中国军队到达了这里,正在抢占公路边的高地。

最先到达的是三五一团的二营。二营没有犹豫,立即发起攻击,虽然眼前的敌人数量至少是二营兵力的一倍。

中国士兵把疲劳和饥饿丢在脑后,凶猛地冲了过去! 美军和南朝鲜军士兵几乎没有反抗,就让中国士兵俘虏和打死了两百多人,中国士兵迅速占领了公路两侧的高地。

被打散的美军和南朝鲜军士兵全部躲在公路附近的一个山沟里。

天已经大亮,跟随上来的三五一团政治委员彭仲韬看见几个中国士兵端着枪,冻得缩着脖子,看管着蹲在公路边的两百多名美军俘虏,顿时吓了一跳,赶快命令参谋带一个班和一挺机枪来加强俘虏的看管。

一一七师,提前半个小时到达穿插目的地,从而卡死了敌人从横城南逃的路。

三四九团团长薛复礼为部署部队占领所有的要地,正在各个山头之间奔跑,听见有人冲他喊什么,回头一看,八个南朝鲜军士兵正坐在不远的地方烤火! 这些南朝鲜军士兵左臂上都扎着新兵的红布条。他们把戴着美军军官帽子、穿着南朝鲜军官呢大衣的薛复礼当成自己的长官了。薛复礼走过去,拔出手枪就射击,连续两枪都是不发火的子弹,第三发才响,南朝鲜军士兵早跑了。

张竭诚打电话对薛复礼说:"我看见敌人的坦克跑来跑去,要组织打坦克! 把路给堵死!"

一名叫赵鸿吉的班长带着几个战士,钻在一座小桥下面对坦克下了手,连续炸毁的两辆坦克顿时将公路堵死。

此时,南逃的敌人开始突围。

一一七师随即开始了顽强的阻击战斗。

三五一团在最前沿。美军第二师九团全力向二营阵地猛烈攻击,四连在最前面,他们卡在公路上向每一辆企图突出去的汽车开火。美军向四连阵地连续进攻,二排出现了巨大的伤亡,阵地上只剩下副排长和两名战士,他们和再次冲上来的美军士兵扭打在一起直到牺牲。四连把连队的文化教员、炊事员、司号员、通信员都组织起来,顽强地坚守在连队的主阵地上。五连在连长、指导员及所有连级干部全部牺牲后,司号员马德起代替指挥,始终坚持在阵地上。三连的弹药全部打光了,士兵们就用石头、用刺刀反击美军的进攻,美军始终没有突破三五一团的阻击阵地。

从北面撤退下来的敌人越来越多,汽车和坦克把数里长的公路挤得水泄不通。

天逐渐黑下来的时候,空中升起了三颗信号弹,中国军队的总攻开始了。

公路上,在连成一片的枪炮声中,尖厉的军号声令美军第二师和南朝鲜第八师的官兵们感受着世界末日般的恐惧。美军的飞机在盘旋,扔下的照明弹把战场映成白昼。到处是汽车和坦克燃起的大火,中国士兵冲上公路与联合国军士兵混战在一起。

午夜时分,战斗结束。

一一七师歼灭敌人三千三百五十名,击毁和缴获汽车和坦克二百余辆、各种火炮一百多门。

中国军队发动的横城反击作战迫使南朝鲜第三、第五、第八师以及美军第二师一部和空降一八七团开始后撤,这在一定程度上缓解了中国军队在整个战场上面临的压力。

在中国军队发动的反击作战的打击下,东线的联合国军有了全线动摇的迹象。但是,就在联合国军各部队不同程度地开始后退的时候,战线上有一个点却始终原地未动,这就是美军第二师二十三团、法国营以及配属部队支撑着的联合国军的前哨阵地:砥平里。

砥平里——一个后来无论是美国军队、法国军队还是中国军队都留下了刻骨记忆的地方——这些记忆是由一连串残酷的血腥场面所组成的。

大雪掩埋的遗骸

二月十三日早晨,面容疲惫的美军第二师二十三团团长保罗·L.弗里曼上校站在砥平里环形阵地的一个土坡上,等待着第十军军长克洛维斯·拜尔斯将军的到来。天空依旧是雾蒙蒙的,广袤的雪野十分寂静。看来司令官的直升机还要等一阵子才能飞来。

连续两天两夜的枪炮声响彻砥平里四周,令这位美军上校一直处在神经高度紧张的状态中。听说中国军队大规模地向横城方向进攻后,美第二师和南朝鲜第八师都在迅速溃退。现在,在砥平里的这个小小的环形阵地上,所有的人都在连续不断的炮声中来回跑动,指挥所里充满大祸临头的气氛。在弗里曼的"高度戒备,准备迎击中国人的进攻"的命令下,美军士兵们彻夜紧握着自动步枪,紧张地等待阵地四周响起中国士兵的胶鞋底摩擦冻土的声音以及那直刺心脏的尖厉的小喇叭声。

两天过去了,中国人没来。

这天早上，听不见炮声了。

也许中国人推进到南边去了？然而，弗里曼向四个方向派出的侦察队回来后都报告说，发现中国军队正在东、西、北三个方向上集结部队。在这一带上空例行公事的美军侦察机飞行员也报告说，发现一支庞大的中国部队正从北面和东面向砥平里接近。另外，早上从师部派出的企图北上与砥平里取得联系的一支侦察队，走到砥平里以南大约六公里的地方遭到来历不明的中国军队的袭击。一切再清楚不过了：砥平里阵地孤零零地嵌在中国人的攻击线上，二十三团已被包围。中国人肯定正在策划对砥平里的作战，只有白痴才会在这里等着中国人潮水般的攻击。

二十三团必须立即撤退。

弗里曼决心今天就带部队一走了之。整个战线都向后移动了，二十三团单独顶在这里没有任何道理。但愿那个脖子上总是挂着两颗手雷的家伙不会把二十三团的弟兄们忘了。

弗里曼忘不了自己向砥平里北进时遇到的麻烦。在一个名叫双隧道的地方，二十三团由六十人组成的侦察队受到中国军队的伏击，米切尔中尉带着士兵丢弃了所有的重装备跑到山上，这个过程中就有九个新兵因为害怕而落后，他们全部被打死了。中国人一次又一次地向山上攻击，弗里曼派出F连前去营救，结果F连也陷入中国军队的攻击中，处于投降的边缘。一直熬到天亮，在飞机轰炸的掩护下，侦察队和F连的幸存者才被救出来。直升机从那个阵地拉出的尸体比活着的人多一倍。中国人一旦开始攻击，就决不会轻易停止，他们的顽强和凶猛是著名的。最好还是不要跟中国人交手。

接近中午的时候，拜尔斯的直升机来了。

美军第二师隶属于第十军管辖。在中国军队向横城的反击作战开始以后，越来越恶化的战局令拜尔斯大发脾气。他在给李奇微的电话中埋怨是软弱无能的南朝鲜军队把第十军给害了。拜尔斯说:"我的第二师在中国人的攻势面前首当其冲,遭受重大损失,尤其是火炮的损失,这全是由于南朝鲜第八师仓皇撤退造成的。该师在敌人的夜间进攻面前彻底崩溃,致使第二师的侧翼暴露无遗。南朝鲜军队对中共士兵怀有非常畏惧的心理,几乎把他们看成天兵天将,当中国军队出现在南朝鲜军队阵地上时,许多南朝鲜士兵头也不回飞快地逃命!"

拜尔斯一下飞机,立即就砥平里的问题与弗里曼进行了认真的研究。在听取了弗里曼关于立即撤退的建议及其理由后,拜尔斯同意了弗里曼的要求,至少他觉得没有必要把这个团放在中国军队的虎口上,况且团长都没有能在这里坚持下去的信心。

拜尔斯就飞走了。

弗里曼立即命令参谋人员制订撤退计划。

当弗里曼开始收拾自己的行装的时候,却收到了一条他万万没有想到的命令:不准撤退,坚守砥平里!

命令是李奇微亲自下达的。

李奇微对拜尔斯说:"你要是撤出砥平里,我就先撤了你!"

坚守砥平里的决定出于李奇微对整个战局的独特判断,他因此成为真正令彭德怀感到棘手的战场对手。

首先,李奇微认为"霹雳作战"并没有因为中国军队在横城地区的反击而受到严重的挫折。美军第二师和南朝鲜第八师的损失,仅仅是中国军队在无关要局的阻击战中孤注一掷造成的。中国军队局部的进展,并不意味着他们全面的困境得到缓解,在极端困难的情况下勉强发动的攻势,反而令现在的中国军队更加困难。联合国军在中国军队的横城反击之后,战线的形状并没有重大的质量上的改变,因此,放弃砥平里这个位于前沿的交通要道,势必令美军第九军的右翼空虚。如果中国军队再趁势攻击的话,很可能招致整个战线的龟裂,"霹雳作战"便收不到预期的效果了。李奇微相信他曾经在汉城的撤退中向其"致意"的彭德怀也会看到这一点。于是,他的结论是:"敌军为这次攻势的成功,攻占砥平里是绝对必要的。因此,我军无论如何要确保砥平里,不管付出多大的牺牲。"

李奇微给第十军下达的作战命令是:

> 一、砥平里的美第二师第二十三团,死守砥平里阵地;
>
> 二、第十军以位于文幕里的美第二师第二十八团即刻增援砥平里的第二十三团;
>
> 三、美第九军、英第二十七旅和南朝鲜第六师,向砥平里与文幕里之间移动,封闭美第十军前面的空隙。

砥平里这个小小的朝鲜村庄,注定要成为空前惨烈的血战之地。

砥平里坐落在一个小盆地中,小盆地的直径大约五公里,四周都是小山包:南面是最高的望美山,标高二百九十七米,西南是二四八高地,西北是三四五高地,北面是二〇七高地,东北是二一二高地。

接到死守阵地命令的弗里曼开始重新制订防御部署。形成环形阵地当然是最理想的,但其周长至少有十八公里,弗里曼的兵力显然不够。二十三团的兵力包括一个法国营在内有四个步兵营以及一个炮兵营和一个坦克中队,总人数约六千人,但要在这么长的环形范围上部署没有缝隙的阻击线还是不够。弗里曼在清川江边吃过由于防御阵地有缝隙而让中国军队钻到身后的苦头。最后,弗里曼划定出直径为一点六公里的环形范围,并开始修筑阵地。

美军第二师二十三团在砥平里最后完成的防御体系是:一营在北面的二〇七高地的南端;二营在南面的望美山;三营在东面的二〇二高地;法国营的阵地地形最不妙,处于砥平里西侧一片平展的稻田和铁路线的周围。各营之间没有缝隙。即使这样,弗里曼还是觉得兵力太少,不得不把预备队减少到危险的程度:团只留一个连,各连只留一个排。为了使这个远离师的主力团背后达十六公里的纵深地带是安全的,只能在阵地中间加强钢铁的防御了:弗里曼在环形阵地内配备了六门一五五毫米榴弹炮、十八门一〇五毫米榴弹炮、一个连的高射武器、二十辆坦克和五十一门迫击炮。环形阵地的前沿,全部环绕着坦克挖了壕沟,密集地布置了防步兵地雷和照明汽油弹。各阵地之间的接合部,全部用 M-16 高射机枪和坦克作为游动火力严密封锁。甚至在中国士兵有可能接近的地方,二十三团泼水制造出陡峭的冰区。

二月十三日日落前,二十三团完成了火炮的试射,并测试了步兵、坦克和炮兵之间的通讯联络系统,准备好了充足的弹药和十日份的食品。

天黑了,四周寂静得可怕。美军和法军士兵各自守在阵地的战壕里,等待着他们无法预知的命运。

中国军队确实要打砥平里。

对中国军队来讲,横城反击作战取得可喜的战果,特别是美军第二师位于横城的部队已经开始撤退,南朝鲜第八师的战斗力也受到重创,在这种情况下,按照常规,砥平里的美军为了不至于孤立无援定会向南撤退,而如果趁其撤退之时在运动中给予打击,确实是个扩大战果的好战机。另外,当时中国军队对砥平里敌情的了解是:不到四个营的敌兵力已经逃得差不多了,敌所依托的是一般的野战工事——这绝对是一块送到中国军队嘴边的肥肉。

不准确的敌情判断和盲目的乐观情绪带来的是轻敌思想。由此,中国军队对砥平里的攻击看上去就像是临时组织起来的大杂烩:攻击战先后投入八个团,八个团分别来自第三十九、第四十、第四十二军,而负责战场统一指挥的是第四十军的一一九师。

一一九师师长徐国夫领受任务时就想不通。别说还没有看过地形和深入了解敌情,这样打乱建制地组成攻击部队,并且让一一九师成立"前指",而徐国夫对其他部队的情况一概不了解,由于部队严重缺乏通讯手段,一旦打起来实际上很难协同。徐国夫要求把战斗发起时间往后拖一下,以便了解敌情和战场地形,与参战的各部队沟通协商一下,特别是,他想等一一九师的主力团三五五团回来,这样打起来心里才能有点底。但东线指挥部坚决不同意:"敌情不过是一两个营,可能已经逃跑了一部分,必须迅速抓住敌人,不能拖延!"

砥平里反击战预定的攻击时间是十三日上午。

但此时在砥平里的中国军队无法实施攻击。徐国夫师长仓促召集参加攻击部队的指挥员会议。令他恼火的是,第四十军三五九团团长没来,派来的是政委。第四十二军的三七五团只派来个副团长,但这位副团长却带来了砥平里的真实情况:那里不只有一两个营的敌人,而且敌人根本没有要逃跑的迹象,摆出的是坚守的架势。徐国夫立即把情况向上级报告,但一直没有得到回应。

会刚开完,又传来让徐国夫吃惊的消息:配合攻击砥平里的炮兵四十二团,因为马匹受惊暴露了目标,现已遭到空袭,不能按时参加战斗。这意味着火力本来就弱的中国军队没有了炮火支援,只能靠手中的轻武器作战了。

这时,第四十二军一二五师三七五团在向砥平里接近的路上遭遇敌人阻击,第四十军一一九师三五六团也因行动迟缓没按时赶到攻击地点。结果,在徐国夫指挥的方向上,只有三五七团和三五九团两个团。

砥平里交战双方兵力和火力对比严重失衡的攻击在十三日傍晚开始了。

徐国夫当时不知道,其实还有几支中国部队也参加了对砥平里的攻击,只是由于通讯手段落后他们没能互相联系上。

在指挥混乱的攻击中,只有中国士兵无所畏惧的献身精神在砥平里被火光映红的夜晚迸发出耀眼的光芒。

三五七团三营七连,在连长殷开文和指导员王玉岫的带领下,向着敌人炽热的火力扑上去。突击排通过冰坡的时候,在敌人的猛烈枪击中伤亡严重,但是他们无畏生死地顽强突击,终于占领了敌人的前沿阵地。但阵地立刻受到美军极其猛烈的炮火袭击,连长殷开文牺牲。阵地开始在中美士兵之间来回易手,指导员也牺牲了。七连以其巨大的伤亡,在美军的阵地前沿与之争夺,他们没能接近美军的主阵地。三五九团九连指导员关德贵是个有名的"爆破英雄",在第一次战役中他带领士兵顽强坚守阵地,手和脚都被凝固汽油弹严重烧伤。在这次攻击中,他带领突击队冲在最前面。攻击第一个山头的时候,他的胳膊负伤;打第二个小山包的时候,他的腿又中弹,棉裤和棉鞋都被鲜血浸透。

　　徐国夫指挥着两个团一直打到天亮,没能占领一块敌人的主阵地,部队伤亡比预想的要大得多。

　　第三十九军一一五师奉命参加攻打砥平里的战斗时,全师上下都很高兴。因为听说砥平里敌人兵力不多,觉得这下能立大功了。所以,十三日在研究作战计划时,师长王良太主张以三四四团为一梯队、三四三团为二梯队、三四五团为预备队进行攻击。三四三团团长王扶之对这个主张有意见,王团长是个敢打硬仗的好手,他觉得把他列在二梯队心有不甘,而且他多少有点"私心":砥平里就那么点敌人,跟在三四四团后面进去,不是什么功也没有了吗?于是,王扶之提出三四三团和三四四团并肩打进去。师长和政委交换了意见,同意了王扶之的建议。

　　黄昏,三四三团开始攻击。

　　攻下第一个山头时,他们向师指挥部报告:"我们打到砥平里了!"

　　师指挥部的回答是:攻击并且占领!

　　当王扶之再次打开地图核对的时候才发现,他们打下的不是砥平里,而是砥平里外围一个叫马山的山头。更让王扶之意外的是,通过对俘虏的审问才知道,砥平里根本不是"没多少敌人",坦克大炮不说光兵力就有六千多!

王扶之赶快向师指挥部报告,并且立即命令部队:天亮之前,无论如何要做好敌人向马山外围反击的准备。

参加对砥平里攻击的第四十二军一二六师三七六团也犯了和三四三团一样的错误。这个团被配属第三十九军,接到攻击砥平里的命令后,团长张志超立即带领部队开始行动。他们迅速拿下挡在他们攻击路线上的一座小山,并且按照地图上所指示的路线向砥平里扑过去。按照判断的方位和计算的行进时间应该到达了砥平里的时候,他们发现山谷中有一个小村子。夜色中,有开阔地、有房舍、有公路、有铁路,一切都和地图上的砥平里标志一致,于是三七六团毫不迟疑地开始了强攻。二营打头阵,团属炮兵压

制敌人的火力,三营从侧翼配合,尖刀班的士兵每人带着十几颗手榴弹冲进村庄一齐投掷,霎时间,这个村庄被打成一片火海。守在这里的美军顶不住了,向暗夜中溃退而去。张志超兴奋地向师指挥部报告:"我们已经占领砥平里!"

指挥部一听很高兴,没想到砥平里这么好打,还有几个团没用上呢!于是命令同时向前运动准备攻击砥平里的三七七团停止前进,因为砥平里的战斗结束了。

一二六师师长黄经耀究竟是有经验的指挥员,越想越觉得事情恐怕没这么容易,于是又打电话给张志超,问:"你给我仔细看看,公路是不是拐向西南?铁路是不是拐向东南?"

张志超说:"这里的公路和铁路是平行向南的!"

黄经耀头嗡的一下大了:"张志超!你给我误了大事!你打下的那个地方叫田谷,砥平里还在田谷的东南!给我立即向砥平里攻击!"

三七六团赶快集中部队,以一营为主攻,向真正的砥平里攻击。一营在七门山炮和二十三门迫击炮的支持下,连续向砥平里

攻击了三次,炮弹很快就打光了,兵力损失无法补充,天亮的时候没有任何成果。

十四日,白天到了。

美军的战机铺天盖地而来,轮番在中国军队的所有阵地上进行了前所未有的猛烈射击和轰炸。中国军队的官兵们自从入朝作战以来还没有见过这么多的战机集中在这么一块巴掌大的天空中。轰炸持续了一个上午,然后,砥平里的美军和法军开始出动坦克和步兵,向中国军队的阵地进行极其凶狠的反击。在三四三团二营的马山阵地,从砥平里出击的美军和法军多达五路,火力之强令阵地上的中国士兵抬不起头来。二营伤亡严重,班和排的建制已经被打乱,从不同方向冲击而来的美军一次又一次发起冲锋,二营营长王少伯在给王扶之团长的电话中声音都变了调:"团长!快下命令撤退! 不然,二营就打光了!"

王扶之的回答是:"要是把阵地丢了,我杀你的头!"

说完,王扶之就后悔了,后悔不该在这样的时刻对部下说这种话。但是,不是要坚决打砥平里吗? 马山这个地形优越的冲击出发点要是丢了,还怎么打下去?

王少伯硬是指挥士兵在马山阵地上坚持了一个白天。

在另一个方向,三五九团的阵地上没有可蔽身的工事。美军战机来回地俯冲轰炸扫射,这些战机有的来自美国海军的航空母舰,有的来自南朝鲜釜山的机场,重型轰炸机则来自日本板付机场。它们在很低的高度上掠过,发出的啸音震耳欲聋。与三五九团阵地相邻的高地依旧在美军的控制下,美军在高地上使用坦克的直射火炮和 M-16 高射机枪,居高临下地近距离向中国军队的阵地进行射击,中国士兵被强大的火力压制着,处在束手无策的境地。团长李林一刚在电话中向各营传达了"坚守阵地"的命令线路就被炸断了。李林一给通信连下了死命令:一定要接通电话线!结果连续冲上去七个电话员,全部倒在半路上无一生还。

天终于黑下来了,熬过白天的中国士兵冲击的时刻又到了。

十四日夜晚,中国军队参加砥平里攻坚战的各团都已到齐,他们从四面八方一齐向这个不到两平方公里的小小的环形阵地开始了前仆后继的攻击。

在炮弹和手榴弹连续不断的爆炸中,美军二十三团各营的前沿阵地同时出现了激战状态。中国士兵冒着美军布下的一层又一层的拦截火力毫无畏惧地冲锋,前面的士兵倒下,后面的士兵踏着尸体前进,环形阵地内到处是跃动的中国士兵的影子,这些身影因为棉衣的缘故看上去十分臃肿,但他们滚动前进时却灵活而迅猛。美军所有的坦克和火炮用最密集的发射速度向四周喷出火焰,在中国士兵冲击的每一条路上形成一面面弹雨之墙。接近午夜的时候,激战到达最高潮,与地面上流淌的鲜血相呼应的是战场上空大约每过五分钟就升起的一群密集的照明弹,由几十条曳光弹组成的光带接连不断地平行或者交叉地穿过照明弹的白光之下。美军支援的夜航战机投下了由降落伞悬挂着的更为刺眼的照明弹,长时间地如巨大的灯笼一般在砥平里双方士兵的头顶上摇荡。

望美山方向的美军阵地在午夜时分失守了,二营G连的一个排只剩下施密特中士还活着,三排也只剩下六名士兵。在营长爱德华的严厉命令下,连长希斯在得到了弗里曼团长从团预备队抽出的一个特种排和几辆坦克的补充后,开始对中国军队进行反冲击。但是,美军负责掩护的迫击炮受到中国军队炮火的压制,反冲击的士兵还没冲出多远就出现了六人伤亡。在继续向前冲击的时候,中国士兵的子弹从侧面射来,原来旁边的阵地也被中国军队占领了。突击排很快全部伤亡,希斯亲自带领士兵冲击,结果在一个土坎上被子弹打倒。一个士兵拽着他往回拖,赶上来的拉姆斯巴格上尉在照明弹的光亮下看到了这样的情景:这个士兵的胳膊被打烂,一块皮肤挂在断裂的伤口上。他用一只手拉着一个人,这是胸部中弹已经昏迷了的希斯。这时,中国士兵开始了又一轮的冲击,G连活着逃回环形阵地的士兵仅仅是很少的几个人。

在砥平里环形阵地与中国士兵彻夜血战的,还有一个法国营。法国营由拉尔夫·蒙克拉中校指挥。蒙克拉是个具有传奇色彩的法国军人,军服上挂满了各种军功勋章,他在他所经历的战斗中曾经十六次负伤,现在一条腿还瘸得厉害。朝鲜战争开始的时候,他是法国外籍军团的监察长,军衔是中将。他认为能带领法国军队参加朝鲜战争是一种殊荣,自愿把自己的军衔降为中校。当中国军队开始冲击的时候,这个老中校立即命令拉响手摇警报器,警报器尖锐而凄厉的声音"好似鬼哭狼嚎"般响彻夜空。法国士兵一律不带钢盔,头上扎着红色头巾,高声叫喊着"卡莫洛尼"。"卡莫洛尼"是一个墨西哥村庄的名字,九十年前在这个村庄有六十五名法国外籍军团士兵在与墨西哥士兵的战斗中全部战死,无一投降。这个法国营中的大部分士兵,都是法国原外籍军团的老兵。他们在与中国士兵拼刺刀的同时,还踢那些从前沿跑下来的美军士兵的屁股:"该死的,回到那边山头上去!反正你得死,不如死在山头上!"但是,法国人的反冲击也连续失败,弗里曼团长不得不使用预备队来堵住蜂拥而上的中国士兵。

由于G连阵地失守,环形阵地已被中国军队突开一个很大的缺口,环形变成了凹形。

就在砥平里环形阵地出现危机的时候,二十三团团长弗里曼上校的手臂中弹。

也是在这个关键的时刻,中国军队最不愿意看见的景象出现了:天又一次亮了。

与砥平里血战同时进行并且同样残酷的,还有在美军向砥平里增援的方向中国军队所进行的阻援战。在那里,中国士兵的血肉之躯面对的是滚滚而来的美军坦克群。

十三日,当砥平里开始受到中国军队攻击的时候,李奇微命令美军第二师二十八团立即北上增援。二十八团没有走出多远,便受到中国军队的阻击,双方发生激战并形成胶着状态。

十四日,砥平里的弗里曼上校一次又一次要求立即增援的电话弄得李奇微心烦意乱,他只有再派出增援部队去解救被围攻中的二十三团。但是,第十军的正面已经没有可以调动的部队,如果再增派部队,只有动用预备队。战争中防御一方如果到了动用预备队的地步,至少说明整个防线的兵力布局已到捉襟见肘之时。

拜尔斯后来说,第十军正面的防线,由于砥平里的突出,原州与砥平里之间出现很大的空隙,如果中国军队不那么专注地攻击砥平里,而是在围攻砥平里的同时向原州方向实施如同像横城反击规模的猛烈攻击,那么联合国军队的东线肯定会全线崩溃。

拜尔斯的话是有道理的。但是,他还没有他的上司李奇微那样更深刻地洞察到中国军队"礼拜攻势"的规律。正是横城一役,使美军第二师和南朝鲜第八师受到打击并且后退,才造成了原州防线上危险的空隙,但是从中国军队发动横城反击战至今,已经有几天了,中国军队持续大规模进攻的时间只能是八天,而在大规模攻势结束后到发动新一轮的战役,至少需要一至两个月的准备时间。因此,持续的攻击对当时的中国军队来讲已经没有可能。如果中国军队具备持续进行大规模攻击的能力,根本不会等到现在,所有的联合国军队包括拜尔斯本人早已经乘船逃离朝鲜半岛了。

李奇微命令骑兵第一师五团立即北上增援砥平里,他要求五团无论受到何种规模的阻击也要突进砥平里,哪怕只突进去一辆坦克。

李奇微决心不惜一切代价坚守砥平里。

骑兵第一师五团团长是柯罗姆贝茨上校。十四日下午,五团在距离砥平里以南六公里的地方集结了部队。这是一个庞大而混杂的部队:五团的全部兵力加上两个野战炮兵营、一个装备 M-46 重型坦克的坦克连、两个装备 MA-76G 型坦克的坦克排、一个工兵连、一个装载着支援砥平里各种物资的大型车队,还有一个准备到砥平里处置伤亡美军官兵的卫生连。

鉴于砥平里的危急，增援部队不顾美军夜间不战斗的惯例，于十四日下午十七时出发了。

坦克在前后掩护，中间是步兵、炮兵、工兵和车队，增援的队伍在狭窄的土路上足足延伸出三公里。

部队前进了大约一公里，土路上的一座桥梁被中国军队炸毁。整个行进停止，等待工兵修桥。这时，正是中国军队在五公里外的砥平里进攻最猛烈的时候，已经负伤的弗里曼上校在电话中向柯罗姆贝茨上校大喊："迅速向我接近！"

整整一个晚上桥才修好。

十五日早晨，五团继续出发。刚过了桥，立即受到中国军队的阻击。阻击的火力来自两侧的高地，行进又停下来。由于是白天，五团在美军战机的支援下向公路两侧的高地展开，一营、二营以及两个炮兵营的三十六门火炮掩护三营和车队沿着公路向前推进。

阻击美军骑兵第一师五团的是中国第三十九军的一一六师和第四十二军的一二六师。

这恐怕是美军骑兵第一师五团入朝作战以来遇到的最顽强的阻击。中国军队占领了公路两边所有的有利地形，他们居高临下射击，虽然火力的猛烈程度比不上美军，但是中国军队迫击炮的落点十分准确，停在公路上的车队和坦克因目标明显伤亡很大。五团的一营和二营分别向两侧的高地进行冲击，在空中火力的支援下，他们拿下一个又一个高地，但是，高地常常是刚刚占领立即又被反击下来。"伤亡巨大的中国军队好像越打越多，中国士兵的忍耐力和对死亡的承受力是惊人的。"战后柯罗姆贝茨上校这样说。

美军战史中对中国军队阻击的评价是："非常坚决，异常顽强。"

五团与中国阻击部队的交战一直打到中午，增援的队伍原地没动。

弗里曼的二十三团在砥平里依旧承受着中国军队的攻击。这一次中国军队在白天依然没有停止攻击。看来砥平里的局势真的不妙了。增援的五团因受到阻击进展缓慢,这令柯罗姆贝茨上校被夹在李奇微和弗里曼两边的责骂中。中午时分,他明白了自己要不就受军法处置,要不就创造出个奇迹,已经没有第三种选择了。

　　距离砥平里只有五公里,如此近的距离竟然是如此遥远。

　　最后,柯罗姆贝茨上校下了决心:不管那些载满物资的卡车,也不管那些与中国军队扭打在一起的士兵,甚至不管那些炮兵了,他要亲自率领一支坦克分队,凭借着厚厚的装甲冲进砥平里。

　　柯罗姆贝茨抱定了一死的念头。

　　下午十五时,坦克分队组成完毕:一共二十三辆坦克,四名专门负责排雷的工兵搭乘在第二辆坦克上,坦克连连长乘坐第四辆负责指挥,上校本人乘坐第五辆坦克指挥全局,三营营长和 L 连连长乘坐第六辆指挥步兵,三营 L 连的一百六十名士兵分别蹲在后面的坦克上跟随冲击。同时,一营和二营受命在公路两侧边前进边掩护,炮兵要不惜把炮弹打光也要把中国军队的阻击火力压制住。上校还要求空军的轰炸机向面向公路的两个斜面进行最大可能的饱和轰炸。

　　在坦克分队的最后,有一辆收容伤员的卡车,至于这辆卡车能不能冲进砥平里,就只能看它的运气了。

　　柯罗姆贝茨给弗里曼打电话:“恐怕运输连和步兵进不去了,我想用装甲分队突进去,怎么样?”

　　弗里曼说:“我他妈的不管别人来不来,反正你要来!”

　　四十五分钟后,这支孤注一掷的坦克分队开始前进了。

　　美军轰炸机沿着坦克分队前进道路上的所有高地开始了猛烈的轰炸,公路两侧两个营的美军则全力向中国军队的阻击阵地发动钳制火力进攻,联络飞机在头顶来回盘旋,担任引导炮兵射击和报告前方敌情的任务。坦克分队每辆坦克的间隔是五十米,整个突击分队的长度为一点五公里。

在接近砥平里的地方,有一个名叫曲水里的村庄,坦克分队刚刚看见村庄里的房舍,就遭到中国军队迫击炮的猛烈拦截,长长的坦克队伍被迫停下来。无论天上战机和地上坦克的火力如何压制,中国士兵的子弹依旧雨点般地倾泻而来。坦克上步兵的任务是掩护坦克前进,但是这些步兵很快就跳下坦克,跑进公路边的雪坑里藏了起来。柯罗姆贝茨在对讲机中大喊:"我们打死了几百名中国人!"但依然阻止不了坦克上步兵的逃跑。当坦克继续前进的时候,几十名步兵包括两名军官被扔下了。

曲水里是个小村庄,公路从村庄的中央通过。中国士兵从村庄两侧的高地上向进入村庄的坦克分队进行射击,手榴弹在坦克上爆炸,虽不能把厚装甲的坦克炸毁,但是坦克上的步兵无处躲藏。有的中国士兵直接从公路两侧的房顶上跳到坦克上与美军士兵格斗,并且把炸药包安放在坦克上引爆。坦克连连长因为有的坦克已经燃烧,要求停下来还击,被柯罗姆贝茨上校拒绝了,他叫道:"往前冲! 停下来就全完了!"

通过曲水里村庄后,坦克分队的数辆坦克被击毁,搭乘坦克的L连一百六十名士兵只剩下了六十人。

在距离砥平里约两公里的地方,公路穿过了一段险要的隘口:这是一段位于望美山右侧在山腰处凿开的极其狭窄的豁口,全长一百四十米,两侧的悬崖断壁高达十五米,路宽仅能勉强通过一辆坦克。

当柯罗姆贝茨的第一辆坦克进入隘口的时候,中国军队的一发反坦克火箭弹击中了坦克的炮塔。四名工兵乘坐的第二辆坦克进入隘口以后,火箭弹和爆破筒同时在坦克两侧爆炸,坦克上的工兵全被震了下来。受到打击最严重的是坦克连连长乘坐的第四辆坦克,在被一枚火箭弹命中后,除了驾驶员还活着,其余的人包括坦克连连长希阿兹在内全部死亡。幸存的驾驶员把这辆燃烧的坦克的油门加大到最大限度,猛力撞击已经被毁坏的坦克,终于使狭窄的隘口公路没有被堵死。

冲过隘口的坦克掉头压制中国士兵对隘口的攻击,没有通过的坦克也在后面向中国士兵开火。一直搭乘坦克到这里的美军步兵成了中国士兵射击的靶子。至于队伍最后面的那辆收容伤员的卡车,虽在中国军队的夹击下一直跟随到这里,但它只是到了这里,卡车被打坏了,车上的伤员全部下落不明。

冲过隘口,柯罗姆贝茨在坦克中看见了在砥平里外围射击的美军坦克以及与中国士兵混战在一起的美军士兵。他立即命令与砥平里的美军坦克会合,然后向中国军队围攻砥平里的阵地开炮。

砥平里的美军二十三团一听说骑兵第一师五团到达的消息,如同得到百万援军一般欢呼起来。实际上,骑兵第一师五团的增援部队此时到达砥平里的只有十多辆坦克和二十三名步兵,二十三名步兵中还包括十三名伤员。增援的坦克一路冲杀过来已经没有弹药了。因此,柯罗姆贝茨上校九死一生地到达砥平里,除了给了二十三团以心理上的支援外,没有军事上的实际意义。

所幸的是,十五日下午,中国军队停止了攻击。

对砥平里攻击的停止,是在中国军队基层指挥员的坚决要求下决定的。

在中国军队的战史中,下级指挥员在战斗中向上级指挥员提出"不打"的要求,砥平里属罕见一例。

对砥平里之战意见最大的是第三十九军军长吴信泉。

二月六日,上级的指示是:第四十二军集中力量打砥平里。但因为第四十二军距离砥平里太远,这个命令没能执行。后来,命令第四十军和第四十二军各派一个师包围砥平里,但最后对砥平里实施的包围,仅仅是在北面和西面,东、南两个方向没有中国部队这叫什么包围呢?原来的指示是:第三十九军的一一五师和一一六师沿汉江北岸东进,一一七师到龙头里集结,但实际上还没等到集结,一一七师又奉命南进。横城反击战结束,一一五师受命西进,从东面打砥平里,部队前后绕了一个大圈子,这样的调度别说打仗,来回急行军也把部队拖垮了。一一五师由于距离砥平里的路程远,直到十二日下午十五时才攻击马山,而在一一五师打马山的时候,砥平里的西、北两面都没有枪声,后来才知道第四十军和第四十二军是上半夜攻击的,后半夜攻击已经停止了。

十五日上午,吴信泉军长接到关于对砥平里攻击的三个师一律归第四十军指挥的命令时,就感到仗打到这个份上已经显示出诸多不利的迹象。邓华指挥部完全可以直接指挥三个师作战,怎么打到困难重重的时候反而突然变更指挥权呢?而"邓指"又打来电话,命令"十六日务必拿下砥平里"。在砥平里坚守的美军并非原来估计的兵力数字,不但有六千人之多,且防御工事十分坚固,我军以野战方式攻击根本攻不动,况且敌人的飞机、大炮、坦克的火力十分猛烈,我军参加攻击的三个师所有的火炮加起来才三十多门。兵力和火力的对比如此悬殊,十六日拿下砥平里的依据是什么呢?战士的伤亡实在是太大了,已经不能再这样伤亡下去。

当邓华指挥部给第四十军打来电话,责成第四十军军长温玉成统一指挥对砥平里的攻击,并要求"十六日务必拿下砥平里"时,温玉成几天来一直积存的不满爆发了。这位富有战斗经验的军长明确地表示,这场对砥平里的战斗,是没有协同的一场乱仗,是以我军之短对敌人所长的一场打不胜的战斗,必须立即退出攻击。

温玉成军长直接给邓华打了电话,明确建议撤出战斗。

邓华让温玉成"不要放下电话",立即向彭德怀报告了温玉成的建议。

彭德怀表示同意。

二月十五日下午十八时三十分,志愿军总部收到"邓指"的电报：

> 各路敌均已北援砥平里之敌,骑五团已到曲水里。今下午已有五辆坦克到砥平里,如我再攻砥平里之敌,将处于完全被动无法机动,乃决心停止攻击砥平里之敌。已令四十军转移至石隅、高松、月山里及其以北地区。三十九军转移至新旧仓里、金旺里、上下桂林地区。四十二军转移至蟾江北岸院垡里、将山岘以北地区。六十六军原州东北地区。一二六师转移至多文里、大兴里及以北地区,并以一部控制注邑山。各军集结后,再寻机消灭运动中之敌。因时机紧迫未等你回电即行处理毕。

砥平里战斗结束。

砥平里战斗,中国军队的伤亡人数是惊人的。参加攻击的中国军队八个团中,仅第四十军的三个团就伤亡一千八百三十余人。三五九团三营的官兵几乎全部伤亡,三营营长牛振厚在撤退时说什么也不离开遍布着他的士兵尸体的阵地,最后硬被拖下来。三五七团团长孟灼华在向上级汇报士兵伤亡的情况时,因痛苦万分而泣不成声。

中国军队对砥平里的攻击是失败的。

战后,志愿军邓华副司令员为此作了专门的检讨。

十五日夜,天降大雪。

当晚,砥平里环形阵地中的美军和法军士兵紧张地等待着中国军队的再次攻击。

大雪中,环形阵地的周围先是漆黑一片,然后突然出现了密集的火把,但是中国军队没有攻击。火把在砥平里环形阵地的四周晃动了整整一夜。

天亮的时候,白雪茫茫,天地间一片寂静。

十五日夜,中国士兵在火把的照明下寻找阵亡官兵的遗体,没有寻找到的很快便被纷飞的大雪掩埋了。中国士兵抬着伤员和阵亡战友的遗体、押解着俘虏开始向北转移。

第三十九军指挥部撤退时,经过了一个星期前横城反击战中一一七师歼灭美军第二师九团一部的鹤谷里战场。战场的公路上依旧布满了坦克和汽车的残骸,横七竖八的美军士兵的尸体僵硬地躺在雪地上,很多尸体已被美军自己投下的凝固汽油弹烧成一团焦炭。不远的地方,由第三十九军军保卫部押解着的三百多名美军俘虏正在一个小村庄里碾米,为他们自己准备行军的干粮,他们似乎已很内行地在大雪中围着牛拉的石碾子转圈。

近四十年后,一位美国历史学家在南朝鲜收集关于朝鲜战争的资料时,特别访问了砥平里。一位南朝鲜老人说,他当年曾经在这里掩埋过中国士兵的尸体。根据老人提供的线索,美国历史学家在北纬三十七度线附近挖出了十九具中国士兵的遗骸,遗骸四周的冻土里还散埋着中国士兵用过的遗物,包括军装、子弹、水壶、牙刷、胶鞋等等。

一九八九年五月十二日,中国新华社电:

> 新近在南朝鲜境内发现的中国人民志愿军烈士遗骸安葬仪式,今天下午在朝鲜军事分界线边境城市开城的中国人民志愿军烈士陵园举行。我十九具烈士遗骨,是今天上午在板门店召开的朝鲜军事停战委员会第四百九十五次秘书长会议上,由军事停战委员会联合国军方面移交给朝中方面的。这是自朝鲜战争停战以后,在南朝鲜境内发现志愿军烈士遗骨最多的一次。同时发现的还有数百件志愿军烈士用过的各种遗物,也已交给朝中方面。

愤怒的彭德怀

砥平里战斗结束后,中国第三十九军一一五师三四四团二连文化教员李刚的名字被列入了烈士名单。他所在部队为他开了追悼会,战友们为他写的悼词登在部队的油印小报上。

一年以后,李刚的战友们才发现他没有死。

一一五师奉命攻打砥平里时,身为文化教员的李刚被指定为战地担架队队长。部队的攻击严重受阻,战士们的伤亡很大,李刚主动参加了爆破组。他和几个士兵一起炸毁一个地堡后,地堡里没被炸死的美军士兵突然向他开枪,子弹从他左膝关节处直贯大腿根部,大腿肌肉被撕开一条一尺多长的口子,骨头外露。李刚忍着剧痛用绑腿带连同棉裤一起把伤口捆住。就在这时候,部队开始从砥平里撤退了。

战友们轮流背着李刚撤退。他的湖南老乡看见他伤得如此严重,为他落了泪。刚撤出战场没多久,撤退的人流就被美军飞机发现,立即遭到轰炸和扫射。一颗凝固汽油弹在李刚身边爆炸,他滚到一道山沟里失去了知觉。

不知过了多久，李刚在极度的寒冷中有了一点儿知觉。他感觉到天正下着大雪。他已经完全被冻僵，血似乎已经流尽。所有的声音，那些枪炮声和人的嘶喊声全都消失了，包围他的是一片寂静。他一动也不能动，直到大雪把他彻底掩埋。

李刚的战友没能找到他，也许是他被大雪掩埋了的缘故。

撤退的路上，连队所有的人都在惦念他。有人说他不但腿被打断了，而且肠子也被打穿了；后来有人说看见李刚被抬进包扎所，又有人说包扎所让汽油弹击中了——总之没有人看见李刚从战场上下来。

几天过去了，三四四团的判断是：李刚已经牺牲。

于是，三四四团的保卫干事李家许为李刚的追悼会写了悼词。

就在李家许写悼词的时候，三四四团另外两个掉队的士兵正在大雪中寻找追赶部队的路。他们走过一条山沟的时候，觉得踩上了什么东西，扒开雪一看是个人。这个被埋在雪里的人穿的是志愿军的干部服，胸前棉衣里有一块小红布，这是共产党员的标志。两个士兵将耳朵贴在他的胸前，他们听见这个人的心还在跳动。于是，两个士兵检查了他的伤，开始为他重新捆扎受伤的腿。捆扎的时候，这个干部醒了，喊："为什么捆我？为什么捆我？"

两个士兵说："我们也是共产党员，只要我们活着，就不能丢下你不管。"

李刚在两个不知名字的战友的拖拉下，在茫茫雪夜中开始了艰难的行进。

天亮的时候，他们进入一个小村庄，遇到了一位朝鲜老人和他年轻的女儿，还有一位朝鲜人民军女军医。所幸的是，那两个士兵中的一个人是在日伪统治下的东北地区长大的，居然能说日语，而朝鲜的成年人一般也都会日语。女军医立即为李刚处理伤口，但是，这时的李刚冻伤比腿伤更为严重。朝鲜老人和他的女儿便把李刚的裤子剪开,用雪用力揉搓着李刚被冻伤的双腿。李刚的腿上结了一层冰,他们用木棍将冰打碎,再用雪搓,他们用这种朝鲜民间治疗冻伤的办法,一直搓到李刚的双腿发红、血液开始流动后才停止,然后他们用棉絮重新把伤腿捆紧。朝鲜老人对李刚说:"七天之内不能解开,如果因为疼得受不了自己解开的话,你的腿就完了。"

这个小村庄里,隐藏有十多名中国伤兵。

半夜,村庄里的朝鲜人,绝大多数是老人和女人,抬着中国伤兵开始转移。李刚在离开朝鲜老人和那位朝鲜姑娘的时候,落了泪。躺在担架上的李刚被腿伤的剧烈疼痛折磨得浑身颤抖,但他不敢出声,因为现在还在敌占区。这些朝鲜老人和女人抬了一夜,直到把中国伤兵交给了从中国东北地区来的支前担架队。这支由中国东北农民组成的担架队,在朝鲜战争中表现得极其勇敢,常常深入到敌我交界处寻找中国军队掉队的伤兵。这其中有中国的老人。当有的伤兵对让年龄能当他们父亲的老人抬着而不忍时,老人说:"孩子,咱还不老,听说在苏联不到六十岁就不算老人!"那个时候,新中国百姓生活的一切标准,都是以苏联人为准的。

天亮的时候,为了避免空袭,李刚被抬进一个村庄隐蔽,他被安置在只有母女两人的朝鲜人家中。母女两个为李刚喂水喂饭,但是,李刚突然出现的高烧令母女两个害怕起来。高烧中的李刚大小便失禁,母女两人烧水为他擦洗,如同照顾自己的亲人。当美军的飞机开始轰炸这个小村庄时,朝鲜母女冒着轰炸,背着昏迷中的李刚往山上转移。

后来,李刚终于被转交给了向祖国方向开去的一支车队。

车队向祖国方向开的时候,又遇到空袭。李刚所乘的汽车被打中燃烧起来。车上的其他伤员都跑了,可李刚不能动。司机喊:"上面那是谁?不想活了?快下来!"没有回答。司机爬上燃烧的卡车,把已经浑身着火的李刚背下来,把他拖到沟里,用铁锹往李刚身上盖土将火扑灭了。

李刚被转送上一列火车。这是伤员专列,车厢中的人挤得满满的。李刚的昏迷不醒令火车上的军医为这个志愿军的生命担心。要想让他活下来,唯一的希望是立即动手术。火车上没有麻药,伤员们围成一圈,看着医生在没有麻醉的情况下在李刚身上动刀子。这是令李刚不断疼昏过去的手术,伤口挤出了一大碗脓血,在贴近骨头的地方,医生取出一块弹片。

历经一个月的辗转后,李刚回到了自己的祖国。

在长春的医院里,医生们对这位已浑身溃烂的志愿军进行了一次又一次的抢救。伤口严重感染带来的持续高烧令医生几次绝望,感染最后延伸到李刚的脑袋里,他头颈僵硬,痛苦万分。医生的诊断报告上写着:颅内压力极高,随时有生命危险。

经过多次的腰椎穿刺,脑压减下来了。但是,已八个月不能吃东西的李刚已经成为一个骨瘦如柴、浑身因大面积褥疮而一动也不能动的人。最后,他体质虚弱到连液体都输不进去了,医生和护士把他抬进急救室日夜护理。

李刚还是活了下来。

最后的一关是腿部伤口的治疗。他的伤是炸裂型伤,肌肉翻开,骨头外露,多次手术均不能治愈,最后在切除了新生的大片肌肉后,用不锈钢丝才勉强缝合。他的膝关节由于严重的骨髓炎,每天必须抽出大量的积液,医生认为必须截肢。幸运的是,中国著名的骨科专家陈景云先生从美国回来,知道长春的医院里有这么一位志愿军同志,就亲自赶来为李刚的膝盖做最后的努力。手术进行了八个小时,手术做完,陈景云先生昏倒在手术台边。

李刚真的活了。

这个消息让三四四团的官兵们高兴了很久。

令九死一生的李刚没想到的是,活下来,等待他的是历次政治运动中不断的政治审查。最后,他被内部审查机关定为"负伤后被俘,被美国人训练成特务,被派遣回国从事特务活动"。他被赶出部队,当了装卸工。"文革"中,这位在朝鲜战争中炸掉了敌人的地堡,被中国士兵、朝鲜百姓以及无数的医生所救治的志愿军被关押和劳改达十年之久。

东线的中国军队已经开始撤退。西线的第三十八军和第五十军在汉城正面节节阻击联合国军后,也逐渐后退,准备撤过汉江。此时,那个被写进日本军队教科书的中国团长范天恩却受命坚决顶住,一步也不准后退。

范天恩和志愿军其他师、团主官一样,在第三次战役后受命回国集训。在回国的路上,范天恩觉得自己很神气,他坐着一辆美军吉普车,司机是南朝鲜军的俘虏,美军的北极鸭绒睡袋暖和极了,躺在车里虽然颠簸一点,但范天恩觉得,在战场上麦克阿瑟也不过是这个待遇了。谁知,乐极生悲,也许是连续的战斗令范天恩难得能有时间安心睡觉,所以一路睡得昏天黑地,还没进入中国边境,露在睡袋外面的脸就被冻得青一块紫一块的,尤其是双手已经严重冻伤。

到了沈阳,刚开始治疗冻伤,却接到立即返回前线的命令。范天恩双手溃烂钻心地疼,但他还是立刻动身了。在回前线的路上,他无论如何也不坐美军的吉普车了。他爬进一辆向前线运送物资的卡车的驾驶室里,身边带着好几箱饼干和罐头,驾驶室由于有发动机的烘烤,范天恩神气而舒适的感觉又回来了。吃饱之后,他认为这回可以好好睡上两天了。但是,卡车刚进入朝鲜境内就翻了车,范天恩被从驾驶室里甩出来,饼干和罐头损失了不算,他的大腿被砸伤了。为了尽快赶回前线,他不得不沿路拦车,日夜兼程,神气的心情一扫而光。双手的冻伤加上腿部的剧痛,令范天恩在天寒地冻的路途中吃尽苦头,等他终于赶到师指挥部,见到师长杨大易的时候,整个人已是蓬头垢面,腿肿得又粗又亮。杨大易师长看他这个样子,说什么也让他留下来治疗。范天恩说:"用担架把我抬上去!"

就是在那一天,第三十八军一一二师的三三五团奉命上去,把坚持了数天的三三四团从阵地上换下来。因为杨大易师长的关照,范天恩骑着一头黑骡子上了阵地。在察看地形和调整部署的时候,士兵们看见他们的团长拄着棍子走路,都心疼地搀扶着他。

范天恩向全团下达的命令是:"各营做死守的准备,无论发生什么情况,我范天恩所在的团指挥所决不后退一步!"

三三五团在"火海战术"的冲天火焰中连续八天顶着美军的猛烈攻击,阵地岿然不动。

美军的攻击在十五、十六日达到高潮。

范天恩知道,东线正在打一个叫砥平里的地方,听说战斗进行得很不顺利。杨大易师长把目前的形势说得很明白:部队都集中到东线去了,在这里阻击的只有三三五团以及第五十军的一个团。为保障东线的战斗,这里就得坚决顶住。如果东线还没打完这里垮了,指挥员掉脑袋是小事,对整个战线引起的严重后果,不是一个脑袋能承担得了的。

五八〇高地是距离团指挥所最远、美军攻击最猛烈的一个阵地。坚守在那里的一营伤亡严重,而且早已断粮,几天中士兵们只能吃雪充饥。白天阵地丢了,晚上再反击回来,弹药没了就组织人在敌人的尸体中寻找。阵地再次丢失的时候,一营一百多名伤员自动组织起突击队,坚决要把阵地夺回来。范天恩在指挥所里坐立不安,虽然在师长不断的询问中他总是回答一句话:"阵地丢了我负责!"但是,右翼的三三六团撤退了,美军的榴弹炮都打到指挥所来了,炮弹直接命中指挥所的掩蔽部,把范天恩和政委赵霄云都埋在了塌陷的土石中。

在命令警卫连把右翼的缺口堵上后,五八〇高地支撑不住了。一营所剩无几的兵力再也抵挡不住美军的轮番进攻,阵地丢了,夺回来又丢了。范天恩不得不把三营派上去。但没过多久就听见报告：美军的炮火太凶猛，三营出现大量的伤亡。范天恩手上的兵力就这么多了，于是他破天荒地向军长梁兴初请求增援。梁兴初在提醒范天恩要掌握好"九分之一"的预备队后，把军侦察连给了他。军侦察连上去之后，一营还是在电话中说："光了！打光了！"

军长在电话中的口气严肃了："你可得注意了范天恩！战争本身就是残酷的！不要总听下面叫苦！预备队不能轻易出手！"

其实，梁兴初最了解范天恩，这个人如果叫了苦，情况定是真的危急了。

梁兴初要求军作战科长亲自上三三五团去看看。作战科长不但到了三三五团指挥所，而且上了最危急的五八○高地。

午夜的五八○高地简直就和白天一样，美军的照明弹一个接着一个地悬挂在天空，把高地和部队隐蔽的小树林照得雪亮。只有一条小路可以上山，小路上拥挤着人流，补充的士兵往上爬，负伤的士兵往下抬，在美军的炮击中时而有序时而混乱。作战科长跟在冒死往山上送干粮的炊事员的身后爬到山顶，山顶上所有的树都已被炸断，只剩下了烧焦的木桩。不知被炮弹翻了多少遍的冻土变成了松软的浮土，踏上去没脚脖子。作战科长找到一营营长，发现这个营长不但活着，而且精神依然饱满："对军长说，只要给我点反坦克手雷，我就能守得住！"

根据作战科长的汇报，梁兴初军长把一一四师三四一团的一个营调来了，他亲自把营长刘保平、教导员刘德胜领到一个高地上，从这里可以看见五八○高地："听说你们两个打仗一贯勇敢。我让你们听从范天恩的指挥，配合三三五团的一营，在五八○高地上守三天。要有思想准备，准备牺牲生命。"

教导员刘德胜回答说："我只有一个要求，别忘了在哈尔滨的烈士陵墓上，把我的名字写上去！"

范天恩得到了军长亲自派来的援兵。

美军炮火的猛烈程度是范天恩前所未见的。除了天空的战机不间断地轮番轰炸外,向五八〇高地射击的美军炮兵至少还有三个炮群,同时在前沿还有数十辆坦克围着射击。五八〇高地的防御面积仅有六百平方米,但是每天落在上面的炮弹就有两万发以上。所有通往高地的小路全部在美军炮火的封锁下,伤员转运下来和补充兵员上去以及弹药的补充,都必须付出极大的代价。电话线不断地被打断是范天恩最恼火的事情,电话班的士兵连续出击抢修,抢修的士兵一个接一个地牺牲。战后撤退的时候,范天恩数了一下收回来的最后一根电话线上的接头,竟有三十个之多,几乎每一个接头都是一个年轻的生命换来的。

十五日白天,东线砥平里的中国军队在进行最后一搏,西线范天恩的五八〇高地也到了最危急的时刻。

营长刘保平,一九四一年就已是一一四师的战斗英雄。八连位于前沿阵地,他就在前沿指挥战斗。美军向他们这个小小的高地动用的各种类型的战机达七十架,四十多辆坦克沿着高地的前沿围成一圈一齐开炮,以掩护美军士兵的集团冲锋。在打退美军的几次进攻后,阵地上只剩下十几个人了。刘保平冲上前沿,用机枪向敌人扫射,他的腹部被美军的炮弹炸开一道口子,肠子流了出来。刘保平一手托住肠子,一手坚持射击,最后鲜血流尽倒在前沿。教导员刘德胜在主阵地上指挥战斗,各连伤亡之大使三个连最后不得不编成一个连。刘德胜以自己的勇敢做表率,阵地始终没有丢失。

十六日,是范天恩最难熬的一天。连日的战斗令他精疲力竭,没能医治的手上和脚上的伤也增加了他的焦躁。范天恩打过不少的恶仗,从来没感到这么别扭过,他甚至觉得这是在受欺负,而凭他的性格是最容不得受欺负的。美军的火力和兵力大大地超过了自己,这样的仗他还真的没打过。"以绝对优势的兵力,打歼灭战。"这是毛主席的战术,他范天恩打起来从来得心应手,可现在全变了,他有点不知该怎么办了。他第一次在打仗时盼望撤退的命令快一些到达,他为士兵如此巨大的伤亡而愧疚难当。但是,范天恩接到的命令依旧是"坚持下去"。他知道阵地一定要坚守,这一点他决不含糊;他也知道战斗会有牺牲的,他早就准备把自己随时交出去;但是,面对战士成排成连的牺牲,范天恩还是心如刀绞。

十六日,砥平里的中国军队已经开始撤退,范天恩的五八〇高地依旧在坚持。

在五八〇高地上,由于不断的增援,中国士兵有三三五团一营的、三三四团三营的、军侦察连的、三四一团三营的,幸存的士兵们集中在一起,根据范天恩的命令组成一个阻击的整体。三三五团一营营长奉命把这些来自不同营连的士兵集合起来,每个人发给两颗反坦克手雷。晚上,范天恩又派上来一些人,一问是炮兵。原来,炮兵由于炮弹打完了没事干,范天恩给他们每人发了几颗手榴弹,让他们立即上五八〇高地。范天恩给高地上打电话,还是那句话:"即使敌人上来了,团指挥所也不后退,我范天恩和你们一起阻击敌人!"

十六日上午十时,五八〇高地不行了。范天恩把通信班的战士集中起来。这个班的战士全是二十岁左右的青年,都有文化,聪明机灵,每人都有一支卡宾枪。范天恩对他们说:"上高地上去!保卫那里的营干部,不能让他们死光了!还有就是,坚守阵地,不准后退一步!不愿意上去的留下!"

这个班全上去了。上去的时候正赶上美军的一次猛烈进攻,这些年轻人没辜负范天恩平时的宠爱,很漂亮地打退了美军。

下午的时候,高地上又不行了。范天恩正在焦急的时候,外出筹粮的民运股长回来了,他带着二十多名文化教员,居然把李承晚叔叔的大庄园摸到手了,一下子弄到不少粮食。范天恩说:"把那些文化教员给我留下,粮食多了,部队留一点儿,剩下的分给朝鲜老百姓!"

那个时候的中国军队中,由于大部分士兵没有文化,因此每个连队都配备了给战士补习文化的教员。这是中国军队中非常珍贵的一份财产,最危险的时候也往往不惜代价保护他们的生命安全。现在,范天恩顾不上了,高地上需要活着的人。这二十多名文化教员有的在战场上抢救过伤员,但大部分根本没有上过前沿,不知道真正的战斗是什么样子。范天恩给他们每人五颗手榴弹,简单地向他们讲述了手榴弹怎样拉火和投掷,然后让他们上了五八〇高地。在五八〇高地上,平生第一次投出手榴弹的文化教员们打得出乎意料的勇敢。他们都读过许多书,平时私下里议论说美国的强大是世界第一,但是,当他们投出的手榴弹在美军士兵中爆炸,他们看见美军士兵在自己的反击下滚下山坡时,他们才第一次体会到一个真理:当你勇敢的时候,你就是最强大的。

十六日晚,撤退转移的命令到达三三五团。

范天恩放下电话,一头昏倒在地上。

一九五一年二月十七日,中国军队从东线和西线全线撤退。

第三十八军立即部署部队转移。此时汉江已有解冻的迹象,这令梁兴初军长万分担心。在大部队过江的时候,掩护撤退的是三三八团和三四一团的两个营,由一一三师副师长刘海清和一一四师副师长宋文洪带领在南岸阻击敌人。眼看汉江要解冻,这两个营撤不过江来,只有上山打游击一条路了。为此,他们烧了随身携带的机密文件,准备最坏的情况发生。但是,令他们奇怪的是,美军竟然没有像前些日子那样全面攻击,于是,他们得以在十八日安全转移到江北。

在第三十八军最后两个营撤过汉江的第二天,这条他们在一个月前曾不畏牺牲地冲过去的大冰河——汉江——解冻了。

当地的朝鲜人说,志愿军命大。南来时,多年不封冻的江封冻了;北撤时,一过江,江上的冰就哗啦一下全化了。

正是那天,美军第九军军长霍奇少将给李奇微发了一封喜讯般的电报：

> 正在进攻汉江桥头堡的美二十四师右翼第一线团，今晨再次发动进攻，但没有受到敌人的任何抵抗。敌人的散兵壕中没有人，装备都遗弃了，炊事员用具也散乱在各处。我已命令恢复同敌人的接触，为查明其抵抗能力实施战斗侦察。

李奇微刚从砥平里回来。砥平里战斗平静后，他立即飞到这个他认为万分重要的地方，接见勇敢战斗的二十三团团长弗里曼。李奇微所说的"万分重要"，并不是指一个砥平里的得失，而是指这是美军参战以来第一次"坚守住了"。对李奇微来说，这是一个极有意义的信号，那就是：中国人是可以打败的。关于这支军队如何神勇的一切神话都是夸张的。只要战术得当，美国人可以在朝鲜站住脚。尽管弗里曼对他说，砥平里的战斗是他"参加过的最残酷的战斗"，李奇微还是如同看见整个朝鲜战争的胜利一样，兴奋地在布满尸体的砥平里战场上来回踱步，他说："我们很幸运没有被中国人整垮，我们熬过来了。"而美军战史的记载是："在朝鲜战争中，中国人的全力进攻第一次被击退了。"

但是，面对第九军军长的电报，李奇微还是表现得相当保守。他的回答是：中国军队的后退可能是引诱我军的圈套，务必谨慎行事。正是李奇微的谨慎，使中国第三十八军得以安全转移至汉江北岸。

朝鲜战争中的第四次战役，以一九五一年二月十六日彭德怀命令西线志愿军阻击部队全部转移至汉江以北为标志，结束了它第一阶段的战斗。

彭德怀的分析是：中国军队以高度的战斗精神进行了顽强的阻击战斗，致使美军平均每天的北进速度仅为一公里。但是，我军没有根本摆脱被动挨打的状态，战线在不断地向北推移。中央军委派出的第十九兵团于二月从安东出发,到达前线最早也要四月。后勤运输依旧困难,部队弹药缺乏和饥饿状况没有解决。为此,必须继续撤退,等待补充部队的到达和后勤供应的改善。总之,要"争取两个月的休整时间"。

十七日,彭德怀致电志愿军各军,对第四次战役作了如下总结:

> 从此次敌人进攻中可以看出,不消灭美军主力,敌人是不会退出朝鲜的。这就决定了战争的长期性。同时,这次敌人之进攻,比第一、第二次战役时敌之进攻所不同之点是:兵力多,东西两线兵力靠拢;纵深大,齐头并进,相互呼应。经我韩集团顽强积极防御,二十三天毙伤敌万余,致敌未能进占汉城,吸引敌主力于南汉江以西,并赢得时间,使我邓、金集团歼灭横城地区伪八师、美二师一个营及伪三师、五师各一部,共毙伤俘敌约一万二千人,取得反击战的第一个胜利。但胜利极不完满,未能造成适时切断敌之退路,致被围之敌大部逃脱。十三、十四两晚,攻击砥平里之敌,虽有进展,但敌迅速纠集三个师增援。进至横城之敌被击溃和消灭,但原州敌纵深仍未打破。各个歼敌时机已慢了一步,遂将主力转移到上茶峰里、洪川线及其东西地区待机歼敌。

彭德怀对中国军队的撤退是有顾虑的。

退肯定要退;但是,退的速度不能太快,退的距离不能太远,不能影响中国军队的士气。同时,也是最重要的,要考虑政治上的影响。彭德怀对洪学智说过这样的话:"人家会责问我们,你们怎么回事?上一仗打得那么好,一下子打到三七线,怎么这一仗又一下子撤得那么远?面对这样的问题,怎么向民主阵营、向中国人民和朝鲜人民交代?"

彭德怀给各军制定了"撤退指标"，明确规定一天最多能退多少公里。而且指出：只要敌人不进，我就不退；敌人退了，我还要进一点。

明确出"撤退指标"，在战术上是不科学的。中国军队的战术传统是：撤退就要大踏步地撤退，以保存实力；在大幅度后退和前进中寻找战机歼灭敌人。但是，朝鲜战场有其特别的特点，志愿军既要力争歼灭敌人，又要计较一城一地的得失。朝鲜半岛的地势地形也不允许中国军队大踏步地进与退。然而，战争的残酷在于，这一点又恰恰给了李奇微制定的"磁性战术"以可乘之机，他最担心的是与中国军队脱离接触而寻找不到战机。第四次战役中，在接触线的节节阻击给中国军队带来的巨大困难和巨大伤亡就是一个无情的例证。

军事形势是非常严峻的，下一步到底怎么打下去，彭德怀在痛苦与矛盾中萌发了回一趟北京的念头。

就在彭德怀决定撤出砥平里战斗的十六日，他致电毛泽东，电文的大意是：我拟乘此间隙，遵照前电利用月夜回中央一次，面报各项。如同意我拟二十一日晨到安东。为争取时间，请聂总备专机在安东等我，以便当日即可到京……

在战场前景未卜的时候，作为主帅的彭德怀提出回京，足以想见他已迫切需要中央了解朝鲜战场上最真实的情况。

前线最吃紧的问题，彭德怀认为是兵力的不足。他曾连续给毛泽东和周恩来打电报陈述困难，催促第十九兵团尽快入朝。直到十一日，中央军委来电，电报由周恩来起草：

> 在这次战斗中，我如反击不得手，敌人确有进出三八线可能。但如敌乘胜急进，二月底即可到达金川、铁原之线，而我十九兵团无论车运或步行均无法于同时赶到瑞兴、金川、铁原之线。敌如在到达三八线后观望并整理一个时期然后北进，则我十九兵团当可于三月十日起开始

到达上述指定之线。从目前形势看来,后一种可能较大。但美帝也正如蒋介石一样,早晚市价不同,亦有可能在自以为大胜时急进。果如此,我们必须考虑在平壤、元山之线以南地区予以反击,而不可能准备在敌人进出三八线时即予以反击。

彭德怀接电后,不安和忧心加剧了。

鉴于目前中国军队的处境,彭德怀认为有关战场的实际情况用电报说明既费时又说不清楚,他必须回国把一切当面谈清楚。

毛泽东回电同意彭德怀回京。

彭德怀简单交代了一下工作,于一九五一年二月二十日匆忙上路了。他带着参谋和警卫员乘吉普车沿着弹坑累累的公路向北疾驶。二十一日晨进入中国境内到达安东,在那里直接上飞机,飞机降落在沈阳加油的时候已是中午。前来迎接他的军政首长请他到休息室休息和吃饭,彭德怀眉头紧锁、心情恶劣:"我不吃饭也不休息!你们别管我!"他就站在飞机上等,飞机加完油后,立即飞向北京。

下午十三时,飞机降落在北京的机场,彭德怀立即让司机开往中南海。当得知毛泽东不在中南海而在西郊玉泉山的静明园时,他又立即往那里赶。到了静明园,因为毛泽东在睡午觉,秘书和警卫人员不让他进去。谁都知道毛泽东的习惯是夜间工作,天亮时才休息,而且入睡艰难,他的午觉一旦睡了,没有人敢打扰。秘书要为彭德怀准备饭,彭德怀大吼一声:"我有急事向毛主席汇报!"然后不由分说推门而进。

毛泽东没有恼怒,边穿衣服边说:"只有你彭老总才会在人家睡觉的时候闯进来提意见!"

听说彭德怀一路一顿饭也没吃,毛泽东表示彭老总不吃饭他就不听汇报。

彭德怀勉强吃了点东西,开始汇报朝鲜战场的情况。他围绕着"不能速胜"的观点,根据与美军作战和国内战争的区别,详细地陈述了自己的见解,并且再次说明第三次战役后他为什么命令部队停下来。

毛泽东听完之后,明确表示:"根据现在的情况看,朝鲜战争能速胜则速胜,不能速胜则缓胜,不要急于求成。"

毛泽东的表态令彭德怀的压力减轻不少。

彭德怀沉重地谈到了毛岸英的牺牲,毛泽东听了长时间吸着烟。

第二天,彭德怀开始找各方面的领导商谈支援前线的问题。聂荣臻是个心细的人,特地命一架专机把正在咸阳工作的浦安修接到了北京,让彭德怀夫妻见面。彭德怀回京是在绝对保密的情况下进行的,当他看见自己的老伴出现在他下榻的住所时,吃惊而又高兴,他感受到了老战友的关心。

二十四日,彭德怀专门找到苏联驻中国的军事总顾问沙哈诺夫,商谈希望苏联出动空军掩护后方交通线以及支援防空武器的问题。沙哈诺夫重复"苏联不宜介入朝鲜战争"的老调,令彭德怀十分扫兴和愤怒。

二十五日,由周恩来主持,召开了军委扩大会议,主要讨论如何支援志愿军的事,参加会议的有军委各总部、各军兵种和国务院有关部门的领导。彭德怀介绍了朝鲜前线的情况,他充满感情地说:"志愿军在朝鲜正在抗击敌人的猛烈进攻。对志愿军的现状你们可能不大了解。国内只知道取得三次战役胜利的一面,并不知道严重困难的一面。第一批入朝作战的九个军,经过三个月的作战,已经伤亡四万五千多人,另外,生病、冻伤、冻死、逃亡约四万人。原因是:第一,敌人武器占绝对优势,有大量的飞机、坦克和大炮参战,而我军武器相当落后,没有飞机,没有坦克大炮,只有步兵轻武器。第二,由于敌机对我军后方猛烈轰炸,道路桥梁被炸毁,我军晚上抢修,敌机白天轰炸,后方运输线根本没有保障,所有粮、弹物资、服装、油盐供应受到很大的影响。在朝鲜无法就地筹粮，蔬菜基本上没有。连队断炊，战士患夜盲症已不是个别现象。第三，现在敌军仍在进攻，由于第三次战役南进过远，各种物资供应在敌机的轰炸下根本没有保障，造成许多战士冻伤生病，衣服破烂，弹药缺乏，处于被动挨打的局面，因此不得不后撤。目前的困难是：后方供应线屡遭破坏，兵员不足，弹药缺乏。几十万志愿军既得不到充足的粮食和炒面供应，更吃不到新鲜蔬菜，第一线部队只能靠一把炒面一把雪坚持作战。战士营养不良，面黄肌瘦，许多战士患上夜盲症，严重影响了作战行动。现在的关键问题是，志愿军既没有空军掩护支援，又缺乏足够的高射火炮，如不迅速解决对敌空军的防御措施，将会遭受更大的损失，无法坚持这场战争。"

在会议讨论解决问题的办法的时候，有些领导开始强调自己部门的困难，彭德怀实在听不下去，禁不住拍案而起："这也困难，那也难办，你们整天干的是什么？我看就是你们知道爱国！难道几十万志愿军战士是猪？他们不知道爱国吗？你们到朝鲜前线去看看，战士住的什么，吃的什么，穿的什么！这些可爱的战士在敌人飞机坦克大炮的轮番轰炸下，就趴在雪地里忍饥挨冻，抗击敌人的猛烈进攻，他们不是为了保卫国家吗？整个北朝鲜由于战争的破坏，物资粮食根本无法就地解决，在第一线的连队缺粮缺菜缺衣的现象相当普遍，其艰苦程度甚至超过红军时期。经过几个月的苦战，伤亡了那么多战士，他们为谁牺牲，为谁流血？战死的、负伤的、饿死的、冻死的，这些都是青年娃娃呀！难道国内就不能采取紧急措施吗？"

彭德怀的声音震动会场。

会议没有解决任何实际问题。

回到住所，浦安修看彭德怀脸色不好，问他怎么了，彭德怀余怒未消："前线战士那样苦，北京还到处跳舞！我这个官老爷当然饿不着冻不着，可那些年轻的战士呢？我这个司令员不能睁着眼睛不为他们说话!"

二十六日,彭德怀再见毛泽东。经过商讨,当即决定给斯大林发电报,要高射武器和车辆,购买可以装备六十个师的苏联武器,请求苏联派出两个空军师参战。同时,决定动员国内青年参军以增加朝鲜战场前线兵力。

三月一日,彭德怀离开北京回前线。

彭德怀的这次回京,起到了相当的作用,他促使中央军委作出了有利于改善前线条件的一系列决定:第十九兵团尽快赶到朝鲜前线;第三兵团的三个军立即入朝参战;给西线部队补充的五万新兵和七千名老兵立即运往朝鲜;刚成立的中国空军立即派人去朝鲜修建机场;炮兵出动一个高炮师、一个战防炮师和三个火箭炮团,四月再出动两个榴弹炮团;向苏联购买的一万七千辆汽车拟给志愿军大部分;准备十万张床位的医院,接受八万名伤员,等等。

彭德怀在沈阳等地短暂停留后,于九日回到朝鲜前线志愿军指挥部。

彭德怀回到朝鲜前线后得到的第一个有关战事的消息是:中国军队节节后退的局面已无法控制。其后果将是:放弃汉城,退到三八线以北。

"撕裂作战"：最艰难的时期

就在彭德怀离开北京准备回朝鲜前线的那一天，美军第八集团军司令官李奇微、第九军军长霍奇、第十军军长拜尔斯以及陆战一师师长史密斯在骊州的第九军指挥所内举行了作战会议，讨论反击作战的问题。

砥平里战斗后，联合国军在李奇微的催促下，迅速恢复向北进攻的态势，并且没有受到中国军队的严重抵抗。李奇微再次确定了他的判断：中国军队正处于困难境地，必须立即开始新的攻势，进一步扩大北进的战果。

作战会议进行到吃早餐的时候结束了。

这时候，美国人已经知道，他们再也不能把关于朝鲜战场的一切命名为"石竹花"之类的温暖代号了，于是，新制订的作战计划被定名为"屠夫作战"。

"屠夫作战"的目的是：为了不给中朝军队以休整和重新编成的时间，再次发动进攻。在西线，摧毁南汉江桥头堡，占领汉江一线;在中线,推进到砥平里——横城——芳林里北侧一线;在东线,进至江陵北侧一线。修理战线的凹凸不平,以准备下一次正式的北进行动。

二月二十日,李奇微签署了第八集团军作战命令:

> 美第九军和第十军自二月二十一日十时起,以宁越、平昌为轴线,沿着原州、横城发起进攻,消灭汉江东部和"亚利桑那"线(芳林里、大美洞、玄川里、新村、丰水院、五二七高地、杨平一线)以南的敌人,韩第三军团掩护美第十军东侧翼。

在调集兵力的时候,李奇微感到了兵力不足。南朝鲜第三军团在中国军队发动的横城反击战中受到严重损伤,无论兵力还是士气上都无法让美军对其侧翼放心。而以美军现有的部队,要在这么宽大的正面上实施北进,还要不让中国军队抓住间隙,就必须增加战线上北进兵力的密度。那么就只有一个办法了:把史密斯的陆战一师拿上去。

可是陆战一师自长津湖大撤退后,部队的官兵很长时间惊魂不定,加之人员和武器装备损失较大,用船转运到釜山上岸后一直处于休整状态。在"霹雳作战"开始的时候,李奇微给这支被称为美国最精锐的部队一个让全师官兵感到很没面子的活:去山里讨伐游击队。

用美军陆战一师去对付游击队,一是因为游击队实在是太难对付;二是因为陆战一师在长津地区的损失太大。陆战一师的官兵对李奇微给他们的这个任务大为不满,且不说陆战一师是正规精锐作战部队,还因为自从陆战一师一进山就开始了疲于奔命。游击队行踪无定,他们一会儿跑到这个村庄去救被游击队包围的南朝鲜军,一会儿又跑到另一个村庄去掩护被游击队袭击的运输车队。在绵延起伏的荒山雪岭中,陆战一师不但捉不到游击队的主力,而且自己也出现了伤亡。精锐的正规军陆战一师对"一驱赶就逃走,一撤离又出现"的捉迷藏式的战斗十分厌烦,他们说:"驱赶苍蝇不是陆战师的任务。"

陆战一师终于又要上战场了。

当李奇微把"屠夫作战"的一切部署完毕后,他接到了一个令他很不舒服的通知:麦克阿瑟要亲临前线了。

麦克阿瑟目前的处境很尴尬。当中国军队发动第三次战役,把联合国军一直赶到三七线附近时,惊慌失措的麦克阿瑟多次表示,正是因为美国政府捆住了他的手脚,所以战争肯定要失败了。以致西方盟国的普遍印象是:朝鲜战争已经没有任何希望了。但是,自从李奇微来到朝鲜战场后,发动了一系列针对中国军队的攻势,并且取得了令人意外的成果,从而证明了中国军队并不像麦克阿瑟将军说的那么"不可战胜"。于是,麦克阿瑟必须为自己表露过的悲观情绪找出一个适当的借口,这是让麦克阿瑟十分难过的一件事。在麦克阿瑟身边工作的人后来回忆说:"他已经精疲力竭,失去了往日的魅力的光辉","就连他那顶油渍渍的军帽,也不显得怎么精神,他是一个斗败了的人"。

麦克阿瑟很快就开始了辩解行动。他再次提出"对中国进行报复的措施":"轰炸中国本土,鼓励蒋介石军队在中国的东南沿海进行军事行动,封锁中国一切海上交通"。他描绘说:"中国军队只有十天的食品和军火的供应,如果美军不但得到增援,在蒋介石部队的配合下实施两栖登陆作战,那么中国人就会饿死,或者投降。"最令新闻界惊讶的是,这位"逐渐恢复了精神状态的将军"居然宣布了一条耸人听闻的主张:"我要在敌人的后勤供应线上,用原子能工业的副产品来设置一道放射性废料区域,把朝鲜和满洲隔开。"美国参谋长联席会议的官员们对麦克阿瑟的一切扩大战争的主张一直抱有高度的戒备,他们认为麦克阿瑟在"有条不紊地制造一份记录,一旦战事再次恶化,他好拿出来为自己做辩护"。

麦克阿瑟振振有词地再三声明,当初面对中国军队第三次战役的后退,是"一种巧妙的战略行动"——"我拉长了中国人的后勤线","现在的局势说明我的战略的有效"的。一向对麦克阿瑟的虚荣极端不满的参谋长联席会议的官员们听了之后质问说:"什么拉长了中国人的后勤线?照这么说我们到菲律宾去,中国人的后勤线不是更长了吗?"国务卿艾奇逊说得就更加刻薄了:"很难设想还有任何人能做出比这更可恶和愚蠢的声明了……这是最明显和最傻气的企图,想硬说我们通过在朝鲜半岛上的一路撤退,真的就骗过了中国人,真是荒唐透顶!"

当然,对麦克阿瑟最警惕的还是李奇微。当他得知麦克阿瑟要来前线的时候,他预感到不愉快的事很快就要发生了。

果然,麦克阿瑟一下飞机就在成群的记者面前摆出一种审时度势的样子,并且给了记者们一个很强烈的印象:是他这个远东司令官来到前线,和前线的将领们商量之后,才制订出一个重大的战役决定的。麦克阿瑟在记者们面前煞有介事地宣布:"我刚下令恢复进攻!"

李奇微和前线战场上的美军军官们都清楚,"屠夫作战"计划与麦克阿瑟没有关系,而且麦克阿瑟的话等于向中国方面通报美军的进攻即将开始。为此,大为不满的第八集团军副参谋长霍迪斯少将故意问首席新闻检察官沃勒斯中校:"如果一位将军违反了新闻发布方面的保密规定该怎么办?"

李奇微对"总司令官努力保持自己的光辉形象"的做法愤怒不已:"麦克阿瑟将军向报界的谈话将危及为他而战的士兵们的生命。一成不变的是,每当一次重大攻势发动之前,麦克阿瑟将军就视察进攻部队,并象征性地打响出发的枪声。这一举动对于部队的士气不无好处,但同样对敌人的情报界也是价值连城的。"

麦克阿瑟心情不错地回到东京,但是他刚走进自己的办公室,就遭到来自美国本土的军人家属请愿团的围攻。

麦克阿瑟邀请女士们观赏日本樱花的客气话还没说完,就被女士们连珠炮般的质问打断了:

"我们是来向你要儿子的!去年你答应让孩子们回家过圣诞节。"

"我的丈夫正在朝鲜流血,那些黄皮肤的中国人正像围猎一样捕杀他!"

"我的可怜的约翰最怕冷,我想让他回家!"

麦克阿瑟忍着怒火说:"女士们,第八集团军的任务是统一朝鲜。如果你们想和前线的亲属团聚,请耐心地等待他们的服役期满。"

"让孩子们回家!"

麦克阿瑟厉声道:"尊贵的太太们,你们太过分了!你们放心,我会照顾你们的亲属的,我会命令他们的长官,把他们,也就是你们的儿子或丈夫,统统派到第一线上去!让他们去冲锋!去踩地雷!明白吗?!"

麦克阿瑟摔门而去。

此时,李奇微的"屠夫作战"攻势在大雨和泥泞中开始了。

中国军队进入了朝鲜战争最艰难的时期。

为了将在横城战役中被中国军队的突破所造成的凹状战线拉平,在西线美军做北渡汉江准备的同时,美军陆战一师、骑兵第一师、英军第二十七旅以及南朝鲜军第三、第六师开始向横城一线的中国第四十二军、第六十六军发动猛烈的攻击。第四十二军与第六十六、第三十八军为邻,在鹰峰、中元山、没云岘一线与美军展开了艰苦的战斗。

第四十二军军长吴瑞林心里很清楚,部队处于极端困难的情况下,面对美军的猛烈进攻,坚守现有阵地是不可能的,他主张在这样的阵地阻击战中,兵力要按照"前轻后重"的原则,而火力配备要按照"前重后轻"的原则,"以空间换取时间"。总之,要以不多的兵力在前沿阵地与美军反复争夺,消耗美军的时间,以落实上级"尽可能迟滞敌人北进速度"的指示。

为此,吴瑞林命令把一线阵地上的团、营、连干部和战斗骨干一律抽下来一半,储备在二线阵地上,一旦一线拼光了,便可迅速重新组织战斗。

吴瑞林还在阵地后面留了一个团的预备队。

还不到下雨的季节,朝鲜半岛却大雨连绵。寒冷的雨水使阵地上一片泥泞,中国士兵白天一身泥水,到了夜晚浑身便结成了泥冰。三七一团九连在连长蒋洪信的带领下,在鹰峰阻击阵地上坚持了十六个昼夜,在与美军坦克和数次集团冲锋的搏斗中,全连付出了巨大的牺牲。三七○团六连连长郑家贵带领士兵在阻击阵地拼到了最后关头,美军两个连的兵力和十辆坦克把小小的阵地紧紧围住,然后发起强攻,阵地上的美军士兵和中国士兵扭打在一起,双方士兵的厮打和咒骂声响彻山谷。最后,郑家贵的刺刀拼断,枪托砸断,身边的石头也被他扔光了,几十个美军士兵包围了他,他带着浑身的泥泞和血迹拉响了特地留给最后时刻的炸药包。

在广滩里至龙头里的公路上,位于公路中段的宝龙里是美军北进的必经之地,三七七团二连的阵地就在宝龙里。美军骑兵第一师对宝龙里的攻击规模最后竟达到一个团的兵力。阻击到第五天的时候,二连前沿阵地上只剩了二班长赵兴旺一个人。美军以两个连的兵力分两路向这个只有一个中国士兵的阵地爬上来,赵兴旺在阵地上来回奔跑,机枪和手榴弹一直没有停止,美军以为阵地上来了大量的增援兵力,始终没能爬上来。美军骑兵第一师为夺取宝龙里阵地,用了六天的时间,先后组织了三十二次攻击,并付出了二百二十多名美军士兵的生命。

阻击战打到最艰苦的时候,前线传来的一个消息令各级干部紧张起来:一个中国士兵用机枪把一架美军飞机打下来了。

关崇贵是三七五团一连一排二班的副班长,机枪手。二十四日,他所在的连队在六一四高地阻击英军第二十七旅一个营的进攻。一连连夜上的阵地,挖了一夜的工事,天一亮敌人就攻上来了。一连的官兵又困又饿,仗打起来本来就窝火,打到下午的时候,英军的攻击不但没有停止反而更加猛烈,十几架美军战斗机也飞来助战。美军飞行员自从入朝作战以来,从来没有遇到过地面射击,所以他们总是贴着中国士兵的头顶飞,俯冲时机翼几乎能掀去中国士兵的帽子,射下来的机枪子弹和扔下来的炸弹给中国士兵造成极大的伤亡。机枪手关崇贵被炸急了,端起机枪就要打,弹药手马可新赶快制止:"副班长,咱可别犯错误!"

志愿军有条纪律,不准对空射击打飞机。规定这条纪律是有道理的:轻武器对空射击不仅打不下飞机,反而会暴露地面目标,从而招致更准确的轰炸。这是中国军队在入朝参战初期用鲜血换来的教训,以至于这条纪律被强调得十分严格,违反后的处理也很严厉。

急了眼的关崇贵大叫:"大不了枪毙我!"

关崇贵开枪了。第一次射出的七发子弹没有打着。一架飞机向他俯冲下来,他又开了枪,还是七发,结果眼前的情景连他自己都看呆了:一架P-51型战斗机翅膀一斜,屁股后面冒出黑烟,一头栽进山沟,然后就是剧烈的爆炸声和一团冲天的火焰。

"打中了!把那家伙揍下来了!"阵地上的中国士兵欢呼起来。

飞机上的美军飞行员跳了伞,但由于高度太低,没等伞张开就掉在树上被树枝戳死了。

一连一排有个兵用机枪把美军飞机打下来的消息迅速传到团里,团里立即命令查是谁开的枪。营部派人上阵地问,没人敢承认都说不知道。关崇贵认为好汉做事好汉当,不能连累别人,于是站出来承认是自己干的。

没等营部的人通知如何处理关崇贵,英军更疯狂的进攻又开始了,关崇贵端起机枪在阵地上来回扫射,他想自己只要还没死就先多打死几个敌人。

一个营的英军最终没能攻下中国军队坚守的阵地。

关崇贵打下飞机的事逐级上报,一直报告到彭德怀那里以请求处理意见。正为志愿军防空火力薄弱而焦急的彭德怀一听,异常兴奋。在询问了打飞机的经过后,他说:"这个纪律犯出了条经验,就是手中轻武器是可以打下敌人飞机的,鼓舞了志愿军战士对空作战的信心,要对这个战士重奖!"

宣布立功命令的时候,关崇贵觉得是在做梦:他被授予了"一级战斗英雄"称号,记特等功。

关崇贵还是觉得自己违反了纪律,好歹要求记一个处分。

三七五团政委包楠森对他说:"你别犯傻了,再犟下去,我真的处理你!"

志愿军总部决定在各部队开展向关崇贵学习的活动,推广用轻武器击落敌机的经验。

关崇贵的斗志因此受到极大的鼓舞,在接下来的战斗中,他表现出惊人的勇敢和顽强。他率领一个班坚持阻击敌人,全班战士先后全部伤亡,阵地上只剩下他一个人。大部队向后撤退了,三天之后,美军的战机还在向这个阵地轮番轰炸,轰炸的间隙他们依稀听见仍有抵抗的枪声。绝大部分美军说,轰炸已经好几天了,不可能再有中国士兵的抵抗,但是枪声确实还在响。军长吴瑞林放心不下,派出两个营从阵地的两侧包抄上去。部队冲上去以后,看见在这个布满英军士兵和中国士兵尸体的阵地上,果然还有个活着的中国士兵,他就是关崇贵。

原来,在大部队撤退的时候,关崇贵没有下来。他隐蔽在阵地的石缝中向敌人射击,始终没让敌人占领这个小阵地。弹药和食品没有了,他就在尸体中寻找,孤身一人的他竟在这个阵地上坚守了两天三夜！当冲上去的中国士兵看见他的时候,由于饥饿和疲劳他已经站不起来了。在他的身旁,堆着从英军尸体上搜集来的步枪、机枪、冲锋枪,竟有三十多支。

关崇贵的顽强精神令所有的中国官兵肃然起敬。

志愿军司令员彭德怀得知后,命令:对这个士兵连升三级使用!

关崇贵从副班长被直接任命为副连长。

朝鲜民主主义人民共和国政府授予了关崇贵"一级战士荣誉勋章"。

关崇贵是勇敢的,也是幸运的。

在中国军队处境艰难的日子里,士兵们所面临的困苦和牺牲都是巨大的。春寒料峭,冰雪未融,冷雨霏霏。没有粮食,很多部队开始吃野菜和树皮。一套棉衣一个冬天都没能脱下过,屁股的位置甚至已经露出肉来,战士们用粗针缝上一块布遮住,磨烂的袖口使露出的半条胳膊冻得发紫。许多人手被冻得裂开大口子,血流得令他们不得不用线缝合以止血。每撤退到一道阵地上,饥寒交困的士兵就立即用简单的工具修筑阻击工事,同时还要修筑防炮洞以应付坦克大炮的轰击和飞机的轰炸。如果还能再有点时间,战士们就拔掉阵地前的野草,扫清射界,打出防火带。天亮了,除了警戒哨在警戒外,只要敌人没有进攻,战士们就随便往嘴里填些什么,然后倒在冰冷的泥水中闭上眼。在战斗中,弹药的极度缺乏令中国士兵丧失了保卫阵地和他们自身的基本条件,朝鲜中部那些山岭上的石头常常是他们用来与大炮坦克搏斗的武器。无数的中国士兵腹中空空、衣衫褴褛地倒在了没有人烟的荒山野岭中。当大部队向后撤退时,他们的遗体从此默默地躺在一阵阵的冷雨里。连美军陆战一师的士兵看见中国士兵的遗体时,都不禁浑身震颤,美军陆战一师军史记述道:"这些尸体横七竖八地躺卧着,很多还与美国士兵的尸体抱在一起。由于尸体的冷却,已无法把他们分开。中国军队撤退的时候，有时也掩埋尸体，但是由于匆忙，无论是本国士兵还是敌国士兵的尸体，均掩埋很浅，几乎仅仅是一层被炸弹翻耕过的尘土。"

三月五日，美军陆战一师七团在天亮时发现，前方中国军队的阻击阵地上已经没有人了，联合国军占领了横城。

此时，联合国军各部队都到达了"屠夫作战"计划所指定的占领线——亚利桑那线。

"屠夫作战"实施中，二月二十二日，美国陆军部公布战报称：开战以来，中国军队损失二十万六千人，其中被杀伤十八万五千人，冻伤和生病两万一千人，不含俘虏。同时，陆军部还公布了另一份战报：开战以来，美军共损失五万二千四百四十八人，其中死亡八千五百五十三人，伤三万三千七百八十一人，失踪八千七百二十四人。

还是同时，美军高层传阅着一份机密"情报"："中共军第四野战军司令员林彪调离朝鲜，任命彭德怀为入韩中共军司令员。"仗打到现在，号称有世界上最灵敏的情报机构的美军，居然连战场上对手的司令官是谁都没搞清楚，又从何而来的精确到"个"位数的战场伤亡战报呢？

彭德怀回到朝鲜前线的时候，李奇微已完成"屠夫作战"计划，并着手实施新一轮的作战行动。

美国人为这个新的作战计划取名为"撕裂作战"。

如果说"屠夫作战"充满血腥气味的话，那么"撕裂作战"则带有了战术的味道。李奇微对"屠夫作战"的成果并不满意，因为在对中线的攻击中，没能彻底把中国的第四十二军和第五十军捉住歼灭，而对中国第四十军和第三十九军的攻击"因为大雨而影响了攻击效果"。李奇微认为："中国军队不是被打败了，而是主动的撤退了。"那么，美军下一步的战斗任务首先是从中国军队的手里夺回汉城，但是，从正面夺取势必会发生规模很大的战斗，于是李奇微决定还是从中线迂回。所谓"撕裂",就是指在战场中线撕开口子并打进去,把中国军队和北朝鲜军队隔离开,威胁防御汉城正面中国军队的防线,并对汉城形成包围。

"撕裂作战"的目标是:美军到达从汉城以东向春川转向沿三八线南侧各要点之间的连线。

李奇微把这条线定名为:"爱达荷线"。

想必美国人在朝鲜半岛上每每惦记着他们不知何时才能回到的家乡,于是远东在那段岁月里有了"亚利桑那"和"爱达荷"这样的地名。

三月七日,"撕裂作战"从美军第二十五师横渡汉江开始。

凌晨五时五十分,美军开始了炮火准备。在汉江的江岸上,李奇微脖子上挂着两颗手雷亲自督战。他对他的部下说,"指挥官要和正在进行激烈战斗的部队在一起",他今天就是来做表率的。做着表率的李奇微心里还是有一点担心,原因依旧来自他的长官麦克阿瑟。发动"撕裂作战"的计划不得不报请麦克阿瑟批准,为了防止麦克阿瑟再来前线表演,李奇微把这次作战的调子压到了最低,可是麦克阿瑟还是表示要来。李奇微只好发去一封"措辞小心谨慎"的电报,"请求麦克阿瑟出于安全的原因放弃在战役前夕视察前线"。庆幸的是,这一次,麦克阿瑟同意了,表示等战役顺利开始后他再来。

此刻,在李奇微的面前,美军第二十五师渡江前的炮火准备可以称得上是"这次战争中最猛烈的炮兵射击之一"。一百四十八门野战炮、一百辆坦克、四十八门重型迫击炮,加上二十五辆 M-16 自行高射机枪、一百挺重机枪,还有天空中的十多架轰炸机,一齐向江对岸中国军队的阵地开火,情景之壮观令李奇微十分满意。火力准备二十分钟后,第二十五师开始渡江,但是,立即遭到中国军队炮火的封锁。一发炮弹居然打到了李奇微的身边,李奇微又一次体会到什么叫打不烂的中国军队。美军使用了最先进的渡江器材,中国军队的炮火和射击逐渐减弱,第二十五师顺利地渡过汉江。

或许是西点军校的毕业生都会这一手。李奇微离开汉江南岸后,乘直升机来到他预计战斗最激烈的原州前线,站在路边观看美军第十军的进攻。依然有大批的战地记者跟随着李奇微,李奇微本能地感到现在需要做些什么了。这时,陆战一师一个瘦弱的士兵背着沉重的电台一拐一拐地走过来,原来这个士兵的鞋带松了,每走一步就踩绊一下,背上的电台使他无法蹲身系上鞋带,因此他走起路来跌跌撞撞的。那个士兵冲着站在路边的李奇微喊了句什么,李奇微没有听清,但他快步走了过去,蹲下身,为这个士兵系上了鞋带。记者们不失时机地拍下这个珍贵的镜头。照片见了报纸,结果引起的讽刺多于赞扬,人们说李奇微在出风头。李奇微解释说:“那个士兵如果自己蹲下来系鞋带,沉重的电台就可能令他站不起来了。他在叫我,我就去了,这是在帮助一个有困难的人,完全是涌上我心头的一种冲动促使我这样做的。”因为报纸又拿他脖子上的两颗手雷顺便做了文章,于是他顺便再次解释说:“我不想不反抗就当俘虏!”

处于极端困境中的中国军队不得不再次后退,但是面对美军大规模的进攻,大多数中国军队的阵地都是在士兵全部伤亡的情况下才被美军占领的。在汉江南岸,中国军队的第三十八军和第五十军,在美军渡过汉江的时候,依旧有几个连队在进行顽强的阻击,这些连队中的中国士兵全部战死。在横城、原州方向,中国军队的阻击也十分顽强。一线的部队伤亡极大,以致在战斗中要把严重减员的连队的建制打乱,再将数个连队的幸存人员编成一个新的连队,往往一个团只能编出四至八个连。

彭德怀回到前线指挥部的时候,开始了两天的“撕裂作战”已经给整个战线造成不利的局面:联合国军如果从中线突破进来,势必造成对汉城的包围。如果再不采取较大距离的撤退,很可能陷入更大的被动。于是,彭德怀致电各军:从三月十日起,全线开始运动防御,有秩序地较大规模地向北撤退。

在给周恩来的电报中,彭德怀提出了放弃汉城的想法:

> 我于九日拂晓前安抵司令部,敌于七日又开始全线进攻,为继续疲劳敌人缩短我之护线,争取时间,决放弃汉城,采取运动防御,保持有生力量。吸引敌人主动进击三八线……运输情况未改善,部队仍经常吃不上饭,今后就地筹粮已不可能。兵力增大,供应需多,敌空军近有增加,我空军不能相应掩护交通运输,此种困难不会减少而会增加,将影响有决定性的下一战役。

一九五一年三月十四日,中国军队放弃汉城。

中国军队占领南朝鲜首都汉城的时间为:七十天。

在彭德怀决定放弃汉城的那天,南朝鲜第一师的侦察小组潜入汉城市区,他们发现城里已经没有中国军队了。这几个侦察兵在总统府升起南朝鲜国旗,高喊了"万岁",然后带着一个北朝鲜人民军俘虏回到师部。南朝鲜第一师师长白善烨这才知道中国军队已经撤退,汉城是一座空城。白善烨立即给指挥他的美军第一军军长奥丹尼尔打电话,要求准许南朝鲜第一师立即进入汉城,奥丹尼尔的答复是:"开始!"

这是擅自改变李奇微作战计划的行动。李奇微原来的计划是:在中线突破后包围汉城。但是现在要在还没有实施包围时就进入汉城了。

十五日早上,南朝鲜第一师从不同方向进入汉城市区。

没有抵抗,更没有巷战,南朝鲜军队回到了已是一片废墟的汉城。

汉城的收复令李承晚大喜过望,他立即给麦克阿瑟致函表示感谢。

第二天,麦克阿瑟给这位南朝鲜老头儿回了一封冷冰冰的信:

> 暴军退却,令人欣慰。但这次与去年九月不同,敌守备部队未遭决定性失败,夺回汉城虽然在心理上具有极重要的意义,但从军事角度上看,不可认为今后汉城的安全完全有保障。本人认为,贵国政府立即返回汉城是不明智的。

麦克阿瑟虽然嘴上不说,但心中强烈地感到,中国军队的撤退似乎有某种设置陷阱的阴谋。

由于麦克阿瑟的低调,无论是南朝鲜、美国还是中国方面,对汉城的易手都没有更为激烈的反应。

李奇微更没有迷恋汉城的收复,他仍在命令美军坚决向"撕裂作战"的预定目标北进。

彭德怀命令损失严重的中国一线阻击部队转移到后方休整,其中第五十军和第六十六军回国,第三十八、第四十二军撤退至肃川和元山以西地区。

中国人民志愿军二线部队于十二日正式接敌。

由于彭德怀果断地命令部队大规模撤退,致使李奇微精心布置的一个陷阱没有达到目的,这就是美军空降一八七团的汶山空降作战。汶山空降作战的目的,是利用空降兵的迅速机动,把大量部队投到中国和北朝鲜军队撤退的路上,实施包围。情报说只要在汶山实施空降,至少能把两万四千中国士兵围在美军的天罗地网中。李奇微甚至准备亲自带领士兵跳伞,他的理由是他是一个老伞兵,但是被部下以他五十六岁的年龄为由拒绝了。不甘心的李奇微又跑到空降场去,他要亲眼看着美军伞兵怎样把大批的中国士兵包围然后杀死。这次空降行动组织了C-119飞机八十架、C-46飞机五十五架,但空投开始后却事故百出:第一轮空降偏离了预定空降点,结果三十多名参谋落地后遭到北朝鲜士兵的追杀。

在后来的跳伞中,又有八十四名士兵伤于跳伞事故,部队着陆后十八名士兵因遭到地面火力射击伤亡。中国军队的地面对空火力将五架运输机击伤,还有一架运输机在返回基地的途中爆炸,机上人员全部死亡。结果,汶山大规模的空降作战没有包围住任何一支撤退中的中国部队,中国部队转移的速度之快令李奇微再一次感到十分意外。

二十日,美军占领"爱达荷线"。

"撕裂作战"完成。

是日,中国军队撤退至三八线以北,即中国军队发起第三次战役的地方。

而在一九五一年的二月至三月间,日本以及西方国家的报纸充斥着如下的标题:

　　美军在三八线停止行动

　　保留通过外交解决的途径

　　美军谨慎地进至朝鲜战争的出发点

　　第八集团军距离三八线十八公里

　　预感到中国军队的反击

　　李总统出席釜山群众集会:打到北方去!

　　英国期待中国的态度

　　距离三八线一点六公里

　　南朝鲜军队巡逻队越过三八线

　　杜鲁门希望体面地结束战争

　　麦克阿瑟说他准备会见敌军将领

　　……

至此,朝鲜战争的前景扑朔迷离。

不死的老兵去了

一九五一年四月十一日中午,麦克阿瑟正在他的官邸招待客人进餐,他的副官眼泪汪汪地悄悄走进来。麦克阿瑟的夫人走过去听副官说了些什么,转身回到麦克阿瑟身边,轻声地对丈夫耳语了一下。麦克阿瑟的表情一下僵住了,过了一会儿,他用一种温柔的、让在场的人都可以听见的口气对妻子说:"琼,我想我们终于可以回家了。"

麦克阿瑟被解除远东最高司令官职务的消息立即传遍了全世界。

这个赫赫有名的美国"远东王"到底发生了什么事?

是否与正在进行的朝鲜战争有关?

正在朝鲜进行的战争怎么了?

美国人打不下去了还是中国人失败了?

在战争双方经过大规模的拼杀后,交战的战线又回到起始时的状态,难道战争就此结束了?

"撕裂作战"完成,联合国军进入汉城,麦克阿瑟无疑被打了一针强心剂。但是,情报部门提供的越来越多的情报都在提醒麦克阿瑟,中国人正在准备一场反击作战。侦察机上的飞行员多次发现:

在通往前线的路上运动着大批步行的中国军队,主要由骡马组成的运输队有时在山间小路上蜿蜒达十几公里;

在肃川至平壤的公路上,前所未有的大规模的中国军队的大型卡车队在移动;

无线电监听中不断出现中国军队新的部队番号。

麦克阿瑟由此陷入了矛盾:是在"爱达荷线"上停下来? 还是继续前进? 停下来,这条线显然不是防御大规模攻击的有利地区;继续前进,又会在什么地方遇到中国军队的进攻呢?

"在这种政治因素很浓的战争中,最高统帅只说一些基本的方针而让现场指挥官下决心的例子,世界战史上极为罕见。"麦克阿瑟指责华盛顿说,"我没有得到过华盛顿有关行动方针一类的训令。我经常背着手踱步。结果好就受到表扬,坏就受到指责。"

"如果做,就会受到责难;如果不做,也要受到责难。"但是,作为军事将领,麦克阿瑟决不会让部队停止在三八线这条不存在军事意义的界线上。不管政府怎么考虑政治问题,他必须果断地决定他的部队要前进到什么地方去,前进到那里以后准备干什么。

麦克阿瑟决定继续北进。

他的判断是,与其停止,不如前进。他的这个想法得到了李奇微的赞同,因为李奇微也是从军事角度考虑问题的。他们一起回顾了一九四四年冬天,美军在欧洲战场的莱茵河畔遇到的类似情况,那时候下决心继续前进的是艾森豪威尔将军。当时艾森豪威尔将军的观点听起来有点古怪:"敌人占优势,并且拥有进攻的决心,我军缺乏足够防守的兵力,所以,除了进攻之外,没有别的办法能完成任务,并确保部队的安全——正因为兵力少,才必须进攻。"

李奇微在麦克阿瑟的同意下,制订出新的作战计划:在整个战线上发起新的攻势,全线进至"堪萨斯线",以应对中国军队可能发动的反击。

被命名为"堪萨斯线"的目标线是:从临津江口南岸,经过板门店,斜穿三八线,至涟川北,一直到华川水库。这是一条起自三八线北侧二十公里左右、与三八线基本平行的战场线。"堪萨斯线"宽一百八十四公里,其左翼可以依托大海,而华川水库宽达十六公里,也是一个军事上防御的依托,从而可以共同构成威胁中国军队的指挥与补给的三角地带。

新的作战计划被定名为"狂暴作战"。

"狂暴",英文为 rugged,可以理解成"崎岖不平"的意思。不知美军是指越往北朝鲜半岛的地势越不平坦,还是指美军的前途犹如崎岖山路般的艰险。

困扰李奇微的问题是,几乎在每一条进攻的路线上,美军都会受到中国士兵异常顽强的阻击,局部战斗进行得艰苦而残酷,但是这绝对是中国军队小股的阻击部队。那么中国军队的主力部队上哪里去了呢?或许他们正在什么地方张开大网等着已经精疲力竭的美军士兵呢。

中国第四十军为掩护大部队转移,在洪川附近迟滞着美军陆战一师的北进。战斗在一个山头一个山头的争夺与丢失中进行,缓慢而惨烈。在一个名叫吾野坪北山的阻击阵地上,三五四团四连在伤亡一半的情况下依旧阻挡着美军陆战一师北进的路。中午的时候,二排长接到报告说,美军正向四连主阵地的侧翼迂回,而在美军迂回的方向上没有我们的部队。实在抽不出兵力了,四连指导员命令于廷起、李克先、曾南生三个士兵去守卫一个小山包,保障二排侧翼的安全。

就在三个中国士兵爬上那个小山包,准备保卫二排阵地侧翼的时候,二排的主阵地上已站满了美军——二排因为伤亡太大失去了阵地。三个士兵立即参加了对二排阵地的反击,于廷起负伤被抬下去,李克先和曾南生两个人开始面对美军一个排的攻击。山包上灌木很密,美军上了山没看见这里有中国人,于是就坐下来休息,屁股刚刚着地,手榴弹就飞来了,接着就是横扫过来的子弹。李克先和曾南生先隐蔽后偷袭,没被打死的美军士兵滚下了山包。

美军开始加大兵力,动用大炮和飞机,向这个只有两名中国士兵的小阵地进行反复冲击。战斗持续到下午,李克先腿部中弹,伤势严重,两个人决定转移。曾南生背着李克先,美军士兵在后面一步步地跟着,机枪子弹追着他们打,李克先说什么也不走了,他让曾南生留下两颗手榴弹。曾南生不肯丢下李克先,李克先说:"你背不动我,反正美国兵没发现我藏的地方,你快回主阵地上拿担架去!"

曾南生,年仅十八岁,湖南长沙人,从小生活贫困,他卖过报纸、摆过地摊、扛过大件,后来参加了解放军。他把李克先安顿好就往连队的主阵地上跑。为了节省时间,他直接从陡峭的山崖上往主阵地上爬,等他爬上了连队的阵地,发现阵地上已经没有人了。连队什么时候转移的,他不知道。他犹豫了,不知道该怎么办好,最后决定回到李克先身边去。但是,还没等他跑回李克先隐蔽的地方,就看见三个美军士兵已经把李克先围住,接着,曾南生就听见了手榴弹的爆炸声……

内心万分痛苦的曾南生最后终于追上了撤退中的部队。

两年零四个月后,曾南生牺牲在朝鲜黄海道长丰郡项洞里的一次战斗中。

中国二线部队第二十六军一参战就赶上了艰苦的阻击战。

雷保森,二十四岁参军并入党,是个作战勇敢的士兵。他所在的部队在七峰山附近阻击美军,他带领四班在一条公路上与十二辆美军坦克搏斗,击毁了十一辆,全班竟无伤亡。部队开始向北转移,负责掩护撤退的六班阵地发出要求增援的信号。雷保森带领士兵接近六班阵地时,才发现阵地上挤满了头戴钢盔的美军士兵,六班的士兵已经全部牺牲。四班立即向美军冲上去,用身体形成一道阻挡美军前进的前沿阵地。美军发现这不是一支大部队,于是蜂拥而来。但令美军没想到的是,一声呐喊后,中国士兵竟然进行了反冲击!雷保森的四班以惊人的胆量冲向美军,并且立即展开肉搏战!雷保森连续打倒几个和他扭在一起的美军士兵,第一个冲上六班的阵地。但是,当他回头招呼自己的士兵时才知道,在刚才的肉搏战中战士们都已牺牲,到达六班阵地上的人除了他,只有一个叫周士武的士兵了。

雷保森在阵地上看见了六班全体士兵的遗体,从这些死去的士兵手中沾满血迹的镐头上看,这里进行的是一场血肉搏斗。雷保森搜集到二十多个美式鸭嘴手雷。美军的冲锋又开始了。阵地的三面全是美军士兵,黑压压的,不知道有多少。雷保森和周士武在阵地上奔跑着,向三面拥上来的美军射击,但是美军越来越近了。周士武的双眼被打瞎看不见了,雷保森对他说:"天快黑了,你顺着北面的陡坡往下滑,我掩护你!"

周士武向北面的山坡慢慢地滑去。

雷保森砸坏机枪,手里握着最后一颗手榴弹,等待美军的靠近。

美军距离他很近了,他想把手榴弹扔出去,但是手榴弹掉在了地上。负伤的右胳膊已经不听使唤,雷保森用左手捡起手榴弹,用牙扯出拉环,把手榴弹扔出去。趁着爆炸升起的烟火,雷保森纵身跳下悬崖。

在一个黑夜里,两个朝鲜农民在悬崖下发现了多处骨折、浑身血迹的雷保森,他们用木板抬起这个中国士兵,向中国军队撤退的北方走去。

"狂暴作战"开始后不久,随着中国军队的撤退,美军陆战一师接近了华川水库。但是,根据南朝鲜第六师的情报,华川水库不但有中国军队坚守,而且中国军队已把水库的闸门全部打开,北汉江江水因此猛涨,南朝鲜军不少士兵和装备已被大水冲走。陆战一师七团也许对"水库"这个词特别敏感,不久前在长津湖水库遭到的厄运令他们至今心有余悸。但是,也许就是在这样的回忆中,他们居然想学习一下中国军队的战术,对华川水库来一个突然袭击。

李奇微亲自审查和批准了陆战一师的作战计划。

袭击部队以七团为主,又特别配备了一个特种兵连。

美军一改乘坐汽车白天行军的惯例,携带着个人补给品和弹药,开始利用黑夜步行前进。

打开华川水库闸门,用大水来迟缓美军北进的速度,是中国第三十九军——五师三四四团干的。他们于九日凌晨四时在师作战科副科长沈穆的带领下来到大坝,让看守水库的朝鲜工人把十个泄水闸门全部提了起来。大水下泻,不但冲走了美军的一个炮兵阵地,连公路都被冲垮了。

美军陆战一师的袭击部队想突然占领水库,然后把水闸关上。

美军袭击部队到达水库边,在乘橡皮舟渡水库的时候,被中国士兵发现了,立即遭到射击。七团留在北岸的两个连也同时遭到中国军队的猛烈反击。没有大炮的支援,山高雾大飞机也支援不了,美军士兵不知道该怎么打仗了。陆战一师一营奉命强渡水库,但是他们找了一整天也没找到他们认为合适的渡口,断崖上全是中国军队坚固的阵地。

七团袭击水库大坝的时候,为其掩护的三团开始向通往水库方向上的一个高地进行猛烈攻击。坚守在这个高地上的是三四四团的一连,连长赵志立。这场战斗打得昏天黑地,美军陆战一师三团连续以一个营的兵力一次次地进攻,每一次都被一连打了下去。为了夺取这个阵地,三团一共用了四天的时间,伤亡了四百多人。

战斗的残酷和中国士兵的顽强令美军万分震惊，他们牢牢地记住了华川水库边上的这个小小的高地。

一年以后，朝鲜战争进入谈判阶段。在谈判中，美国方面突然提出一个要求：是否可以见见在华川水库指挥战斗的中国军队的指挥官。美国人要"看看这个死硬的军人到底是个什么样子"。

中国第三十九军三四四团一连连长赵志立，在他指挥阻击战斗的时候他想到过死，就是没想到他会一战出名，而且把名出到了联合国。

赵志立被打扮了起来，新军装，新鞋。

为了表明中国军队的军官不是美国人说的那种"粗暴的家伙"，中国军方还特别为赵志立准备了一个公文包和一副眼镜，把他打扮成一副文绉绉的样子。

在政治部门教给他许多历史知识之后，赵志立来到了板门店。

面对美国记者，问题的核心是，美方不相信在华川水库边那个小山头上阻击美军的仅仅是一个连，因为进攻的是美军最精锐部队的一个营。记者们说赵志立起码是个加强营的营长，中国人在说谎。

赵志立回答："我今年二十二岁，是中国人民志愿军中的一名步兵连长。我率领的连队同美军陆战一师第三团作战的那天，正好是我的生日。"接下来，赵志立详细地回忆了华川水库战斗的全部经过，甚至为证明战斗是自己指挥的，他还详细地叙述了那个小高地的地形和地貌。

记者们似乎对这位年轻的中国人民志愿军军官的仪表表示出更大的兴趣。于是，赵志立，一个中国军队中普通连长的名字和照片登在了西方国家的报纸上，报纸称他为"东方直布罗陀战斗的胜利者"。

华川水库战斗进行到天黑的时候，李奇微承认中国人的战术不是那么好学的，于是宣布袭击失败。

进行袭击作战的美军陆战一师七团撤回原驻地。

在后来陆战一师的战史中，美军这样写道："这是越过三八线进行辉煌进攻的结束。如果第七团再有一两天时间的话，就能够出色地完成任务。"

就在美军全力向"狂暴作战"所确定的"堪萨斯线"北进的时候，随着美军大举接近甚至越过三八线，麦克阿瑟与美国政府长期积存的矛盾终于爆发了。

三月里的一天，一份由美国国家安全局送来的绝密情报放在了杜鲁门总统的桌上。这是从东京侦获到的一份西班牙、葡萄牙驻东京大使发给本国政府的电报。电报的内容是这两个国家的大使向本国政府汇报他们与麦克阿瑟将军谈话的要点。麦克阿瑟在与西班牙、葡萄牙大使谈话时，对美国政府使用了极其尖刻的语言，并表示他能够把正在进行的朝鲜战争扩大为一场更大规模的战争，从而彻底消灭共产党中国。麦克阿瑟还说，如果发生了这样的事，西班牙、葡萄牙政府不要感到惊慌，至于苏联，肯定会因为害怕卷入战争而置之不理。

在朝鲜战争的问题上，杜鲁门与麦克阿瑟的分歧很简单，即：麦克阿瑟从一开始就准备把战争扩大，期望朝鲜战争能够最终演变成一场至少席卷亚洲的大规模战争，从而达到他"彻底消灭亚洲的共产党势力"的目的。而以杜鲁门为首的美国政府以及美国众多的西方盟国都认为，朝鲜战争是西方的主要敌人苏联玩弄的一个转移盟国军事力量的游戏，只有欧洲才是盟国军事防御的重点，西方应该把朝鲜战争当作一场局部战争来处理，而且这场战争应该结束得越早越好。

麦克阿瑟不断地提出扩大战争的建议，却不断地遭到华盛顿的否决，这使他与总统之间的不愉快逐渐尖锐起来。威克岛会见时，双方虽然很客气，但实际上已经貌合神离。甚至有人说，从杜鲁门和麦克阿瑟在威克岛见面的时候起，杜鲁门就有撤掉面前这个老家伙的念头;而杜鲁门之所以对麦克阿瑟如此尊重和热情,是总统"狡猾的政治手段"使然。

当联合国军在朝鲜战场上开始反击并取得胜利时,麦克阿瑟摆脱了李奇微的军事成功给他带来的尴尬而重新狂妄起来,可是杜鲁门政府却陷入了极端的矛盾中。大多数美国政府官员,包括杜鲁门总统本人,以及"最强硬的反共分子"国务卿艾奇逊,都对朝鲜战争抱有"见好就收"的念头,认为联合国军既然又打回了三八线,联合国军的体面就有了;当然,能打到鸭绿江最好,但是根据与中国军队这一段的作战情况看,这种可能实在是太小了。固然,像麦克阿瑟所建议的那样,封锁中国海岸,轰炸中国本土,台湾参战,甚至使用原子弹,不是不能够把中国置于死地,可由此带来的苏联对欧洲的威胁和盟国的分裂,会使所有这些努力最终得不偿失。总之,坚持统一朝鲜会损害美国的根本利益,既然面子已经保住还是停战为好。经分析,美国人认为中国很可能接受停战的主张,因为就现在的战线来看,交战双方实际上谁也没吃亏,中国"无论从利益还是从面子上讲,也都能说得过去"。于是,杜鲁门开始寻找谈判的机会和对话的可能,并让国务院和国防部拟定停战谈判的政策。

为停战而努力的杜鲁门读了情报部门送来的电报后,不禁怒火万丈。他"下颏绷得紧紧的,张开的手掌猛拍桌面"。他认为这是彻头彻尾的背叛——"这个老家伙必须为此付出代价"。

但是,侦获来的电报所提供的证据无法公开,收拾"老家伙"还要寻找别的途径和借口。

用什么方法来表明美国政府的停战意图呢?

恐怕还是要沿用老一套的政治方式:发布一份声明和一份向中国方面讨价还价的方案。经过艾奇逊、马歇尔等高级官员的反复商讨,一份可供总统发布的声明拟出来了。为了稳妥起见,参谋长联席会议给麦克阿瑟发去一封电报,就总统的声明问题向麦克阿瑟征求意见：

> 国务院正在草拟一个总统声明，要点如下：联合国已经肃清了南朝鲜大部分地区的侵略者，现在准备讨论解决朝鲜问题的条件。联合国认为，在大军向三八线以北挺进以前，应进一步做外交上的努力，以便取得和解。这就需要时间来判断外交上的反应，并等待新的谈判的发展。鉴于三八线没有军事意义，国务院已问过参谋长联席会议，你具有什么样的条件才能在以后几个星期内取得充分的行动自由，以便保障联合国部队的安全并与敌人保持接触。希望你表示意见。

三月二十一日，麦克阿瑟回电，他没有理会参谋长联席会议征求意见的电报，而是再次申说美国政府对他的指挥权的限制，"使他无法去扫清北朝鲜，或者不能做出明显的努力来达到这一目的"。

华盛顿仍在为总统声明的发布做准备，包括逐一征求所有参战国驻华盛顿代表的意见，并要求取得他们的一致赞同或支持。

最后敲定的总统声明措辞谨慎而含糊，充满似是而非的语言和模棱两可的外交辞令。但是，想要谈判的意思还是清楚的：

> 我作为政府的行政首长，应联合国的请求，在朝鲜行使统一的指挥权，并在与提供战斗部队支持联合国在朝鲜行动的各国政府充分协商之后，发布如下声明：

> 联合国在朝鲜的军队正从事击退向大韩民国和联合国发动的侵略行为。侵略者蒙受重大的损失之后，已被逐回去年六月最初发动非法进攻的地区附近去了。

> 有待解决的问题是按照一九五〇年六月二十七日安理会的决议所提出的条件来恢复该地区的国际和平与安全。联合国宪章的精神与原则要求尽一切努力来阻止战

争的蔓延,并避免苦难的延长和生命的损失。这里有一个在该地区恢复和平与安全的基础,它应该是一切衷心希望和平的国家所能接受的。

联合国统一指挥部准备进行能终止战争并保证不再发生战争的部署。这种部署能为解决朝鲜问题开辟更广阔的道路,其中包括外国军队撤出朝鲜。

联合国已宣布这个世界组织的政策是:允许朝鲜人民建立一个统一的、独立的民主国家。

朝鲜人民有权享有和平。他们有权利按自己的选择,适应自己的需要,选择自己的政治以及其他制度。

朝鲜人民有权获得世界组织的援助以医治战争的创伤。联合国已准备给予这种援助,并为此设立了必要的机构。联合国会员国已提出要给予慷慨的帮助。目前需要的是和平,在和平的情况下,联合国才能把它的资源用在创造性的重建事业上去。

令人遗憾的是,那些在朝鲜反对联合国的人对原来可以而且仍然可以为朝鲜带来和平解决的机会很少加以理会。

迅速解决朝鲜问题就能大大地为减轻远东国际紧张局势而开辟道路,应按照联合国宪章中所规定的和平解决争端的程序来考虑这一地区的其他问题。

在未达成令人满意的结束战斗的部署以前,联合国的军事行动必须继续下去。

杜鲁门希望中国方面能够理解声明中明显的停战信号,并期望声明能引起巨大的国际反响。

但是,令杜鲁门万万没有想到的是,在精心准备的总统声明还没有发表时,远在东京的麦克阿瑟抢先发表了自己的声明。

一九五一年三月二十四日,美军在汶山实施空降的那一天,麦

克阿瑟又上前线了。回到东京后,他的声明发表了:

> 战事仍然按照预定的日程与计划进行着。现在我们已大体上肃清了共产党在南朝鲜有组织的军队。愈来愈明显,我们昼夜不停的大规模海空袭击已使敌人补给线遭受了严重的破坏,这就使敌人前线部队无法获得足以维持战斗的必需品。我们的地面部队正出色地利用这一弱点。敌人的人海战术无疑是失败了,因为我们的部队已适应敌人的作战方式。敌人的渗透战术只能使其小股小股地被消灭。在恶劣的天气、地形和作战条件下,敌人的持久作战能力要低于我军。

> 比我们在战术上的成功具有更大意义的是,事实清楚地表明,赤色中国这个新的敌人,缺乏工业能力,无法提供进行现代战争所需要的足够多的重要物资。敌人缺乏生产基地,缺乏建立、维持以至使之投入作战的哪怕是中等规模的空、海军所需要的原材料。敌人也无法提供成功地进行地面作战行动所必需的武器,如坦克、重型大炮以及科学技术为军事战役所创造的其他精巧的武器装备。起初,敌人数量上潜在的巨大力量大大弥补了这一差距,但随着现代大规模毁灭手段的发展,单靠数量已无法抵消这些缺陷本身所固有的危险性了。控制海洋和空中,进而也意味着控制补给、交通和运输,其重要和所起到的决定性作用在现在并不亚于过去。我们现在拥有这种控制权,加上敌人在地面火力上的劣势,其作用更加倍增。

> 这些军事上的弱点,在赤色中国进入朝鲜战争时,就已清楚无疑地表现了出来。联合国部队目前是在联合国的监督下进行作战的,因而相应地使赤色中国得到了军事优势。即使这样,事实还是表明,赤色中国完全不能以

武力征服朝鲜。因此,敌人现在已经必然痛苦地认识到,如果联合国改变它力图把战争局限在朝鲜境内的容忍决定,而把我们的军事行动扩展到赤色中国的沿海地区和内部基地,那么,赤色中国就注定有立即发生军事崩溃的危险。确认了这些基本事实以后,如果朝鲜问题能够按照它本身的是非加以解决,而不受与朝鲜无直接关系的问题(如台湾问题或中国的联合国席位问题)的影响,则在朝鲜问题上作出决定并没有不可克服的困难。

决不能牺牲已经受到极其残酷蹂躏的朝鲜国家和人民。这是一个至关重要的问题。这个问题军事方面的结局在战斗中去解决。但除此之外,基本问题仍然是政治性的,必须在外交方面寻求答案。不用说,在我作为军事司令官的权限之内,我准备随时和敌军司令在战场上举行会谈,诚挚地努力寻求不再继续流血而实现联合国在朝鲜的政治目标的任何军事途径,联合国在朝鲜的政治目标是任何国家都没有理由反对的。

麦克阿瑟的声明让参谋长联席会议的官员们感到:"这位联合国军司令官简直再也找不到比这更有效的办法来使总统勃然大怒了。"

麦克阿瑟的声明使杜鲁门一切周密的停战准备化为枉然。

麦克阿瑟声明的内容与华盛顿已经斟酌完毕的声明内容观点正相反。

麦克阿瑟违反了总统去年针对他而签发的"任何人未经允许不得公开发表有关外交政策的声明"的训令。这是对国家最高决策机构和决策者的公然违抗,是对美国宪法赋予总统权威的挑战和蔑视。同时,麦克阿瑟的声明等于以最后通牒的方式通知中国方面,盟国要用全部的力量来对付中国,这无异于宣布远东的朝鲜战争将会演变成一场世界大战。

西方盟国把麦克阿瑟的声明称为向共产党宣战的"战书"。

麦克阿瑟的行为更严重的错误在于：这是在向美国国家领导军队的政体进行挑战，而美国三权分立的政权之本就是文官治国。

愤怒的杜鲁门立即召集会议，他说："我现在唯一能说的是我深感震惊。我从未低估过我同麦克阿瑟之间的困难，但是自威克岛会晤之后，我曾指望他能尊重总统的权力。现在我认识到，我本人除了解除这位国家的最高战场指挥官的职务外，没有别的选择了。"

一向与麦克阿瑟有间隙的国务卿艾奇逊更是暴跳如雷："麦克阿瑟信口开河"，他声明里的东西"简直使人对谈判提议无论如何也没法接受"。这真是一种"难以置信"的状况，因为这会使我们的盟国"不知道是谁在管理美国"。在表示坚决同意总统的决定的同时，艾奇逊是这样评价麦克阿瑟这位美国的五星上将的："这是个肮脏的农夫！"

至于如何下手，杜鲁门还要考虑一下。

解除麦克阿瑟的职务毕竟不是一件小事，很可能会引起政治上的轩然大波。

参谋长联席会议给麦克阿瑟发了一封电报，提醒他要遵守总统的训令，并且要求他如果向中国方面提出谈判的话，必须首先向总统报告"并等待命令"。

麦克阿瑟立即回电，表示自己的声明仅仅是"一位战区司令官的局部观点"，是"一位战区司令官在任何时候都可以发布的那种公告"。

白宫一边提醒着麦克阿瑟说话小心一点，杜鲁门和他的官员们一边研究如何稳妥地解除麦克阿瑟的职务。

而麦克阿瑟此时还在继续他的言论，在与记者们的谈话中，他再次说到他的军事指挥"被束缚在一张人为的罗网之中"，他"是在打一场没有明确目标的战争"，而关于三八线问题则"是政客们侵犯了军人的职权"。

导致麦克阿瑟被解职的导火索终于冒出火星了。

四月五日，美国众议员马丁在众议院的发言中，当众宣读了一封麦克阿瑟的来信。这封信是麦克阿瑟发表声明的前三天写给马丁的回信。之前，马丁在他给麦克阿瑟的信中认为，不在朝鲜战争中利用福摩萨（台湾）军队是"愚蠢透顶"的事情，于是，麦克阿瑟的回信是：

> 五日来函附来了你在二月十二日的演讲稿。我以莫大的兴趣阅读了它，我看出，多少岁月流逝了，而你的英姿未减当年。
>
> 关于赤色中国在朝鲜参战而造成的局势，我的看法和建议已极其详尽地阐述并呈交给华盛顿。总的来说，大家都知道并了解这些意见，因为这些意见只是遵循传统的方式给暴力以最大所谓还击而已。我们过去一直是这么做的。你关于利用福摩萨的中国军队的意见既符合逻辑，也符合传统。
>
> 有些人似乎不可思议地难以认识到：共产党已选择亚洲这个地方来着手征服世界，而我们对由此引起的战场问题却展开了讨论；他们难以认识到我们在这里是用武器为欧洲作战，而外交家们则仍在那里进行舌战。如果我们在亚洲输给了共产主义，那么欧洲的陷落也就不可避免了；如果我们在这里赢得胜利，则欧洲就很可能避免战争而维护了自由。正如你所指出的，我们必须赢得胜利。除了胜利我们没有别的选择。

当杜鲁门在报纸上看见这封信时，终于怒不可遏。麦克阿瑟凭什么煞有介事地说共产党决定把全部力量集中在他所管辖的地区？他有什么权力说美国的政策是不符合逻辑的和违背传统的？

第二天,杜鲁门把国务卿艾奇逊、国防部长马歇尔、参谋长联席会议主席布莱德雷召集到办公室,明确表明一定要解除麦克阿瑟的职务。在场的人都表示没有异议。

杜鲁门在他当天的日记里对麦克阿瑟有这样的描述:"麦克阿瑟通过马丁又扔出一颗政治炸弹,这看来像是最后的致命一击。"

接着,解除麦克阿瑟职务的问题被提到参谋长联席会议上,因为国务卿艾奇逊认为得到"参谋长联席会议的一致支持至关重要",他不希望解除麦克阿瑟的职务看起来"像一位意气用事的总统所采取的鲁莽行为"。

虽然国防部长马歇尔希望关于这一事件得到参谋长们"严格的军事意义上的意见",但是陆军参谋长柯林斯、海军参谋长谢尔曼和空军参谋长范登堡的意见还是集中在了"麦克阿瑟对政府政策的攻击"上。最后,参谋长们一致认为:"总统完全应该有这样一位战场司令官,他的观点和他的政府的基本政策更为一致,他更能响应作为总司令的总统的意见和意志。"当然,参谋长们私下里还一致认为,他们并不"欣赏即将发生的这件事"。陆军参谋长柯林斯说:"参与对一位杰出战士的免职,实非一件易事。"

接下来,事情转入用什么样的方式通知麦克阿瑟的问题。

哪一种方式更合理而又稳妥呢?

华盛顿多数人认为,通过军方渠道来发布是极不明智的,"对麦克阿瑟将是奇耻大辱,因为他的司令部里几乎每一个人都会知道将军是在事先不知道的情况下被解职的"。

四月十日,杜鲁门决定由正在远东视察的美国陆军部长弗兰克·佩斯把解除职务的命令当面交给麦克阿瑟。

但是,由于通讯线路的故障,陆军部长还没有领受命令,《芝加哥论坛报》就抢先把这个消息捅了出去。

于是,一九五一年四月十一日凌晨一时,杜鲁门临时召集白宫

记者团,宣布了解除麦克阿瑟职务的命令:

> 我深感遗憾地宣布,陆军五星上将道格拉斯·麦克阿瑟已不能在涉及他所担任职责的问题上全心全意地支持美国政府和联合国的政策。根据美国宪法赋予我的责任和联合国特殊委托我的责任,我决定变更远东的指挥。因此,我解除了麦克阿瑟的指挥权,并任命马修·B.李奇微中将为他的继任者。

> 对于有关国家政策的各种问题进行全面而热烈的讨论是我们自由民主立宪制度的不可缺少的因素。但是,军事司令官必须服从根据我国的法律和宪法所规定的方式下达给他们的政策和指示,这是一个基本的条件。在危急时期,这一因素尤其必要。

> 麦克阿瑟将军作为美国最伟大的司令官之一已经完全确立了他在历史上的地位,对于他在重大责任岗位上对国家做出的卓越和非凡的贡献,全国人民深怀谢意。由于这一原因,我为不得不对他采取的行动深感遗憾。

之后,由白宫秘书宣读的解职命令是:

陆军五星上将道格拉斯·麦克阿瑟将军:

> 我深感遗憾的是,我不得不尽我作为总统和美国武装部队总司令之职,撤销你盟军总司令、联合国军总司令、远东总司令和远东美国陆军总司令的职务。

> 你的指挥权将交给马修·B.李奇微中将,立即生效。你有权发布为完成计划前往你选择的地点而必需的命令。

> 关于撤换你的原因将在向你发布上述命令的同时公之于众。

当美国陆军部长弗兰克·佩斯正式接到麦克阿瑟被解除职务

的电报时,他正在李奇微的陪同下视察朝鲜前线。晚上,在一片风雨中听到第八集团军参谋长利文·艾伦在电话中转达电报的内容时,佩斯着实吓了一跳。他立即让李奇微跟自己来到指挥所的门外。外面下起了冰雹,佩斯让李奇微把脖子上的手雷收起来,他说:"马修,把这些该死的手雷拿掉,万一冰雹把它们给砸响了,美国就没有了陆军部长和朝鲜的司令官了。"

李奇微对自己接任麦克阿瑟的职务感到万分意外。

四月十二日,李奇微到达东京上任。

李奇微见到麦克阿瑟的时候,麦克阿瑟表情平静。他们谈论了一些关于战争局势的问题,麦克阿瑟第二次在东京给李奇微留下了很好的印象,但是接下来的谈话让李奇微听起来便古怪离奇了。麦克阿瑟说,他已经收到各种报价,请他谈他与总统之间的矛盾,有人愿意出十五万,有人愿意出三十万,最多的愿意出一百万。麦克阿瑟还告诉李奇微,有一位"杰出的医学界人士"对他说过,杜鲁门患有恶性高血压,"大概活不过六个月了"。

麦克阿瑟回到了美国。

虽然美国人理解政府拥有宪法赋予的权力和义务去监督军方,但他们还是认为杜鲁门不该这样对待一位曾率领美军在巴丹岛和仁川港"取得巨大胜利的英雄"。

七百万美国人自发地来到大街上欢迎麦克阿瑟归来。

麦克阿瑟的支持率上升到百分之六十九,而杜鲁门的支持率下降为百分之二十九。

麦克阿瑟感慨万千地说:"的确,在战争中没有什么可以替代胜利。"

一九六二年五月,在做了包括胆囊切除在内的几次大手术后,面容憔悴、虚弱不堪的麦克阿瑟回到他一生戎军之路的起点——西点军校,发表了在他销声匿迹多年后的一篇极富诗意的演讲,这篇最后的演讲与他在太平洋上曾经创造的赫赫战功一样,令世人长久怀想。

麦克阿瑟演讲的题目是《老兵不死》：

> 我的生命已近黄昏，暮色已经降临，我昔日的风采和荣誉已经消失。它们随着对昔日事业的憧憬，带着那余晖消失了。昔日的记忆奇妙而美好，浸透了眼泪和昨日微笑的安慰和抚爱。我尽力但徒然地倾听，渴望听到军号吹奏起床号时那微弱而迷人的旋律以及远处战鼓急促敲击的动人节奏。

> 我在梦幻中依稀又听到了大炮在轰鸣，又听到了滑膛枪在鸣放，又听到了战场上那陌生、哀愁的呻吟。然而，晚年的回忆经常将我带回到西点军校。我的耳旁回响着，反复回响着：责任，荣誉，国家。

> 今天是我同你们进行的最后一次点名。但我愿你们知道，当我到达彼岸的时候，我最后想的是学员队，学员队，还是学员队。

> 老兵永远不死，他们只是慢慢离开。

> 我向大家告别。

一九六四年四月五日下午十四时三十分，麦克阿瑟于华盛顿沃尔特·里德陆军医院病逝，终年八十四岁。

不死的老兵去了。

第七章
谁能在战争中取胜

范弗里特将军:欢迎共军进攻!

联合国军前沿无线电监听记录:

监听时间:三月三十日。

地点:洪川北二〇五高地。

来源:中国军队汉语电话。

内容:今天的伙食有无困难?

联合国军在北进的同时,一直在探察中国军队可能发动大规模反击作战的迹象。

就在第四次战役中国军队向北撤退的时候,唯独彭德怀的指挥部在一路向南推进。现在,彭德怀的指挥部几乎位于接敌的前沿,敌机不断地从头顶上飞过,可以清晰地听到前沿阻击战斗的炮声。

春天来了,尽管战场上的春天来得是那样的迟缓,但斑驳的野花和细嫩的野草已铺满遍布着弹坑的山峦,灌木枝头上挂满鹅黄色的初叶,山谷中吹来的风也变得温和起来。

一九五一年四月六日，中国人民志愿军党委第五次扩大会议在朝鲜金化东北几公里处一个名叫上甘岭的地方召开。

这是一个巨大的废弃金矿矿洞。数十个炮弹箱垒成的会议桌摆在矿洞的中央。参加会议的除了志愿军指挥机关的首脑外，还有先期入朝的志愿军九个军的军政主官，以及刚刚入朝的第三兵团副司令员王近山、副政委杜义德，第十九兵团司令员杨得志、政委李志民等领导。中国人民志愿军所有的高级军政指挥员都集中在这个矿洞里了。北朝鲜方面的人民军领导列席会议。

这些指挥员有一些彭德怀并不熟悉，但是，高级军政指挥员们没有一个不认识彭德怀的。彭德怀看着壮大了不少的指挥员的队伍，打趣地说："美帝国主义纠集了十五国的军队组成了联合国军，我看咱们也可以说是个'联军'，来自祖国的各个地区，咱们一个兵团管辖的地区，就比他们一个国家大得多！"

彭德怀的心情随着国内补充部队的到来有了好转。在两个月以来艰苦的阻击和焦急的盼望中，第三兵团和第十九兵团的六个军终于到达前线了，加上原来参战的九个军，以及炮兵、铁道兵、后勤部队和技术兵种，此时，中国人民志愿军在朝鲜的总兵力已经达到七十多万人。

只要有了人，什么都好办。

在对人的能力的认识上，杜鲁门不如在亚洲生活了十四年的麦克阿瑟了解中国人。华盛顿的那些高级幕僚们所认为的"中国人可能也认为现在是战争停下来的时机"的判断完全是主观臆测。中国人不但不会认为战争应该停下来，而且正在准备一次自朝鲜战争爆发以来最大规模的战役。即使在中国军队被动撤退的那些腥风血雨的日子里，打一个更大规模的战役、消灭更多的敌人的梦想仍萦绕在毛泽东和彭德怀的心中。

没有什么力量能够阻止中国人顽强展现其特有的民族性格。

没有较量到最后决不停止，而且永远也不会认输。

美国人在远东的朝鲜半岛上用了三年的时间才明白了这一点。

志愿军党委扩大会议首先总结了第四次战役的得失。

第四次战役,历时八十七天,中国军队边打阻击边撤退,一直撤退到现在的三八线以北,在运动防御中度过了艰难的时期。志愿军官兵用血肉之躯顽强地迟滞了美军在空前规模的现代化杀伤武器的掩护下的进攻,令美军的北进攻击平均每天付出几百人的代价才能前进一点三公里。但是,中国军队在第四次战役中的教训也是很多的,简单地说就是:一、朝鲜战争是一个艰苦的长期的战争,"速胜"的思想是可怕而有害的;二、在美军的现代化装备面前,中国军队固守防御是困难的,必须进行积极的运动防御。

认识到这两点,足以说明中国军方在战争中的清醒。

且不说中国军队在保障士兵基本生存与战斗所需物资上的困难,仅仅从部队的机动性能上看,其机动手段与美军相差甚远。进攻中,中国军队的攻击手段一成不变,在运动防御中为避免出现战线崩溃就必须保持相当纵深的阵地配置,而且不能随意撤守。由此,美军依靠机械化的速度所达成的突击便会令中国军队陷入被动。这种现实对于中国军队来讲是一个深刻的矛盾,因为即使是在认识到之后,中国军队依旧没有总结出切实可行的应对方法。于是,这导致了中国军队在思想上根本忽视了这种状况,而在未来的战争进程中依旧犯下了同样的错误。

对第五次战役的讨论开始了。

当面联合国军的前线兵力为十四个师、三个旅,再加上三个南朝鲜师,共近三十万人。至于敌人到达三八线后是否继续大规模北进,尽管中国方面收到了美国方面发出的某种和谈的信号,但是毛泽东和彭德怀根据多年对敌斗争经验所得出的对敌人本质的判断是根深蒂固的,那就是立地成佛的敌人是没有的。但是,目前的战场态势也许会出现三种情况:

如果联合国军继续大规模北进,对中国军队正在准备的反击作战最为有利,因为联合国军一旦向北深入,其战线状况便于中国军队利用其间隙穿插分割。

如果联合国军缓进而主力停止,那么对中国军队的目前有利,因为中国军队完全有能力阻击北进的小规模之敌,以便再争取一段战役的准备时间。

如果联合国军就此不再北进了,这反而不好,因为美军一旦决心停下来并且形成坚固的防御线,中国军队要想反击,就等于打的不是运动歼敌而是对美军阵地的攻坚,这是最没有胜利把握的一种交战态势。

可是,李奇微始终没有放松对中国军队可能反击的警惕,他采用的是稳扎稳打、步步为营的北进政策。部队推进的速度不快但十分坚决,并且战线平推不留间隙,即使越过了三八线依旧还是如此。

这反而让彭德怀举棋难定了。反击作战肯定要打,但什么时候打是最佳战机,怎么打,这些问题在志愿军司令部的军事首脑之间形成了激烈的争论。

副司令员洪学智坚决不同意立即进行大的战役,他主张把联合国军再往北放,一直放到战机形成时,也就是中国军队完全准备好以后,再打。洪学智的理由是:如果现在就打,敌人一缩,不容易达到毛主席所要求的"成建制地消灭敌人"的目的。而把联合国军放进来,中国军队可以采取拦腰截断的战术,解决问题会顺利一些。况且,现在新参战的部队刚刚入朝,没有立即投入大规模战役的准备。

彭德怀打断了洪学智的话:"我们不能再退了,把敌人放进铁原、金化以北坏处很多。铁原是平原,是很大的开阔地,敌人坦克冲进来,对付起来很困难。另外,敌人进来,我们在物开里附近储藏的很多物资和粮食怎么办?不行,不能把敌人放进来,还得在铁原、金化以南打!"

副司令员邓华也倾向于洪学智的意见:"洪副司令的意见有道理,应该把敌人放进来打。目前,三兵团和十九兵团刚入朝,九兵团也刚刚往前开进,地形都不熟悉,行动十分仓促。把敌人放进来,一是我们准备得充分一些,可以以逸待劳;二是可以把地形摸清楚。"

洪学智表示:"至于物开里的物资和粮食,我保证两天之内把它向北搬完!"

彭德怀却严肃地质问:"这个仗你们到底想不想打了?"

彭德怀按照自己的意见起草了给毛泽东的电报,电告了志愿军关于第五次战役的想法。

当天,洪学智又单独向彭德怀提出了自己的建议:"彭老总,当参谋的,有三次建议权,我已经向你提过两次了,我现在再向你提一次,最后由你决定。"

洪学智最大的担心是:如果不能在战役一开始就分割包围住敌人,中国军队向前打,美军就向后退,中国士兵的两条腿是追不上美军的汽车轮子的。追远了,部队供应不上,可能还会出现第四次战役后期的状况。

彭德怀没有做声。

彭德怀主张立即作战的重要原因,他当时没有明确地说出来,那就是担心美军于朝鲜半岛东西两侧实施登陆作战。

志愿军参谋长解方提供的两个情报引起彭德怀深深的忧虑。一是李奇微到东线视察后,美军的海军加强了对元山、新浦、清津诸港口的炮击和封锁,并且对沿海岛屿进行了频繁的侦察;二是美军本周从其本土调了两个师到达日本,准备增援朝鲜战场,南朝鲜也至少有三万人在日本的美军基地加紧训练。另外还有消息说,蒋介石的三万名士兵已经运抵济州岛。一切迹象表明,美军很可能在策划一次大规模的登陆作战,地点很可能是在东海岸的通川、元山。在正面联合国军大举北进的时候，如果美军同时在朝鲜半岛的东西海岸进行大规模的登陆作战，那么，中国军队的供应线将被完全切断，腹背受敌的中国军队面临的局面将是灾难性的。

驻亚洲地区的美军是以两栖登陆作战闻名的。

机动能力很差的中国军队承受不住类似仁川登陆一样的两栖作战的夹击，尤其是在没有准备的时候。

彭德怀自担任朝鲜战场的统帅时起，就一直对此抱有极大的警惕。要抢在美军可能发动登陆作战的前边，从战线的正面向其施加压力，以粉碎美军的企图，消除中国军队侧后的威胁。这就是彭德怀坚持立即开始新的战役的原因。

彭德怀在志愿军党委扩大会议上作了重要讲话。他指出："我军反攻时机，以现在为最好，因敌很疲劳，伤亡还未补充，部队不甚充实，且后备部队尚未来到，但现时我军尚未集结完毕。如敌进展较快，则决于四月二十日左右发起反击战役；如敌进展较慢，则拟于五月上旬开始；若再推迟，待敌登陆和增援到来后再打，可能增加我军之困难……敌人这次兵力比较靠拢，战斗纵深大。因此，我必须实行战役分割和战斗分割相结合，必须从金化至加平线劈开一个缺口，将敌人东西割裂，然后各个包围歼灭之。"

彭德怀要求立即抓紧时间进行政治动员和战术教育，组织第一批参战部队的干部向新参战的部队介绍作战经验，并向新参战的部队派出顾问，立即开展战役侦察和战术侦察。同时，对后勤工作的要求是：加强囤积粮弹物资，保证参加这次战役的每个战士能自带五天的干粮，后勤分部同时准备可供部队五天的干粮随部队前进。要克服三八线一带一百五十公里无粮区的困难，不允许战士挨饿的情况发生，如果一两天断粮，再好的作战计划也没有用。卫生部门做好四至五万伤员的收容治疗准备。工兵部队立即开始修筑熙川经德岘里、宁远、孟山到阳德的公路，准备一旦敌人从侧后登陆，中国军队的西线交通被切断时，作为主要运输线。

十日二十四时,彭德怀将第五次战役的具体设想和部署电告毛泽东:

> 我作战企图,拟从金化至加平线,利用这一大山区劈开一个缺口,将敌东西割裂,然后用九兵团和十九兵团对西线敌人进行战役两翼迂回,三兵团正面进攻,以各个分割歼灭敌人,力求在三八线北歼灭敌人几个师,得手后再向纵深发展。
>
> ……
>
> 攻击时间,如敌进展快,我拟于四月二十日左右开始,各兵团于四月十五日可集结完毕,时间较仓促些;如敌进展不快时,待五月上旬出击,准备即较充分些,我空军和装甲部队亦有可能部分参战,战果亦可能大些。

周恩来提醒说,这次战役无论兵力的投放、战线的宽度,还是预想的战果,比起前四次战役都要大得多。而前四次战役的结果证明,一次包围美军几个师、一个整师,甚至是一个团,都难以达成歼灭的目标。那么这次战役预定"歼灭敌人几个师"恐怕客观上难以做到……

但是,毛泽东批准了彭德怀的作战预案。

四月十三日,毛泽东复电彭德怀:

> 完全同意你的预定部署,望依情况坚决执行之。

中国军队第五次战役发起的时间最后确定为:一九五一年四月二十二日。

所有参加志愿军第五次党委扩大会的军事指挥员都明确了自己的任务。尤其是刚刚入朝并即将在开始的战役中担任主力的第三兵团、第十九兵团的军事指挥员更是格外兴奋,他们真诚地向第一批参战部队请教跟美国军队打仗的经验,兴致勃勃地听着那些激动人心的战斗故事,追根寻源地探究着每一个战例,并邀请第一批参战部队派出精干的干部到自己的部队当战斗顾问。这些指挥员都是抱着打一个漂亮的歼灭战、在朝鲜战场上立大功的决心离开会场的。

没有人知道已与美军进行了四次殊死拼杀而不再参加第五次战役的第三十八、第四十二军的指挥员们离开会场的时候是一种什么样的心情。

前沿的炮声越来越近,美军的前锋部队距离上甘岭仅有十几公里了。会议一结束,参谋人员就要求彭德怀立即转移。彭德怀不愿意走,但是参谋人员说,机关已经转移了,这里实际上就剩下司令和副司令几个主要领导了,连电台都搬上卡车了,如果再延迟,北撤的唯一公路要是被敌人封锁,情况就危急了。

彭德怀不得不上了吉普车。

吉普车上的彭德怀背向前线的方向而去。

自他率领中国军队参加朝鲜战争以来,他的指挥部一路向南前进:大榆洞、君子里,然后南下到这个上甘岭。而现在,他的指挥部开始向北去了。

彭德怀新指挥部的地点是伊川北面的空寺洞,依旧是一个废弃的金矿矿洞。

转移是趁黑夜进行的。

为了安全,志愿军总部的首长分批转移。

"大路朝天,各走一边!"彭德怀难得地开了个玩笑。

即使是中国军队最高指挥机关的转移也是险象环生。洪学智在彭德怀转移的第二天乘吉普车上路,没走多远,原以为夜晚不会来的美军战机便朝他们俯冲下来。吉普车在躲避轰炸时开进了沟里,幸亏人没有受伤,但洪学智和两个警卫员无论怎么努力也无法把吉普车从沟里弄上来,最后还是路过的卡车把吉普车拉了上来。刚把车弄上来,一辆因为防空而没敢开灯的汽车在黑暗中冲了过来,把一个警卫员撞倒了,伤势很重。在洪学智的命令下,那辆汽车负责把这个警卫员送往医院。吉普车继续走了大约一个小时，遇到空袭，紧接着又被迎面开来的一辆大卡车撞上了，吉普车被撞扁，洪学智的双腿受伤。卡车上的第四十军的财务科长，发现被撞的竟是洪副司令，吓坏了，赶快下车，洪学智让他们赶紧离开。美国制造的吉普车被撞成那个样子，居然还能开，天快亮的时候，一瘸一拐的洪学智终于到了那个叫空寺洞的地方。

空寺洞洞中滴水，实在是太潮湿，而且过于昏暗，彭德怀不愿意住。山下有几间房子没有被炸，于是彭德怀就住在房子里。一天早上五点，美军的飞机突然飞临上空，洪学智和邓华钻入了防空洞，但是看见彭德怀住的房子被火箭弹击中了。飞机飞走以后，洪学智跑过去，彭德怀住的房子已彻底烧毁，幸亏彭德怀被警卫人员迅速拉进了一个小防空洞没有受伤，但是堵在防空洞洞口的草袋足足中了七十多发机枪子弹。从那以后，彭德怀住进了潮湿阴暗的矿洞里。为了他的工作，工兵在洞口外为他挖了一个小洞，美军战机没有来的时候，他可以到有亮光的洞口去挂地图。但是，美军的战机几乎天天来。

就在第五次战役准备进行到紧张阶段的时候，传来了三登仓库被美军飞机轰炸的消息。

彭德怀大怒。

三登位于平壤以东、成川以南，是铁路线上的一个隐蔽的小车站，是志愿军后勤部储藏作战物资的一个主要卸车点和转运点，它担负着供应第三十九、第十二、第十五、第六十六、第六十三军的任务。从二月初到四月上旬，这里一共卸下粮食、服装、食品等物资七百多车皮，除大部分被转运走之外，至今还存放着一百七十多车皮的物资。

美军发现了这个目标，出动战机向三登进行了长达十个小时的轰炸，结果有九十节车皮的军用物资被炸毁，损失生、熟粮食二百六十万斤、豆油三十三万斤、服装四十三万八千套，还有其他大量的物资。

在战役即将开始的时候三登被炸,彭德怀痛心之极:"暴露目标和直接责任人要军法处置!"同时,在给军委的一封电报中,彭德怀说:"请立即派得力干部组织检查团,彻底追究原因和责任,严格执行纪律,教育全体人员。否则,朝鲜战争将要遭到严重损害。"

三登被炸,暴露了中国军队运输和防空力量的落后:大量的物资因为缺乏运输手段无法及时疏散,而如此重要的物资转运站竟然没有高射炮兵的保卫。

不久,彭德怀又听到一个令他发火的消息:第六十军来电报说他们没有粮食了,士兵用衣服和毛巾与当地的朝鲜人换鸡和酸菜吃。彭德怀对负责后勤工作的洪学智说了几句很不高兴的话,然后派自己的办公室主任前去调查。结果第六十军还有三天的粮食,来电报的意思是看能不能再给一点。

彭德怀给洪学智送去一个梨,说是闹了误会,给洪副司令"赔个梨(理)"。

洪学智说:"这梨我可不敢吃! 老总是怕部队饿肚子,这种高度的革命责任感够我们学一辈子的!"

第五次战役按照彭德怀的计划,一天天接近了发动的时刻。

这时,回到中国国内作报告的志愿军英雄代表成为最受欢迎的人,官兵们所到之处都是鲜花和掌声。老人们把这些不惧死亡的年轻人视为自己的亲儿女,拉着他们的手老泪纵横。孩子们最喜欢的人就是志愿军叔叔,因为他们会讲打美国鬼子的战斗故事。学生们让他们在自己的笔记本上签名,邀请他们跳舞联欢。要求参加志愿军的年轻人愿意立即跟随他们上前线。成千上万封信飞往朝鲜前线的战壕,写信的人从三岁的儿童到古稀老者,其中最多的是中学生和大学生。年轻的女学生措辞优美动人甚至表达了热烈的爱情,令战壕中的志愿军士兵激动不已。由于一位中国作家将第三十八军的一支部队在松骨峰阻击美军的事迹写了一篇名为《谁是最可爱的人》的通讯,于是志愿军官兵有了一个全中国都使用的代名词:最可爱的人。

这就是新中国。物质的贫乏丝毫没有使这个国家的人民感到信心的挫伤,相反,他们认为自己是世界上最强大的力量。这就是中国军队为什么在武器装备与对手存在巨大差距的情况下,依旧能够英勇作战,前仆后继,至今令他们的敌人感到震撼和畏惧的原因。

李奇微接替麦克阿瑟后,他选择的第八集团军司令官是范弗里特。

詹姆斯·A.范弗里特,接任美军第八集团军司令官之前,正在美国国内负责训练新兵。美军中有人说他是个"乱世英雄",有人说他是个"偏激的旧式军人"。他是从士兵成长起来的将军,如果没有第二次世界大战,他顶多只能升到中校,是战争给了他光明的前程,幸运之神是在最残酷的战斗中降临在他头上的。诺曼底登陆时,他是美军第二十九师中的一名团长。第二十九师登上奥哈马海岸,战斗进行得很不顺利,五天以后全师还在海岸边没有进展,德军的反击令部队出现巨大伤亡。眼看这个局部的登陆就要失败的时候,视察前线的艾森豪威尔和布莱德雷决定把第二十九师师长撤了,让范弗里特团长代理师长,于是,"全师就像苏醒了一样,前进了"。不久,范弗里特正式成为师长,接着被提升为军长。二战后他在希腊待了一段时间,专门对付希腊的共产党游击队。

范弗里特不关心政治,因此被认为缺乏优秀将领关照全局的能力,有人说把第八集团军交给他指挥有点不让人放心。李奇微却不这么认为,他说他了解范弗里特:"这是个擅长战斗并且追求完美的军人,即使一个小规模的战斗,他也要获得全胜。"

四月十四日,接任第八集团军司令官的范弗里特很为自己应该干些什么或者说马上就要干的是什么而伤了一阵脑筋。中国军队反击作战的迹象已经十分明显,只是不知道中国军队将在什么时间和什么地点开始。但是,是否就此停下来建立防御阵地等待中国军队的攻击?范弗里特认为:即使建立防御阵地,中国军队也要攻击。在这种情况下,建立防御阵地不但起不到坚固的防御作用,在士兵的心理上反而会造成不良影响。所以,只有按照李奇微的方针,北进,坚决地北进,打到哪儿算哪儿,说不定美军的持续进攻会破坏中国军队的反击计划。

范弗里特下达了一个北进计划,目标是"怀俄明线"。

这是一条曲线,目的是再次把第八集团军凹凸的战线拉平。

因此,在中国军队积极准备大规模反击的时候,联合国军还在北进。

二十一日,中国军队发起攻击的前一天,战场上双方的态势是:

美军第一军指挥的第三、第二十五师以及南朝鲜第一师位于汶山以东地区,其先头部队南朝鲜第一师的青年团已经到达开城和石柱院里地区。美第三师十五团是预备队,位于议政府。

美军第九军指挥的第二十四师、陆战一师以及南朝鲜第六师,位于芝浦里至大利里一线。英军第二十九旅为预备队,位于加平。

美军第十军指挥的第二、第七师,荷兰营和法国营以及南朝鲜第五师,位于九万里至元通里一线。

南朝鲜第三军团指挥的南朝鲜第三师位于元通里至寒溪岭一线。预备队是南朝鲜第七师,位于县里、美山里地区。

南朝鲜第一军团指挥的首都师、第十一师在杆城一带防御。

第八集团军的总预备队是骑兵第一师、空降一八七团和南朝鲜第二师,分别位于春川、水原、原州。

中国军队发动的第五次战役的预定计划是:以三个兵团共十二个军(含北朝鲜人民军第一军团)在西线实施主要突击,以分割汉江以西的敌人为目的。第三兵团为中央突击集团，从正面实施突击。第九兵团和第十九兵团分别为左右突击集团，从两翼进行战役迂回。首先力图歼灭南朝鲜第一师、英军第二十九旅、美军第三师、土耳其旅和南朝鲜第五师共五个师（旅）。然后，再集中兵力歼灭美军第二十四、第二十五师。北朝鲜人民军积极钳制敌人，相机歼敌。

中央突击集团的第三兵团指挥第十二、第十五、第六十军，配属炮兵两个团、反坦克炮兵一个团，自三串里至新光洞十五公里的正面实施突破，首先歼灭美军第三师和土耳其旅，而后向哨城里、钟悬山地区实施突击，与第九兵团、第十九兵团会歼位于永平、抱川地区的美军第二十四、第二十五师。

右翼突击集团的第十九兵团指挥第六十三、第六十四、第六十五军，配属炮兵一个团，在扫清临津江以西之敌后，在德岘里至无等里的三十一公里的正面突破临津江，首先歼灭英军第二十九旅，而后向东豆川、抱川方向实施突击，协同会歼美军第二十四、第二十五师。第六十四军渡江后，迅速向议政府方向实施战役迂回，切断敌人退路，阻敌增援。得手后向汉城发展，相机占领汉城。

左翼突击集团的第九兵团指挥第二十、第二十六、第二十七、第三十九、第四十军，配属炮兵六个营和反坦克炮兵一个团，以第二十、第二十六、第二十七三个军，在古南山至伏主山二十七公里的正面实施突破，首先歼灭美军第二十四师、南朝鲜第六师一部，而后协同第九兵团、第十九兵团歼灭美军第二十四、第二十五师。第四十军在上实乃里至下万山洞一线六公里的正面实施突破，向加平方向突击，切断春川至加平的公路，割裂东西线美军的联系，并以一部前出至华川、春川间，断敌退路，配合第三十九军歼敌。第三十九军以一部兵力于华川以北钳制敌人，主力向原川里、章本里方向实施突击，钳制美军陆战一师、骑兵第一师，使之不得西援，保证战役主要突击方向的左翼安全。

从第五次战役的计划上看,其投入兵力之多,攻击正面之宽,预定突击距离之远,设想歼敌规模之大,都是中国军队参加朝鲜战争以来之最。这是一次空前规模的战役,决心坚定而远大,预想接近完美,歼敌目标是联合国军的五个整师!

第五次战役最后的结局,最终使毛泽东和彭德怀认识到,在朝鲜的战争与国内战争因对手不同而根本不同。

在朝鲜战场上,在敌人海、陆、空现代化装备的立体作战的优势面前,中国军队过分乐观地估计了自己地面兵力的优势和敌人缺乏近战夜战的能力,致使战争在开始之时便不具备完成预想目标的条件。客观地说,在当时的情况下,中国军队还不具备对美军实施大规模(五个整师)歼灭战的实力。尤其是美军已经掌握了中国军队由于种种限制而出现的那些暂时无法克服的弱点。于是,中国军队宏伟的作战计划就不仅是想象错误的事了,它还致使中国军队在战场上遭受了重大的损失。可惜的是,认识到这个错误,是在付出了血的代价之后而不是之前。

四月十九日,志愿军总部向全军发出政治动员令,动员令中有这样的话语:第五战役就要开始了! 大量的歼灭敌人几个师的光荣任务,已经落在同志们的肩上了! 这次战役的意义十分重大,因为它是我军取得主动权与否的关键,是朝鲜战争时间缩短或拖长的关键。我们要力争战争时间缩短,因为它是符合中朝人民利益的。我们要力争这个仗打胜,因为它有胜利的条件。向敌出击了,为中朝人民立功的时机已到! 我们的战斗口号是:全体动员起来,发扬艰苦奋斗、克服困难的精神,争取每战必胜! 保持革命光荣传统!

就在中国军队发动第五次战役的前一天,日本《朝日新闻》登出了一条醒目的大字标题:

范弗里特将军:欢迎共军进攻!

圣乔治日的祝祭

四月二十二日晚十七时。

又大又圆的月亮升起来了。

擅打夜战的中国军队，每次大规模进攻都必挑月圆之时，明月柔和的光线正好照亮中国士兵前进的道路。

在宽达两百公里的正面战线上，中国军队大规模反击作战的炮声骤然响起。

空寺洞矿洞里，彭德怀坐在巨大的地图前，他习惯在战役的整个过程中都这样坐着，看参谋在地图上插着小旗帜，那表示着各军冲击所到达的位置。

战役前的炮火准备，无论火炮的数量还是炮击的时间都是空前的。彭德怀在那一刻也许想象到了敌人的前沿在中国军队猛烈炮火的轰击下土木横飞的景象。

冲击的时间到了。

开始！

突然，参谋报告说，有部队来电询问：他们还在向冲击起始的位置运动中，怎么就命令开始冲击了？能不能推迟冲击时间？

一个晚上能有多少时间？炮兵炮火准备后，步兵不立即冲击，那么炮火准备不就没有实际作用了？等他们到达冲击位置，下半夜了！天亮前完不成突破，大白天的还指望什么？这些部队是怎么回事？

彭德怀脸色铁青。

冲！不顾一切，直接冲击！

尽管出了一点问题，但包括彭德怀在内的所有的中国官兵都对这次大规模的战役胸有成竹：一下子投入这么多部队，打美国鬼子还能有什么问题？

军号齐鸣！

近二十万志愿军官兵在整个战线开始了排山倒海的冲击！

左翼第九兵团迅速突破敌人的防御前沿，主力向纵深发展，先后歼灭美军第二十四师和南朝鲜第六师各一部，到二十三日已经挺进敌纵深三十公里。

中央集团第三兵团尽管从国内到达攻击阵地才十天，但也突入了敌人纵深，分割了东西敌人的联系。

右翼第十九兵团歼灭临津江西岸之敌后，于二十三日强渡临津江，向当面敌人发起了持续攻击。

在中国军队突然发起的反击面前，第八集团军司令范弗里特的第一个反应是：组织部队撤退。但例外的是，他从一开始就下定决心无论如何不放弃汉城。范弗里特认为，汉城的丢失不仅是一座城市的丢失，而是关系到整个战争态势的关键。

谁说这个"旧式军人"不懂政治？

范弗里特下令将空降一八七团紧急调往永登浦待命，将预备队骑兵第一师五团配给第九军加强汉城正面的防御，同时命令美军全线向"堪萨斯线"撤退。

由于南朝鲜第六师迅速溃败,致使美军第九军侧翼暴露,第九军边打边撤,各部队几乎处于失控状态。美军第二十五师受到的冲击更为剧烈,中国军队的冲击部队不但炮火猛烈,而且还有坦克参加。午夜时分,二十七团顶不住了,开始向芝浦里一线撤退,二十四团也撤退到汉滩川南岸组织防御阵地。中国军队利用二十四团撤退的间隙,将土耳其旅包围,该旅进行了殊死的抵抗,炮兵一夜之间打光了所有的炮弹,并以一个营为先头杀开一条血路,引导全旅向南逃跑,而且一夜之间便撤出去十五公里。

掩护汉城方向联合国军撤退的部队是英军第二十九旅。

范弗里特的命令是:"坚守阵地。"

在中国军队发动反击作战的时候,只有英军第二十九旅没有受到冲击。他们看着映红半边天的炮火以及从东西两边阵地上传来的剧烈枪声,不明白为什么自己这里没有动静。

这个旅已经做好了祝祭的一切准备。因为第二天是英国人的一个重要的日子:圣乔治日。这是个宗教纪念日,英国人一般称为"守护神日"。但是,守护神日来临的时候,降临在英国人头上的不是守护,而是中国军队的猛烈打击。

等英军第二十九旅突然觉得自己的阵地周围开始有动静的时候,中国军队已经将他们三面包围。位于最前边的比利时营最先受到打击。这个营的位置在临津江北岸,当中国军队的第一个冲击波开始时,这个营立即陷入混乱。与旅的通讯联络中断,背后是黑暗中的大江,前面是中国士兵的一片杀声,于是全营在绝望中呼天喊地。第二十九旅派出一个营企图渡过江去解救,但是很快这个营就自顾不暇了。比利时营被洪水般冲过来的中国士兵吞没,惊慌四散的比利时人纷纷跳入临津江逃命,其幸存者在坦克的掩护下上岸,一窝蜂地消失在向南奔逃的茫茫夜色中。

最危急的是第二十九旅的左翼格罗斯特营。午夜,渡过临津江的中国第六十三军的士兵在第一次冲击后就把这个营最前边的

A连包围了。连部首先被袭击,连长安格少校被乱枪打死。天亮时分,在全连大部伤亡的情况下,中国军队占领了这个营两侧的高地,切断了英军的后路。第二十九旅投入一个营的炮兵支援,每门炮都发射了上千发炮弹,炮管都打红了,但是依旧没有令格罗斯特营的情况好转。美军的战机开始向阵地空投大量的补给,但是敌我混战中投下的物资基本上让中国士兵利用了。格罗斯特营弹尽粮绝,四面悲歌。他们接到旅指挥部的最新命令仍是:就地坚守。

格罗斯特营是英军中唯一缀有两颗帽徽的部队,这是这支部队在一百五十年前远征埃及被包围时转败为胜所获得的殊荣。

黎明前,天下起蒙蒙小雨。

中国第十九兵团司令员杨得志和他的指挥部涉水渡过临津江。迎面走来的是中国士兵押着的俘虏。江岸上遍地是尸体和零乱的物资。一队英制坦克正往北开,是从英军第二十九旅手中缴获来的,中国士兵不会开,就押着英军俘虏开。太阳升起来了,第十九兵团的将领们手拿树枝举在头顶上赶路,为的是防空。

运送第十九兵团的火车刚一进入朝鲜,因为白天不能行驶,火车就躲在山洞里。结果火车的制动闸失灵,在没有车头的情况下顺着陡坡自行滑动,越滑越快,十分钟后就风驰电掣般地冲入一个车站,眼看就要与停在车站里的车厢撞上,幸亏一个朝鲜小男孩机敏地扳开道岔,令火车滑到了安全的轨道上。车厢里包括杨得志在内的第十九兵团的全部高级指挥员,一想到一个跟枪差不多高的朝鲜男孩救了整整一个兵团,不免有些后怕。另外,在战役开始前,第六十三军军长傅崇碧带着几个参谋去找北朝鲜人民军第一军团,谁知路遇一群敌人的坦克。他们这才知道人民军第一军团已经撤退,美军现在正在反击。傅崇碧军长只能隐蔽到山上,其结果是第六十三军没能到达预定的防御地点就开始阻击敌人了。

第六十三军的阻击正打得激烈的时候,担负穿插议政府任务的第六十四军进展缓慢。议政府从正面威胁着汉城的攻守,彭德怀对此特别重视。第六十四军渡江后,在美军坦克和飞机的阻击下,始终无法向前推进。为此,杨得志接到彭德怀电报:"你们必须继续努力,组织火力与运动相结合作战,勇猛地向议政府及其南北线挺进。否则,正面之敌将节节抗击,退至汉江南岸,增加渡江开展战局的困难。望深体此意,坚决执行之。"

于是,杨得志给第六十四军连发两次电报,催促其迅速突破敌人的阻击防线,电报的措辞十分严厉:

(一)江南之敌为英二十九旅、伪一师全部仅两万余人,虽有工事,火力强,飞机疯狂轰炸,但散布于四五十里宽的正面。

(二)我军主力已停于江南狭小背水地区,如不坚决攻击等于死亡,势必遭到不必要的损失,会造成更大的困难。

(三)各军师本日(二十四)晚应按原定任务不顾一切牺牲,组织火力密切协同主动配合坚决攻歼该敌。六十四军各师如不猛插进到目的地完成战役任务时,会要遭到革命纪律的制裁。

由于第六十四军的受阻,第十九兵团被迫派出第二梯队第六十五军前去增援,杨得志直接与第六十四军军长曾思玉通话,命令他迅速突破,穿插纵深,不惜一切代价完成任务。但是,激战过后,第六十四军只有一个侦察队和一个营得以突破,虽然后来的插进纵深达一百二十公里,占领了通往汉城的交通要地道峰山,给美军造成极大的威胁,但由于兵力太少而无法有效地坚持。第六十四军主力在反复的攻击中依旧不能前进,奉命增援的第二梯队第六十五军上来了,顶在前进不了的第六十四军的后面,结果,中国军队五个师共六万多人全部挤在了临津江南岸狭窄的江边。前进冲不过去,撤退没有命令,美军战机对没有防空能力的中国士兵群进行了猛烈的轰炸和扫射,中国士兵密集的尸体血肉模糊地倒在临津江南岸。

在中国军队冲击战线的左翼,是宋时轮指挥的第九兵团,辖第二十、第二十六、第二十七、第四十军。第九兵团在第二次战役中损失巨大,士兵中冻伤的人数比战斗伤亡的还要多,他们在东线整整休整了五个月之久,在补充了新兵和装备后,重新投入了第五次战役的战斗。

在第九兵团的正面,最前面的是南朝鲜第六师。

就在中国军队发动反击战役的前一天,南朝鲜第六师还在按照计划北进。黄昏十七时左右,他们在北进的途中突然遭到中国军队的大规模攻击。仅象征性地抵抗了一下后,师长张都映便命令部队撤退到"A"线。所谓"A"线,是向后几公里处的一条预定的防御线。但是,兵败如山倒,其二团的阵地被中国军队从两侧包抄,团指挥所遭到炮轰后,全团立即向后撤退。十九团看见二团的遭遇不敢贸然前进,观望了一会儿后,发现自己的侧后也出现了中国士兵,这才知道大事不好,十九团也开始撤退了。在撤退的时候,十九团被中国军队的冲击打乱,团长林益淳无法有效地组织部队阻击,于是形成全线溃败。作为预备队的七团本来在"A"线上做了阻击准备,任务是掩护主力撤退,但是他们很快就明白,作为师预备队的自己顷刻间便会成为前沿,前沿的命运不堪面对,因此七团还没有作战便开始了狂逃。

在这个方向上,中国第四十军的任务是打穿插。

一二○师向南朝鲜第六师发起全面攻击后,师属三个团并肩穿插,穷追猛打。三六○团在攻击中发现山下的公路上足有两里地长的敌人机械化队伍正在向南撤退。团长徐锐看见了"肥肉",不容考虑,立即命令部队攻击。原来这是南朝鲜第六师炮兵营在南撤的公路上与美军第二十四师向北增援的自行火炮营迎面顶在了一起。公路的一边是悬崖,另一边是大河,美军命令南朝鲜军士兵回到前沿去战斗,而南朝鲜军士兵让美军把路让开。正吵成一团的时候,中国军队来了。中国士兵把公路的两端封死,然后手持轻武器向这支钢铁的队伍冲上去。美军士兵和南朝鲜军士兵在坦克的掩护下夺路而逃,但中国士兵猛烈的迫击炮弹和枪弹把这一段公路打成了一片火海。中国士兵在火焰中追逐着四处奔逃的美国兵和南朝鲜兵,在汽车下、坦克里将他们杀死或者俘虏。天亮的时候,徐锐团长上了公路,他看见了一幕令他这个老兵都心惊的景象:无数坦克、汽车和自行火炮拥挤在一起燃烧,不少汽车已经被坦克撞得四轮朝天;一门自行火炮压在一辆吉普车上,吉普车里的美军军官已被压扁;到处是南朝鲜军士兵和美军士兵的尸体,尸体都已经被烧焦,在整条公路上,空气中弥漫着呛人的气味……

一二〇师三五八团在穿插中与美军陆战一师的部队相遇了。先是一连七班的韩勤忠发现山坡下有一架直升机,几名美军军官正从机舱中出来。韩勤忠立即带领七班士兵扑了上去,直升机在手榴弹的爆炸和机枪的扫射中坏了。美军往山上跑,七班就追,谁知道追到了美军陆战一师所属部队的一个阵地面前。韩勤忠和他的士兵管不了那么多了,坚决勇猛地往山上冲击。美军步兵被这么不怕死的冲击吓蒙了,丢下阵地转身就跑。一辆坦克向中国士兵开炮,韩勤忠负伤了。愤怒的他爬起来向坦克冲去,把一个燃烧瓶扔在坦克上。中国士兵一直把美军追进一个山洞里,大约一个排的美军这才发现打他们的只不过是区区几个中国士兵,于是开始反击。韩勤忠再次负伤,这回是胸部,鲜血涌出。这时,他听见了军号的声音,回头看,是主力部队到了,他因流血过多而一头栽在地上。

韩勤忠作战勇敢,是志愿军中第一个步兵击毁美军直升机的士兵,因此被记一等功,荣获"朝鲜民主主义人民共和国二级战士荣誉勋章"。

三五八团在三五九团二营的配合下,围住了被压缩在板尾洞的美军。天已经亮了,在几十架战机的掩护下美军开始突围。中国军队不顾战机的轰炸和炮火的阻拦,坚决冲击,但是由于缺少反坦克武器,没能封堵住美军,眼看着美军跑了。

面对美军强大的火力,中国军队即使围住了美军,甚至是以几倍于敌的兵力围住的,最终却不能将敌全部吃掉,这是朝鲜战争中前几次战役就已暴露出来的问题,在这次战役中还在重演。

一二〇师三五九团的二营,在追击中包围了美军的一个炮兵营。这是美军第九十二装甲野战炮兵营,装备的全是大口径火炮,有一五五毫米的装甲自行火炮两个连和二〇〇毫米牵引式榴弹炮一个连,野战炮营的任务是对其集团军的各个方向进行火力支援。炮兵们已经修筑好环形工事,又配备有坦克群和高射机枪所织成的火力网,因此不把中国军队的攻击当回事,还在公路上拦截溃逃下来的南朝鲜军士兵,骂他们统统是混蛋。三五九团二营为把这个给中国军队的攻击造成巨大伤亡的炮兵阵地拿掉,两个连不顾一切地轮番攻击,整整打了三天三夜,最后两个连只剩下不足百人,但是仍没能把这个美军的炮兵阵地打下来。而美军的野战炮兵营一边阻击中国军队的攻击,一边完成集团军不断赋予他们向各个方向开炮的支援任务,他们坚持了三天三夜才撤退,全营仅伤亡十五人。

一一八师迅速突破南朝鲜第六师没有力量的抵抗,向纵深发展。那个打响入朝参战第一枪的三五四团担任着师左翼的突击任务。三五四团穿插之猛、动作之快连师指挥部都感到意外。其三营由于穿插得太猛,在打垮敌人的多次拦截后,深入到敌后一百二十公里处。天亮时,他们到达一个名叫沐洞里的地方,这才发现当面的南朝鲜军队早就没影了,与他们对峙的敌人是白皮肤蓝眼睛的士兵,用的是英制“百人队长”式坦克,冲锋枪也是英制的。抓来个俘虏一问原来是加拿大人。与后续部队脱离过远的三营很快就被加拿大第二十五旅包围了。兵力悬殊,粮弹将尽,带队的团参谋长刘玉珠和三营营长李德章紧张起来。刘玉珠认为,部队穿插的任务就是割断敌人的横向增援,既然打到这里,就要血战到底,在敌后搅他个天翻地覆,尽最大努力打乱敌人的预定部署。决心下定,所有的干部把身上的文件和笔记本烧毁,以决死的状态投入了战斗。

加拿大旅在飞机和坦克的支援下,向这支孤军深入的中国部队展开了疯狂的攻击。钢铁的坦克冲开中国士兵的阻击阵形,把分散抵抗的中国士兵围困在公路边的数个小山包上。一些中国士兵开始与加拿大士兵肉搏,机炮连的火箭筒在击毁敌人的几辆坦克后没有弹药了,中国士兵们便朝敌人冲上去夺枪。卫生员郁长安手中拿着仅仅是准备给伤员固定断骨的木夹板,加拿大士兵不知道这是什么武器,扔下枪就跑。文书姜臣与高大的加拿大兵扭在一起时感到自己体力不支了,便伸手去摸加拿大兵的脸,一使劲把对手的眼球抠了出来。最后的时刻,营长李德章和团参谋长刘玉珠商量,各带一支队伍分别从东西两个方向突围。李德章先突围,吸引敌人火力,这支队伍没有越过公路就全部伤亡,李德章也中弹倒下。刘玉珠在猛烈的机枪扫射中阵亡,他带的部队也被打散了。

刘玉珠,一九四○年入伍,作战勇敢,爱护士兵,是一个受到全团官兵喜爱的军事指挥员。入朝作战以来,历经数次残酷的战斗,他一直与士兵冲杀在最前沿。

三营余下的士兵在突围中顽强抵抗,一直坚持到天黑加拿大旅撤走。

李德章苏醒后,带领负了伤的士兵转战敌后,四天之后归队。

三五四团三营的官兵在战场纵深牵制了敌人的增援部队,为正面部队的攻击创造了有利条件。

李德章营长好人长命,一九九四年离世。他的老战友在送给他的挽联上写道:难得志宏胆大,身先士卒,万事蹈火不避;向来心直口快,坚守信义,一生肝胆照人。

左翼第九兵团各军于二十三日已经挺进敌纵深十五至二十公里。

第三十九军的任务特别。该军要用一部分兵力把美军陆战一师牵制在华川,使其不得西援。跟随美军陆战一师一起作战的,还有一支南朝鲜的海军陆战团。就在中国军队开始进攻的那天,这支南朝鲜军陆战团还在北进,他们利用浮桥和水陆两用车渡过北汉江,接近中午的时候占领了华川地区的一个高地。南朝鲜军战史对此写道:"经过激烈战斗,中共军狼狈溃逃。并且与美陆战五团会合共享胜利喜悦。"为此,美军陆战一师师长史密斯给南朝鲜海军陆战团团长打来"贺电":"贵官和贵官属下官兵们对敌军强大进攻,坚决抗击,固守阵地,对这种勇敢战斗的精神我深表谢意。我们为能够同如此强大的韩国海军陆战团共同战斗感到无比骄傲。"

然而,几个小时后,"如此强大的韩国海军陆战团"就在中国第三十九军的强大压力下闻风而退了。先是美军陆战一师与南朝鲜第六师的接合部被中国第三十九军突破,南朝鲜海军陆战团立即后退,还没在新的防御阵地上站稳,其十连阵地就告危急:连长负重伤,士兵们抬着连长往后跑。紧接着是十一连阵地危急:十一连的连长也负伤被抬下了阵地。南朝鲜海军陆战团与美军陆战一师一起撤退时,天上美国海军陆战队的支援战机居然把炸弹投到了南朝鲜海军陆战团一营的指挥所上,凝固汽油弹的大火烧着了自己人。

在中国军队左右两翼突击的同时,中央突击集团的第三兵团也在华川方向突击而入。突破后,第三兵团各部队在涟川以北受到美军第三师、土耳其旅的顽强抵抗,进展不快,二十三日才到达涟川地区,继而向永平、哨城里方向攻击前进。

在汉城方向,英军第二十九旅的格罗斯特营依旧孤立地坚持着。为了解救这个营,第二十九旅命令菲律宾营在一个坦克连的掩护下前去增援。在接近格罗斯特营的时候,菲律宾营遭到中国军队的阻击而不能前进,坦克连也遭到袭击,最前面的坦克因被中国士兵击毁堵塞了公路。增援失败后,第二十九旅把比利时营和六十五团的波多黎各人的部队加入进增援的行列,结果在距离格罗斯特营仅仅两公里的地方还是打不动了。不久,英军第二十九旅被迫撤退,陷入重围的格罗斯特营终于接到了突围的命令,但是已经没有突围出去的希望了。全营一半人阵亡,连伤员在内,活着的不足三百人。营长卡恩中校请求炮兵支援后再突围,但由于第二十九旅已经跑得太远了,所以得到的回答是"无法支援"。卡恩中校被迫下达了"分散突围"的命令。伤员集合在阵地上,与伤员在一起的是营长卡恩中校、军医希基上尉、三名卫生兵,还有随军牧师戴维斯。

突围的英军士兵立即陷入中国军队的天罗地网中。

刘光子,中国第六十三军一八七师五六一团一营二连的战士,内蒙古杭锦后旗尖子地乡六小村人,时年三十岁。他出生于贫苦的逃荒农民家庭,为了还所欠的粮租,他入国民党军队当兵十年。一九四八年他被解放军"解放",加入中国人民解放军。他性格内向,不爱说话。从入朝作战的时候起,他就有立战功的想法。部队向北追击的时候,他发现了几个逃跑的英军士兵。他决心抓活的。在接近英军士兵后,他突然端着枪站起来,呐喊了一声,结果把他吓了一跳,石头后面一下子站起来一大群英军士兵!

几十张凶狠的面孔和几十个黑洞洞的枪口向他逼过来。

刘光子鼓励自己:沉住气! 沉住气!

英军士兵的枪口对准了刘光子的胸膛。

一个军官的手枪对准了他的额头。

刘光子不动声色地拉开了手雷的保险。

就在手雷即将炸响的一瞬间,刘光子往后一缩,把手雷一扔,然后滚下山坡。

手雷爆炸的声音引来了部队,中国士兵开始对英军进行围剿。苏醒过来的刘光子在黑暗的夜色中向四处逃跑的英军士兵狂追。他身上的棉衣早已被汗水湿透,气喘得如同拉风箱一样,他一心要追上去,抓几个活的立大功!

刘光子再次截住了一大群英军士兵,他站在英国人面前大喊:"谁再跑就打死谁!"

为首的一个个子很高、手提机枪的英军士兵首先放下了枪,举起了手,其他的英军士兵也把枪扔在了地上。

不远的地方还有一群英军士兵在跑,刘光子端着机枪扫了一梭子,又喊,那群英军士兵也不再跑了。

刘光子把一大群英军士兵集中在一起,掏出怀里的英文传单让他们看,俘虏们安静下来。

连里长时间不见刘光子的影子有点紧张,以为他负伤了或者牺牲了。正焦急,突然看见远处来了一队英军士兵,刚要射击的时候,才见这些英国人是举着手来的,浑身是血的刘光子端着一挺机枪跟在后面。

中国士兵们立即为刘光子抓到的俘虏点数,点了两遍才点清楚:六十三个。

这是朝鲜战争中一名中国士兵一次俘虏敌军士兵的最高纪录。

刘光子被记一等功。

刘光子抓获的英军士兵是格罗斯特营的,因为他们的帽子上都缀有两颗帽徽。

英军第二十九旅除人员损失大部外,装备也大部分丢失。

但是,从战场全局上看,也许正是由于英军第二十九旅的格罗斯特营在前沿阵地坚持了三天,牵制了当面中国军队的发展,这才使得汉城方向的联合国军能够较为完整地撤退了。

至二十五日，第五次战役发起的第四天，中国军队连续作战三昼夜，虽然在加平方向打开了战役缺口，对美军侧翼造成严重威胁，但战役发展基本上呈平推态势，歼敌不多。联合国军逐步撤退至锦屏山、竹叶山、县里、加平、春川的二线阵地继续阻击。

范弗里特坚决执行了李奇微的战术，以每晚撤退三十公里为最大限度，因为三十公里也是中国军队一夜进攻的最大限度。撤退三十公里之后停住，然后立即利用白天转入防御，发挥其强大的火力优势给中国军队造成尽可能多的杀伤。天黑下来的时候，视情况再一次后退，等待白天再一次攻击。此时范弗里特也知道了，中国军队攻击作战的持续时间是有限的。

二十六日，彭德怀就第五次战役的发展和下一步的打算，向毛泽东报告如下：

（一）……

（二）此役原拟于五月上旬开始，但为了推迟敌之登陆，避免同时两面作战，因此提前于四月二十二日开始，敌我准备均不充分，特别是弹药准备不足，运输条件没有改善。我十九兵团大批新兵尚未加必要训练，三兵团到达后七天即参加作战，时间仓促。三十九、四十两军连战数月没有休息。炮兵、坦克不能及时参战，空军参战时间更远。敌军兵力齐头靠紧，没有间隙，技术条件绝优于我，战术上前进时步步为营，后退时节节抗击。我插入敌纵深必须经严重战斗，才能打开缺口，故作战三昼夜，没有达成迂回议政府，截断敌归路，估计战果是有限的，不足以打破敌之登陆企图。

（三）朝鲜地势狭窄，海岸线长，港口多，且敌有强大海、空军，这些是其登陆便利条件。大量援兵到日本，在我后方登陆将更加明显。志愿军党委常委多次考虑，下一战役须准备打敌登陆部队。因此，我主力目前不宜南进过远。我军在朝作战,如不能大量歼灭敌之登陆部队,则其登陆野心始终不会放弃。只要一意登陆,我之咽喉即被扼住。我正面即打到釜山,亦终不能不被迫撤退。只有利用敌登陆企图,待其登陆后,诱其深入,消灭其登陆部队,粉碎其登陆阴谋后,才能取得最后胜利。同时,朝鲜地势狭窄,如敌不登陆,敌之兵力集中,不易分割,不如利用敌之登陆,隔离其联系,反而于各个击破有利。

(四)如敌登陆很快,我军虽有准备,但实际力量尚难应付两面作战……如能将敌登陆推迟一个月至一个半月,我即能同时应付两面作战。

(五)根据以上所述,此次我军拟在打破敌之抵抗后,即以一个兵团及人民军第一、第五军团继续相机追击至三十七度线为止。如敌扼守汉江及汉城桥头阵地,我以小部队监视之、袭击之,使敌预备兵团部分增援正面,推迟其登陆时间,减弱其登陆力量,以便歼灭之……我主力置于三八线及其以北机动地区,准备歼灭登陆部队,或各个打击正面反攻之敌,视情况而定。

彭德怀非常确定地认为美军肯定要实施登陆作战。而从战后交战各方的大量史料上看,虽然麦克阿瑟和李奇微始终存有在中国军队侧后登陆的念头,但是美军从未真正为此准备过。原因很简单,在朝鲜战争中,美军的军事行动不可避免地受到政治因素的影响。而从杜鲁门政府的角度上看,美国政府没有进一步扩大战争的打算,如果美国政府真的要动用一切手段与中国军队较量,那么至少麦克阿瑟不会过早地被解除职务。

毛泽东同意彭德怀的分析,并再次强调"目前应以敌人会很快登陆做准备,免陷被动"。

于是,二十六日,中国军队继续向联合国军的纵深发展,并于当日占领了联合国军的二线阵地。

至二十八日,中国右翼第十九兵团占领了国祀峰、梧琴里、白云台地区;中路的第三兵团进至自逸里、富坪里地区;左翼第九兵团进至榛伐里、祝灵山、清平里、加平、春川地区。

美军主力撤至汉城及北汉江、昭阳江以南组织防御。

汉城城内再次一片惊慌,无论李奇微甚至李承晚如何表示决不放弃汉城,汉城还是出现了自朝鲜战争爆发以来的第三次难民逃离潮。

是日,美军骑兵第一师奉命调至汉城,在汉城周围组织起密集的火力网。火力网由大炮和飞机所组成,炮兵每个连平均发射炮弹三千多发,而美军空军仅二十八日一天就对汉城前沿进行了三十九次猛烈轰炸。至此,美军认为,能够突破这个火力屏障的,太平洋战史上还没有先例。

中国军队没有占领汉城的打算。

中国军队位于前沿的所有部队都已弹尽粮绝。

二十九日,彭德怀命令中国军队全线停止攻击。

朝鲜战争第五次战役第一阶段作战,从一九五一年四月二十二日始,到四月二十九日止,历时整整七天。

七天是一个星期,正是李奇微说的"礼拜攻势"。

但是,停止攻击以后,中国军队该怎么办?

打伪军去!

彭德怀不大喜欢看文艺演出,但是侯宝林的一段《语言的艺术》还是把他逗乐了。

志愿军指挥部作战室的洞子不大,这一天里面却集中了中国一些最著名的艺术家。高元钧的山东快书《十字坡》说的是几百年前中国一个落难的豪杰在流放途中遇到一位专门卖人肉包子的女侠客的故事。还有名角的京剧清唱和杂技表演。

中国国内赴朝鲜前线的慰问团一行五百七十五人,在廖承志团长的率领下,分为八个分团,携带着全国各地赠送的一千零九十三面锦旗、四百二十多亿元(旧币)慰问金和两千多箱慰问品,于四月中旬到达朝鲜前线。

四月二十一日,中国军队发动第五次战役的前一天,慰问团乘军用汽车到达平壤西部的一个小山村,首先向朝鲜人民、朝鲜劳动党和政府、人民军以及金日成表示慰问。廖承志代表中国人民向金日成主席致词:"中国人民的伟大领袖毛泽东主席说过,我们灿烂的红色国旗,是染有朝鲜革命烈士的鲜血在上面的。今天我们献给您一面鲜艳的锦旗,是表示中国人民以自己的鲜血洒在抗美援朝战场上为光荣,并准备以最大的决心,实现抗美援朝战争的完全胜利。"接着,金日成在欢迎宴会上致词:"当我们朝鲜人民处在祖国解放战争最艰苦的时期,中国人民派遣了自己的优秀儿女——中国人民志愿军来帮助我们,现在又派遣了慰问团来慰问我们。朝鲜人民永远不能忘记中国人民对我们的这种国际友谊。朝鲜人民坚信我们能够获得胜利,因为在我们背后有着四万万七千万中国人民做我们的后盾。自从中国人民志愿军来到朝鲜与朝鲜人民军并肩作战以来,已取得四次战役的胜利,给予美帝国主义以沉重的打击,从而奠定了最后胜利的基础。"

在朝鲜战争进入到最艰苦的时期,虽然在战争的具体目标上中朝不见得完全一致,但双方期待战争所产生的意义是一致的,那就是:决不向联合国的势力低下头颅,用事实向全世界显示东方这两个国家的存在——因为无论是中国还是北朝鲜,当时都是被联合国拒之门外的"非法存在"的国家。

这一最重要的一致使得中朝人民拥有了共同战斗的基础。

当时,"中朝人民的友谊"被不计其数地描绘在中朝的报纸上:安玉姬是平壤人,丈夫参加了人民军。在联合国军占领平壤的时候,怀孕的她带着七岁的儿子金永洙向北逃亡,就在母子饥寒交迫的时候,中国士兵在路边发现了他们,并把怀孕的安玉姬抬到驻地,安置在一个隐蔽的房子里。第二天,她流产了。中国士兵们轮流去照顾她,送粮送衣,烧水做饭,使她终于活了下来。就在安玉姬刚刚康复能够下地的时候,她得知经常来照顾她的一个叫李治黄的中国士兵在执行侦察任务时没有回来。她惦念这位中国士兵,怀里揣着一枚手榴弹,带着儿子金永洙向敌占区走去。安玉姬终于打听到李治黄没有死而是被俘了,被关押在一个村子里。黄昏的时候,她来到这个村子,她给了儿子一把镰刀,对儿子说:"到了叔叔那里，你就把镰刀从门缝中递给叔叔，然后和叔叔一起上山。你们不要等我，就向我扔一块石头让我知道就行了。"儿子问："我们走了，你怎么办？"安玉姬的泪水一下子涌了出来："不要等妈妈，妈妈也许回不来了！"

在李治黄被关押的地方，七岁的金永洙躲过哨兵的监视，从门缝用镰刀把捆绑着李治黄的绳子割断，李治黄又用镰刀撬开房子的后门，与金永洙逃上山。金永洙记住了妈妈的话，临走的时候向母亲所在的方向扔了块石头。就在石头落地的时候，他们听见了一声手榴弹的爆炸声，安玉姬与和她纠缠在一起的五个敌人同归于尽了。

四月三十日，祖国慰问团在志愿军总部举行慰问大会，他们向志愿军领导机关敬献的锦旗上写着："你们是中国人民的代表，是朝鲜人民的忠诚朋友，也是世界和平的英勇前卫。"廖承志团长在志愿军总部的致词是："志愿军和朝鲜人民军一起英勇作战，粉碎敌人的侵略阴谋，保卫了国家的安全。志愿军在抗美前线所取得的伟大胜利，更加提高了祖国的地位。国内的抗美援朝运动也加强了全国人民的团结。慰问团这次带来的礼物和慰问金虽然很少，但从这里也可看出祖国人民对志愿军的感谢和关心，祖国人民今后一定会源源不断地支援抗美援朝前线。"

彭德怀是这样对慰问团的代表们介绍朝鲜战争的："敌人想诱我们前去洛东江，实现所谓的沃克计划。我们不上他的当，使之落了空。第四次战役敌人的损失和消耗更大。长此下去，敌人就受不了。美帝国主义的装备是现代化的，眼睛长在后脑勺上，只会向后看，前途是一片黑暗。"

慰问团分成若干分团，深入到前沿阵地。祖国来的人让志愿军官兵倍感亲切，他们把自己用弹壳制作的纪念品送给慰问团的代表们。当时，前线传唱着这样一首歌：

　　春风吹过鸭绿江，

祖国亲人来前方。

带着嘱托和希望，

来和子弟叙短长。

今天见了亲人面，

我们心里暖洋洋。

好像见了毛主席，

好像见了亲爹娘！

但是，彭德怀的心头仍有卸不去的沉重。

第六十四军党委写来的检讨报告就在他的手上。

中国军队发动的第五次战役第一阶段的战斗，历时七天，联合国军方面将其称为"中国军队的第一次春季攻势"。中国军队把战线向南推进了五十至八十公里，遏制了联合国军越过三八线步步向北的进攻势头。无论各部队报来的战果统计上写着消灭了多少敌人，彭德怀知道这只是个大概的数字，决不能以这些数字作为胜利的标准。他坚定地认为："只有成建制地消灭美军和南朝鲜军队的几个师，才能彻底扭转被动的局面。"但是，从第五次战役第一阶段的战场结果上看，这个战役目标没有实现。应该说，战役的计划是周密的，中间突破、两翼迂回的战法也是对的。可打起来的情况却是：突破艰难，迂回受阻。美军节节抵抗，有秩序地后退，使得整个战线平行地往南推，而在战线的任何一个局部都很难打进去。当然，这与战役准备时间的仓促有关。特别是第三兵团，昼夜兼程地开赴前线，到达前线立即投入战斗，没有任何战前准备。在战役的进程中，中国军队确实多次把美军成建制地包围，有时包围住的甚至是一个整师，但是，美军在强大火力的掩护下，整团整师还是跑了。那么，中国军队的进攻很可能在某种程度上破坏了美军两栖登陆作战的企图，虽然两栖登陆作战仅仅是一种猜测。不消灭敌人大量的有生力量，无论在何种战场态势下都不能算是胜利……

就在慰问团的演出刚刚结束的时候,参谋人员送来一份敌情通报:美军在中国军队刚刚停止攻击的时候,已经于全线有了反击的迹象。

要迅速进入下一步作战!

决不能让李奇微从容地反击!

彭德怀知道,如果再出现第四次战役后期美军大规模反击的情况,中国军队的被动局面就可能重演。

还在中国军队开始进攻的时候,李奇微和范弗里特两个人的观点极其相似:以紧密整齐的防御线秩序撤退,躲开中国军队攻击的锋芒,待"礼拜攻势"一完,立即进入反击,在反击中大量杀伤对方。所以,每当黄昏中国军队开始攻击,美军就利用飞机和炮火的掩护,实施机械化的撤退,其速度以中国士兵的急促步行追不上为限度,要点是撤退中严密阻止中国军队的穿插,确保整个防线的不被割裂。中国军队一个晚上的攻击距离大约是三十公里,美军的撤退就到这个距离为止,然后用坦克围成坚固的防御阵地。如果中国军队白天依旧攻击,那么就在空军的配合下发挥火力强大的优势坚决阻击,严重消耗中国军队的攻击力量和作战物资。等到下一个黄昏来临,再重复以上的动作。

范弗里特在中国军队的攻击终于停下来的时候,立即对记者们宣布:这是中国军队的一次失败的进攻。

彭德怀虽不承认是"失败的进攻",但他不允许自己的记者大肆渲染"胜利"。记者们在第三次战役中国军队进入汉城后的渲染,已经让他感到过如鲠在喉。

"五一"劳动节,中国北京举行了大规模的群众游行。对朝鲜战争中中国军队取得的胜利战果的宣扬和对"美帝国主义是只纸老虎"的论断的信奉在游行中达到了一个新的顶峰。参观了北京"五一"大游行的西方记者纷纷对中国人的激昂表示出极大的惊讶。而在朝鲜前线的山洞里,彭德怀专门召集国内的记者们谈了一次话,要求他们本着对党和人民负责的精神,对战场局势的报道特别是对战役成果的报道,一定要实事求是。彭德怀说,任何的夸大和不真实最终会损害党和国家的利益。

面对联合国军随时可能发动的反击,彭德怀终于发现了可以利用的战机:由于在战役的第一阶段,中国军队南进的突击方向是以西线为主,因此,目前战线实际上形成了一个由西南向东北倾斜的状态,造成了防御东线的南朝鲜第三、第五、第九师侧翼的暴露。李奇微"决不放弃汉城"的命令,使美军的主力集中于汉城周围,摆出的是死守汉城的态势,而中国军队当面的第十九兵团在停止攻击后并没有后退,依旧压在汉城战线的前沿,给美军造成了极大的压力。此时,如果立即移动主力向东,趁南朝鲜军侧翼暴露和美军不敢迅速从汉城当面调动兵力增援的机会,打击战斗力较弱的南朝鲜军的几个师,应该说还是有一定把握的。于是,在第一阶段的战役还没有完全停止的时候,彭德怀已急电第三兵团和第九兵团,提出自己的战役设想:

> 我下一战役拟以宋、陶(九兵团)和陈、王(三兵团)两兵团隐蔽东移,从杨口、自隐里之线向东南突击,求得消灭伪军两三个师及美七师一部。这一行动必须十分隐蔽,只有三十九军切实掩护该两兵团运动,才有可能取得,请你们详细研究部署之。

这个战役的设想基本与第四次战役后期的设想一样。

第四次战役后期,中国军队主力东移打南朝鲜军队,招致了美军的迅速增援,美军利用中国军队没有持续作战能力的弱点进行了猛烈反击,其教训深刻。

但无论怎么说,战线呈现出的形状和战机,彭德怀是认定了的,而且他认定得早,部署得早,决心坚定。

为了不暴露中国军队主力东移的企图,如同在第四次战役中命令第三十八、第五十军坚决阻击美军一样,彭德怀致电中国第十九兵团和人民军第一军团:西线敌人美、英、土、南朝鲜军共八个师"集结于汉城周围及南岸,诱我攻坚给我杀伤"。为迷惑敌人,请人民军一军团"在汉城下游江北岸做渡江佯动,并以小部队向当面敌袭扰,抑留敌于汉城周围,(十九兵团在汉城上游亦做同样动作),以利我主力下月初旬从东线出击,消灭伪军两三个师及美七师一部。此电望严守秘密,切不要下达,并阅后焚烧"。

此时,李奇微得到情报:中国军队的主力在重新集结。

在坚持"磁性战术"积极以小部队进行反击的同时,因李奇微判断中国军队下一步的主攻方向是中线,于是美军第七师被调至揪谷里、龙头里地区,南朝鲜第二师被调至禾也山、鼎排地区,以加强美军第九军的防御。这样,虽然东线南朝鲜军的三个师的侧后力量加强了,但是其侧翼依旧暴露着。

五月六日晚,中国军队第五次战役第二阶段作战命令下达。

命令的主要内容是:以志愿军第九兵团和人民军第三、第五军团首先集中力量歼灭县里地区的南朝鲜第三、第五、第九师,而后相机歼灭南朝鲜首都师和第十一师。中路之第三兵团割裂美军与南朝鲜军的联系,阻击美军第十军东援部队;西路之第十九兵团牵制当面之敌,配合东线作战。命令要求各部于五月十日前带足粮弹,于九日或十日夜间,向攻击准备位置开进,限十四日拂晓前集结完毕。

第五次战役第二阶段的攻击时间为:一九五一年五月十五日或十六日黄昏。

战役部署下达后,彭德怀还是不放心,他连续几天寝食不安,好像预感到将有什么不祥。五月八日,他再次给各兵团各军下达命令,这一命令几乎是上一个命令的重复,只不过对战役要点强调得更加突出,显示出彭德怀内心极度的焦灼。

命令要点为:

一、西路第十九兵团要积极牵制敌人，实施佯动，将美军主力吸引于西线。

二、中路第三兵团、东路第九兵团要迅速组织部队开进，切实隐蔽我军企图，严防被敌发觉我军东移。

三、能否全歼县里地区三个南朝鲜师的关键，在于各军、师是否能按时插到预定的合击位置，迅速达成两翼迂回，层层包围。为此，必须选择坚强的部队和得力的干部担任钳击先锋的任务。

四、要敢于使用主力猛插，坚决反对尖兵战术，要集中力量钳击合围。各级指挥员应靠前一至两级深入指挥，并应及时报告敌情和自己的位置。

彭德怀不安的，还有中国军队的后勤供应问题。

彭德怀专门召集了一个研究志愿军后勤机构设置问题的会议。中国军队刚入朝的时候，不过是第十三兵团六个军的兵力，现

在，中国军队入朝参战的部队已经达到十六个军、七个炮兵师、四个高炮师、四个坦克团、九个工兵团、三个铁道兵师以及一些直属部队，总兵力七十多万人。在这种情况下，志愿军的后勤仅仅由东北军区后勤部来管理显然已不能胜任。为此，彭德怀派洪学智专程回北京向毛泽东和周恩来请示，要求成立志愿军后方勤务司令部。

在北京，洪学智对周恩来的一番话，其观点之精辟令人耳目一新：

> 从朝鲜战争中彭总和我们都逐渐认识到现代化战争中后勤的作用。现代战争是立体战争，在空中、地面、海上、前方、后方同时进行，或交叉进行。战场范围广，情况变化快，人力物力消耗大。现在欧美国家都实行大后勤战略，五十公里以前是前方司令部的事，五十公里以后是后方司令部的事。战争不仅在前方打，而且也在后方打。现在，美国对我后方实施全面控制轰炸，就是在我们后方

打一场战争。这场战争的规模,不仅决定了我们前方进行战争的规模,而且也决定了前方战争的成败。我们只有打赢这场后方的战争,才能更好地保证我们前方战争的胜利。后勤要适应这一特点,需要军委给我们增派防空部队、通信部队、铁道部队、工兵部队等诸多兵种联合作战,而且需要成立后方战争的领率机关——后方勤务司令部,以统一指挥后方战争的诸多兵种的联合作战,在战斗中进行保障,在保障中进行战争。

在当时的历史条件下,刚刚从国内战争中走出来的中国军队的将领,能够如此深刻地理解现代战争的某些特点,实在是件了不起的事。

但是,在讨论谁来当这个后方勤务司令部的司令时,洪学智与彭德怀弄得很不愉快。洪学智不愿意干后勤,愿意指挥打仗。话说到急处,彭德怀大吼:"你不干? 那么我干! 你去指挥部队好了!"

洪学智说:"老总,这话可是将我的军的话了。"

彭德怀继续吼:"是你将我的军,还是我将你的军?"

最后,洪学智服从了党委的决定。但是提出一个条件,就是朝鲜战争打完,就决不干后勤了。这个条件志愿军党委接受了。

一九五二年,彭德怀离开朝鲜战场回国任职,临走时洪学智对他重提这件事,说这是党委认定的,党委要说话算数。彭德怀说:"只要我当总参谋长,你就跑不了!"

志愿军后方勤务司令部司令员洪学智,后来成为中国人民解放军总后勤部部长。

志愿军后方勤务司令部的成立,不但使志愿军的后勤供应得以改善;更重要的是,它标志着中国军队向现代战争的特有规律开始了初步的探索。

五月八日,志愿军政治部发布《第五次战役第二阶段的政治工作的指示》，再次强调要"实现整师、整团地取消敌人番号的任务"，"达成大量歼灭敌人的目的"。

朝鲜半岛上的山川河流大都是南北走向。从五月九日开始，在美军没有察觉的情况下，志愿军东移部队横穿高山峡谷，行进于山间的小路和灌木丛中，于十五日前到达了战役发起的位置——春川至兰田间的北汉江和昭阳江两岸地区。

为了配合主力东移，在汉城方向上的第十九兵团拉开了要强攻汉城的架势。北朝鲜人民军最大的一次佯动，派出了六千多名士兵佯渡汉江，使美军很紧张了一阵子。在前沿，中国第六十四军的小部队不断与美军发生着小型战斗。

五月五日，美军第八集团军的参谋们在军用帐篷中边喝着咖啡边给汉城的防御部队下达了这样一条含糊不清、令下属们无所

适从的命令：

> 遇到下列两种情况时可随意实施撤退：
>
> 一、敌人比预料的弱小时；
>
> 二、遇到敌人的反击而处于危险时。

敌人强，退，可以理解；但是，敌人不强，也退，其含义是不是说：只有碰上了和自己的力量差不多的敌人时才只能进攻不准撤退？

范弗里特只迷恋于李奇微积极接触、谨慎反击、步步为营的"磁性战术"，在整个四月底到五月初他确实没有发现彭德怀正在干什么。

就在中国军队积极准备发动新的攻击的时候，美国国家安全委员会经过激烈的辩论，向杜鲁门总统提出了关于结束朝鲜战争的建议："在恢复战前状态的三八线上通过谈判结束敌对行动"。

杜鲁门在后来的回忆录中说："我从来没有忘记，美国的主要敌人是苏联，只要这个敌人还没有卷入朝鲜战争而仅仅是幕后操

纵,我们就决不能浪费自己的力量。"

一九五一年五月十六日,杜鲁门批准了这个意在结束朝鲜战争的建议。

而正是在这一天,在远东的朝鲜战场上,中国军队第五次战役的第二阶段作战——联合国军称为"第二次春季攻势"的大规模战斗开始了。

是谁守不住阵地？

面对中国军队发动的攻击，南朝鲜第三军团的官兵什么都想到了，包括伤亡、被俘、溃败、撤退，可就是没想到这场短短三天的战斗竟然最终导致了一个令南朝鲜军队感到耻辱的后果——美军认为如此无能的军队没有存在的价值，南朝鲜第三军团被解散了。

一支本土军队，在本土作战中因为一败涂地，被"协助他们作战"的外国军队勒令解散，这无论如何都是一件世界战争史中最稀奇古怪的事。

在中国军队发动的第五次战役第二阶段的战斗中，南朝鲜第三、第五、第九师的表现再一次证明彭德怀"伪军是好打的"论断是正确的。在中国军队的猛烈攻击面前，南朝鲜军兵败如山倒，各自仓皇逃命，成为一群失去控制的散兵。但是，南朝鲜第三军团被解散，引起了南朝鲜军队的极大不满，他们认为南朝鲜军队之所以失败，最主要原因是美军的溃败造成的，要解散也得先解散美军。争论之激烈，情绪之冲动，在事情过去了十多年之后，在那次战斗中到底"是谁守不住阵地"的争论依旧在进行：十三年后的一九六四年，原南朝鲜第九师师长崔锡说："我至今不理解根据什么地图划分了美第十军和我第三军团的分界线。让美第十军负责第三军团补给路上的上南里以南地区，这是美第八集团军方面的错误，因为不能把重要的地形地物加以分割，是战术上的起码常识。"十四年后的一九六五年，原南朝鲜第三师师长金钟五说："美军没有听从我军团长的话，没有坚守住补给线上的阵地，是导致失败的直接原因。"二十二年后的一九七三年，原南朝鲜第三军团军团长刘载兴说："美第十军军长的固执和指挥上的失误，带来了我们与他们都被打垮的后果。"而南朝鲜军战史说："由于美第十军和美第八集团军采取了不当措施，使我第三军团遭受意想不到的灾难。我第九师在作战上配属美第三师，应该撤美第三师师长的职，而他们却在国军脸上抹黑，根本不考虑国军的士气，自己却泰然自若！"

一九五一年五月十六日的战斗，是从南朝鲜第七师的溃败开始的。

十一日，当中国第十二、第二十七军向攻击出发地昭阳江北岸秘密开进的时候，依旧向北进攻的南朝鲜第七师到达了昭阳江南岸。按计划第二天他们将开始渡江。而这时，军团的侦察报告说，在昭阳江正面的麟蹄、杨口发现"至少有十五个中国师在集结"。因此，第七师立即下令"停止前进，转入防御态势"。第二天，第七师没有渡江，开始修筑阵地，在前沿线上架设铁丝网，埋设地雷。师长金炯一认为前沿阵地与主阵地之间没有地形屏障，便命令在江岸边构成密集的弹幕地带，同时部署了十六门一〇五毫米榴弹炮负责支援五团和八团的正面，一个重迫击炮连重点封锁中国军队可能的渡江点。

十六日黄昏，风雨交加。

昭阳江对岸冠岱山的后面突然升起一串信号弹，中国军队攻击前，空前猛烈的炮火准备开始了。从昭阳江北岸射过来的炮弹，集中覆盖了南朝鲜第七师阵地后面的公路、通讯系统以及企图还击的炮兵阵地。在一个小时的炮击里,第七师的通讯联络被打断,指挥系统瘫痪。中国军队的步兵还没开始冲击,位于第七师阵地后面的炮兵就已经收拾炮车向南撤退了。炮兵们一下子撤出十三公里,再打出的炮弹因射程不够打不到前沿了,于是,第七师在战斗一开始就失去了炮兵。没有受到任何压制的中国炮兵对前沿的轰击是步兵即将冲击的征兆。中国炮兵的炮弹摧毁了铁丝网,引爆了地雷,轰击扫清了江岸上的防御设置,紧接着,步兵冲上来了。

昭阳江,宽一百至二百米,水深一米,可以徒涉。中国士兵的第一冲击波就直指五团的阵地。不到一个小时,五团的前沿就被突破,五团被中国军队向南压缩了一公里,江岸各渡口向中国军队敞开了。金炯一师长见势急忙命令五团务必坚守,八团立即建立二线阻击阵地,预备队三团向前靠拢准备堵缺口。但是,连掩护步兵的迫击炮连都不知撤到什么地方去了,五团的两侧都出现了中国士兵的影子,团指挥所遭到袭击,守卫前沿的五团已经一片混乱,各营都处在向南逃跑的状态中,团指挥所也与营一起开始向南撤退,根本不可能执行任何"坚守"的命令。左翼八团的情况几乎和五团一模一样:通讯被中国军队的炮火轰击中断,后方公路被打得千疮百孔,团炮兵也是最先跑了。八团团长开始还企图坚守阵地,可是立即发现阵地的两侧都被中国军队突破,没过多久,连阵地的后面也出现了中国小股部队的骚扰,于是全团开始了混乱的大逃亡。作为预备队的三团接到"火速赶到所峙里增援第五团"的命令后,还没有赶到预定的目标五团已经溃败了,于是三团只好临时变成收容队,收容五团逃下来的散兵。

到下半夜至黎明的时候,尽管南朝鲜第七师师长下达了一系列命令,但是无一能够得到执行。作为预备队的三团,因卷入向南溃逃的洪流中,反而成了全师的前沿。八团奉命掩护全师撤退的公路,结果团指挥所连自己的部队到哪里了都搞不清楚,勉强派出一个营企图抢先占领公路上的要地五马峙,但是等他们到达那里时发现这个要地已经在中国士兵手中了。五团不断地在士兵溃逃的路上设立收容站,力图遏制住士兵失控的混乱局面,可几乎每一处的收容站刚一设立,就立即被士兵狂逃的潮水冲垮了。

南朝鲜第七师的迅速溃败,使南朝鲜第三军团的侧翼完全暴露给中国军队,尤其是后方公路要点五马峙的丢失,造成了此后第三军团的大规模的崩溃。

侧翼的第七师已经崩溃,南朝鲜第三军团的第三、第九两个师开始心慌了。在军团指挥部里,作战参谋向军团长提出一个似乎只有他首先说出来才合适的建议:与其阵地被突破发生混乱,不如赶快向南撤退! 军团长"立即同意了这个建议"。第三军团司令部把这个决定报告给美军指挥部,得到的回答干脆而坚决:"无论发生何种情况,决不准后退!"

第九师师长崔锡向第三师师长请求增援,第三师师长告诉崔锡一个令人绝望的消息:第七师把公路要点五马峙丢了,那里已经被中国军队占领。而这就意味着,整个第三军团的后路已被切断。既然第三师已经撤退,第九师还等什么? 撤退!

于是,县里方向的南朝鲜军的三个师,在战斗开始不到三个小时内就开始了拼命的撤退。

在县里的西南,公路上有个叫五马峙的地方。这就是南朝鲜军和美军在战后争论不休的地方。这是个位于战线后方的补给与撤退的必经之地,高高地卡在公路边,占领了它就等于控制了公路。南朝鲜第三军团军团长刘载兴明白这个要地的重要性,一开始就在那里部署了部队以备不测。但是,由于南朝鲜第三军团与美第十军的防区分界问题,美军不允许自己的防区内部署南朝鲜军队,多次急不可待地赶他们走,生怕他们妨碍了美军的行动。而南朝鲜军队认为,这条公路是他们唯一的补给与撤退要地,他们的后方自己不守谁能来守？官司打到第十军军长拜尔斯那里，拜尔斯的裁决是：韩国军队为什么要部署在我的防区里？请他们出去！

正如后来南朝鲜第三军团指责的那样：南朝鲜军队"出去"了，但是美军没把五马峙当回事，因为这条公路不是美军的补给线。

南朝鲜第三军团第九师的撤退大军很快到了五马峙，但是已经过不去了。中国士兵占领着高地顽强阻击，公路上等待向南逃命的车队在黑暗中排成了看不见头的长列，车灯在山谷中蜿蜒成一条灯火的长龙。凌晨三时，第九师三十团的几次攻击失败后，南朝鲜军的绝望情绪到达了极限，有不少士兵开始丢下装备往深山中逃散。这时，南朝鲜第三军团军团长刘载兴乘飞机亲自飞到县里来了。他是在下珍富里的指挥部得知五马峙被中国军队占领的消息的，当时除了对美军的愤恨之外，他并不相信这个消息是真的。刘载兴计算了一下：从昭阳江到五马峙，地图上的直线距离是十八公里，地面实际距离是二十九公里，中国人怎么能够在夜间地形不熟悉的情况下，在三个小时之内，不但突破了第七师的防线，而且快速到达并且占领了五马峙？如果这是真的，合理的解释只有两条：一条是第七师根本没有抵抗，中国人一冲击他们就让开了路，让中国人大踏步地通过了他们的阻击阵地；再一条就是，中国士兵长了翅膀具备飞翔的本领。

两个师的中国军队正从正面压下来，南朝鲜第三军团的第三、第九师等于被包围了。

刘载兴亲自督战，命令无论如何要冲破中国军队的阻击突围出去。在严厉的命令下，第九师三十团的三个营打头阵，向五马峙的中国阵地开始进攻。没有人知道五马峙高地上到底有多少中国士兵。能够面对两个师的兵力和成百辆将山谷照得雪亮的汽车坦克而敢死死地阻击，看来兵力一定不少，要不然就是一支敢死队。负责攻击中国阻击阵地的三个营的分工是：三营占领一侧阵地掩护,一营和二营正面攻击。三营执行了命令,并且与反击的中国军队开始了激烈的战斗。公路上等得心惊肉跳的南朝鲜军官兵眼巴巴地看着五马峙黑漆漆的山峰,等待着一营和二营占领高地的信号。但是,过了半个小时,又过了半个小时,就是没有动静。中国军队正面压缩而来的大部队距离越来越近,迫击炮弹已经打到公路上来了,拥挤在公路上的南朝鲜军步兵和车队开始出现混乱。这时传来一个令他们目瞪口呆的消息:负责攻击五马峙中国阻击阵地、为两个师打开逃生通路的一营和二营根本就没向中国军队进攻,而是绕过五马峙山峰往南面的芳台山方向逃跑了。第三军团军团长刘载兴大怒,质问第九师师长这是谁下的命令,第九师师长说他根本没下过这样的命令,定是他们惊慌和害怕而自作主张了。

于是,整个南朝鲜第三军团就只有一条路了——向那两个在军团长督战下都能逃跑的营学习——绕路向芳台山方向撤退。

真正的大混乱开始了。撤退的命令还没有下达,南朝鲜军士兵就已将车辆的轮胎放气然后弃车逃命。原本指望在前面开路的第十八、第三十两个团能够在芳台山方向杀开一条血路,但是很快就知道他们也处在逃跑的状态了。山谷中到处是南朝鲜军士兵擅自烧毁各种装备引起的山火。漫山遍野的南朝鲜军官兵不成建制地乱哄哄地向南择路而逃。没有一个指挥官在这个时候站出来指挥没有秩序的庞大溃兵,军官们都把自己的军衔标志摘下来扔了。奉命掩护的部队很快就分散地向各自认为可以活命的方向跑去。

就这样,两个师的南朝鲜军在溃败中形成三个大群,第一群跑向苍村里方向,第二群跑向三巨里方向,第三群跑向桂芳山方向,最后会合于下珍富里附近。

第一群南朝鲜军士兵由副军团长姜英勋带头。好容易到了苍村里,却发现那里也已被中国军队占领,于是部队再次混乱起来,分成若干小群四处逃散。南朝鲜军士兵没有像美军一样的野战炊事装备和空军的及时补给,每个士兵身上带的干粮最多可以坚持三至五天。在逃亡的日子里,一些南朝鲜军士兵饿死在深山中。更倒霉的是掩护三十团一营和二营攻击五马崎的那个三营了。他们的任务是掩护进攻,但是过了很久,发现战场平静了下来,没有了上级的指示,也没有可供判断的敌情。该营用无线电向友邻部队呼叫,没有应答;派人到团指挥所去看,团指挥所已没有人影,这时他们才知道部队都跑光了,只把他们留在了后面,于是全营立即自行组织逃亡。在经过一夜的奔跑后,营长发现他身后少了整整一个连。后来才知道,十连的官兵在逃亡中实在走不动了,连长决定找个高地,修好防御工事,布置好哨兵,全连休息一下再跑。结果,哨兵因为实在疲惫睡着了,等感到有什么动静睁开眼睛的时候,中国士兵黑洞洞的枪口已经在他们的四周围成了个圈。这个连除了个别士兵拼死挣脱跑入大山之外,全部被俘。

与南朝鲜军队相比,美军无论在火力配置上,还是阵地的坚固程度上,都显得过于奢侈了。美军第二师三十八团三营为加固前沿主阵地抵抗冲击的能力,使用了六千根钢筋,二十三万七千条沙袋,三百八十五捆蛇形铁丝网。同时,前沿还布满了各种照明器材和防步兵地雷,埋设了三十八个大型人工地雷,这些地雷是将油料和炸药混合装在五十五加仑汽油桶中制成的,一旦触发,所燃起的火焰温度可以高达三千多华氏度。

为突破美军三营的阵地,从正面攻击的中国士兵遭到巨大伤亡。美军士兵认为中国人肯定在死亡面前畏缩不前了,他们没想到中国士兵会绕到他们的身后,从美军阵地没有埋设地雷的一侧再次发起攻击,而这一地段竟是悬崖峭壁。中国士兵搭人梯,攀枯藤,冒着悬崖上投下来的密集的手雷和机枪的射击顽强地向上爬。当衣衫破烂、浑身鲜血的中国士兵端着刺刀爬上悬崖冲过来的时候,美军阵地的一角被撕开了。

由师长赵兰田率领的第十二军三十一师自战斗开始就发展不

顺。赵师长亲自带领两个团突破当面敌人阵地后向纵深发展,但在自隐里北侧的三巨里地区受到美军坦克集群的阻击。赵师长当机立断,绕过美军,天亮前插到杨洪公路,但是美军的炮火十分猛烈,加上白天战机的轰炸,部队打得十分艰难。为了按时到达指定地点,部队坚持白天前进。在到达釜峰的时候,他们又与美军撞上了。中国军队没有炮火支援,凭借手中的轻武器无法突破美军的阻击,因此,三十一师没能在预定时间到达指定地点。

由李德生师长率领的三十五师攻克加里山主峰后,不顾一切地在白天也坚持作战,坚决地向预定地点前进,终于完成了切断杨洪公路的任务。三十五师在攻击中伤亡很大,副师长蔡启荣、作战科副科长李超峰、一〇五团副团长赵切源等指挥员先后牺牲。

在自隐里,原来判断由南朝鲜第五师防御的阵地,接敌之后才知道是美军第二师二十三团的两个营和法国营。第十二军军长曾绍山认为敌情虽有变化,但这是歼灭敌人的好战机。只是三十五师因为连续攻击力量减弱,仅靠三十四师一个师难以全歼自隐里之敌。于是立即打电报请示兵团,建议改变原定计划,把三十一师留下,合力歼灭美军的两个营和法国营。但是兵团回电仅同意把一〇〇团留下,三十一师需要继续完成预定任务。而因为通讯问题,一〇〇团没有及时接到留下的命令,径直往南插下去了。曾绍山军长毅然决定就用三十四师的两个团打,三十五师负责堵截。两个团的中国士兵面对火力强大的美军毫无惧色,勇敢冲锋。法国营是在砥平里战斗中与中国军队进行过血战的部队,指挥官还是那个瘸腿的海外兵团的老兵。战斗进行了六个小时,中国士兵歼灭美军二十三团和法国营各一部,俘虏二百余人,击毁汽车、坦克二百五十多辆。但是,中国军队参加围歼的兵力严重不足,火力微弱,无法形成严密的包围,致使美军的两个营和法国营的大部在飞机的掩护下逃走了。

如果三十一师留下来参加围歼,全歼美军两个营和法国营的可能性就会很大。事后证明,三十一师虽然插到了南面,但因插得太远失去战机并没有大的作为,再后来又因需将部队撤回而伤透脑筋。

美军第二师和法国营在受到多次打击后向南撤退,十八日至二十日,他们在福宁洞和寒溪地区又遭到中国第六十军一八一师的围攻。一八一师五四二团在公路上截住法国营,向这些头缠红布的法军发起了猛烈攻击。法国营再次受到重创。后来在审问一个十八岁的法军俘虏时,中国官兵们对这个法国人嘴里不停地动着感到好奇,最后才弄明白,这个法军士兵已经两天没吃饭了,嘴里嚼的是不知从什么地方弄来的花生米。

至二十一日,中朝军队在东线向南推进了五十至六十公里。第三兵团突破后插得最远,其第十二军已到达三七线,其九十一团向南插入达一百五十公里,到达三七线以南地区的下珍富里。由于朝鲜中部山脉的走向大都是纵向,而中国军队投入的战场兵力十分密集,于是山脉走向严重影响了中国军队的横向机动,中国军队所有的部队都在沿着几条有限的纵向公路南下追击,这是南下插得很远的因素之一。也正因为如此,中国军队互相交叉,对敌人形成的合围不多,所以歼敌有限。而美军和南朝鲜军利用占优势的机动性能,望风而逃,迅速撤退,这是中国军队歼敌不多的原因之二。更重要的是,中国军队连续作战,伤亡巨大,官兵疲劳,粮弹耗尽,已经没有再持续作战的能力。

这时,彭德怀接到第三、第九兵团将领联名发来的电报:

> 据当面情况美军已东调,伪军溃散后缩,特别是我们部队粮食将尽,个别单位已开始饿饭,因此我们认为,如整个战线不继续发动大攻势,而只东边一隅作战,再歼敌一部有生力量,我们亦必须付相当代价,但如不能搅出个大结局,则不如就此收兵调整部署,进行准备,以后再斗。如全线继续大搅,则我们仍可继续作战。如何速示。

五月二十一日,彭德怀致电毛泽东:

> ……以前各役携带五天粮,可打七天。因可就地筹粮补充之。现在携带七天粮,只能打五天至六天的仗。因战斗中耗损,就地不能筹补。洪川敌顽抗不退,使我东线部队无法运输接济。美三师东调,堵塞洪川、江陵间缺口。五次战役西线出击(四月二十二日至二十八日)伤亡三万。东线出击(五月十六日至二十一日)伤亡一万出头。为时一月,进行东西两次作战,部队有些疲劳,需恢复和总结战斗经验。战斗发起后,第一线运输极端困难。待人力运输团到后,可能得到若干改善。且雨季已接近开始,数江湖沼尽在我军之后,一旦山洪暴发,交通全断,顾虑甚大。此役未消灭美师团建制。敌夸大我之伤亡,还有北犯可能。根据上述,我军继续前进,不易消灭敌人,徒增困难。不如后撤,使主力休整,以逸待劳……

彭德怀在致电毛泽东的同时,命令部队停止进攻。第六十五军于议政府、清平里地区阻击敌人,第六十军于加平、春川地区阻击敌人,第二十七军一个师于春川、大同里地区阻击敌人,共同掩护第十九兵团、第三兵团、第九兵团主力分别转移至渭川里、涟川以北地区、金化地区、华川以北地区休整。

但是,就在彭德怀命中国军队的三个兵团向北转移的命令刚刚下达的时候,联合国军的反击作战已经部署完毕——一个巨大的阴影正向中国军队悄悄地压来。

这就是战争。

战争不依一方的计划而进行,甚至不按照双方的计划而进行。战争中的偶然与必然交织在一起,自有它安排下的生之喜悦和死之陷阱……

十九日,当越来越多的证据表明中国军队的攻势正在减弱的时候,李奇微飞临第十军指挥部,与第八集团军司令詹姆斯·范弗里特、第九军军长威廉·霍奇以及第十军军长克洛维斯·拜尔斯一起商讨美军将要采取的行动。在咒骂了南朝鲜军的无能和决定把南朝鲜第三军团解散后,会议一致认为:虽然在中国军队发动的攻势面前,美军第二师至少损失了九百人以上,东部战线向南后退近百公里,但是,由于美军在中部战线的阻击,使战线形成一个很大的凸形,中国军队的宽大的侧翼已全部暴露。况且,中国军队的"礼拜攻势"到了强弩之末时,现在正是联合国军反击的最好时机,"是给中国人一点厉害的时候了"。会议决定立即集中四个军十三个师的兵力,以摩托化步兵、坦克、炮兵组成的快速反应和机动的"特遣队",在空军和远程炮兵的支援下,沿着汉城至涟川、春川至华川、洪川至麟蹄的公路,实施多路快速反击。

李奇微签署作战命令:

第八集团军应于五月二十日发起进攻,各军任务如下:

第一军沿汉城——铁原轴线实施主要进攻,并负责保障第九军的左翼。

第九军向春川、华川方向进攻,并夺占春川盆地以西的高地。

第十军应制止敌人在其右翼达成突破,并协同第九军右翼部队向麟蹄、杨口方向发起进攻,第九军的右翼也由第十军负责。

第八集团军司令范弗里特应密切注意这次进攻的发展情况。

中国军队就要面对的灾难来临了。

范弗里特弹药量

对于美军可能的反击,彭德怀有思想准备。

为防止中国军队撤退时被美军尾追,防止第四次战役后期出现的被动局面重演,二十一日,彭德怀给第三兵团、第九兵团、第十九兵团、人民军前线指挥部打电报,并报军委和金日成,明确规定各兵团撤退时一定要留一个师至一个军的兵力监视和阻击美军,从撤退的位置起要采取节节阻击的方式掩护主力转移。在详细地规定了各兵团的撤退路线后,彭德怀还是不放心,第二天又急电第十九兵团:

> 根据敌人以前习惯,在我军停止利用高度机械化进行所谓磁性战企图消耗疲劳我军。我主力北移休整时,敌尾我军北犯是肯定的。但前进速度要看敌人的兵力大小,我军机动防御打得好坏而定,距离远近以后才能逐渐判明(敌之伤亡补充具体情况不明)。我下一战役反击线,即第五次战役反攻发起阵地。

为避免各军同时撤退,战线上兵力过于密集,彭德怀命令担任此一战预备队的第三十九军提前撤退。

但是,致命的是,中国军队是在"第五次战役胜利结束"的思想大背景下开始北移的,绝大多数官兵认为北移是"得胜回师"的行动。即使意识到自己的部队已严重疲劳并缺少粮弹,但很少有人能够十分客观地正视目前是疲惫之军的大规模撤退。数个兵团十几万人的转移撤退,如果没有极其冷静、极其严密的组织和控制,一旦敌情变化,很容易造成混乱,甚至导致大规模的溃退。中国军队各级指挥员,包括兵团一级的高级指挥员,对美军反击的速度、规模和凶猛程度严重估计不足,撤退计划制定得不甚周密,对志愿军总部的撤退计划落实得不够坚决,有的兵团甚至没有严格执行撤退计划。在军事指挥上,撤退中没有严密控制公路要点,遭敌阻击时战术单调,加上各部队之间没能达成彼此协同,于是在战场上造成很多致命的空隙。在这种情况下,一旦美军突破前沿,以机械化突击速度向纵深突进,就必将使中国军队防不胜防,使灾难的发生不可避免。

这是中国军队在第五次战役第二阶段战斗结束后开始向北转移时的客观而真实的状况。

美军的反击是经过长时间筹划并在精密组织下进行的,是美军自朝鲜战争爆发以来进行的最大规模的全线反击,范弗里特为这次反击行动制定的初步目标依旧是"堪萨斯线"。

"堪萨斯线"是"撕裂作战"没有达成的一条战线目标,即从临津江口向东到涟川,而后沿着三八线南侧连接永平、华川、杨口、大浦里所构成的一条防御线,这是朝鲜国土东西最窄、被认为最容易实施防御的一条线。

"堪萨斯线"将是一条对朝鲜半岛来说十分重要的线。是在军事上美国一方一直追求的一条线,也是在政治上中国一方一直不能容忍的一条线。然而,它却是最接近战争结束后交战双方所划定的"军事分界线"的一条线。

美军第八集团军全线反击的部署是:

西线,汉城正面的美军第一军向东并列配置南朝鲜第一师,美军骑兵第一师、第二十五师,英军第二十八旅(由第二十七旅改编而成)和加拿大旅,其正面是中国军队的第六十五、第六十四、第六十三军,进攻方向是涟川、铁原。

中线,美军第九军从西向东配置南朝鲜第二师、美军第二十四师、南朝鲜第六师和美军第七师,其正面是中国军队的第六十三、第六十、第十五军,进攻方向是金化、华川。

美军第十军在洪川北侧至下珍富里的七十公里的战线上,由西向东并列配置陆战一师、空降一八七团、第二师和第三师,与东海岸的南朝鲜第一军团策应,集中捕捉由于中国军队发动的第二次春季战役所形成的凸部里的中国第十五、第二十、第二十七军和第十二军。在这个地段的具体分工是:陆战一师负责麟蹄、寒溪公路以西地段,进攻目标为杨口;第二师和空降团负责该公路以东地段,进攻目标是麟蹄;第三师配属南朝鲜第八、第九师以苍村里为进攻目标。

所谓"捕捉中国军队"的含义是:在以往直线平推战术的基础上,增加机动力量,恢复在战场上的野战式作战,强调部队突破前沿后即向对方的"根部"猛烈突击。这是范弗里特对其前任李奇微北进战术的修正,其中范弗里特居然吸收了中国军队"迅猛穿插"、"切断后路"、"迂回包围"等战术特点。

战争进行到此时,在前线作战的南朝鲜军队只剩下一个军团了,直接与中国军队在一线作战的都是美军最精锐的部队。

五月二十二日,美军在四百公里的战线上同时开始了反击行动。西线的骑兵第一师一天之内就推进到议政府一线。中线的第九军以第七师为右翼、第二十四师为左翼,二十四日北进至加平。东线的第十军军长拜尔斯对反击发动以来部队每天仅仅推进四五公里感到极其不满,认为这样的速度绝不可能致中国军队于死地。于是命令第三师立即突击到三七线附近,对位于下珍富里的中国军队进行夹击;同时把空降一八七团配属给第二师,命令他们从中国军队暴露的宽大侧翼上,沿着洪川至麟蹄公路向昭阳江突击。

美军的前锋部队在主力稳固推进的同时,组织起若干支以坦克为主的"特遣突击队",开始在全线进行猛烈的穿插,以把中国军队从战线上割裂开。拜尔斯军长给第二师师长拉夫纳少将的命令是:"第二师在寒溪附近,以一个步兵营、两个坦克连和部分工兵,迅速组成特遣队,自今日十二时,沿寒溪、阴阳里轴线前进,在阴阳里附近占领桥头堡,切断敌之退路。"

在美军这次发动的反击作战中,突出的特点是各部队组织"特遣突击队",在中国军队的阵地之间"打穿插",其中有骑兵第一师组织的以七团为主的突击队,有第二十五师组织的"德尔温装甲支队",而最著名的是由拜尔斯将军亲自组织的坦克突击支队。这支坦克突击支队的突击方向是中国军队最敏感的腰部。如果这里一旦被突击穿插进去,那么中国军队在先前的战斗中穿插得最远的几万官兵将会被分割在三八线以南,从而陷入美军的包围。

二十三日早,空降一八七团的两个营在大量炮兵和战机的支援下,经过一个白天的战斗,突破中国第十五军的阻击阵地,夺取了寒溪以北八公里处的外后洞,为坦克突击支队创造了出击的条件。第二天上午九时三十分,拜尔斯命令坦克突击支队两个小时之内出击。

这支美式穿插部队的组成相当于一个团的规模:它由空降一八七团一个步兵营、七十二坦克营、一个情报侦察分队、一个炮兵连、一个工兵连和四辆 M-16 自行高射机枪编成,队长是空降团副团长盖尔哈特上校。其前锋,是一支被称为"纽曼尖兵"的先头部队,由一个坦克排、一个情报侦察分队和一个工兵排组成,规模不足一个连,指挥官是坦克营的副营长纽曼少校。

两辆 M-4 坦克和两辆 A-3 坦克,加上两辆吉普车和两辆卡车以及不到四十名的士兵,在风和日丽的春天景象中出发了。如此小规模的一支部队敢于在庞大的中国军队中间冲过去,这对美军来讲是以往绝对不可想象的事情。因此,"纽曼尖兵"的突击过程,在很大程度上反映了中国军队当时的状态。

中午,"纽曼尖兵"出发的时候,纽曼少校发现他的头顶上盘旋着一架直升机。他认为这也许是师里或军里派出来执行侦察任务的。直升机总在头顶上嗡嗡,纽曼除了感到讨厌之外就什么都没想了——他正忙着指挥他的工兵——他怕中国士兵在他前进的路上埋了地雷,于是命令坦克停下来待命,让工兵探雷班先上去摸摸情况。这时,头顶上的那架直升机降落了,走出来的人把纽曼吓了一跳,是军长拜尔斯。

拜尔斯问:"为什么停下来?"没等纽曼说出理由,拜尔斯就挥动指挥棒暴躁地大声喊,"我刚从自隐里飞过来,在那里,中国人正等着你们呢! 立即给我前进! 我不在乎什么地雷! 以每小时三十二公里的速度给我前进!"纽曼立即跳上坦克,命令出发。

这支队伍沿着公路如同进入无人之境高速地前进。公路两侧不断跳出中国士兵向坦克发射火箭弹,有时甚至一下拥出十多个中国士兵把炸药包扔在坦克的装甲上。纽曼命令不准停下来,一边用火力还击,一边依旧保持高速度。在距离自隐里两公里的地方,空中的联络飞机投下来通信筒,它通知纽曼:"很多敌人正埋伏在前方公路的东侧,如果请求实施空中攻击,请以黄色信号弹为标记。"

然而,纽曼不想为等待空军的攻击而让坦克停下来,他命令继续前进。坦克发射了三十多发炮弹,不但冲过了中国军队的阻击阵地,而且还俘虏了三十名中国士兵。继续前进时,"纽曼尖兵"遇到了中国军队两百多人的阻击。纽曼命令坦克炮火掩护,他带着士兵往村庄里冲。中国军队阻击了一会儿后,撤退了,留下二十多名伤员。

"纽曼尖兵"继续开进,在沙峙里附近,发现大约八十多名中国士兵牵着二十多匹骡马在公路上行进。好像这些中国士兵想不到美军会出现在这里,于是在距离一百多米的时候双方才交火。这是一支中国军队转移中的迫击炮兵队伍,交火十分钟,中国士兵迅速退却了。

再前进一公里,通过与主力部队的联系,纽曼才发现自己跑得太快了。这时,前方不远的地方,黑压压的一队中国士兵正在急促地行走。联络飞机的通信筒又投了下来:"在你北方一点五公里处,至少有四千名敌人迎你而来!请你等待空军的进攻后再行动!"

纽曼还是命令继续前进。坦克排排长表示担心,认为还是应该回去与主力会合,因为前方肯定是掩护中国军队主力撤退的大部队。纽曼说:"如果你想回去的话你就回去,不过你会碰见拜尔斯那个老家伙的。"

纽曼乘坐的坦克没走多远,便看见了中国军队大规模的阻击阵形。这时美军空军的战机来了,是一群大编队的喷气式飞机,它们对中国军队进行了"连纽曼都能感到发动机热度的超低空的凝固汽油弹攻击"。中国军队在猛烈的空中打击下不得不赶紧撤退。纽曼趁机带领他的坦克发动了冲击,在前进到青邱里的山口时他看见了昭阳江。

昭阳江,中国军队发动第五次战役"第二次春季攻势"的出发点。

江岸上狼藉一片。被打坏的美军汽车零乱地丢弃在野地中,到处是美军的补给品和装备品。中国士兵没能来得及把这些战利品运走,于是放火烧毁,此时江岸边仍是浓烟蔽日。沿着昭阳江北岸撤退的中国军队正在急促地奔跑。

一个小时后,坦克突击支队的主力到达。

纽曼立即渡过昭阳江,在江北岸占领了渡口。

美军的这支小规模坦克突击支队,三个小时之内在中国军队的腰部北进二十公里,渡过了重要的天然屏障昭阳江。这显露出中国军队在撤退掩护中的疏漏和间隙有多么大。更重要的是,"纽曼尖兵"突破的是中国军队最需要重点防范的地段,这个地段让美军轻易地沿着洪川至麟蹄的公路斜插进来,等于是在东线撤退的中国军队的腰部斜插进了一刀。也就是说,不但远在三七线附近没有来得及撤退的中国第十二、第二十七军等部队,在彭德怀下达撤退命令的第三天就已经腹背受敌了,而且中线的第十五、第六十军的右翼也已经完全暴露。

由于紧随突击队的美军第十军迅猛地向北插进,西线和中线中国军队面临的局势更加危急了。

西线,由于南朝鲜第一师的进攻,北朝鲜人民军第一军团撤退至汶山一线,中国第六十五军的右翼暴露,不得不自议政府、清平里一线撤退。为了保持防线不至于崩溃,彭德怀命令第六十五军无论如何要在议政府一线阻击美军二十天。二十天,对于已经处于险境的第六十五军来讲太艰难了。在美军的猛烈攻击下,不到五天,第六十五军的阵地就被美军突破。结果导致中国第三兵团和第十九兵团之间本来就存在的缺口完全裂开了,美军骑兵第一师、第二十五师、英军第二十八旅、加拿大旅和南朝鲜第二师开始沿着这个缺口大肆向北挺进。

中线,南朝鲜第六师、美军第二十四师已经突进济宁里、城隍堂地区,并控制了加平以东的北汉江南岸渡口;而美军第七师、陆战一师已经接近春川,致使中国第六十军方向出现危机。第六十军一八〇师因有八百余名伤员还没转移而没有撤退,依旧还在原地阻击,而它的两翼全部是美军。至此,一八〇师实际上已经被美军割裂孤立。第九兵团的第二十军,与在九万里附近实施空降的美军发生猛烈战斗;第二十七军被美军阻隔在富坪里以南、洪川至麟蹄公路东西两侧的桃木洞、玉山洞、县里地区,无法执行被赋予的沿昭阳江阻击美军的任务。配属于第九兵团的第十二军也被美军割裂,其在第五次战役第二阶段的战斗中穿插得最远的三十一师九十一团则被远远地孤立于三巨里附近,与军师部都已失去联系。

中国军队预定的机动防御战线还没有来得及形成,就被美军在西线的加平和东线的麟蹄各个分割,各部队都处于分散撤退所将面临的重重险境之中。

彭德怀发出急电,要求各部队一定要克服困难,有计划地布置掩护,同时选择有利地形和时机求得歼灭美军一部。彭德怀知道,必须遏制美军的进攻,否则不但不能把伤员运回来,主力也要受到损失。

中国第十九兵团第六十三军军长傅崇碧在饥饿难忍的时候分到了一把炒黄豆,但是让他最不能忍受的还不是饥饿,而是目前战线上混乱的局势。当面的几个美军师已经包抄到第六十三军的两翼,一路美军以坦克搭乘步兵沿汉江西岸向第六十三军的背后迂回,如果再不下决心,全军的撤退后路就没了。

撤!这个仗不能再这样打了!

下达了撤退命令后,傅崇碧军长跟随军指挥部渡汉江北撤。一八七师跟随军指挥部撤退。就在军部和一八七师涉水过江的时候,发生了意外:几百米远的江面上,出现一支美军涉水过江的队伍,同时,还有十几艘美军渡江的船!紧急之中,美军的侦察机飞来了,就在军部和一八七师的头顶上盘旋!奇怪的是,美军没有向撤退中的中国军队发动进攻,双方居然相安无事地擦肩过了江——也许是美军的侦察机把这支中国军队当成南朝鲜军队了?也许美军认为要不是南朝鲜的军队怎么能敢和美军并排过江?

渡过汉江之后,傅崇碧立即命令部队迅速脱离美军,并且向兵团请示下一步的行动。兵团通报的敌情令傅崇碧心惊:中国军队第三兵团、第九兵团的部队被美军割断,第十九兵团目前唯一能撤退的方向只剩下铁原了。现在兵团正命令第六十五军在议政府阻击美军,以掩护兵团大部队的撤退……

傅崇碧不知道,就在他接到兵团电报的时候,第六十五军已经因再也顶不住美军的进攻往后撤了。

疲劳、饥饿、失望一齐折磨着傅崇碧。中国军队的军长和普通士兵一样都是依靠步行行动。美军的地面炮火和空中轰炸在中国军队撤退的路上形成了一道道的拦截网,每突破一次这样的弹幕拦截,部队都会出现巨大伤亡。傅崇碧已经走不动了,只得让警卫员搀扶着。当他得知一八八师五六三团在清平里渡口阻击美军的战斗中打得勇敢壮烈,并且在撤下阵地的时候坚持把烈士尸体掩埋好的报告时,这位身经百战的老兵不由得热泪纵横。

第六十三军军部走进一条山沟,发现设在这里的兵团指挥部刚撤走不久,撤走的时候遗留下一些饼干等食品。饿急了的军部人员正在吃,就听见有人大喊:“敌人来了!”一看,美军的坦克开过来了!傅崇碧拔出手枪大声命令道:“军机关快走! 警卫连掩护!”这是傅崇碧军长入朝作战以来第二次在这么近的距离遭遇敌人,第一次是在第五次战役开始前,在江边看地形的时候,那次也是敌人的坦克突然冲过来,钢铁履带在江边卷起漫天的烟尘……

第六十三军军部好不容易撤到涟川,兵团的急电到了,电报命令第六十三军立即接替第六十五军的防务,在涟川至铁原之间宽二十五公里、纵深二十公里的地区,不惜一切代价坚决阻击美军北进。

傅崇碧军长看着电报呆了。第六十三军在大雨泥泞中撤退到涟川,部队损失巨大,士兵疲惫不堪,要在如此宽大的正面阻击美军的集团冲锋,谈何容易! 打仗没有人愿意把阵地丢了,第六十五军也是一支能打仗的好部队,不是顶不住了吗?

时年三十五岁的军长傅崇碧意识到,考验第六十三军的最后时刻到了。

中国第三兵团副司令员王近山是个烈性军人,第二野战军的著名猛将,在国内战争中担任六纵队司令,打仗勇敢顽强,战功卓著,人称"王疯子",连毛泽东都这样称呼他。战将陈赓受命组建志愿军第三兵团入朝参战,陈赓特别点了王近山的将。陈赓因病没有入朝,王近山履行着兵团司令员之职。至于他的外号,彭德怀有精辟的解释:"那是革命的英雄主义!"

王近山为人坦荡,他承认自己看不起美国人。"他们有多少兵?加上李承晚的伪军,还抵不上咱的一个军区,不够咱一个淮海战役打的!我看把美国鬼子赶下海不成问题,朝鲜多大个地方?在三八线上尿泡尿就能滋到釜山去!"

在第五次战役第二阶段的战斗中,第三兵团的主力第十二军被配给了第九兵团,王近山老大地不愿意,因为这样他的第三兵团打的是助攻,而现在,真正的硬仗还没有打,他的第六十军就情况
不妙了。志愿军司令部命令第六十军在加平、春川一带阻击美军,可第六十军左翼的第十二军已经后撤,右翼第十九兵团的第六十三军也撤了,后面的第三十九军撤得更早,这不是让第六十军三面受敌嘛。第六十军唯有赶快撤回,才能最大地保存实力,但是没有撤退的命令;再说,第六十军还有近八千的伤员,就是有命令让他们撤,他们也无法立即撤下来。另外,配属第九兵团的第十二军,在第二阶段的战斗中插得太远,现在已处在更加危急的状态中。

王近山心情极为恶劣:"为什么让十二军插得那么远?要是被阻在敌后撤不回来,我找宋时轮算账!"

第九兵团司令员宋时轮这时是整个战场上最焦急的指挥员。自从第九兵团入朝作战以来,他们打的仗是最艰苦的,在第二次战役于东线与美军陆战一师的战斗中,他们英勇顽强付出了巨大的代价。战役之后,重大的损失令他们在东线整整休整了五个月之久,直到第五次战役才重新参加战斗。第五次战役刚发起时,第九兵团担任东线的主要突击任务,他们打得很坚决,但是,正因为他

们的部队向南攻击得太远,此时便成为撤退中最困难的兵团。尤其是第三兵团配属过来的第十二军,第十二军的两个师此刻已被美军切断了撤退的后路,其中,以赵兰田的三十一师最为危急。

与军部失去联系的三十一师被孤立于敌后,赵兰田师长考虑得更多的不是自己的安全,而是在战役的第二阶段插得最远的九十一团。九十一团在第二阶段的战斗中可谓进击神速,居然打到了下珍富里,那里是三八线再往南的三十七度线,实实在在地是钻进敌人的肚子里了。可是,现在部队要撤退,钻进敌人肚子里的他们该怎么回来?他们后面的道路已被美军控制,按照进去的原路出来是不可能了,但是不走原路又有哪条路可以脱险? 那是整整一个团哪,关乎一千多名官兵的生死……

左右两翼的第二十七军和人民军都来人通报,他们要撤退了。

三十一师要是再不退,就很可能孤立无援了。

经过痛苦激烈的讨论,赵兰田师长和刘瑄政委的决定是:等九十一团脱险后,师指挥部再走。并命令九十三团坚决阻击美军,为九十一团脱险争取时间。同时,命令九十一团,能按原路撤退更好,实在不行,向东沿着海岸山地寻找北撤的路。

无法与九十一团取得联系,只有派人去送信了。

三十一师作战科副科长枫亭接受了这个任务,他带上两名警卫员出发了。

在中国军队全线向北撤退的整个战线上,只有这三个人迎着整个战线上的敌人在往南走。

两个警卫员先后牺牲在路上,枫亭到达了九十一团指挥部。

九十一团团长李长林看见枫亭的时候大为惊讶,他不知道这位副科长是怎样穿过敌人的一道道战线过来的。但是更为惊讶的还是枫亭副科长:对战局发展毫无了解的李长林团长正在兴致勃勃地部署进攻当面南朝鲜军队的战斗!李长林看了师指挥部的命令后明白了:大部队撤退了,九十一团已经孤悬于敌后。

按照原路撤退已不可能，即使杀出一条血路来，伤亡必定惨重，而且伤员没办法带走。东边是高山大海，也有敌人，只能出乎敌人的意料，向东南走，转移到敌人后方去，然后绕路向北，设法撤出敌占区。

这时，失去联络信号的报话机突然接通了，传来赵兰田师长急促的声音："我同意你们的计划！我率领九十三团顶住敌人，掩护你们往东南走！保重！"

就这样，中国军队的一个整团开始了危急万分的艰难突围。

干部们的镇静和果敢影响着士兵们。士兵们跟在他们所信赖的干部们的后面，他们没有恐惧，只有回到大部队的决心。

九十一团抬着伤员，押着俘虏，携带着所有舍不得丢弃的装备，秘密涉过了南汉江，进入茂密的山林。他们不断地遇到敌人，能够躲过的，悄悄躲过去；遭遇的，就坚决地打，战斗起来异常勇猛顽强。从敌人俘虏的口供中，他们知道，敌人正在堵截他们，堵截的兵力是三个师。

三个师在围堵一个团！

李长林接到报告说，担任后卫掩护任务的二营和一连走错方向，与团部失去了联系。这时，东南边传来枪声。李长林果断命令改变行军方向，去营救二营和一连。黑暗的夜色中依旧能够看见山路上的嶙峋乱石。当他们登上一座山顶的时候，中国士兵们闻到了咸湿的海水的味道。

李长林也看见了大海，这是朝鲜半岛的东海岸。

二营和一连也终于回来了。他们与部队失散，边打边撤退，不但冲出了敌人的包围，居然还带回来六十多名俘虏。

李长林团长知道，他的士兵们精神不垮。

九十一团继续行军。他们吃野菜、吃树皮、吃草根，互相鼓励，团结一致。翻过铁甲山后，遇到北朝鲜人民军，将一百多名俘虏交给了人民军，继续顽强地走。六天后，千余名军衣破烂、面容憔悴、精疲力竭的九十一团官兵终于见到了一直在等着他们的三十一师师指挥部。

坚强的团长李长林流了泪，与他的师长赵兰田拥抱在一起。

一九五一年五月二十六日，美军全线越过三八线。

胜利来得太快了，令范弗里特兴奋得不能自持。但是，令他万万没想到的是，美国国内的一些议员不但没有夸赞他的战绩，反而提出要调查他，让他接受国会的质询，因为他用的弹药太多了，浪费了美国纳税人的钱。

在美军疯狂的反击中，范弗里特出色地继承了李奇微的"火海战术"，而且将之"发扬光大"。战后的统计显示，他在反击作战中所使用的弹药量，是美军作战规定允许限额的五倍以上。记者们将之称为"范弗里特弹药量"。这些弹药把美军所有的必经之地统统抢先变成了一片焦土。美军飞行员们从空中向地面看去，他们说，在那些发生过战斗的地方"不可能再有什么生物存在了"。

范弗里特将军大为光火："让那些议员们来看看敌人的尸体和俘虏吧，如果他们不来，就让什么'范弗里特弹药量'见鬼去吧！"

五月二十九日晚，朝鲜中部大雨如注。

志愿军副司令员洪学智接到彭德怀声音低沉的电话，让他立即来一趟。

昨天晚上洪学智才冒着倾盆大雨从彭德怀那里回到一百多公里以外的后勤司令部，怎么现在又让再去一趟？几分钟后，洪学智的吉普车冲进茫茫大雨中。山高路险，河水暴涨，害怕空袭不能开灯的吉普车在黑暗中走走停停。深夜，洪学智终于到达空寺洞。

山洞里，只穿着一条短裤、赤裸着上身的彭德怀一个人在蜡烛光下来回踱步。看见浑身湿透的洪学智，彭德怀用最低沉的声音说："出事了。"

第六十军一八〇师已与外界失去一切联系。

彭德怀给洪学智看了一份他刚刚发出的电报：

应即以一八一师、四十五师解一八〇师之围

六十军并十五军首长并王（兵团副司令王近山）王（兵团参谋长王蕴瑞）：

至现在止，无反映我一八〇师被消灭。据谍息二十七日有两个营袭击美军指挥所，被其援军赶到未成。另息在纳实里、退洞里获得我一部分武器。据上判断，我救援部队如是坚决，一定可以救出该师，如再迟延不决，定遭严重损失。

彭德怀 五月三十日一时

情况一下子变得如此险恶，这是中国军队指挥员不曾想到的。

"要成建制地歼灭几个师的美军。"

"美国鬼子不也是肉眼凡胎嘛，咱集中优势兵力，收拾不了它？"

"美国兵最怕死，冲上去就能立个国际功！"

中国军队在朝鲜战争中虽然进行了五次大规模的战役，对美军的作战特点有了一些了解，但是这种了解依旧还很浅显，并间或带有偏颇的政治色彩。

战争是政治的一种手段。战争中的政治热情必不可缺，而且它还是赢得战争最后胜利的保证。但是，在每一场局部的、具体的战斗进行中，战争双方所较量的更多的是知己知彼、运筹帷幄的战争智力，以及遵循战争特有规律的周密而准确的战术运用。

战争观念的陈旧，战争手段和战术的落伍，最终受损害的是政治利益。

一八〇师，危如累卵。

永远的悲怆

一九五一年五月二十三日,对于中国第六十军一八〇师来讲,这是一个关键而致命的日子。

这一天,是美军发动全线反击的第二天,第六十军一八〇师还在向南进攻。该师的五三八团、五三九团与向北攻击的美军第七师反复争夺着阵地,战斗进行得正激烈中,一八〇师接到第六十军军长韦杰和政委袁子钦发来的电报,电报命令一八〇师将主力置于北汉江以南,掩护兵团主力向北撤退。

一八〇师没有意识到自己目前的处境也很危急了。

志愿军指挥部在部署中国军队全线向北转移的时候,曾给第三兵团下达了一个指示,要求他们在其预备队第三十九军提前转移的同时,留一个军在加平至春川一线布防,利用山地阻击美军,掩护第三兵团主力向铁原方向转移。第三兵团把阻击掩护任务交给了第六十军。

第六十军军长韦杰的心情极为复杂。

在第五次战役第一阶段的战斗中,第三兵团三个军突击的正面仅宽十五公里,如此密集的兵力集中在如此狭小的突破正面,连打惯了"集中兵力"的韦杰都感到从未见过:兵力是否过于集中了? 地方狭窄,密集的部队展不开,势必造成战场拥挤的局面。第六十军是第三兵团左翼的突击部队,第六十军的正面说是七公里的战线,但实际看看地形就知道了,"七公里"只是两条山脊。结果部队挤在一起往前冲击,谈不上任何速度,而担任穿插的部队即使翻山越岭,也追不上敌人的汽车轮子。在整个第一阶段的战斗中,第六十军基本上没有遇到大的战斗。韦杰军长那时就想,在接下来的战斗中无论如何要好好地打一下,让部队尝尝跟美国兵打仗胜利的滋味。但是,第二阶段的战役部署一到,韦杰军长更恼火了,他的第六十军居然被别的部队给"瓜分"了:一八一师配属第十二军打穿插,一七九师配属第十五军,一八〇师给第三兵团当预备队。第六十军军部成了空架子,军长能够指挥的部队仅剩下一个三百多人的工兵营。现在,整个兵团都要全线向北撤退,第六十军这才接到掩护撤退的任务。也就是说,到这个时候,韦杰军长才能够真正指挥自己的部队了。但是,一八一师距离军部一百二十公里,至少两天才能归建;一七九师的归建也需要一天的路程;一八〇师还在加平方向,归建也需要两天的路程。这还不算,韦杰刚刚得知,左翼的第十五军昨天就撤退了,战线上已暴露出一个巨大的缺口,如果一八一师和一七九师无法及时赶回,这个方向上单靠一八〇师一个师,别说完成掩护兵团撤退的任务,就是现在的处境也将难保。

命令就是命令,必须坚决执行。

第六十军军长韦杰下达命令:

一七九师附炮兵四十六团,于现地即大龙山、甘井里掩护转运伤员,任务完成后预定二十五日除以一部留现地待第九兵团接替后再开始向指定地区转移,师主力分两路经芝岩里、退洞里,进至加平、观音山、休德山地区布防。

一八一师于现地掩护转运伤员,任务完成后,预定二十六日经新浦里、国望峰、观音山、上海峰之间地区休整,并准备在国望峰、观音山布防。

一八〇师附炮二师两个连,以一个步兵团北移汉江以北构筑阵地,师主力置于北汉江以南掩护兵团主力北移及伤员转移。师作战地域为新延江、芝岩里、白积山、上海峰以南地区,并注意与右邻的第六十三军取得联系。

一七九师接到命令后立即行动,以最快的速度向北撤退归建。韦杰军长命令他们控制春川至华川的公路。韦杰的这一命令非常及时,一七九师刚刚部署完毕,美军的坦克部队就到了,一七九师官兵顽强阻击,以巨大的生命代价为第三兵团的撤退赢得了宝贵的时间。

一八〇师接到电报后,立即按军部的命令进行部署:五三八团、五三九团扼守北汉江南岸阵地,五四〇团在江北岸占领鸡冠山高地,以加强师的二线阵地。同时,根据军部的电报,派人去与右翼的第六十三军联系共同阻击的问题。

上午十一时,第六十三军方向突然传来枪声,一八〇师侦察员回来报告了一个令所有人都不相信的消息:第六十三军不在右翼战线,可能已经撤退了!

原来,第六十三军军长傅崇碧判断其部队已非立即撤退不可,从而果断地命令第六十三军全线撤退。这个判断无疑是正确的,确保了第六十三军的安全。但是,唯一遗憾的是,由于情况的紧急和局面的混乱,第六十三军在撤退的时候没有与相邻的一八〇师协同。而另一个更致命的疏忽是,一八〇师右翼的一七九师在撤退时也疏忽了与一八〇师的联络。这就致使美军第七师和南朝鲜第六师乘虚而入,枪声就是从敌人已经占领的侧翼传来的。

一八〇师把这个情况报告了军部。军长韦杰已顾不上再多考虑,他立即命令一八〇师天一黑便撤出阵地向北转移。

如果韦杰的命令得到执行,一八〇师还有最后的机会能够转移出来。

但是——战争中,一个"但是",意味的也许就是无数生命生死不可预知的意外!

正当一八〇师开始撤退,一部分部队已经北渡汉江的时候,第六十军突然又接到兵团的电报:

> ……由于运力缺乏,现战地伤员尚未运走,十二军五千名伤员全部未运;十五军除已运走者外,现水泗洞附近尚有二千不能行动之伤员;六十军亦有伤员千余人。为此决定,各部暂不撤收,并于前沿构筑坚固工事,阻击敌人,运走伤员之后再行撤收,望各军以此精神布置并告我们。此外各部除以自己运输力量搬运伤员外,并组织动员部队,特别是机关人员甚至干部全体参加抬运伤员,以期将伤员迅速搬运下来……

电报的意思是清楚的,要求各军组织好伤员的转运,在伤员没有转运下来的时候不要扔下伤员撤走,如果自己的伤员已转运下来就可以撤退。但是,就是这么一封电报,第六十军却理解成为:"六十军必须掩护全兵团的伤员转运"。

第六十军立即再给一八〇师打电报,将那个要求一八〇师转移到北汉江北岸的命令改为:"继续位于春川、加平、北汉江以南地区防御"。

于是,一八〇师不但没有撤退,反而命令已经向江北转移的部队掉头再往回走。

在四周友邻部队都开始或者已经撤退的时候,只有一八〇师遵照军部的命令,全师原地未动。

一八〇师就这样失去了最后一个生还的机会。

韦杰军长其实也预感到了一八〇师的危机,因为此时已经撤退的一七九师无法再向一八〇师靠拢,一八一师距离一八〇师则更远。但是,尽管心情焦急的副军长查玉升建议把一八〇师撤回北汉江北岸以防不测,但韦杰军长认为一定要坚决执行上级的命令。同时,他还是因为担忧而电令一七九师立即组织兵力阻击美军的北上,以尽可能保障一八〇师侧翼的安全。韦杰军长给一八〇师下达了在北汉江南岸阻击五天的限期。——"白天失去的阵地,晚上要反击回来。"

　　一九五一年五月二十三日,整整一天,一八〇师就这样与撤退中的各部队脱节了。

　　战后所有的人都明白地看到,一八〇师在二十三日这一天等于在原地等了美军一天。就是这一天的"等待",使一八〇师等来了一次铺天盖地的厄运。

　　一八〇师,师长郑其贵,副师长段龙章,代理政委兼政治部主任吴成德。

　　一八〇师官兵万余人。

　　郑其贵,一九二九年参加红军,历任班长、排长、连长、指导员、师司令部参谋、营教导员、团政委、太岳军区二十三旅政治部主任、晋冀鲁豫军区八纵二十三旅政治部主任、第六十军一七九师副政委。从郑其贵的任职可以看出,他的政治工作的经历十分丰富,是一个执行命令不打折扣的军人,吃苦在前,敢挑重担,无论是个人品质还是政治素质在一八〇师堪称优秀。

　　虽然根据当时战场的具体情况,应该迅速将部队向北转移;虽然郑其贵坚决执行了上级的命令,在没有受命撤退之前决不擅自撤退;但是,如果在一八〇师的命运里不出现那么多的意外和疏忽呢?如果在全线战役开始的时候就能够想到战争中势必会有的撤退呢?

　　郑其贵命令五三八团团长庞克昌、五三九团团长王至诚扩展阵地,特别是五三九团要确保全师右翼的安全。右翼的缺口太大了,仅二营一个营负责的正面就宽达十公里。二营的阵地在阻击战开始之后,立即受到美军第七师的猛烈攻击,美军在数百门大炮和战机的支援下,投入了一个团的兵力,二营阵地被凝固汽油弹引发的大火遮盖,弹片、石头、泥土、树枝满天乱飞。美军第七师反复攻击,但是没能突破二营的阵地,这是中国军队在向北撤退中少有的成功的阻击战斗。

二十四日下午,就在五三八团和五三九团在各自的阵地上与美军激战的时候,从北汉江北岸的五四〇团传来了消息:城隍堂阵地失守!

一八〇师指挥所内顿时一片死寂。

城隍堂,一八〇师身后的阵地!

城隍堂失守意味着美军已经完成对一八〇师的弧形包围!

城隍堂阵地阻击战打得空前惨烈。五四〇团一营三连打得只剩下十几个人时,在营教导员任振华的带领下士兵们与美军展开了肉搏战,直到最后时刻整个三连与美军同归于尽。炮营阵地被美军第二十四师突破,当成群的坦克向中国士兵碾压过来的时候,营长虽命令弃炮撤退,但连长华银贵视炮如命,说什么也不愿意把火炮丢弃。他大喊:"要扔炮,就先把我华银贵扔了吧!"他命令弹药手装填炮弹,在几十米甚至几米的距离上,操炮向美军坦克平射,炮弹迎面撞上美军的铁甲,阵地上山摇地动,美军为之心惊。

到了这样的时刻,郑其贵依旧执行着上级的命令,以一八〇师全师官兵的生命坚持着原地阻击。

当韦杰军长得知城隍堂阵地丢失时,终于向一八〇师下达了撤退的命令。

但是,一切都已经晚了……

二十四日夜,一八〇师组织部队向北汉江撤退。

郑其贵命令一个团把最后的三百名伤员运走,然后后勤部门撤退,接下去是炮兵,最后是师指挥部。在江边,沉重的火炮无法过江,炮兵只能把所有的炮弹向南打光,然后留下最后一颗炮弹自毁火炮。北汉江的所有渡口都已被美军占领,一八〇师只有在不是渡口的地方下水。连日的大雨使北汉江江水猛涨,北汉江上仅仅架设了三根铁丝让成千上万的官兵拉着涉水渡江。美军发射的照明弹悬挂在头顶,艰难而混乱的渡江场面被暴露在美军炮火的打击之下。美军的炮兵校正飞机低空盘旋,把密集的炮弹准确无情地投向没有还击能力的中国士兵。齐胸深的江水汹涌,力气弱小的女兵和年纪大的士兵紧紧地拉住马尾,战马嘶鸣中士兵们互相呼喊着,但还是不断地有人被江水卷走,身体倾斜后迅即就消失在江面无边的黑暗中。抬着伤员的士兵为了伤员不被江水弄湿,把担架高高地举起来。在这天夜晚,一八〇师被炮火击中的官兵的鲜血染红了北汉江的江面。

一八〇师死于江水中的官兵达六百人之多。

虽然过了北汉江,但也为时过晚了。美军第二十四师已经进占间村,挡在了一八〇师的退路上。美军第七师突破了一七九师五三六团的防御,将该师与一八〇师的联系彻底割断。南朝鲜第六师已经到达芝岩里,一八〇师被四面包围了。

在企图拼死突围的每一个方向上,都发生了极其残酷的战斗。在向被围困中的一八〇师发动攻击的时候,一八〇师的每一个阻击阵地面前都集中了多于中国士兵几倍的美军。美军的炮兵跟进速度极快,尤其是坦克和自行火炮,可以与步兵一起参加任何位置的战斗。美军战机的出动架次也超过了以往任何一次的战斗。阻击美军的中国官兵的弹药越来越少,他们还击的武器只剩了石头、枪托和牙齿。郑其贵在师指挥所里得到的伤亡数字令他不忍再看,一个连打不了多一会儿,干部们就全部牺牲了,士兵只剩下十几个。再上去一个连,过不了多久还是同样。

比死亡更可怕的,是难以忍受的饥饿。一八〇师全师已断粮多日,官兵们只能用野菜草根充饥,不少士兵因为吃野菜中毒。伤员的情况更加悲惨,他们的伤口由于得不到及时处理而开始溃烂,他们嚼不动草根,连水也没有了。一个迫击炮班在炮弹没有了之后,有士兵主张把驮炮的骡子杀了吃,但是立即遭到反对,士兵们宁可饿死也不愿意杀跟随自己出生入死的骡马。驮手们怕这些骡马被人吃了,就解开缰绳放它们走,但是,这些骡马恋着主人,总是打到哪跟到哪儿,令炮兵驮手们放声大哭。

二十五日,不断地向军部发出求救电报的一八〇师几乎在同时接到了两封内容互相矛盾的电报。先到的一封电报要求他们转移到马坪里以北阻击美军。部队刚走出五公里地,又一封电报到了,让他们原地掩护伤员撤退,结果部队又往回走。在这两封电报之后,一个最坏的消息传来了:美军已经占领马坪里。

一八〇师仅剩的一线生路被切断了。

在一八〇师的周围,是五倍的美军如铁桶般密不透风的死死的包围。

在第六十军的军部里,一种大祸临头的气氛在沉默中弥漫着。几天几夜没有睡觉的韦杰军长感到神经快要绷断了。他只有同意一八〇师向鹰峰方向突围的计划,并命令一七九、一八一师迅速向一八〇师靠拢,以接应他们突出重围。

二十六日黄昏,一八〇师开始突围。

一八〇师决定兵分两路:一路由师部、五三八团、五四〇团组成,向北突围;另一路由五三九团组成。两路约定第二天上午九时在鹰峰以南会合。军部发来的电报显示:只要到达鹰峰,过了公路就安全了,会有部队前来接应。

五三八团参谋长胡景义带领二营和三营开始为全师撕开美军的包围。在一条公路上,两个营的中国士兵拼出性命向封锁道路的美军坦克扑上去。很快,四连所有的官兵在与坦克的搏斗中全部伤亡。五连接着冲上去继续战斗,最后只剩下了十人。三营与美军步兵混战在一起,不习惯夜战的美军显得格外顽强,双方士兵最后时刻进行了混乱的肉搏战。五三八团的两个营以伤亡殆尽的代价终于杀开了一条通路,一八〇师在天亮时分撤退到鹰峰脚下。但是,还没有来得及喘口气,担任前卫的五三八团的士兵跑来报告说:"鹰峰上有美军!"

不是说过了鹰峰的公路就安全了吗?

接应的部队现在哪里?

一八〇师的官兵不知道,接应的部队没能到达这里。一七九师的接应部队在途中被美军插乱,经过激烈的战斗,负责接应的一个团只剩下了四个排。而一八一师接到接应任务时,该师与各团的通讯中断,只能派人去各团传达接应任务。各团的位置分散,通信员冒着大雨在山中摸索道路,直到第二天早上才把命令传达到。而这时,美军已经占据华川、原川里、场巨里一线,一八一师失去了靠近一八〇师的可能。

当韦杰军长得知负责接应的一七九师和一八一师行动失败后,一头栽倒在军指挥部的地上。

一八〇师再次被包围在鹰峰下的时候,是这个师的最后时刻。

电台被打坏,与军部无法联系。

全师已经断粮食七天,弹药将尽,重装备全部丢失。

美军的飞机在鹰峰上空一圈圈地盘旋。

美军士兵开始沿着山沟冲进来。

一八〇师开了最后一次师党委会。

会议作出的决定让这支部队在以后的岁月里永远也没检讨明白。

一八〇师党委在鹰峰下的最后决议是:分散突围。

焚烧文件,毁坏电台,销毁密码……

译电员赵国友、魏善洪和通信员正在销毁密码本的时候,美军的机枪子弹朝他们打来,郑其贵命令掩护他们把密码烧完。这时,几个美军士兵冲了上来,通信员投出手榴弹把美国兵暂时打退。炮弹很快也飞过来,在猛烈的爆炸声中,魏善洪和通信员负伤滚下悬崖。老译电员赵国友怕密码烧不透,坚持蹲在那里用树枝拨火,一直到鲜血流尽死在火堆边。

分散突围标志着一八〇师有组织的战斗行为到此为止。

黄昏,还是大雨。

一八〇师的官兵分散成若干小股,怀着强烈的求生本能和无可名状的失措,拖着疲惫的身躯纷纷消失在黑暗的山林中。

最先突围成功的是由五三八团参谋长胡景义率领的一支小队伍。他们在突围的过程中,先后遇到五三九团高机连连长向大河、三排长李本著和他们带着的十六个人以及师炮兵室主任郭兆林、五三八团组织参谋田冠珍和他们带着的十四个人,还有师组织参谋郎东方带着的三个人以及工兵营参谋田侯娃带着的五个人。这五十多个人又一次组成了一个战斗集体,成立了临时党支部和团支部,指定了战斗小组和组长。二十九日,在经过多次战斗后,他们竟然带着十四个美军第二十四师的俘虏接近了中国军队的阵地前沿。在最后的冲击中,趁机四处逃跑的美军俘虏被美军的子弹全部打死,一八〇师的这个五十多人的战斗集体终于回到了一八一师的阵地上。

因与一八〇师联系完全中断而万分焦急的韦杰军长立即见了胡景义,在得知一八〇师已经分散突围后,他命令有战斗经验的干部和士兵,带上粮食和弹药进入山中寻找突围的官兵。被部队如此大的损失弄得火气很盛的副军长查玉升建议调两个师立即进行反击,以接应突围的一八〇师的官兵:“上级要是追究责任,把我查玉升的脑袋交上去!”但是,韦杰军长认为,既然分散突围,就很难找到他们,反击带来的损失会得不偿失。韦杰的判断是对的,派入敌后寻找一八〇师官兵的部队最后都空手而归。

另一支突围成功的小分队,由五三九团团长王至诚、团政治处主任李全山、作训参谋张绍武所带领的四十余人组成。他们冲出包围,还完整地带出了团的地图和文件,回到一八一师的阵地。

五三九团二营在教导员关志超的带领下,六十余人两天后回到一七九师的阵地上。

五四〇团政委李懋召、五三八团团长庞克昌也带领着一部分人回来了。

师长郑其贵、副师长段龙章、参谋长王振邦带领的是警卫分队和师指挥部的部分机关人员。这支小小的队伍黎明时分遭遇美军的追杀。美军的坦克在山谷间的开阔地上吼叫着,钢铁的履带把中国士兵的身体卷进去然后抛起来。这支队伍不择方向地分散跑开,警卫班在混乱中依旧存在保护首长的意识,几名士兵向郑其贵奔跑的相反方向跑去,以求吸引美军的火力。在越过小河边的一片开阔地向山上奔跑时,两名警卫战士拼死阻击美军,用仅有的子弹还击,吸引了美军的大部分火力。趁这个机会,师首长们冲过山去了。

郑其贵师长在山顶回过头来。

一个战士当场被打死。另一个战士负伤仰面倒下,枪声平息后,他被两名美军黑人士兵拖着两腿拖走了。

这一幕,郑其贵永生难忘。

突围最艰难的一支队伍,是由政治部主任吴成德带领的。围绕在他身边的有数百人之多,其中还有文工团年轻的女孩子和不少伤员。吴成德为了表示他与大家同生共死,当着大家的面,掏出手枪把自己的那匹马打死了,然后他对大家说:"大家不要怕!我们互相帮助,就一定能冲出去!我可把话说明白,谁要是叛变投敌,我就枪毙了他!"由于人多,这支队伍目标十分明显。他们抬着重伤员,扶着轻伤员和走不动的女孩子,冒着大雨向敌人的包围圈冲去。封锁线上白昼般的照明弹和密集的火力令他们屡次受挫,在多次改变突围的方向后依旧没能突出去。在一条山沟里,他们被美军的坦克堵截,美军残酷地向挤满中国官兵的山沟开炮,然后进行坦克碾压。这些中国官兵虽然没有了任何还击的能力,但是只要不被打倒他们就反抗,他们反抗的唯一方法就是奔跑,就是不把双手举起来。最后,吴成德痛苦地明白,这支队伍肯定是突不出去了,于是他决定上山打游击。

在与敌人、饥饿、艰苦的环境拼力斗争的过程中,这支队伍由于牺牲、疾病、饥饿等种种原因逐渐分散行动。最后,吴成德和他身边的三十三个人,在敌后坚持游击战竟达一年之久。最后只剩下三个人的时候,吴成德在一次突围中被美军俘虏,他是朝鲜战争中被俘的中国官兵中级别最高的一个人。

一八〇师企图突围不成的官兵中还有一部分流落进崇山之中。一九五二年,南朝鲜赤根山一带有一股游击队总是不断袭扰美军,美军终于知道那是一些志愿军士兵。美军调动了三千多兵力,让曾在中国围剿过抗日游击队的日本人当顾问,进山围剿。但是费尽力气攻上山头后,不见一个人影,而赤根山的枪声依旧不断。

郑其贵、段龙章、王振邦带着为数不多的士兵,翻山越岭,最后回到中国军队的阵地上。

见到韦杰军长,他们大哭,请求处分。

志愿军司令部的一份资料中对一八〇师损失情况的记录有如下文字:

> 六十军一八〇师被隔断于华川以西,经几次突围接应均无效,除师长、参谋长及担任掩护大行李的一个建制营等部分人员突围外,余因饥饿与疲劳走不动,吃野菜中毒或作战死亡、失散等约七千余人。

在一八〇师自己向上级报告的《一八〇师突围战斗减员统计表》中,总计一栏记录的一八〇师负伤、阵亡和情况不明的总数字为:七千六百四十四人。其中师级干部一人,团级干部九人,营级干部四十九人,连级干部二百零一人,排级干部三百九十四人,班以下六千九百九十人。

有资料说,一八〇师人员损失大部分为被俘,被俘人数约为五千余人。

在中国军队的历史上,一八〇师在朝鲜战场的命运是一个永远的悲怆。

谁能在战争中取胜？

一九五一年五月三十一日，向北进攻的联合国军中线部队已经到达涟川、华川一线，其攻击的势头没有减缓下来的趋势。中国军队的第九兵团、第三兵团还在继续向北撤退，战线距离北纬三八度线越来越远。笼罩在伤亡、饥饿和失利阴影中的中国官兵在连绵不断的淫雨中向北走，他们身上披着能够寻找到的一切防雨的东西，在无边的黑夜中拖着疲惫的身躯，无声地忍受着一种他们难以言传的情绪的折磨。我们要撤退到什么地方去？难道就这样一直向北——我们真的失败了？

兵团的高级指挥员知道志愿军司令部给他们指定的休整地在什么地方，但是此刻就连他们也都怀疑是否能够按照这个计划执行，因为没有人能预测到联合国军的攻势究竟会在什么地方停止。

机械化部队"乘胜追击"的速度是惊人的。

彭德怀站在空寺洞的洞口向铁原方向遥望。南边布满乌云的夜空不时地被爆炸的火光照亮，而身后的爆炸声听得异常清楚，那是美军轰炸机对中国军队后方的铁路和公路线进行的不间断的封锁。

彭德怀似乎能够猜得出李奇微在想什么。

铁原、金化一线，是朝鲜国土中部具有战略意义的地区，被称为"铁三角"。这里山岭连绵，数座高山呈互相呼应的阵形，巍然耸立。占领这里便可以无遮拦地向北俯瞰，是美军继续北进的绝好的冲击地。这里公路和铁路密集地在几大要地之间交叉纵横，是朝鲜中部的交通枢纽，无论是从防御还是从进攻的角度上讲，这里都是转运物资、屯集兵力的最佳地点。

进可攻退可守的地方，是任何一个军事家都会不惜一切代价占领的地方。

不能再撤退了，无论从军事上还是政治上，无论从道理上还是心理上，这里都是中国军队必须守住的最后的防线。

让谁来守住这最后的防线？

这个方向原是第十九兵团的防区。左翼是第三兵团的第十二、第十五和第六十军，但由于他们在战役进攻阶段的攻击方向是东南，攻击的距离最远，撤退时除一八〇师的失利外，其他部队能够撤回来已经很不错了，有的部队目前还在归建中，战斗减员很大。但又不能轻易把战略预备队第三十九军拿上去。也没有从其他方向横移部队补缺口的可能和时间了。

第十九兵团的防区需要他们自己负责。

当第十九兵团指挥部接到彭德怀"死守铁原十五至二十天"的电报时，兵团指挥部刚刚在转移的状态中停下来喘气。其远在战线最西面的第六十四军正与北进的美军苦苦纠缠，第六十五军因损失严重目前的状况更不好，只有傅崇碧的第六十三军了。

第六十三军作战月余，伤亡甚大，粮弹奇缺，官兵疲惫。别说坦克，连迫击炮算在内，不过两百多门，还不说由于炮弹供应不上，不少火炮成了部队机动的累赘，炮兵当了步兵用。现在，兵团要求第六十三军死守的防线正面宽达五十五公里,当面范弗里特指挥的美军有四个整师,兵力多达五万人,平均一公里内就有三百多人。加上美军拥有各种火炮一千六百余门,坦克三百余辆,还有空军的强大的支持。

彭德怀命令的阻击时间不是几天,而是半个多月!

第十九兵团司令员杨得志和政委李志民本着负责任的态度打电报给彭德怀,陈述没有把握完成任务的理由——不能不顾现实,因为一旦防线失守,给整个战争带来的危害是不堪设想的:

> 敌先头坦克和汽车部队已进至涟川附近。东边之敌已到文岩里向芝浦里侦察,芝浦里是否有三兵团的部队请告。原令六十五军在涟川以南地区阻敌半月至二十天,该军未能完成任务,仅四天将敌放至涟川附近,使六十三军来不及准备。虽已令该军迅速布置,但可能难以完成志司交给的任务。

彭德怀的回电不容分说:

> 你们应令一八七、一八九两师各一部迅速向南挺进,坚决顶住敌人。该两师主力争取时间在预定地区抢修工事外,应令军直和一八八师一部在铁原志司指定的地区和内外石桥西北地区抢修工事以防万一,并令一八八师在朔宁及东南地区做坚决战斗的准备。

第十九兵团给第六十三军下达了行动的命令。同时,又以严厉的措辞致电第六十五军,命令他们配合第六十三军的阻击:

> 敌人并未增加新的力量,你们将敌人很快放进涟川地区,即如此你们应立即组织力量打击敌人侧背阻滞敌前进,便于六十三军抢修工事,否则铁原失守你们应负责任。

彭德怀干脆把电话直接打给杨得志,声音沙哑而低沉:"就是把六十三军打光,也要在铁原坚守十五至二十天!"

当杨得志从兵团直属队抽出五百名老兵,送到急需兵力的第六十三军时,年轻的军长傅崇碧十分激动,他说:"我们决心打到最后一个人,决不让范弗里特再前进半步!"

中国第六十三军军史上最悲壮的一页翻开了。

六月一日,美军集中兵力和火力开始了猛烈的攻击,涟川至铁原一线终日火光冲天,浓烟蔽日。战场的一边是中国士兵的血肉之躯,另一边是美军坦克的钢铁长龙。战场距离彭德怀的指挥部不过百里,百里仅仅是美军坦克两天的突进距离。彭德怀拒绝撤退。他昼夜不眠,常常一人于黑暗中伫立在苦雨霏霏的小山坡上向南眺望,他能够想象出美军的炮火和炸弹怎样将大雨般的弹片倾泻在中国军队的防御阵地上,而他的士兵们会怎样在鲜血流尽之前与那些美军士兵死死地扭打在一起,然后,年轻的身体一个个地倒在绝不后退半步的阵地上。彭德怀,这个中国贫苦农民的儿子,他最知道贫苦人家是如何盼望着自己的儿子长大,好让日子能够过得好一些。志愿军中有一名战士是个独生子,几天前,这个战士的父亲写信来问能不能让他的儿子回家,因为老人怕他的儿子死了他就从此没希望了。有人指责说这个老人觉悟不高,破坏抗美援朝。彭德怀听说后火了,他命令立即把这个战士从近百万的士兵中找出来,给这位老父亲送回去:"战士不是父母养的? 就你是?"彭德怀不得不深深地谴责自己。尽管任何战争都是要死人的,但是,战争进行到现在,他不该过多地责备他的下属,他也有指挥上的失误,至少他对朝鲜战争的特殊性存在着一些认识上的模糊。

彭德怀不断地打电话给第六十三军,不断地严令他们必须坚守不准后退。

军令一下,将士冒死!

在山坡上伫立的日日夜夜里，彭德怀这位身经百战已年过五十的将领憔悴得如同风烛老人。

三天，仅仅三天，最前沿的一八九师坚持不住了。美军不惜伤亡地轮番攻击，阵地一日易手数次。双方士兵的尸体重叠在一起，又被无情的炮火再次炸烂。一八九师指挥部需要不停地重新组建部队，把几个营合并成一个营，几个连合并成一个连，直到机关人员也补充到连队。即使这样，阵地往往在打光最后一个人之后丢失……

军指挥部命令一八八师上去接替。

从阵地上下来的一八九师的官兵，仅仅能够再编成一个团，师长当团长，团长当营长，立即补充弹药，准备最后时刻再冲上去。

一八八师五六三团八连连长郭恩志，河北人，说话带一口任丘一带的口音。八连在阵地上阻击美军整整两天了，士兵们在战斗的间隙瘫倒了一样躺在满是泥水的地上，郭恩志实在是非常难过。连队连续打了四十天的仗，铁打的人也快顶不住啦。

"唱！唱个歌什么的！"

没有人唱。

六月六日，郭恩志灵巧地运用阵地上的地形地物，带领连队连续打退了美军骑兵第一师两个连的攻击，虽然出现伤亡，但是阵地还在。黄昏的时候，他从士兵们疲惫不堪的神色上想到了美军士兵。那些士兵不是也连续进攻了这么多天了吗？于是他派三排长带着一个小组摸到美军宿营地进行骚扰，战斗小组扔了一通手榴弹，打死几个美军士兵，还缴获了几支美国枪。

团长说："这就对了！不管用什么办法，消灭敌人，保存自己，坚守阵地，就是好样的！"

七日一大早，郭恩志觉得不对劲儿了，阵地下的树林中人影乱晃，前边的公路上开来一串坦克，坦克后面是一眼望不到边的黑压压的步兵。郭恩志赶快把三排的兵力加强给一排和二排，刚布置好,美军就开始攻击了。一个战士说:"连长! 你听,美国鬼子在说中国话!"美军中有人用汉语喊叫,意思是攻不上去就不攻了,用炮火把这个山头轰平了算了。

刚要命令大家钻防炮洞,郭恩志心里突然一动:敌人干吗大喊大叫的?不对,肯定不对! 他命令各排立即进入阵地。果然,美军根本没有开炮,一个营的兵力偷偷地上来了!

几倍于八连的美军攻击的决心十分顽强。坦克开了炮,飞机接着也飞来了,八连的阵地上顿时硝烟弥漫。一排阵地上,机枪手王森茂连枪带人一起被炮弹炸起的泥土埋了起来,四十多名美军呼喊着蜂拥而上。王森茂从泥土中挣扎出来,美军几乎到了他的面前,他站起来,端起机枪猛烈扫射,美军像割倒的麦子一样倒下去。二排的阵地上已经爬上来二十多个美军士兵,四班已经负伤的冯贺一条裤腿被血浸透,他的弹药手就牺牲在他的身边,他抓起身边的步枪就打,直到面前的美军士兵跑下去了,他还在疯狂地射击。

郭恩志站在阵地的最高处,始终大声喊叫着,鼓励着他的士兵,他同时还想以此告诉他的士兵们,连长还活着。

终于,阵地上站满了美军士兵,中国士兵被逼到了悬崖的边上。这时,郭恩志听见一排长喊:"同志们! 我们还有五十发子弹,争取一枪打一个!"

这个暗语是说,全连的子弹仅剩五十发了。

阵地的后面也响起激烈的枪声,八连被前后包围了。

郭恩志知道这是他的连队最后光荣的时刻了。

士兵们几乎同时举起了石头。这些巨大的石块他们本已经举不起来,但是现在人人都能把它高举过头顶扔向敌人。很快,阵地上的石头也没有了,士兵们把刺刀上好,聚集在一起,准备肉搏战。

突然,阵地的四周安静下来,美军士兵们停止不动了。从八连的阵地往四周看,下面是密密麻麻的绿色钢盔。由于中国阵地上连石头都投不下来了,美军认为这里的中国士兵已必死无疑。于是,他们兴奋地叫喊,甚至还唱起歌来。

让决死的热血涨红了脸的郭恩志对身边的士兵们说:"娘的,咱们也唱!"

> 我们是人民的好战士
> 我们在战斗中成长
> 只要战斗打响
> 我们就打个歼灭战
> ……

中国士兵的歌声令美军士兵愣住了。

突然,旁边九连阵地上响起密集的枪声,美军立刻出现慌乱。就在这一刻,随着郭恩志的一声呐喊,他第一个从悬崖上纵身跳了下去!紧接着,八连还活着的士兵们跟随着他纷纷跳下悬崖。

悬崖下的美军被吓呆了,正不知所措,八连全连所剩的唯一一颗反坦克手雷被三班长扔向了美军。爆炸声未落,中国士兵们齐声喊杀,向炸开的缺口冲去!

天黑以后,当郭恩志带领他的士兵回到营指挥所的时候,营长兴奋之极:"你们以一个连的兵力在美军的大规模进攻面前顽强阻击了两天,团长说要给你们请功!"

第十九兵团的指挥员们不得不为前沿每一个阵地的反复得失而焦虑不安。在美军不断施加的压力面前,一八八师的阻击线在不断地后退。虽然每退一步,都是经过批准的,为的是更多地消灭敌人,为的是争取更多的时间,但是,毕竟可供机动防御的纵深并不大。这里的阵地都是高山断崖,阵地在转移的时候,已经出现多次战士跳崖的情况了,这说明坚守阵地的官兵已经最大限度地迟滞着美军,他们不到最后的悬崖边上决不放弃与美军的纠缠。

兵团指挥部又接到一个消息:在五六三团的阵地上,一个排被美军孤立包围。这个排本来是被派出去打坦克的,子弹携带不多,现在,大批美军士兵和数辆坦克已经从四面把这个排围住,并开始了攻击!

好不容易与这个排接通了电话,只听副排长李秉群说了一声"我们只剩下八个人"了,电话线就被美军的炮火炸断了。

兵团指挥部开始为这八个中国士兵的命运担心!

派出部队前去接应,但阵地深陷于美军的阵地里,接近不了。

唯一能够判断出的情况是,八个士兵中肯定还有人活着,因为在那个山头上枪声和火光一直在持续……

后来,枪声停止了,火光熄灭了。

那个山头阵地的背后,是一道二十多米深的悬崖。

第六十三军多次派人去寻找,结果只找到三个活着的——士兵罗俊成、侯天佑摔成重伤后,往回爬,半路上被发现抬了回来;士兵翟国灵因为挂在悬崖上的树上得以幸免,他在最后的时刻都没把他的枪扔掉,枪中还有三发子弹,他自己爬了回来。

副排长李秉群,士兵贺玉成、崔学才、张秋昌、孟庆修牺牲。

第十九兵团政委李志民在那个阵地上的枪声彻底平息后,不禁潸然泪下。

残酷的铁原阻击战打了整整十天结束了,第六十三军完成了彭德怀交给他们的任务。

当第六十三军终于撤下来的时候,彭德怀亲自前去看望从前沿下来的第六十三军的官兵。他看见他的士兵们浑身的衣服已变成了一缕一缕的布条,不少士兵身上仅剩下一条沾满血迹和烟痕的裤衩。彭德怀刚说了一句"祖国感谢你们",官兵们就都哭了,他们想起了那些牺牲的战友。

彭德怀问第六十三军军长傅崇碧有什么要求。

傅崇碧说:"我要兵。"

彭德怀说:"给你补两万!"

六月十日以后,北进的联合国军在中国军队持续顽强的阻击下,其北进势头逐渐减弱,最后终于停止了进攻。

朝鲜战争交战双方的对峙战线相对稳定下来。

第五次战役结束。

中国军队对第五次战役的总结是客观冷静的。

这次战役,中国军队共投入十五个军的兵力,战役持续五十天,重创敌人八万多人,是五次大战役中歼敌最多的一次。但是,正如彭德怀所预言的:这是一场恶战。中国军队为此付出了巨大的代价,战斗减员达八万五千多人。尤其是在后期的撤退行动中,伤亡达一万六千人。战斗损失最严重的是第六十军一八○师。

战役的结果所显现的主要问题:一是打得急了,对于美军根本不具备条件的所谓"登陆作战"的威胁判断过于武断,战役准备仓促;二是打得大了,第一阶段计划歼敌五个师(其中三个美军师),第二阶段计划歼敌六个师(南朝鲜军),事实证明是困难的,甚至是不可能的。脱离实际的计划,来自于对敌我双方都缺乏客观全面的认识,特别是对美军作战时战术上应该采取的变化缺乏认识;三是打得远了,战役企图过大,部队穿插得太远,但实际的补给能力很低,部队严重缺乏粮弹,伤员不能及时后运,美军反击时不能及时脱离战场。

在军事部署上,第一阶段时,第二十军、第四十军突破之后,没有后续部队紧随跟进,从而使打开的战役缺口没有起到作用,如能将第三兵团以及第二十六军向东靠拢,将第二十七军作为第九兵团的二梯队,从战役缺口打进去,战役发展会顺利一些。同时,第三兵团在十五公里狭窄的正面突击,造成部队过于拥挤的状态,除影响进攻的速度之外,还带来了部队的伤亡。

美军装备先进,火力强大,机动速度快,中国军队如果不能在战役发起的第一个夜晚就迂回到位,战役就很难发展下去;而即使迂回到位,被包围的美军又很难被中国军队歼灭。美军往往撤退三十公里后即停止,当其突然开始反击时,中国军队因已经发生供应困难,危机立即显现。尤其在战役后期大兵团转移时,美军利用快速的机动能力,给中国军队造成极大的被动。中国军队防御阵地纵深很浅,阻击战术手段单调,战场效果不理想。个别部队在战役撤退阶段出现混乱,暴露了指挥上的问题。

最后,后勤还是一个大问题。

针对此时出现在中国军队中的某些思想混乱、互相埋怨、甚至对战争前途悲观失望的问题,志愿军政治部发布了以《全军振奋,加速准备,粉碎敌人的进攻》为题的政工指示,要求各部队正确认识战争中的局部挫折,振奋精神,官兵一致,准备再战。

同时,中国军队各部队的官兵开始接受北朝鲜政府制作并颁发的各种勋章。包括彭德怀在内,朝鲜战争中先后有五十二万六千三百五十四名志愿军官兵被授予了勋章。这个数字是惊人的,几乎每两名官兵就能得到一枚。

一九五一年六月中旬,朝鲜战争交战双方对峙于汶山、高浪浦里、三串里、铁原、金化、杨口一线。

这是经过五次大规模的战役,最后依据双方的战场实力所形成的一条战线。

这几乎就是朝鲜战争爆发时南北朝鲜开始交战的那条线。

战争进行了整整一年又回到了战争爆发时的状况。

作为军事家的李奇微认为,美国军队绝对有打到鸭绿江边的实力,美国军队的空军、海军和装甲兵的力量,能保障这一目的的实现,当然付出巨大的人员伤亡是肯定的。对于这种伤亡,李奇微本人也许不愿意过于精密地计算,可是有人"精确"地为他计算过:中国军队的第一至第五次战役,平均间隔是一至两个月,每次战役美军平均损失两万人。依据范弗里特发动的"快速前进"并获得"巨大胜利"的北进攻势的速度,那么美军连续不间断地北进(如果中国军队允许这样,并且不发动任何反击战役的话),需要发动七次以上的这种规模的攻势,还需要六个月的时间才能到达鸭绿江边。按一次战役损失两万人计算的话,美军损失的人数将达到十四至十八万。即使美军能够在朝鲜北部实施登陆作战和空降作战,但善于在北朝鲜这样的崇山峻岭中机动作战的中国军队给予美军的杀伤,很可能令这种努力没有什么价值。且一旦实施登陆作战,前沿的部队就得抽回来参加登陆,前沿便要出现明显的战役缺口,中国军队是不会放弃任何惩罚美军的战机的。

战争进行了一年,除了十万名美国青年的生命外,耗费的金钱已达一百亿美元之多。这比美国在第二次世界大战第一年中的耗费多一倍以上,致使一九五一年美国军费开支增加到六百亿美元,这个数字意味着每一个美国人平均需要负担三百多美元。战争中美军每月平均消耗的物资达八十五万吨,这相当于美国援助北约一年半的物资总量。美国在朝鲜集中了全部陆军的三分之一,空军的五分之一,海军的二分之一,总兵力从战争初期的四十二万人已经增加到七十万人,尽管这样,依旧感到在与中国军队作战时兵力不足。这一切,对战略重点在欧洲的美国来说,绝对是一种战略上的本末倒置。美国的战略预备队,只剩下在日本的两个师、南朝鲜的三个师以及远在美国本土的六个师了,向朝鲜战场再派军队是不可能的,而英、法等盟国均已明确表示,不再向朝鲜派出一兵一卒。

美国参谋长联席会议明确认为,"朝鲜战争是个无底洞,看不到联合国军有胜利的希望"。

因此,杜鲁门有理由认为,现在最重要的问题是结束战争,将美国从朝鲜战争的泥潭中解脱出来,而即使联合国军打到鸭绿江边,非但战争不能因此而结束,反而意味着更大规模的战争就要开始。麦克阿瑟所主张的"把战争引向中国国内"的建议,是一种不现实的、连日本人在中国本土的失败教训都不顾的愚蠢的建议。中国军队的耐力是惊人的,毛泽东的"人民战争"和"持久作战"正是建立在东方民族这一性格基础上的绝妙的理论。况且,一旦苏联人参战,战争就不只是亚洲的事了。那么,美国人是否值得为所谓"统一"朝鲜付出如此巨大的代价? 也就是说,战争所付出的价值是否超出了政治目的的价值? 长期陷在朝鲜战场上是否真的中了苏联人的圈套? 即使强行使用武力"统一"了朝鲜,美国在亚洲的利益究竟能够得到多大的收获? 美国又是否值得为此而成为亚洲国家的死敌?

从中国方面来讲,至少在第五次战役后,中国领导人明白了一点,那就是要想在战争中取得胜利,必须投入巨大的财力以加强军队的现代化装备,而恰恰这一点,是建立不到一年半的新中国目前不可能办到的事。中国也不大可能为朝鲜而耗尽本来就十分微弱的国力。中国领导人此时需要面对的更为重要的是台湾问题和西藏问题。况且,中国军队成功地制止了联合国军"统一"朝鲜的企图,这在政治上讲本身就是一个胜利。至于其他的政治目的,可以在保持军事压力的基础上获得。最后,协助金日成"统一"朝鲜从来就不是中国方面参战的首要目的。

六月,毛泽东在北京连续接见了参加朝鲜战争的中国军队四个主力军的领导,并且与这些满身硝烟还未散尽的指挥员们进行了长时间的谈话。四个军的领导分别是:第三十八军政委刘西元,第三十九军军长吴信泉,第四十军军长温玉成,第四十二军军长吴瑞林。他们是在志愿军副司令员邓华的带领下回国汇报工作的。在北京,他们受到了热烈的欢迎,在各军兵种领导的陪同下,他们吃了北京的涮羊肉、烤鸭和谭家菜,但是,令他们难忘的却是毛泽东的"家宴",尽管是四菜一汤,而且其中只有一盘带肉的菜。毛泽东和军长们的谈话完全是在一种聊天的气氛中进行的。毛泽东的和蔼、幽默以及思路的严谨令军长们心生敬畏。除了问到诸如"怎么看待这场战争"以及对大的战役的看法外,令军长们惊讶的是,毛泽东居然问到了一些具体战斗的极其细微的细节。

毛泽东最后的结论是:要有长期与美军对峙的思想准备。

此时,毛泽东已经改变了自己对于朝鲜战争的作战指导方针,这种改变是根据朝鲜战争的现实作出的,在一封致彭德怀的电报中可以看出:

德怀同志:

历次战役证明我军实行战略或战役性的大迂回,一次包围美军几个师,或一个整师,甚至一个整团,都难达到歼灭任务。这是因为美军在现时还有颇强的战斗意志和自信心。为了打落敌人的这种自信心以达到最后大围歼的目的,似宜每次作战野心不要太大,只要求我军每一个军在一次作战中,歼灭美英土军一个整营,至多两个整营,也就够了。现在我第一线有八个军,每个军歼敌一个整营,共有八个整营,这就给敌以很大的打击了。假如每次每军能歼敌人两个整营,共有十六个整营,那对敌人打击就更大了。如果这样做办不到,则还是要求每次每军只歼敌一个整营为宜。这就是说,打美英军和打伪军不同,打伪军可以实行战略或战役的大包围,打美英军则在几个月内还不要实行这种大包围,只实行战术的小包围,即每军每次只精心选择敌军一个营或略多一点为对象而全部地包围歼灭之。这样,再打三四个战役,即每个美英师,都再有三四整营被干净歼灭,则其士气非降低不可,其信心非动摇不可,那时就可以作一次歼敌一个整师,或两个三个整师的计划了。过去我们打蒋介石的新一军,新六军,五军,十八军和桂系的第七军,就是经过这种小歼灭战到大歼灭战的过程的。我军入朝以来五次战役,已完成这种小歼灭战的过程。但是还不够,还须(需)经过几次战役才能完成小歼灭战的阶段,进到大歼灭战的阶段。至于打的地点,只要敌人肯进,越在北面一些越好,只要不超过平壤、元山线就行了。以上请你考虑电告。

毛泽东
五月二十六日

以中国军队的一个军打美军、英军的一个营,这就意味着战斗将是三万人打八百余人。

集中绝对优势兵力,这是中国军队的著名军事将领刘伯承的作战原则。刘伯承的原话是:杀鸡就要用牛刀。

毛泽东以他特有的语言风格,给中国军队在朝鲜的作战重新制定了一个基本的指导方针,这就是著名的"零敲牛皮糖"战术。

牛皮糖,是中国南方一种用麦芽做成的圆饼状的糖。卖糖人用小锤一块块地敲下来零卖,顾客买多少卖糖人就敲下多少。毛泽东的意思很明白:朝鲜战争今后一般不会再有大的战役发动了,在与美军的接触线上,中国军队采取的战法将是零打碎敲。

把美军比喻成"能吃"并且"好吃"的"糖果"而不是其他什么秽物,除了毛泽东的幽默之外,其中至少包含了两层含义:

一、中国人民对于美帝国主义,还是要"吃"的,只是吃法不同而已。

二、美帝国主义是可以被吃掉的,只是吃掉它所用的时间长短而已。

世界著名军事理论家冯·克劳塞维茨针对政治与战争的关系有过这样的论述:

> 战争从来不是盲目的冲动,而是受政治目的支配的行为。所以,政治目的的价值必然决定着愿意付出多大的牺牲做代价和承受牺牲时间的多长。

> 所以,当力量的消耗过大,超过了政治目的的价值时,人们就会放弃这个政治目的而采取媾和。

一九五一年六月,联合国军北进的攻势一停止,朝鲜战争一下子就如同进入了死胡同一般。于是,一个现象随着军事与政治的进程自然出现了:双方似乎都打消了在军事上取得朝鲜战争全面胜利的念头。

战争的另外一种形式就要产生了,这就是:谈判。

"猎狗"凯南与来凤庄

美国纽约海滨长岛伦克福庄园是一座环境幽雅的夏季别墅，是苏联驻联合国代表团成员周末常来度假的地方。在美国国土上的这个苏联外交官往来的场所里，任何一位美国人的出现都会引起极大的注意。那是美国麦卡锡主义盛行的时代，与苏联人接触对于任何美国高层人士来讲，是一件"绝对危险的事"。

一九五一年五月三十一日，一辆黑色轿车驶入伦克福庄园别墅的大门，一个美国人在主人的迎接下走下了汽车。

这是个记者们都熟悉的美国人：美国国务院资深顾问、著名的苏联问题专家乔治·凯南。

没有人知道他到这地方来干什么。

凯南到访伦克福庄园的目的，只限于杜鲁门总统等几个人知道。

想与自己没有外交关系的中国表达美国愿意停战并且坐下来和谈的愿望，不但令美国政府内心矛盾、窘迫、尴尬，本身也是一件周折、艰难、困苦的事情。

因为在战争一开始,作为交战一方的中国,曾经多次主张用和平的方式解决朝鲜问题。美军在仁川登陆后,中国领导人多次表示,希望美军能在三八线上停下来,通过和平的方式协商解决朝鲜问题,但是气势正旺的美军那时一心要吞并整个朝鲜半岛。一九五〇年十月二日,美军越过三八线向北朝鲜发动进攻时,苏联等国曾向联合国大会提出和平解决朝鲜争端的提案,中国政府对该提案表示了支持的态度,可是在美国政府操纵下的联合国否决了这项提案。同年的十一月十八日,出席第二届世界保卫和平大会的中国代表团团长郭沫若向大会提出五项建议,主张从朝鲜撤出一切外国军队,实现朝鲜问题的和平解决,但没有得到美国方面的任何反应。一九五一年一月十一日,美方突然向中国方面提出"停战谈判"的建议,并且通过美国操纵的"联合国朝鲜停战三人委员会"提出了解决朝鲜问题的五项意见。但是,由于这明显是美军在第三次战役中受到重大损失后的缓兵之计,且美方的建议没有回答中国方面关于一揽子解决包括中国台湾问题和中国加入联合国问题在内的原则要求,因此中国方面予以了拒绝,同时提出了真正能够和平解决朝鲜和远东问题的计划,可这时美军已经在朝鲜战场上开始了反击,军事上的顺利令美方又一次放弃了可能的谈判机会。到了一九五一年二月一日,在美国的操纵下,联合国竟然通过了"中国是侵略者"的决议案。正如周恩来所说的,这一决议案的通过露骨地证明"美国政府及其帮凶是要战争不要和平,而且堵塞了和平解决的途径"。此时的杜鲁门,不但把和平解决朝鲜问题的大门关上了,而且操纵联合国又连续通过了对中国实施禁运等议案,这使中国方面打消了一切和平解决朝鲜问题的念头,开始做长期战争的准备。

规模空前的第五次战役结束了,双方在朝鲜战场上先后投入的兵力都已超过百万。当战线终于在三八线上稳定下来的时候,内外交困的杜鲁门想坐下来谈判了,可这时杜鲁门才发现由他自己关死的门再想打开实在是太难了,正如国务卿艾奇逊所说的那样:"于是我们就像猎狗一样到处寻找能和中国方面取得信息交流的线索。"

艾奇逊首先指示苏联问题专家查尔斯·波伦在巴黎向苏联驻德国的管制委员会主席弗拉基米尔·西蒙诺夫进行试探,而对方好像就是无法领会一样地没有反应。接着,美国驻联合国使团的欧内斯特·格罗斯和托马斯·科里,在联合国大厦内努力向苏联驻联合国的代表们表示亲近,但是,试探似乎刚有点眉目的时候,《纽约时报》不知道从什么地方搜集了一些"美国要在朝鲜战争问题上和谈"的零星迹象发表了,美国国内顿时谣传四起,令正受到麦卡锡主义困扰的美国政府赶快出面"辟谣",原来刚刚略有所悟的苏联人也躲开了。

伤透脑筋的艾奇逊决定直接寻找中国方面的线索。他通过美国——瑞典——莫斯科的渠道极其秘密地试探了一下,还是没有效果。于是,他派人到香港去,采用的是中央情报局惯用的某些手段,千方百计地力求找到一条通往北京的"外交"之路,而美国准备在香港进行接触的人员名单正是中央情报局提供的,名单上有四个"可能的中间人"。

艾奇逊想通过"中间人"向中国方面传达的"信息"令人回味,这些"信息"后来在历史的发展中竟然部分地被印证了——美国方面力图使中国方面相信这样的道理:中、美两国应该和解,因为"苏联才是两国的共同敌人"。举的例子就是美国在中国内战期间没有"袒护"国民党一方,特别是美国在蒋介石逃到台湾后,最初是拒绝为逃亡的蒋介石政权提供保护的。美国国防部长马歇尔是个有着在中国工作经历的"中国通",他认为,新中国在建国初期,由于政治上的需要,存在一种"寻找一个外部敌人的心理"是可以理解的,但这个角色不幸落在了美国人的头上。其实中国人不应该在反对美国的问题上"与苏联人站在一起",朝鲜战争肯定会令中、美两国都感受到"痛苦的影响"。如果双方建立一种"一定距离的关系",那么,"苏联肯定会成为中国的外部敌人",那样,美国和中国公开改善关系就是"合乎逻辑的事了"。二十年之后,当美国总统尼克松在中国北京的首都机场与周恩来总理握手的时候,中国和苏联刚刚在中苏边境一个名叫珍宝岛的地方激战过。

但是,艾奇逊在香港的行动同样没有取得效果,原因是中央情报局所提供的"可能的中间人"的身份"值得怀疑",美国政府感到让他们去传达信息"太没把握"。最后,艾奇逊派出的人仅仅把一些信息拐弯抹角地向"毛泽东的一个远亲"传达了。拿马歇尔的话说,这些努力好像是"把一封信塞进一个瓶子里,然后从旧金山的码头扔到大海里去"。指望这样做中国方面就能够得到信息,简直是太渺茫的事了。

最后,艾奇逊终于选择到一个人,他就是乔治·凯南。

艾奇逊认为凯南是个再合适不过的人选了。

乔治·凯南是美国国务院的苏联问题顾问,当时他正在休长假,以便在普林斯顿大学写一本关于美苏关系的著作,因此他不算是美国外交界的正式现职人员。况且,凯南和苏联人的关系一向不错,至少苏联人不认为凯南是那种满嘴谎话的外交人士。

艾奇逊让凯南立即到华盛顿来,当面给他交代任务,让他和苏联驻联合国大使雅可夫·马立克取得联系。

艾奇逊对凯南说的话与他对去香港寻找线索的情报人员说的话完全相反:告诉苏联人,关于朝鲜的问题,美苏两国好像正在走向对抗,美国认为两国"都不希望出现这种情况",两国不要被中国人牵着鼻子走。根据目前朝鲜战场的战线位置,"正是结束战争的良好时机"。

凯南立即给马立克写了一封信,信上询问是否能够"以私人的身份近期去拜访他"。有点出乎凯南的预料,几个小时之后,马立克就打来电话，请凯南去长岛的别墅与他"共进午餐"。

于是，凯南和马立克，两个敌对大国的高级外交官员见面了。美国人的史料中记述说，仿佛自"一九二五年凯南成为外交官以来所受到的训练就是为了这一天"。——凯南用流利的俄语与马立克交谈，而且交谈是在一种"朋友式"的气氛下进行的。

寒暄之后，凯南说："我们两国在朝鲜问题上似乎正走向一场很危险的冲突，这肯定不是美国在朝鲜行动的目的，我们也很难相信这是苏联的希望。"

老练的马立克立即明白他的这位"老朋友"干什么来了。

他反问道："既然你们认识到这种危险，难道不能改变一下你们的政策吗?"

凯南说："是中国人的行为导致了这种危险。"

马立克毫不含糊，立即反驳。他再次重申，是美军逼近鸭绿江才迫使中国军队出兵朝鲜的，并且历数了朝鲜战争爆发以来中国方面多次提出和平解决问题的诚意以及美国方面无理拒绝的事实。他认为美国军队对台湾的干涉和阻止中国进入联合国是美国人犯的最大的错误。

凯南对马立克的话一概不予反驳，他牢牢记着自己此行的目的。当他提出制止危险蔓延的唯一办法，恐怕就是战争双方指挥官坐下来谈判时，马立克眯着狡猾的眼睛说，苏联不是战争的任何一方。

凯南认为与这样一个典型的外交家不说实话怕是要永远这样绕下去了，于是他决定干脆说出来算了："美国准备在联合国或在任何一个委员会或用其他任何方式与中国共产党人会面，讨论结束朝鲜战争的问题。"

马立克立即逼上去："那么，必须讨论从朝鲜撤出一切外国军队、中国台湾的地位和中国加入联合国的问题。"

凯南表示，这些问题不在他的职权范围之内。

会面就这样结束了。

令凯南又一次预料不到的是，几天以后，马立克主动邀请他，并且表示苏联愿意看到朝鲜问题的和平解决。显然，马立克是请示了苏联政府才表这个态的。

几天以后，金日成走进北京毛泽东的书房。这是经由苏联人传达过来的信息所引起的具体的反应。毛泽东与金日成进行了深入的探讨。毛泽东表示，如能再多歼灭美军的一些部队再谈，比现在可能会好一些；但是，如果能在谈判中涉及"从朝鲜撤出一切外国军队"等问题，美国的谈判意图不宜拒绝。

六月二十三日，马立克在联合国新闻部举办的"和平的代价"广播节目中发表了著名的"马立克演说"。

联合国自开创以来，就成立了一个用于公共事务方面的广播节目，每个成员国都可以使用这个节目，但是，以前苏联人从没有使用过。当马立克要求给他安排演说时间时，联合国人员都感到有什么大事要发生了。

美国人注意到马立克的演说使用的不是"苏联政府认为"，而是"苏联人民认为"这样的措辞方式：

> 全世界各国人民都认识到和平对人类具有最巨大的价值。
>
> 自从牺牲了千百万人类生命的第二次世界大战结束以来，到现在还不满六年；而用这样高的代价得来的和平却又受到威胁了。
>
> ……
>
> 美国和依赖美国的其他国家对朝鲜的武装干涉就是这种政策的最生动的表现。苏联、中华人民共和国和其他一些国家曾经一再提出和平解决朝鲜冲突的建议。战争之所以仍在朝鲜进行，完全是因为美国始终阻挠接受这些和平建议。

......

苏联将继续奋斗以巩固和平，制止另一次世界大战。苏联人民认为，维护和平事业是可能的，朝鲜的武装冲突——目前最尖锐的问题——也是能够解决的。而要做到这一点，就必须各方有和平解决朝鲜问题的意愿。苏联人民认为，第一个步骤是交战双方应该谈判停火与休战，而双方把军队撤离三八线。

......

我认为，为了确保朝鲜的和平，这个代价不算太高。

马立克的演说令美国人又喜又忧。喜的是事情终于有了眉目，忧的是不知道马立克所说的"苏联人民"是不是代表"苏联政府"。美国人这时突然发现，如果谈判时苏联人插进来，情况将不是很妙。有一点，美国人的看法是一致的，那就是苏联人又进行了一次成功的"共党宣传"，"克里姆林宫的人是搞宣传的大师，宣传是他们外交政策的一个主要工具"。

马立克演说两天之后，中国《人民日报》在头版显著位置刊登了苏联驻联合国大使马立克发表演说的新闻和题为《朝鲜战争的一年》的社论。社论的内容表明，这与其是中国政府对马立克的演说内容的表态，不如说是对美国的谈判信息的正式回应。

社论说：

本月二十三日苏联驻联合国代表马立克发表广播演说，再一次提出了和平解决朝鲜问题的建议，我们中国人民完全赞同这个建议。这是给予美国的又一次考验，看它是否接受以往的教训，是否愿意和平解决朝鲜问题。

中国人民志愿军参加朝鲜的反侵略战争，其目的就在于求得朝鲜问题的和平解决。所以即在此后，中国人民仍然主张以和平方式解决朝鲜问题，并曾不止一次地表示支持其他国家关于和平解决朝鲜问题的合理建议。

美国却依然幻想依靠它的武力来征服全部朝鲜,进而威胁我国东北,因此,使所有这些和平解决朝鲜问题的努力归于失败。

毫无疑问,作为和平解决朝鲜问题的第一个步骤,马立克的提议是公平而又合理的。

同日,正在田纳西州参加一个航空研究中心落成典礼的杜鲁门在其演说中也对和平解决朝鲜问题表明了正式的态度。除了表示美国政府"愿意参加朝鲜问题的和平解决"外,针对美国国内的反对势力,杜鲁门对美国政府的立场进行了辩护:

抱有党派成见的人,力图把我们的外交政策说成是"姑息主义",还给它加上"恐惧"或"胆怯"的按语。他们只指向一个目标,要使我们"单枪匹马地去干",走上通往第三次世界大战的道路。把世界上的自由国家团结在维护和平的伟大、统一的运动中,这难道是恐惧政策吗?在朝鲜打击武装侵略,并把它击退,这难道是姑息政策吗?请看看这些批评家提出的另外的办法吧。他们是这样说的:冒一下风险吧,把冲突扩大到亚洲大陆去!冒一下风险吧,最多不过丧失我们在欧洲的盟国!冒一下风险吧,说不定苏联不愿意在远东作战!冒一下风险吧,也许他们不致挑起世界大战。

他们希望我们拿着顶上子弹的手枪,用美国的外交政策同俄国玩轮盘赌。

六月二十九日,美国国家安全委员会经过杜鲁门总统的批准,向美国远东最高司令官李奇微发出指示,并要求他一字不差地执行:奉总统指示,你应在三十日,星期六,东京时间上午八时,经广播电台将下述文件向朝鲜共军司令发出,同时向新闻界发布:

我以联合国军总司令的资格,奉命通知你们如下:

我得知你们可能希望举行一次会议,以讨论一个停止在朝鲜的敌对行为及一切武装行动的停战协议,并愿适当保证此停战协议的实施。

我在你们对本通知答复以后,将派出我方代表,并提出一个会议的日期,以便双方代表会晤。我提议这样的会议可在元山港一只丹麦伤兵船上举行。

联合国军总司令美国陆军中将

李奇微(签字)

七月一日,彭德怀、金日成发出复电:

联合国军总司令李奇微将军:

你在本年六月三十日关于和平谈判的声明收到了。我们受权向你声明,我们同意为举行关于停止军事行动和建立和平的谈判而和你的代表会晤。会晤地点,我们建议在三八线上的开城地区。若你同意,我们的代表准备于一九五一年七月十日至十五日和你的代表会晤。

朝鲜人民军总司令　金日成

中国人民志愿军司令员　彭德怀

中国方面之所以不同意把谈判的地点放在丹麦的伤兵船上,是因为中国方面认为那只船是属于敌方的。至于地点定在开城,美方认为这样对他们不利,因为开城在中朝军队的控制之下,且美军距离这里最近的部队尚在十英里之外。但是为了不至于把刚有点眉目的事搞砸了,也就同意了。

双方经过多次电报来往讨论,最后达成如下协议:

一、谈判地点:选定在三八线上的开城。

二、正式谈判日期:从一九五一年七月十日开始。

三、为安排双方代表第一天会议细节,双方各派联络官三人，翻译二人，于七月八日上午九时在开城举行预备会议。

四、应联合国军方面的要求，中国军队一方负责保证对方联络官及随行人员进入其控制区后的行动安全。

五、双方代表团的车队前往开城赴会时，每辆车上均覆盖白旗一面，以便识别。

朝鲜问题的谈判渠道就这样最终打开了。

朝鲜战争交战双方在经过几番较量后终于坐在了谈判桌边。

七月，朝鲜战场交战双方的兵力是：中朝方面，总兵力为一百一十一万，其中中国军队七十七余万、北朝鲜军队三十四余万，联合国军总兵力为六十九万，双方兵力对比为一比一点六，中朝方面占绝对优势；技术装备上，联合国军拥有各种火炮三千五百六十余门、坦克一千一百三十余辆、飞机一千六百七十余架、舰艇二百七十艘，中朝方面只有少量的坦克和飞机，火炮数量与质量均与联合国军相差甚远，联合国军在武器装备上占绝对优势。

交战双方的战线现状是，西线联合国军似乎有意放弃了临津江流域的沼泽地区，认为这块难以通行的土地没有什么军事上的价值，而在"铁三角"地区，联合国军却深深地向北插进来，一直与中国军队对峙在铁原。这条线基本上是汉城以北的一条向东北方向倾斜的斜线，对于三八线来说，双方都有"越界"的地区；但从纯军事的角度上看，中朝一方似乎有点"吃亏"。

就李奇微来说，他属于"不愿意谈判"的那一派。至今为止，他在朝鲜战场上已经度过六个多月的时间，他认为是他重新为第八集团军"树立了信心"，并且是他把战线向北推进到三八线以北，他不愿意就这样把他的战功拱手让出。即便已经得到国内关于谈判的指示后，他依旧给参谋长联席会议打电报表示他的看法。他认为"停火是完全不可接受的"，他"拒绝停火，除非是受命而为"。李奇微说他有"确凿证据"证明，对面的中国人"正在调兵遣将,准备决战"。

与此同时,毛泽东多次打电报给彭德怀,始终严肃地重复一个警告:特别警惕敌人可能发动的进攻! 特别警惕美军可能发动的登陆作战!

无论怎样谈判,都改变不了毛泽东的一个著名的论点:扫帚不到,灰尘照例不会自己跑掉。作为精明的军事家,毛泽东还明白,军事上的优势永远是谈判桌上的最好的筹码。

战后的许多史料表明,在彭德怀的桌子上,已经放有发动"第六次战役"的具体设想和计划了。就在谈判正式开始以后的八月,这个新战役已经准备完毕,彭德怀已经签发了发动战役的预备命令,政治动员令也同时签发了,战役开始的时间是九月初。至于这次战役最终没有实施的原因是多方面的,最根本的当然与谈判有关,其次还有美军坚固的防御阵地的形成。

为保持军事优势,美军以最大的努力加强了对中国军队后方供应线的轰炸,以至于其轰炸的密集程度超过二战中的任何一个时间段。同时,持续不断的局部战斗即使在双方已经达成谈判协议时依旧在发生。战斗基本上是以争夺三八线以北铁原附近的有利地形而进行的,短暂而激烈,以致达到"寸土必争"的程度——对这个敏感地区的每一个小山头的占领,都会使谈判出现新的局面——战争与政治联系得如此紧密,在朝鲜战争开始谈判以后表现得更加淋漓尽致。

这时候,朝鲜战争中还有一方,也就是南朝鲜政府,交战双方开始谈判的协定签订以后,这个几乎被遗忘的政府立即认为受到了极大的侮辱。李承晚多次表示他"誓死不与共产党谈判",南朝鲜政府多次组织大规模的群众集会,喊出的口号是:"打到北方去!"

但是,没有人理会这个政府。

战争在这个政府的土地上进行着,这个政府却在战争中并不具有实际意义。

就在彭德怀答复李奇微关于谈判建议声明的第二天,七月一日,是中国共产党的诞生日。志愿军政治部请彭德怀在纪念大会上作报告。彭德怀说:"我们党多灾多难,从什么地方说起呢?"彭德怀在他的报告中,回顾了中国共产党路线斗争的曲折和革命历史的艰难。所有参加那次纪念会的人都记住了彭德怀的两个重要的观点:一、没有毛泽东,中国革命就不会胜利;二、朱德是我们党内最没有私心的人。从来不曾有人知道,也从来不曾有人理解到,彭德怀为什么在朝鲜战争进行到这样的时刻如此详尽地讲述出他心中的中国革命历史。

开城市区西北约两公里的高丽里广文洞,有个名叫来凤庄的地方,被选定为朝鲜战争谈判的地点。这是一座富有家庭的宅院,房前有花坛,院中有古松;大门过去是三间正厅,除去屏风后可以成为一个面积不小的谈判室。宅院西面的平房,是中国代表团的住所,北朝鲜代表团住在南边的一所学校里。不远处,有一座白色的教堂,可以作为对方代表休息的地方。地点选定之后,开始打扫卫生,准备桌椅,整理道路,布置警卫,全场扫雷,粉刷墙壁——总之,彻夜忙乱。

检查准备情况的时候,突然发现,听说按照国际惯例,双方见面要交换证明代表资格的"全权证书"。中国方面还没有准备,于是连夜派人去平壤让金日成签字,至于让彭德怀签字,已经没有时间了,好在联合国军一方后来并没在意。

一九五一年七月八日,朝鲜战争交战双方联络官第一次会晤。

联合国军方面的联络官是美国空军上校安德鲁·肯尼、美国陆军上校詹姆斯·穆来、南朝鲜中校李树荣、朝文翻译恩德伍德、中文翻译凯瑟·吴。

中朝方面的联络官是张春山、柴成文、金一波、毕季龙、都宥浩。

双方联络官向这里聚集的方式不大一样。联合国军方面的代表是乘直升机来的,开城附近为他们直升机的到来专门布置了一番,地面上书写出醒目的"WELCOME"的字样。

中朝方面的代表是乘坐汽车来的,先是分乘三辆吉普车,半路上一辆坏了,于是就挤上另外的一辆,没有走多远这辆又坏了。这次,临时拦了一辆运粮食的卡车,代表们坐在粮食口袋上,到达时已是满脸的灰尘。

经过双方联络官们的会晤安排,一九五一年七月十日,朝鲜战争停战谈判正式开始。

联合国军方面的正式代表是:美国远东海军司令特纳·乔伊中将,美国远东空军副司令劳伦斯·克雷奇少将,美国第八集团军副参谋长亨利·霍迪斯少将,美国巡洋舰分队司令阿雷·伯克少将和南朝鲜第一军团军团长白善烨少将。

中朝方面的正式代表是:北朝鲜人民军第二军团军团长南日将军,北朝鲜人民军前方司令部参谋长李相朝将军,中国人民志愿军副司令员邓华将军,中国人民志愿军参谋长解方将军,北朝鲜人民军第一军团参谋长张平山将军。

美国远东最高司令官李奇微在挑选谈判代表时费尽思量,他的标准首先是具有极强自制力的人,"要能忍受共产党人长达几个小时的谴责而不发脾气,又能在每天的会谈结束时给以中国人强辞回应",甚至还要能够"一连坐上六个小时,既不眨眼,也不想抽空上厕所"。但是,被李奇微称为"尽职尽力、从不抱怨"的联合国军代表,从一开始就感到了这将是一场极其艰难的谈判,原因是中国人实在是一群充满东方智慧的人。先是桌子上的小旗子,你摆上了一面,他们就立即摆上一面比你高大得多的,旗帜的大小和旗杆高低的比赛持续了好一阵子。然后就是椅子,共产党方面给联合国军代表准备的椅子至少比他们自己的矮一半,联合国军代表一坐,就好像陷入了地下找不到了。再有就是协议上规定的为了安全在"车上均覆盖白旗",殊不知在东方人眼里出示白旗是来投降的意思,等联合国军明白了,白旗已经盖了好几天,而且他们盖着白旗的照片早就登在所有共产党国家的报纸上了。

来凤庄,一个美丽的名字。虽然这座庭院里正在进行着关于战争的谈判,但是可以想见这座庭院原来的主人一定是懂得人间何为最美的人。因为在中国人古老的情感世界里,欢迎最尊贵的客人,被称为有凤来仪不亦乐乎。

来凤庄,这个美丽的名字注定要载入世界史册。

尾声

彩蝶纷飞的幻觉

朝鲜战争停战谈判进行的时候,躺在汶山附近军用帐篷中闲得发慌的西方记者们开始以赌博解闷,他们赌博的内容之一是:停战谈判需要多长时间? 有人说弄不好就得一个月;立即有人愿意出重金赌另一个结果:谈判时间不会超过两周。

朝鲜战争停战谈判整整进行了两年。

在这两年中,没有发生大规模、大兵团的运动战。

在这两年中,在双方的防御线上,密集地部署着两百多万人的大军,构筑了世界战争史上最漫长的、最复杂的、最坚固的防御工事。联合国军的防线由部署严密的火炮阵地、坦克群以及步兵组成,数层阵地使其纵深达三百公里,每一层防线都构筑了永久性的工事和堑壕,每一层防线都制定了周密的空军支援预案,形成了一个火力强大的立体防御网络。这条防线被称为"一道不可逾越的死亡深渊"。而在中国军队的防线上,数十万官兵开始建设世界上最浩大的地下防御工程,其土石方总量能开凿数条苏伊士运河。沿着对峙线自西向东,数百公里的防线上,深埋在地下的永久式坑道和交通壕蛛网般四通八达,前沿的数十万中国官兵设施齐全地生活在地下,他们所布置的火力陷阱能令任何进攻的敌人立即遭到毁灭性打击。这些在地下枕戈待旦的中国官兵被称为"闲居洞中的龙"。

在这两年中,在双方的接触线上,无时无刻不发生着阵地对攻战。绝大多数战斗的起因仅仅是一个很小的山头的占有权,或者是一条弯曲的小路的通行权。这是比"摩擦战"要严酷得多的战斗,一个高不过数米的山包,往往持续战斗数周,投入兵力数团,阵地易手数十次,伤亡官兵无数。其中一次最典型的阵地对攻战,发生在一个名叫上甘岭的小村庄附近的几个山包上,双方投入兵力之密集、弹药消耗的数量之大,官兵伤亡的数字之巨,都是史无前例的。

在这两年中,朝鲜北部的空中,每日战机战斗飞行的频繁程度也堪称历史之最。联合国军的轰炸机和战斗机对朝鲜北方昼夜不停地进行了毁灭性的轰炸,美方称之为"空中绞杀战"。中国军队同时进行了规模空前的防空战斗,运输部队在最严酷的空中威胁中强行进行物资补充,其动员的人力规模可与世界史上任何一次伟大工程的修建相比。

在这两年中,交战双方在停战谈判的会场上,上演了世界战争史上最漫长、最艰难、最富戏剧性、最明争暗斗的心理较量。停战协定每一条款的达成、甚至每一个字的争论,都会带来整个世界瞬时的绝望或希望。繁如星河的谈判笔录和层出不穷的谈判花絮,连篇累牍地占据着世界报刊的新闻版面。

战俘的抗争,反战的游行,政治的微妙变化,战事的突然进展……

有一天传来消息:停战协定的签字就要举行。突然,战线中部规模很大的战事又起。李承晚说不要联合国军了,他要"单干"。结果中国军队发动了金城战役,专打要"单干"的南朝鲜军。南朝鲜军不但伤亡惨重,而且丢失了大片土地。新上任的联合国军司令马克·克拉克将军说:"让中国人教训一下韩国人吧!"

战争到底是什么?

真的到停战协定签字的那一天了。

战后,在记录朝鲜战争的浩瀚文字中,曾有过几行文字不经意地写到了停战的那一天发生在前线的一件小事,因为在规模巨大的战争中这件事太小,所以连主人公的姓名也没能留下。前线,一名中国军队的小战士奉命往前沿阵地送一个命令。这张写着命令的字条被折好揣在他的上衣里。通往前沿的炮火不知为什么在今天变得异样的猛烈,小战士奔跑着,躲避着,不时地从这个弹坑跳到另一个弹坑。敌人射来的炮弹追着他,掀起的泥土几次把他埋起来。他不想死,尽管这条路上已经有那么多的中国士兵死去了,他只想尽快完成任务。他几次去摸他的前胸,那张命令还在。就要接近阵地的时候,小战士被炸倒了。醒来的时候,他发现自己的一只脚齐着脚腕断了,断脚就在不远的地方,还穿着胶鞋。小战士脸色苍白地躺了一会儿,开始往阵地上爬,他一只手用力,另一只手抱着自己的那只断脚,他想等爬到了自己的阵地脚就能接上了。小战士爬上阵地的时候已是黄昏,他看见天边有一轮很红很红的夕阳。昏迷前,他把那张命令从胸前掏了出来。

命令:今晚二十二时正式停战。届时不准射出一枪一炮。

指挥员拿着命令看了看表:二十时整。

离朝鲜战争正式停战仅仅还有两个小时。

指挥员把小战士抱起来,大声喊:"来三个人把他背下去! 不准让他死了! 拿着他的这只脚!"

一位获得朝鲜民主主义人民共和国勋章的老文工团员,在战争结束后出版的一本名为《盛开的金达莱》的书中,回忆了这样一位小姑娘。文工团员晓燕是北京人,十六岁,脖子上总爱系一条红色的薄围巾。一九四九年北平和平解放时,刚上初中的她加入了新民主主义青年团。参加志愿军的时候,全校师生都羡慕她,隆重地欢送了她。晓燕是个漂亮的女孩子,眼睛大,很亮,歌唱得好,为了让她保护嗓子,上级专门发给她一条很厚的毛线围脖儿,可她一直舍不得围。她唱的那些歌唱英雄的歌都是自己写的。在坑道里一支二胡吱呀呀的伴奏下,她一唱起来,官兵们就一脸温存地静静地听,忘了鼓掌,直到她唱完了,不知所措地看着大家时,这才掌声雷动。她唱的那首《歌唱英雄刘光子》,大家都说写得好唱得更好,就是刘光子一个人站起来说:"好什么好?不好!"于是晓燕就找到刘光子同志征求修改意见,那些意见都记在她的日记本上。她的日记本像她人一样很精致,封面上有几个烫金的字:共青团手册。战斗的时候,她也很勇敢,和其他文工团员一起趴在前沿用英语向敌人喊话,劝美国兵过来投降。她的声音细细的,不知道美国兵们听到过没有。后来,她在一个朝鲜村庄里看见一位丈夫上前线自己就要临产的朝鲜大嫂,于是就去照顾她。她把自己那条舍不得围的厚围脖儿拆了,给大嫂织了一件毛衣。朝鲜乡亲很喜欢这个中国小姑娘,她就给朝鲜老乡们唱歌,唱的是朝鲜语的《春之歌》。这天,她正唱歌的时候,美军的飞机来了。朝鲜乡亲们慌乱地跑散,她一个人喊:"别乱跑!进防空洞!"她一边喊,一边奔向开阔地,一边把她那条红色的薄围巾高高地举起来。美军的飞机开始向这团红色俯冲追击,机枪子弹和炸弹在她的身边爆炸,晓燕负伤了,她的身后是一条长长的血痕,最后,她被一颗炸弹炸倒,红色的薄围巾在爆炸的气浪中飞舞起来。

志愿军文工团员晓燕死的那天,是朝鲜战争停战协定签字的前一天。

朝鲜战争停战协定正式签字的时间是:一九五三年七月二十七日上午十时。

签署的文件是《朝鲜停战协定》和《关于停战协定的临时补充协议》。

联合国军方面签字的是美国人威廉·哈里逊少将,中朝军队

725

方面签字的是北朝鲜人民军南日大将。因为每份文件分别有中、朝、英三种文本,每种文本一式三份,所以签字的人要签名十八次。

根据停战协定中"签字以后十二小时正式生效"的条款,在签字后的十二个小时内,整个几百公里的战线上,空前猛烈的枪炮声撼天动地。曳光弹、照明弹、信号弹把整个朝鲜半岛的天空打得通红,宛如这里又开始了一场新的大规模的战役。——战争的双方都要在最后的十二小时内显示自己火力的强大,证明自己斗志的不屈。另外,把弹药消耗完省得往回搬运。

二十七日晚二十二时,战线突然沉寂下来,这是一种奇特的"突然"。

寂静了一会儿后,前沿上双方官兵从战壕中探出头来,然后一起欢呼。

美军陆战一师士兵马丁·拉斯这时看见了夜空中悬挂的一轮明月,"它好像是一只中国灯笼",他说。

几个中国士兵溜达到美军的阵地上,拿出几粒糖果和一块手绢要送给美军士兵做礼物,美军士兵说他们不要糖果和手绢。

美国人说,整个朝鲜战争他们损失了十四万两千零九十一人,其中三万三千六百二十九人死亡,十万三千二百八十四人负伤,五千七百一十八人被俘或失踪。

中国军队在朝鲜战争中的伤亡人数至今没有公开的记录。

彭德怀走上了还冒着硝烟的前沿阵地。几个小时前,这里还在战斗。一队担架抬着中国士兵的遗体走下来,彭德怀掀开每一个担架上覆盖着的白布,渐渐地,他的眼睛里充满泪花。他哽咽地说:"就差几个小时,他们这么年轻……把他们的名字记下来,掩埋好,立上个牌子……"走下阵地的时候,彭德怀突然命令吉普车停下来。他下车之后,在路边的泥土中,拣出一只满是弹洞的白色搪瓷水杯,水杯上红色的字是:献给最可爱的人。

彭德怀捧着这只水杯久久地不说话。

他不知道这只水杯的主人叫什么名字,但他一定是一名志愿军战士。很久以后,彭德怀喃喃地仿佛在问自己:"这个兵,牺牲了?还是负伤了?"

这时,北朝鲜所有的城市和集镇,都在反复广播着:

朝鲜人民军全体同志们:

中国人民志愿军全体同志们:

　　朝鲜人民军和中国人民志愿军经过了三年抵抗侵略、保卫和平的英勇战争,坚持了两年争取和平解决朝鲜问题的停战谈判,现在已经获得了朝鲜停战的光荣胜利,与联合国军签订了朝鲜停战协定。

　　停战协定的签订是以和平方式解决朝鲜问题的第一步,因而是有利于远东及世界和平的。它获得了朝中两国人民的热烈拥护,使全世界爱护和平的人民受到了莫大的鼓舞。

　　在停战协定开始生效之际,为了保证朝鲜停战的实现和不遭破坏并有利于政治会议的召开,以便进一步和平解决朝鲜问题起见,我们发布命令如下:

　　　　……

当晚,开城举行了庆祝晚会。

晚会上演的是两部中国古典爱情剧目:《西厢记》和《梁山伯与祝英台》。

有人说在前线演出这样的剧目不好,但是还是演了,官兵们看了还想看。当台上的祝英台因为心上人的死去也要死时,台下的官兵们齐声喊:"不要死!不要死!参军去!参军去!"又有人不同意演祝英台为梁山伯"哭灵"的那一场,说总是哭,气氛太悲伤。彭德怀说:"人死了,为什么不让哭?"

舞台上的祝英台最后没有参军而是选择了殉情。在现实永远无法企及的幻觉里,相爱的人化成了蝴蝶双双飞舞。

志愿军官兵看到这里既感动又惊异。

不知道在以后漫长的岁月里,那些流着鲜血倒在朝鲜土地上的年轻士兵的身影,是否会如斑斓的彩蝶,留在不再经历战争的人们的记忆里。

有人邀请彭德怀跳舞,彭德怀说他不会,从来不会。

再来邀请彭德怀的是一位年龄很小的小姑娘,和晓燕一样有一双很大很亮的眼睛。彭德怀说:"孩子,我拉着你,咱们走一圈吧!"

于是,一位憔悴的老将军拉着一位花一样的小姑娘的手,他们走了起来。他们走得很慢,从不曾如此动听的音乐缓缓地流淌在他们安然的脚步中。小姑娘抬起头去看彭德怀,彭德怀的脸上是令人敬畏的沧桑。

所有的人都哭了。

回顾朝鲜战争,中国人民志愿军司令员彭德怀说:"在三年激战之后,资本主义世界最大工业强国的第一流军队被限制在他们原来发动侵略的地方,不仅不能越雷池一步,而且陷入日益不利的困境。这是一个具有重大国际意义的教训。它雄辩地证明:西方侵略者几百年来只要在东方一个海岸上架起几尊大炮就可霸占一个国家的时代是一去不复返了。"

1997 年 6 月—1999 年 11 月

广州——北京

后　记

　　一九五〇年前爆发的朝鲜战争,是第二次世界大战结束后参战国最多、死伤人数最多的一场战争。在那块"世界上最不适宜大兵团作战"的地区,武器装备极其悬殊的交战双方构筑了世界战争史上最复杂的工事,跨洋过海登陆朝鲜半岛的美军实施了将这块土地变成"世界上最没用的地方"的轰炸,而为保家卫国出兵朝鲜的上百万中国人民志愿军用生命进行了感天动地的殊死战斗。

　　三年后,战争停止在它爆发的地方。

　　我用了近四年时间写作《朝鲜战争》并不仅仅是为了回顾。

　　如果仅从写作一部书的角度讲,《朝鲜战争》一年就可以写就,因为可参考的资料十分丰富,可采访的对象也比比皆是,而我仅用在收集核对史料和采访战争亲历者上的时间就超过了两年。那时我在广州工作,家门外是这座南方大都市中最繁华的商业街,令人眼花缭乱的生活景象穿梭往来,而我点灯熬油般地日日夜夜梳理着几十年前的这场战争,梳理着战争复杂多变的史实:交战双方每一天的作战决定、作战行动、作战路线;战场上一座山头两侧战斗人数是多少、武器是什么，坚守这座山头的志愿军排长叫什么，班长的家乡在哪里；战线上大兵团推进中，哪一支部队最先达成作战目的，令作战目的最终实现的至关重要的细节是什么；战后当事人对同一事件的回忆会有不同，各国史料对同一事件的记载也会不同，那些细微的出入究竟在哪里……整整两年后，采访和阅读笔记超过了一百二十万字，战场上的每一天都已烂熟于心。

但是，我仍未敢动笔。

我问自己：我为什么要写这部书？读者为什么要读这部书？

战争是有史以来人类除和平以外所面临的唯一另种生活形态。人类的和平景象更多地留在了音乐、诗歌和绘画中，而翻开古今中外浩如烟海的历史书籍，令人感慨万千的文字无不是在记述战争。

人类为什么要为战争留下如此浩瀚的记录？

一个根本的原因是，战争最直接的需要是生命。

一九九八年夏季里最炎热的一天，我见到了当年志愿军主力军主力师主力团团长范天恩。一九五〇年十一月三十日，在朝鲜半岛西部松骨峰战场上，在美军炸弹燃起的熊熊烈焰中，范天恩的团子弹耗尽，官兵们用带着弹孔的身体死死地拖住美军士兵，直至双方都被烧焦。战后，范天恩成为唯一被收入日文版的《朝鲜战争名人录》的中国团长。几十年过去了，战争也许已被许多人遗忘，年迈的范天恩靠着数不清的小药片维持着极度衰弱的生命，只有当他站起来时，那仍可称为高大的身躯才会令人遥想他当年是何等英猛。范天恩和他的士兵曾用血肉之躯经历过世界上最残酷的战斗，而今天，他已经没有力气再用语言复述所有触目惊心的战争场面了。范天恩说，一个原来讨饭的孩子，后来当了我的警卫员，在汉江南岸被美军飞机炸死了。我们用几块木板盖上埋了他。那么多士兵死了，来不及看一眼，部队就冲过去了。回国后，我给他家乡的政府写过信，想找到这孩子的家人,但没有任何回音。这么多年,我一直想,如果找到了他的家人,他们的生活我全包了。一个打过无数硬仗的指挥员,一个举世闻名的战斗英雄,暮年的时候忆及他所经历的战争,无法忘记的只有一名普通士兵。范天恩眼里含着混浊的老泪说:"真正打起仗来,英雄是这些士兵。"

士兵,战争中最普通、最重要、最大数量的人,他们成为我写作《朝鲜战争》的唯一动因。

我动笔了。

那些在极其艰苦的战争条件下进行了举世无双的英勇战斗的志愿军战士,即使时光过去了半个多世纪,他们依然值得我为他们动人的生命故事而歌而泣:他们曾穿着单衣埋伏在寒冷的盖马高原上,然后开始徒步追击美军的坦克;他们曾一波倒下第二波跨过尸体继续冲锋,哪怕战斗到仅剩一个人;他们曾在大冰河边一个接一个用身体滚过雷区,为冲击的部队开路……每一个人都那么年轻,却牺牲得惊天动地,他们值得今天生活在和平与幸福中的所有中国人记住:记住我们这个民族曾有过如此优秀的儿女,记住我们这支军队曾有过如此不屈的精神。我们必须记住,因为他们与我们血脉相连,他们与我们走在同一个民族的历史里。

生命生生不息的创造,意味着人类千百年来的文明史,文明在战争与和平的交替中更新、断裂、再生、绵延,所以我们拥有了那么多今天读来依然令人慨叹不已、遐想不已、思索不已的历史书籍。

战争的历史值得阅读,是因为这种历史能够催生伟大与光荣。

朝鲜战争的历史,是上百万志愿军官兵用生命写就的,这样的历史令我在写每一个字的时候都心生敬重。我常常在写作中不由得搁笔长叹,想及今天我们的国家和我们的民族一旦面临危机的时候,年轻人能否像当年的志愿军官兵一样奋不顾身挺身而出?是否能像当年的志愿军官兵一样面对最惨烈的战斗英勇无畏?对于《朝鲜战争》的写作而言,生动地记述一场战争的历史很重要,深刻地记述战争中一个民族的精神历史更重要。因为前者是"昨天"的事情,而后者会在今天传承,并将影响到我们的明天。我力图让今天的读者在《朝鲜战争》中因为祖国、民族、理想、精神、信念、意志等等因素,与他们的前辈相识相知,重温一个人、一支军队、一个民族无论什么时候都需要的不屈的精神。还有那位令全世界瞩目的中国人民志愿军司令员彭德怀。我曾反复阅读他后来身陷囹圄时写下的关于朝鲜战争的"交代材料",这位为了新中国浴血奋战了一生的人,他所经历的是我们许多人根本没有勇气和力量承担的。这就是构成历史的不同寻常的内容,是历史事件中最值得书写的那部分内容。

祈愿所有在战争中牺牲的志愿军官兵在中华民族的历史记忆中永生。

祈愿《朝鲜战争》是一本出版了许多年后依然值得一读的书。

2009.2.20　北京

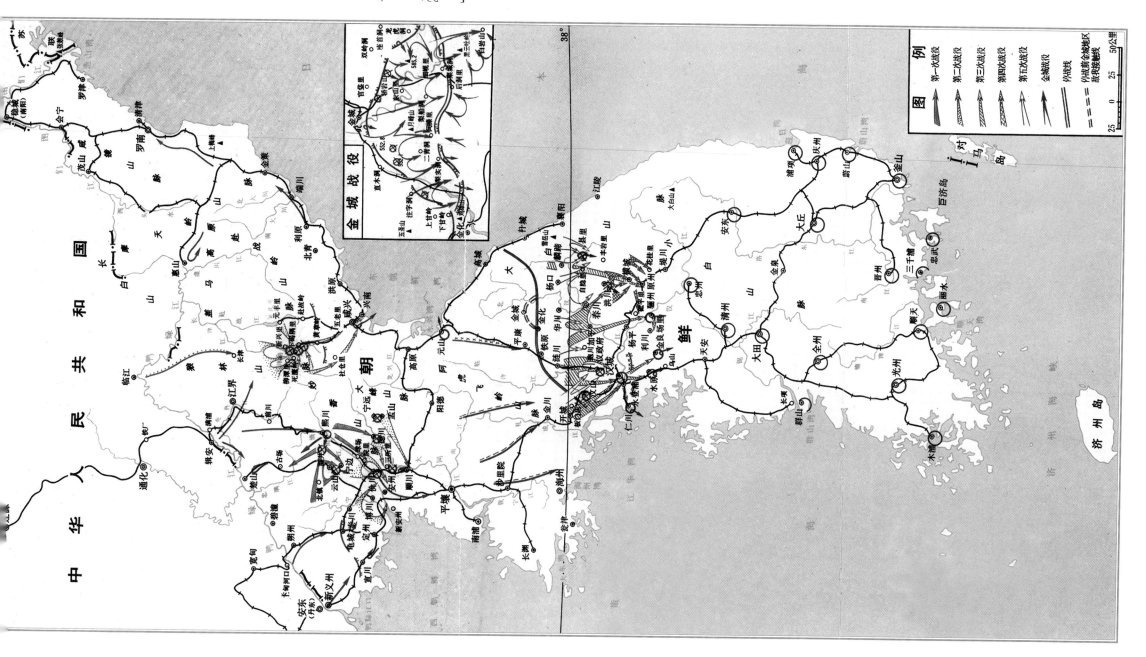

抗美援朝战争经过要图

[一九五〇年10月19日～一九五三年7月27日]